강은기 평전

민주화운동의 숨은 지사

인쇄인 강은기 평전

김영일 지음

자유문고

들어가는 글

혁혁한 위업을 자랑하는 인물에 가리어 잘 보이지 않는 사람이 있다. 평생을 대의를 위해 치열하게 살았지만 누구도 제대로 알아주지 못하는 사람이 있다. 바로 강은기 선생이 그런 사람 중 하나이다. 그렇다. 그에게는 자랑할 만한 것이 없는지도 모른다. 자랑삼아 드러낼 것이 없기 때문이다. 제도권 학교로 중학교도 제대로 졸업하지 못했다. 돈도 벌어 놓지 못했다. 저잣거리의 한 지아비요 인쇄업자였다. 자랑할 것이 없음에도 자신을 드러내 자랑하는 사람들을 향해 무언의 가르침을 던진 사람이다. 하지 않은 듯이 한 사람이다. 남이 하지 않은 일을 한 사람이다. 남이 할 수 없는 일을 했다. 각광 밑에서 움직인 사람이다. 그러니 세상 사람들은 강은기를 잘 알지 못한다. 그러나 그가 결코 굽히지 않고 이룩해낸, 유신에 대항하여 설립한 세진인쇄의 인쇄기를 스스로 운전하며 끝내 멈추지 않고 돌아가게 한 그의 사명감과 인내와 뚝심과 불굴의 용기로 인하여 만방에서 함성이 일어날 수 있었고, 만방에서 깃발이 드날릴 수 있었다.

필자가 강은기 선생을 만난 지는 꽤 오래된다. 전북민주동우회(전민동)의 일원으로서 한 달에 한 두 번씩 만났는데, 1990년대 초부터 뵌 것 같다. 엄혹하던 전두환 군부독재 시절, 민주주의와 통일의 염원을 숨길 수 없어서 1984년 뜻있는 동지들끼리 만나 의분을 나누고 실천가도에서 서로 손잡아주던 이들의 모임이 전민동인데, 강은기 선생도 이 모임의 일원이었다. 두꺼운 눈두덩에 묵묵한 그의 언행은 말보다는 행동이 앞서는 분으로 기억한다. 민주화운동사에서 함께한 명망 있는 인물들의 손이 되어 주고 발이 되어 준 강은기는 한마디로 과묵한 사람이었다. 전북 지역에서도 특색 있는 남원 말투를 감추지 않은 시골 출신이었다. 해마다 4월이면 그는 수유리 4·19기념탑에 가서 영령들을 추모하고, 5월이면 광주 망월동에 가서 열사들의 거룩하고 숭고한 정신을 추모하였다.

그러던 중 그의 생애 마지막이 된 해인 2002년에 전민동 회장으로 피선이 되었지만, 갑자기 침투한 췌장암으로 인해 수행을 거의 못하고 병석에 드러눕게 되었다. 이를 안타까이 여긴 동지들은 그의 정직하고 올곧은 생의 등불이 꺼져가기 전에 그의 인생을 세상에 드러내도록 하자는 데 합의했다. 민주화운동기념사업회의 사업취지에 맞게 강은기 선생의 인생 역정이 그 고통스런 췌장암 투병 와중에 너무도 어렵사리 녹취 작업을 감행하게 되었다. 투병 중인 강은기 선생에게는 힘든 시간이 될 수밖에 없었다. 무례를 저지르지 않을 수 없었다. 그 자리에 필자가 함께 했다. 2002년 가을이었다. 그해 9월부터 약 두 달간 강은기 선생이 별세하기 전까지 간략하게나마 그의 생각과 사상과 활동 내역을 담아 놓을 수 있었다.

필자는 그와 인터뷰한 육성을 녹취하고 정리하여 민주화운동기념사업회에 제출하였다. 그러고 나서 2002년 11월 9일 강은기 선생은 홀연히 이승을 떠났다. 애절한 장례식을 치른 후 마석 모란공원 묘역에 안장하고, 몇 번의 추모도 하다가는 몇 년 잊고 살다시피 지나갔다. 그러던 중 2013년 봄 민주화운동기념사업회의 민주화를 위해 애쓴 분들에 대한 평전 공모에 응하여 대상으로 선정되어 강은기 평전을 쓰게 되었다. 필자는 그의 생전 육성 증언 내용인 강은기녹취록을 최대한 반영하여 반민주 반통일 세력에 집요하게 맞서 이 땅의 민주화와 통일을 위해 온몸을 던진 그의 삶을 조금이나마 세상에 알리고 싶어 이 책을 쓰게 되었다. 강은기 선생이 유신 이후 70년대~90년대 질풍 같은 세월 속에서 고난을 무릅쓰고 인쇄 작업한 여러 관련 사건들은 민주화운동기념사업회에서 발간한 '한국민주화운동사연표'를 주로 참고하였다. 아울러 그를 아는 인사들과의 인터뷰나 가족이 제공한 옥중편지등 자료를 통해 그의 삶과 생각과 실천행동을 정리하였다.

부족한 글이지만, 강은기 선생을 기억해 주시고 귀한 추천사를 써주신 박형규 목사님, 한승헌 변호사님, 임채정 전 국회의장님, 인재근 국회의원님, 이해찬 전 국무총리님, 손학규 전 경기도지사님께 깊은 감사를 드립니다. 또한 강은기 선생에 대한 귀한 말씀을 전해주신 분들에게 깊은 감사의 인사를 드립니다. 늘 따스하게 맞아주시고 귀한 자료를 선뜻 내주신 미망인 양희선 여사님과 선생의 뒤를 이어 세진을 지키고 계신 동생 강은식 사장님, 어려운 시절 선생의 너른 품이 되어주신 최형주 명성한의원 원장님, 생전에 선생을 잘 받쳐주신 박은성 사장님, 선생의 진정한 친구이자 동지인 성남 주민교회 이해학 목사님, 시대적 과제에서 한 치도 물러섬이 없이 사시는 박상희 목사님, 남원에 사시는 어릴 적 지우知友 임원택 선생님, 인천지역 노동자들의 대부로 사신 숨은 의인 황영환 장로님, 중학교 동창인 박성극 선생님, 의연한 기운으로 선생을 그리워한 김종찬 선생님, 전 대불련 사무총장 최연 선생님, 인쇄 후배 안삼화 대표님, 선생의 처남 양희성 선생님, 양희재 남원시의회 의원님, 전민동 후배인 양돈타임스 김오환 대표, 아빠의 갑작스런 죽음으로 자신의 꿈을 접고 세진의 일을 맡아 하는 딸 신영이, 이 작업의 단초를 제공해주신 한시연구가 이은영 형님, 이분들의 혜량과 물심양면의 협조를 잊을 수 없다.

집필하는 데 지원을 해주신 민주화운동기념사업회 이영교 과장님, 그리고 강은기 선생과 생전에 깊은 인연을 맺어 오신 권형택 선배님의 고언과 성원으로 작업이 진척될 수 있었다. 진심으로 감사드린다. 놀랍게도 이 책은 출판계의 어려운 여건에도 불구하고 자유문고 김시열 사장님의 흔쾌한 동의로 출간할 수 있었다. 거친 원고에 직접 윤필의 노고를 아끼지 않으신 김 사장님께 공경 합장한다. 출간의 인연을 맺어주신 임헌상 과장님께도 깊은 고마움을 드린다.

출간 준비작업이 진행되는 시기에 저 남도의 보배섬에서 제주로 향하던 세월호가 돌연 침몰하여 꽃다운 생명들이 속수무책으로 희생되는 상황을 보면서 참회하며 분노한다. 근본과 인간 중심, 정의의 가치관이 안심하고 자유롭게 누릴 세상을 만드는 일이 시급함을 통절히 느낀다.

다시 돌아온 갑오년(2014) 오월
무념 김영일

한 조각 구름 사라지듯이

"올바른 일이면 반드시 해야 한다"며 인쇄업으로 민주화운동에 헌신해 왔던 강은기.

2002년 5월 백병원에 입원하여 췌장암 판정을 받고 약 6개월여 투병생활을 하던 강은기는 생명이 고갈되어 가고 있었다. 민주화운동사에 기록을 남겨야 하는 과제를 부여받고 고통스런 몸을 일으켜 자신의 걸어온 길을 병상에서 어렵게 구술해 주었지만 얼마 지나지 않아 그는 해야 할 많은 일을 남기고, 평생 뜻을 같이 한 아내 양희선과 사랑스런 딸 신영이, 듬직한 아들 동균이를 두고 조용히 숨을 거두었다. 유언도 없었다. 이미 그가 살아 온 삶이 증명할 뿐이었다. 2002년 11월 9일 토요일 오후 2시경이었다. 2002년은 나라 전체가 월드컵 경기로 신바람을 불러일으키고 광장에서 서로 얼싸안고 민족애를 나누던 시기였다.

삶은 한 조각 구름이 일어남이요 　　生也一片浮雲起

죽음은 한 조각 구름이 사라짐이라 　　死也一片浮雲滅

뜬구름 자체 온통 비어 있으니   浮雲自體徹底空

허깨비 몸이 오고 감도 이와 같나니   幻身生滅亦如然

……

삶과 죽음을 구름 한 조각으로 묘사한 함허 득통(涵虛得通, 1376~ 1433) 선사의 이 구절이 절절이 강은기의 생사에도 부합하는 듯했다. 작고 후 곧바로 민주사회인사들을 중심으로 '민주지사 고 강은기 선 생 민주사회장 장례위원회'를 구성하였다. 그에게 많은 빚을 진 민주 인사들은 물론, 민주화운동 과정에서 정신적인 연대를 깊이 맺었던 지인과 동지 선후배들이 모여 애도하며 여법한 추모행사가 될 수 있 도록 의논하여 결정하였다.

고문으로는 원로 민주인사들인 이돈명, 이종린, 박형규, 조아라, 박 용길, 이소선, 박상순, 한승헌, 기세춘, 고은 등이 위촉되었고, 장례위 원장은 김근태, 이부영, 이창복, 이해학, 지선, 함세웅이 공동으로 맡 았다. 집행위원장은 권형택이 맡아 제반 실무사항을 총괄하기로 하 였다. 장례위원들은 곽태영, 효림을 비롯 184명의 인사들이 참여하고 장례의 모든 일을 책임지는 호상은 정동익, 장영달이 맡았다.

장지는 경기도 마석 민주인사 묘역인 모란공원으로 정해졌다. 고 인의 시신은 치료받던 백병원에서 보라매공원에 있는 서울대병원 장 례식장으로 옮겨졌고, 2002년 11월 12일(화요일) 오전 8시 민주사회 장으로 지냈다.

영진교회 당회장 박규갑 목사의 인도로 발인예배를 시작하여 정두 식 장로의 기도와 박규갑 목사의 축도로 1부를 마쳤다. 2부에서 고인의 약력 보고는 친구인 이해학 목사가 낭독하였다.

오랫동안 인연을 맺은 회원교회 조승혁 목사는 기도문을 통해 "당신은 이 세상에 오신 예수님의 고독한 용기, 고난에 대한 즐거움을 몸소 몸에 담고 사셨습니다. 그렇지만 '죽어야 산다. 섬겨야 산다. 그러면 다시 산다. 부활한다'는 예수님의 삶을 따라 이 세상에서 그렇게 몸으로 부딪치며 사셨습니다. …… 하늘나라에는 독재도 없고 감옥도 없고 남북의 갈등도 없고 혼자만이 살려는 욕심과 자기만이 대통령이 되어야 한다는 그런 대통령은 더구나 없다고 합니다. 안녕히 가십시오. 그리고 하나님 나라에서 잘 사십시오. 평안을, 영원한 평안 누리시길……"라고 기도하였다.

이어 당시 새천년민주당 국회의원이며 강은기와 호형호제하던 김근태 의원도 장례공동위원장으로서 안타까운 심정으로 '은기 형'의 너무 이른 세상 하직을 슬퍼하며 강은기에게 빚진 자신의 심정과 다른 민주화운동 동지들이 느끼는 애석함을 곁들여 간절한 조사를 전했다.[1] 장영달 의원의 조사에 이어 국가인권위원회 상임위원인 유시춘 시인이 조시를 낭독했다. 시는 그의 다난한 민주화 운동의 역정과 범연한 심성, 그리고 그와 깊은 인연의 고리를 절절히 그려내고 있었다.

---

1 김근태도 민주화 운동에 헌신한 고단한 역정과 민주정부 운영에 혁혁한 공로에도 불구하고, 고문으로 인한 후유증으로 2011. 12. 30. 65세로 타계하였다.

그 사람 웃으며 간다

하늘에 쌓아둔 복록 찾으러

유시춘

우리들에게

사계가 늘 겨울이던 시절이 있었다

손톱 밑 반달같이

여리고 뽀오얀 새눈 돋는 봄날과

시퍼런 삼나무 녹음

그 그림자까지 시퍼렇던 뜨거운 날과

먼 길 흘러

저 혼자 깊어져

마침내 바다 같은 한강 하구 박차고

내 마음의 철새들 떠나는 날에도

성명서와

플랑카드와 스티커와

'민주화의 길' '민주노동' '민주가족' '민주통일'

'민'자 행렬 인쇄물에 뒹굴던

우리 청춘은 늘 춥고 시렸다

겨울 새벽 동쪽 하늘에 맨살로 걸린

그믐달이 친구였다

14

날 선 분노 때문에

70년대 80년대 그때에는

을지로 뒷골목

세진인쇄 강은기 그 아저씨

늘 표정이 없었다

그러다가 인쇄물 몇 리어카 찍어간

장영달, 이해찬 수배되고 감옥 가면

그래서 쌓인 빚 늘어 가면

태백 정선 광부같이

한 번

씨익 웃고 말았다

밤새 찍어준

인쇄물과 함께 그 아이들 사라지면

대신 경찰서에 끌려가

아마도 그리 말없이

씨익 웃다가

매타작에 죽을 고생을 하다가도

다시 만나면

그저 한 번 씨익 웃었다

강은기

그 아저씨 가슴에는

비수 같은 적개심이 없었다

생활이 운동이었다

운동이 곧 생활이었다

숭늉처럼 따뜻하고 웅숭깊었다

세진인쇄

빚진 사람들아

슬퍼 마라, 울지 마라

그 아저씨 이제 하늘에 쌓아둔

복록 찾으러 가느니

강은기 그 아저씨

외상값 못 갚은 친구들아

'국민의 정부'에 상기 가슴 시린 벗들아

애통해하지 마라

그 사람 스스로

바다에 버린 양식

이제 곧

밀밭 되어 보리밭 되어

온누리에 푸르게 물결칠 것을

그 사람

저기 말없이

씨익 웃으며 가느니

많은 인사들이 찾아 조문하고 60평생 어찌 보면 짧은 생을 마감한 이승의 시절에 어디 절절한 가락이 없을 수 있으랴! 애절한 삶을 가슴 아파하며 필자는 즉석 애통가哀痛歌를 깔아드렸다.

고 강은기 회장을 위한 조가弔歌

가시었네~ 가시었네~
가시었네~ 임이시어-
거친 손길 거친 발길 놓으시고
가시었네
애절코나 에절코나
60평생 가시밭길
쓰린 가슴 놓으시고
가시었네

폭압시절 의분으로
아아아아
부서져라 얼 뜬 세상
염원 담아
간절하고 순결하게
아아아아
반석 같은 투혼으로
나눔 손길 펴시다가

가시었네 아아아아

가시었네

임이시어 가시다가 돌아 오소서

　노무현 당시 대통령 후보는 조화를 보내왔고, 이부영 전의원, 이창
복 의원, 이해학 목사, 지선 스님, 함세웅 신부 등도 공동장례위원장
으로서 그의 소천召天을 안타까워하였고, 부인 양희선 여사, 딸 신영,
아들 동균은 어머니의 손을 잡고 슬픔을 억누르고 있었다. 동아일보
기자들의 1974년 자유언론실천선언 이후 언론 민주화에 앞장서서
대로를 걷고 있는 전민동 초대회장 정동익 동아투위위원이 호상을
맡아 조문객들에게 인사를 드렸다. 고향 후배인 장영달 의원도 호상
으로 장례 제반사항을 관장하였고, 김종철 사월혁명회 의장 등 언론
계와 방용석 장관 등 노동계, 정계, 민청련, 기독교계, 전민동, 인쇄운
동협의회 등 각계각층과 민주화 과정에서 인연을 맺은 동지 심재권,
이강래, 이창복 등이 장례위원으로 강은기의 죽음 앞에 애도하고 있
었다. 민청련 사회부장 역할을 맡을 당시부터 가깝게 호형호제하는
사이였던 권형택은 집행위원장으로서 실무적인 일을 관장하였다. 그
의 유해는 가족과 동지들의 애도 속에 마석 모란공원 민주인사 묘역
에 안장되었다.

2 출생과 가족, 그리고 남원

강은기의 출생지는 전라북도 남원시 쌍교동(당시는 남원군 남원읍 쌍교리)이다. 쌍교리는 광한루 북쪽 마을로, 강은기가 어린 시절 냇가에 나무를 엮어 걸쳐 놓고 건너다니던 곳이다. 아마 그런 연유에서, 즉 섶다리 두 개를 놓고 건너는 다리가 있는 마을이라 '쌍교리雙橋里', '쌍교동雙橋洞'으로 불렸을 것 같다.

일제가 악랄한 조선통제정책을 쓰던 때였다. 그리 화려하지 않은 호남벌, 여느 여염집에서와 다를 바 없이 누구나 다 귀한 생명이듯이, 강은기도 강씨 집안의 별 하나로 태어났다. 1942년 2월 16일이다. 아버지 진주 강씨 강용갑姜龍甲과 어머니 남원 진씨 진차정晉次貞 사이에 3남 3녀 중 장남으로 태어났다. 강은기는 진주 강씨에 은혜 은恩자, 터 기基자다. 어머니는 당신의 신앙심으로 자식들 이름을 붙였다. 하나님의 은혜를 받아 태어난 귀한 하나님의 자식이라고 여겨 이름을 은자 항렬로 지었다. 강씨 족보상 항렬과는 다른 이름이다. 그래서 다섯 살 아래 동생은 은상, 아홉 살 아래 막내는 은식이다.

아버지 강용갑은 진주 강씨 통정공파 후손이다. 3개 파 중에서 제일 손아래 파에 속한다. 아버지는 1902년에 태어나서(용띠) 1988년 작고하였으니 87세의 수를 누리셨고, 어머니 진차정은 1918년에 태어나(양띠) 1975년에 별세하였으니 57세에 덧없이 세상을 뜨셨다.

아버지 강용갑은 완주군 소양면 황운리에서 지내다가 교회 인연으로 어머니를 만나게 되는데 그 중간에 중매 역할을 한 사람은 전도사였다. 남원으로 파송된 전도사의 눈에 비친 어머니는 총기 있고 착한 규숫감이었다. 그러나 어머니는 아버지의 나이가 자기보다 16살이나 많은 줄도 모르고 결혼했으며, 첫째 딸이 세상에 태어날 즈음에야 결혼생활을 인정했다고 한다.

아버지와 어머니 두 분은 그리 금슬 좋게 지내진 않은 것 같다. 딸만 셋인 외할머니집의 둘째딸 진차정에게 '아버지가 오히려 어머니한테 시집(?)온 거'(동생 강은식의 회고)라고 했다. 아버지 강용갑의 두루춘풍적인 기질에 비해 강직한 성품의 어머니 진차정은 자신의 배우자로 나이 차이가 많이 나는 남편의 빈자리를 메우기 위해 늘 쉬지 않아야 했다.

남원제일교회 유치원

강은기는 위로 누님 한 분과 아래로 남동생 둘, 여동생 둘이 있었다. 이들은 아버지 강용갑과 독실한 기독교 신앙을 가진 어머니 진차정의 영향으로 모태 신앙의 인연이 이어진다. 즉 어머니의 영향으로 남원제일교회에 어려서부터, 어머니 품안에서부터 다니게 된다. 남원제일교회는 남원에서 가장 먼저 자리를 잡은 기독교장로회(기장) 계열의 교회인데, 1905년에 쌍교동 강은기의 마을에 세워진 교회다. 강은기는 제일교회의 진보적인 분위기 속에서 어머니의 사랑을 받으며 유치원 과정을 다녔다.

아버지에 대한 반감

아버지에 대한 서먹서먹하고도 미운 감정은 그 후로 아버지가 어머니에게 피해를 주었다는 의식으로 내재화되어 여자들과의 관계를 일부러 피하는 성격이 되었다고 한다.

> "어머니 고생만 시킨 아버지가 미웠다고 볼 수 있을 거야. 그런데 그건 지금 생각이고, 그런 잠재의식이 싹트지 않았나 그래. 그 당시엔 또, 창세기에도 나오지만, 그로 인해서라고 나는 보아지는데, '여자 기피증' 현상도 나에게는 있습니다. 여자를 보면 '나로 인해서 저 여자가 피해를 볼 수 있겠다' 이런 생각을 해요.…… 음, 결혼 전까지만 해도 여자만 보면 자연히 고개가 이렇게 틀어집니다. 속으로는 보고 싶은데도. 내숭이라고 할 수 있지만은, 여자한테 상처를 주면 안 된다, 여자한테 잘해주고 싶은데, 그러다가 여자한테 상처를 혹시 주지 않을까 하는 경계심이 항상 있었던 거죠. 나한테 무슨 부족함이 있기 때문에, 피내림도 있을 수 있기 때문에, 또 그런 징후가 다분히 있다, 이런 생각을 하면서 컸습니다.……"

외갓집에서 자란 누님 명남과 강은기는 어머니와는 친하고 아버지와는 서먹하게 지냈다. 아무래도 자라는 품속에 따라 친소가 갈라지게 되는데, 성격도 자연 어머니를 닮게 되었다. 밑의 두 동생들은 아버지와 생활을 해 와서 아버지에 대한 거리감이 없다고 했다. 누님 강명남은 어릴 적 아버지와 동생 은기의 사건을 기억하며 이렇게 증언하였다.

"아버지가 우리 가족을 이끌고 어려운 사정에 구례 산동 부근 산중으로 들어갔는디…… 동생 은기는 아버지가 싫어 견디지 못하고 나와 버렸어요. '나는 강가 안 해! 진가 해!' 하면서 아버지 앞에서 떼를 썼지요. 그러니 아버지도 화를 못 참고 동생을 두드려팼지요."

이런 어릴 적 기억은 인생에 오래가는 상처가 될 수 있다. 강은기의 아버지에 대한 소원한 인식은, 어머니에 대한 깊은 애착과 더불어 아버지한테 맞은 아픈 기억이 합쳐져서 형성된 것이다.

어머니, 신앙 깊은 신여성

어머니는 제도권 교육은 안 받았어도 교회라는 조직을 통해, 성경을 통해 문리를 터득하고 지내서 당시 신여성의 의식을 갖고 있었다. 키도 훤칠한 여장부였다.

남원 쌍교리에서 살던 어린 시절 그의 집은 고대광실이었다. 남원에서 주목받는 집이었다고 한다. 해방 후에 좌우 대립의 혼란기에도 국방군과 인민군 두 세력의 간부들이 다 그 집에서 하숙을 칠 정도였다. 아버지는 재력 있는 외할머니의 눈 밖에 나 밖으로만 나돌다가, 옹기그릇을 구어 팔기 시작했다. 그러나 강용갑은 기술이나 장사 등이 익지 않은 상태라 번창하질 못했다. 미리 많은 물량의 옹기를 저

22

장해놓고 팔려던 그의 계획은 6·25 전쟁으로 부서지고 말았다. 어머니는 나름대로 가계를 유지하고자 애를 썼다. 사람들간의 관계를 잘 유지하고 천성이 밝은 어머니는 그 어려운 상황에서도 '계'를 만들어 상부상조하는 틀을 운영하였다. 강은기의 막내동생 강은식의 어머니에 대한 기억을 들어보자.

"어머니는 군인들과 인간적으로 믿고 지낼 정도가 되었고 계 왕주를 할 정도로 이재理財에 밝았는데, 전쟁으로 경찰 간부들이 철수하는 바람에, 결과적으로 곗돈을 떼어먹고 가버려서 파산하고 말았다고 합니다. 그 후 어려워 구례 산동으로 들어가 화전민으로 지리산 밑 산을 개간하여 지내게 되었죠."

6·25 전쟁 때 국민학생

강은기가 아홉 살 때 터진 6·25 전쟁으로 한반도는 격변의 소용돌이에 휩싸이지만, 정작 강은기의 집안은 전쟁 발발 당시만 하더라도 평온한 여건에 있었다. 그것은 어머니의 수완이 발휘된 결과라고 본다. 그의 기억을 들어보자. 전쟁의 참화 속에서 초등학교(당신엔 국민학교) 과정을 제대로 받았을 리 없었겠지만, 그럼에도 추억의 한 토막을 간직하고 있었다.

"9살 때 6. 25 사변이 돌발했는데, 그 당시에는 집이 그렇게 궁핍하지가 않았어. 폭격에 의해서 피난은 가곤 그랬었지만 인민군 장교가 하숙을 하기도 하고, 또 수납지국 전투사령부 경찰들의 하숙을 치기도 하고 했어요.……"

어머니는 경찰이든 인민군이든 가림 없이 그들의 임시 거처로 집을 활용했고, 오로지 전쟁이 끝나 평화로운 세상이 되기를 바랐을 뿐이었다. 그러나 국토는 무자비하게 폭격을 당했고, 강은기도 여기저기 옮겨 다니면서 가까스로 수업을 받곤 하였는데, 전쟁 통의 어린 시절, 그 어두운 과거 추억이었다.

강은기는 초등학교 시절에 학교 담임선생님들로부터 외국의 유명인물에 대한 얘기나 우리나라의 훌륭한 인물, 이순신 장군 등에 대한얘기를 흥미롭게 받아들이고 있었다. 특히 에이브러햄 링컨에 대해깊은 인상을 받았다고 한다.

어릴 적 선민의식

그는 어릴 적에 내향적인 성격이라 혼자 노는 스타일이었다. 자아의식이 강하고 자기집착이 있었던 것 같다. 그가 별명으로 '고바시'라는 일본 명칭을 쓴 것만 봐도 부정적인 자아의식의 고백이었다. 아버지 강용갑도 그랬다고 한다. 아버지와 자식 둘 다 싸우면 질 줄 모르는 성질을 지니고 있었다.

대부분 어린 시절에는 자기욕심밖에 모른다. 그런 버릇이나 성격을 고스란히 갖고 평생을 가는 이도 있고, 자신을 회광반조廻光返照하여 극복하고 나은 인격의 단계로 승화하는 이도 있다. 그는 어릴 적추억과 자신의 성격을 이렇게 회고했다.

"별명이 '고바시'입니다 내가…… 앞뒤 안 가리고 싸워야겠다 하면 싸워서 이기는 것이죠. 그냥 은근히 되돌아보면 '쪽지의식'(보스기질을 그는 이렇게 표현했다)도 있었던 거 같아요."

그는 여러 친구들과 어울려서 놀이하는 것을 좋아하지 않았다. 그 흔한 '딱지치기'도 어릴 적에 하지 않았다고 한다. 기독교 영향을 일찍부터 받아서 선민의식을 갖고 있었기에, 비슷한 또래의 다른 어린이들과 다른 자신의 영역을 스스로 내면화시켰던 것이다.

"술수 부리는 이게 싫어하는 것이지…… 그러고 그 애들의 딱지치기랄지 이런 건 우리와는 어울리지 않았어요. 그 말하자면, 그 당시에는 기독교 선민의식의 영향을 받아서 그런지 우중화愚衆化되는 걸 싫어한 거예요. 어울려서 어리석은 존재로 휩쓸려 떠내려가려는 것을 좀 싫어했지. 때문에 휩쓸리는 걸 싫어했습니다. 그러니까 혼자 고고하다고 할까. 그러다 보니까 혼자 처지죠. 특별난 아이로 인상을 준 것이죠. 그러다 보니까 건달들 하고 사생결단하고 싸워서 이기고, 상대가 큰 놈이 됐든 작은 놈이 됐든 김두한이처럼 그런 거야."

강은기의 친구 임원택은 그의 어린 시절을 회고하면서 이렇게 얘기해 주었다.

"쌍교리 이곳이 옛날부터 어렵게 사는 사람들이 많았습니다. 어렵게들 사니까 아이들이 제대로 고운 성정을 갖기가 어려워 좋지 않은 짓도 하게 되잖아요……. 그랬는데 그런 걸 보고서도 강은기는 거기에 동화되지 않고 지냈어요."

동고동락 연민의식

어려서부터 강은기는 다른 사람의 처지에 대해서 애틋한 눈길을 보였다. 그는 주위 동료 급우들의 어려운 처지에 동병상련을 느끼며 살았다. 이런 성품은 어려운 이웃을 도와주기를 잘한 어머니의 성품을 그대로 닮았다. 강은기는 또래의 다른 아이들에 비해서 작은 놀이로 '함께 놀기'는 못했지만 좀 더 높은 차원의 '함께 살기'를 생각했다. 이러한 그의 만민평등의식은 일찍부터 내재되어 있었다. 그는 이렇게 회고했다.

"그리고 이제, 그 6·25가 끝나고 격변기에 이웃 주민들이 많은 어려운 생활을 겪으면서 동무들이 학교도 못가는 사태를 목격하게 됐고, 그러면서 그런 걸 느끼게 됐는데, 이 사회현실이 좀 어느 정도 평등해서 고루고루 기회가 주어져야 하는데 공부하러 소학교도 갈 수 없는 동무들이 생긴다든가 이런 부분들이 상당히 가슴 아팠어요. 그리고 그 당시에는 생각이 기독교 영향을 받고 자라서 그랬겠지만은, 말하자면 동고동락하는 그런 생각이 자리매김하고 있을 때이기 때문에 아픔을 같이 할 수 없다든가 즐거움을 같이 할 수 없다는 데서 심적 아픔을 혼자 되새김질하는 그런 경우를 알게 모르게 겪었던 거죠."

그러기에 징발당하여 다치거나 죽은 동무들을 보고 가슴 아파했다. 아픈 현실에 대한 소년 시절의 눈은 날카롭고 따뜻했으며, 현실고에서 가슴앓이를 하면서 커가고 있었다. 한편 그의 생각은 다소 엉뚱한 때도 있었고, 그 생각이 시공을 넘어서는 행동을 보이기도 했다.

몰입

어려서부터 남다른 사유의 행동을 보인 강은기는 어릴 적에 이런 일도 있었다. 어느 땐가 할머니의 심부름을 갔다 올 때가 있었다.

"저기 광한루 시장에 가서 갈치 한 마리 사오너라" 하면 길만 보고 걸어갔고, 갈치를 사가지고 돌아올 때도 생각에 몰두한 채 짚으로 묶은 갈치 꽁지를 땅에 질질 끌고 왔다.

또 어느 때는 "쌀 두어 되 사오너라" 하면 역시 땅만 바라보고 걷다가 쌀을 길바닥에 줄줄 흘려서 빈 보자기만 남기도 했다. 이렇듯 어릴 적에 몰입이 생활에 지장을 주는 바람에 어른들로부터 자주 야단을 맞기도 했다.

아버지와 어머니는 자녀교육에서도 큰 차이가 있었다. 초등학교를 졸업했을 때는 상당히 집안이 어려웠는데도 어머니는 교육열이 높았고 아버지는 교육열이 별로 없었다. 아버지의 교육관은 '야 이놈들아. 사람이 저 먹을 건 배우나 안 배우나 다 갖고 태어나는 거야. 복이 닿으면 배우고 그렇지 않으면 안 배워도 다 지 복 갖고 사는 것이지, 군이 뭐 애닯게 살어. 그럴 필요 없는 것이야'라는 의식을 가진 분이었다. 하지만 어머니는 오히려 그 당시에 앞서가는 신여성이었기에 자식의 교육에 적극적이었다.

남원

강은기의 고향 남원은 조선의 3대 영산인 지리산智異山 자락에 펼쳐
진 고을인지라, 그 기운이 장대히 미친다. 지리산은 남원 동쪽 60리
에 있는데, 산세가 높고 커 수백 리를 차지하고 있다. 산 북쪽에는 함
양이, 남쪽에는 진주가, 서쪽에는 남원이 자리하고 있다. 천왕봉天王
峯과 반야봉이 가장 높은 봉우리다.

남원이 『춘향전』의 배경인지라 「춘향가」 허두에 남원의 지형과 인
물에 대한 묘사가 있다.

"호남 좌도 남원부는 옛날 대방국大方國이라 하였것다. 동으로 지리
산, 서로 적성강赤城江,[2] 남적강성南積江城 허고 북통운암北通雲巖[3] 허
니, 곳곳이 금수강산이요 번화승지繁華勝地로구나. 산 지형이 이러
허니 남녀 간 일색一色[4]도 나려니와, 만고충신萬古忠臣 관왕묘關王廟[5]
를 모셨으니 당당한 충렬이 아니 날 수 있겠느냐……."

좀 더 살피면, 구체적으로 방자가 이 도령에게 일러주는 대목이 나
온다. 이 도령이 방자와 광한루에 올라가 본 정경은 이렇게 묘사된다.

---

2 남원시 남서쪽 금지면을 흘러 섬진강으로 유입되는 강.
3 구름같이 많은 바위를 형용함.
4 매우 아름다운 미인.
5 중국 삼국시대 촉한의 명장이었던 관운장을 수호신으로 모신 사당. 임진왜란
　과 정유재란 후 한양, 안동, 성주, 남원 등 네 곳에 세웠다.

방자가 '동편을 가리키며 "저 건너 보이는 산이 지리산 내맥來脈인데 신선이 내려오던 데요", 북편을 가리키며 "교룡산성蛟龍山城이저기온디 좌도관방左道關防 중지重地이옵고", 서편을 가리키며, "엄숙한 뜬 기운이 관왕묘關王廟를 모셨으니 영이靈異한 일이 많사옵고", 남편을 가리키며, "저 산 너머 구례가 접경接境이온데 화개, 연곡, 명승지이옵고, 저 집 이름은 영주각瀛洲閣이요 저 다리 이름은 오작교烏鵲橋라 하나이다." 도련님이 들으시고 "네 말 듣고 경치 보니 예가 어니 인간처냐? 내 몸이 우화羽化하여 천상으로 올라왔지. 저게 만일 오작교라면 견우직녀 상봉헐 때 견우성은 내가 되려니와 직녀성은 누가 될꼬?"[6]

강은기가 태어난 쌍교리는 광한루 부근 내가 흐르는 곳이었다. 개울을 건너다니는 데 나무 섶을 두어 오가는 '섶다리' 마을이었다.

남원南原은 교룡산蛟龍山이 있기 때문에 용성龍城, 또한 교룡산의 동쪽에 방장산方丈山이 있는 까닭에 대방大方이라 부르기도 한다. 1914년에 남원면, 1931년에 남원읍으로 되었다가 1981년에 남원시로 승격되었다. 쌍교동은 남원읍에서도 아주 작은 동이었다.

남원은 독특한 말씨가 전라북도의 다른 군과 달랐고, 지형상 선비들과 유학자들이 많이 은거하였다.

"남원에서는 유현들이 배출되어 예속으로 서로 교유하고 순박하고

---

6 최동현, 최혜진, 『교주본 춘향가』 2, 민속원, 2005.

아름다운 풍속들이 조야에 이름을 드날리게 되었다. 때가 평온한 즉 덕업을 서로 권장하고 세상이 어지럽게 된 즉 충의를 분발케 하여 그 밝은 행함을 밝히고 그 빛난 절도를 빛나게 하였으니"[7] 강은기도 이런 남원의 기상을 받지 않을 수 없었을 것이다.

강은기가 태어난 마을 옆에 남원의 명소 중 대표적인 광한루廣寒樓가 있다. 서울의 경회루, 평양 부벽루, 진주 촉석루, 밀양 영남루와 함께 우리나라의 대표적 누각으로 꼽힌다. 평양의 부벽루는 애석하게도 지금 가볼 수 없는 곳이고, 진주 촉석루는 6·25 때 불에 타 지금의 건물은 1960년 5월경 복원한 것으로 그 역사가 짧으며, 밀양의 영남루 역시 1844년에 지어 복원 역사가 길지 않다.

광한루는 조선조 1419년에 성품이 청렴강직하고 사리에 밝은 황희黃喜가 지었다고 한다. 처음에는 '광통루廣通樓'라 했고, 1444년 정인지가 지금의 이름인 '광한루廣寒樓'로 개칭했다. 1597년 정유재란 때 불탔으나 1626년에 복원하였다. 또한 광한루원은 경복궁 경회루의 지원, 전남 담양의 '소쇄원瀟灑園'과 함께 한국의 정원을 대표할 만큼 아름답고 독특한 조경을 자랑하고 있다.

광한루에는 시인묵객들이 시를 읊고 편액으로 새겨 놓곤 했는데, 강은기는 어릴 적부터 광한루에서 뜻은 잘 모르지만 어른들이 읊는 한시를 들으면서 자랐다.

7 『용성지』, 26쪽, 남원문화원, 1995.

³짧은 학창 시절

남원중학교

강은기는 용성초등학교를 마치고 남원중학교에 입학하였다. 왕재산을 배산背山으로 하는 남원중학교는 남원에서 제일 오래된 중학교이다. 당시 남원중학교는 시험을 쳐서 들어가야 했기에, 공부를 어느 정도 하는 아이들만이 중학교에 입학할 수 있었다. 강은기는 초등학교 때부터 공부를 잘하는 편이었는데, 특히 산수를 잘했다.

전쟁의 참화에서 의지로 기지개를 켜고 일어서는 국민들의 눈물겨운 몸부림에서 어머니도 벗어날 수 없었다. 아버지 강용갑이 사업으로 장수 번안 부근에다 옹기 가마를 마련하여 시작한 옹기 장사가 파산했기 때문이다. 호기를 잡아서 옹기를 매점했는데 6·25 전쟁은 강용갑의 희망을 무너뜨렸다. 잔뜩 사서 쌓아놓은 옹기가 전란 중에 폭격으로 다 파괴되어 버린 것이다.

수해복구 지역에서 군납품들을 주선해서 팔기도 하고, 콩나물을 길러 납품하기도 했다. 여기서 번 돈으로 이웃들과 계를 조직하여 조금씩 자금을 늘려갔다. 아버지의 경제적인 파산을 보충하고자 애를 쓴 것이다. 그러던 중 곗돈을 떼먹고 달아나는 일을 당하여 그간 모아 놓은 돈을 다 밀어 넣을 수밖에 없는 일도 있었다. 이렇듯 중학교에 입학할 당시 집안 사정은 매우 어려웠다. 그래서 중학교에 진학할 형편이 못되었지만 어머니의 교육열이 대단하여서, 어떻게든 큰아들을 교육시킬 요량으로 강은기를 남원중학교에 입학시켰다. 그러니 당시의 상황에서 강은기가 어머니를 고마운 분으로 생각하였을지 짐작할 수 있다.

철학을 함께 이야기한 친구 임원택

강은기의 중학교 친구인 임원택은 강은기에 대한 추억을 오랫동안 간직하고 있었다. 임원택은 넉넉한 집안에서 자라면서 성균관대학에 입학하여 서양철학을 공부한 남원의 수재였다. 그는 여러 친구 중에서도 특히 강은기와 자주 만났다. 중학교 때부터 철학을 같이 이야기한, 뜻이 맞고 말이 통하는 친구였다. 훗날 임원택은 강은기에 대해 이렇게 말한다.

"강은기가 그래도 공부를 좀 하는 편에 속했어요. 시험을 치르고 중학교에 진학했으니까요. 머리가 좋은 편이었죠. 사고 수준이 높았어요. 일찍부터 철학에 심취했지요. 저와 얘기할 수 있는 친구가 은기였지요."

중학교 때에도 강은기는 여러 친구들과 어울리지 못하는 대신 생각이 깊었다. 가정이 어려워 자기 또래의 초등학교 친구들이 중학에 진학 못하는 사정을 더 가슴 아파했다.

'왜 같이 자라는 친구들인데 어떤 애는 진학하고 어떤 애는 진학하지 못할까? 나는 중학에 들어왔는데 누구누구는 왜 못 들어왔을까?'

이처럼 어리지만 강은기는 '더불어 함께'라는 생각이 늘 마음에 새겨 있었다.

이해학과 아이스케키 장사

순창에서 남원으로 어머니와 함께 이사 온 이해학은 남원중학 시절 강은기와 함께 아이스케끼 장사를 하면서 학비를 벌었는데, 아이스케키 하나를 같이 나누어 빨아먹던 추억을 간직하고 있었다.

"순창에서 남원으로 행상하는 어머니를 따라 이사 와서 남원중학교에 다닐 때 은기와 아이스케키 장사를 하였습니다. 학교 갈 때는 나무숲에 케키 통을 숨겨놓고, 수업 마치고 나오면 케키 통을 매고 다니면서 팔았습니다. 어느 날 은기와 같이 팔아야 할 케키 하나를 가지고 둘이 나눠 빨아먹던 기억이 잊혀지지 않습니다."

가난, 화전민 생활

화전민 생활! 기울어가는 가세로 인해 선택한 아버지의 대안이었다. 이 일로 강은기는 더욱더 아버지와 어머니에 대한 대비된 기억을 가슴에 품게 되었다. 강은기는 어린 시절을 떠올리면 늘 머릿속에 아버지에 대한 반감과 어머니에 대한 그리움이 팽팽히 맞서 엮어졌다. 어머니는 아버지의 의도를 받아들이기 어려워 반대했다. 큰 아들 강은기도 어머니의 뜻에 동조했다. 남원 시내에서 가능한 생계 방법을 찾아 살기를 바랐다. 어머니로서는 받아들이기 어려운 현실이었던 것이다.

하지만 결국 아버지를 따라야 했고, 가족 모두가 구례 산동 부근 지리산 자락을 일구면서 살았던 화전민 생활을 강은기는 이렇게 회고하였다.

"(중학교) 중퇴하고 집이 팔리고, 그러면서 어머님 같은 경우는 좀 부끄러움을 갖게 되시고 …… 아버지가 선택한 것이 화전민입니다. 지금 생각해보면 그렇게 파산상태까지 이르지 않았던 것 같은데, …… 재활의지가 허약하신 분들이라서 조금만 압박감을 받아도 짜부러졌던 거 같아요. 그래서 아주 깊은 산골, 인적도 없고, 비사래 나무를 말려서 소쿠리나 광주리 같은 거 만들어서 내다 팔고, 저도 산속으로 들어갔죠. 다같이……."

집안 형편을 간파한 어린 강은기는 어머니의 열성에도 불구하고 학업을 계속하기 어려운 사정을 잘 알고 있었기에, 사실, 중학교에 입학할 때부터 집안과 부모님에게 미안한 마음이었다. 그러다가 참고 다닌 중학교도 이내 중단할 결심을 한 것이다

"나는 중학교에 들어가기 죄송스런 마음에 중학교 가기 싫다고 했지만, 그래도 결국 중학교에 갔어요. 그런데 인자 정작 중학교 3학년이 되니까 수업료를 못 내서 중퇴를 하게 된 거죠.……"

강은기의 누나 명남도 집안 형편을 생각하여 자신의 진로를 선택하는 데 주저하였다. 중학교만 졸업하고 사범학교 진학의 기회를 잡지 못했던 것이다. 명남도 자기만 학업을 계속한다는 것에 미안함을 갖고 있었던 것이다. 명남에 대한 가족들의 기대가 컸는데, 당시는 중학교만 졸업해도 초등학교 교사를 할 수 있는 기회가 있었다. 누나는 중학을 졸업하고 남원군 송동면에 있는 송동초등학교에서 기간제 강사를 하였다. 지금으로 말하자면 시간제 계약직 강사였다. 그러나 오래 지속하지 못하고 중간에 나오게 되었다. 혼자 떨어지는 게 두려웠던 것이다. 그 후 남원법원에 들어가 호적 정리를 하는 일을 하게 되어 몇 년 근무하다가 출가하였다. 누나의 양양한 앞길이 좌절된 점을 안타까워하면서 강은기는 누나의 진로에 대한 아쉬움을 이렇게 표현했다.

"아버지는 교육에 대해 무관심하시고 어머니는 열정이었는데, 어머니 욕심은 누나를 사범학교에 보내 초등학교 선생을 해서 번 돈으로 나를 학교 보낼 수 있지 않겠느냐 이런 바람이었는데, 우리 누나 되시는 분도 심성이 약하고 무엇보다 고향 사람들이 깊은 산골로 들어간다니까 정식 학교 선생이 못되고 강사로, 어머님이 부탁하고 장로님이 주선해서 저명인사들이 손을 써서 강사가 되도록 배려를 했는데, 누님이 나 그거 못 하것다, 같이 집으로 가겠다, 그러고 손 털고 가버리니까 나도 손 털고 가게 된 것이지."

이즈음 강은기는 남원에서 인쇄소에 취직하게 된다. 이는 어머니의 적극적인 활동의 결과였다. 어머니의 생활력과 의지를 엿볼 수 있는 장면이 있다. 강은기는 3학년 졸업을 앞두고 무리를 해서라도 졸업을 할 수도 있었지만, 그런 무리를 아예 하고 싶지 않은 어른스런 아이였다. 이에 대한 강은기의 회고를 들어본다.

"(졸업하고 고등학교 진학) 그런 갈망이 있었지만, 중학교 졸업 4개월 앞두고 (자퇴)했어요. 그래서 담임선생께 야단도 맞고 그랬어요. 내가 그런 면에서는 무열정적이라니까. 내가 그런 욕구가 없어, 사회적 욕구가."

중학교에 들어가서 거창한 꿈을 키우기에는 현실이 너무 척박했다. 남들보다 2년 늦게 들어간 중학 생활이 그에겐 꿈의 운동장은 아니었다. 겨우겨우 등록금을 챙겨주시는 어머니의 손길이 미안했다. 어머니의 거친 손을 보고 가끔 울컥하기도 했다. 3학년 졸업반이 되었다. 2학기 등록금을 못 내서 선생님으로부터 야단을 맞았다. 과묵한 그의 고개가 숙여지고 있었다.

중학 3학년 때 자퇴

'이런 상황에서 더 학교를 다녀야 하나? 어머님은 저렇게 고생하시는데……' 강은기는 자기가 학교 다니는 일이 어머님에게 불효하는 일로 생각하게 되었다. '그래 등록금을 낼 수 없으면 학교를 다니지 않으면 되지 뭐.' 단순하게 생각이 모아졌다. 중도에서 포기하기로 마음을 먹었다. 누구와 상의한 것도 아니었다.

'선생님, 저 학교 그만 둘라고 헙니다.'

'은기야, 무슨 소리야. 좀 참고 다녀봐라 졸업도 몇 달 안 남았는데……'

그러나 은기의 고집을 선생님도 꺾지 못했다. 결국 자퇴서를 내고 학교를 나왔다. 졸업하기 4개월 전이었다.

중학교 3학년생 강은기, 비록 등록금을 낼 수 없는 형편이지만 좀더 노력하고 고학에 대한 열정이 있었으면 고등학교에 진학했을 텐데 무리를 하고 싶지 않았다. 어려운 집안 형편을 무시하고 자기의 학업을 위해 '역행'하고 있다는 생각 때문이었다. 그의 생전 증언대로 '현실에 순응하고 살고 싶어서', '등록금을 못 내서' 자퇴하게 된 것이다.

은기는 담임선생님한테 호되게 꾸지람을 듣고 학교를 나왔다. 1959년 10월 어느 날이다. 어려워진 형편에 집도 팔리고, 어머니는 지인들을 볼 면목이 없다고 밖에 잘 나가지도 않았다. 은기의 성격을 어느 정도 이해하고 지내는 어머니인지라 아들 은기의 중퇴 결정에 속으로는 가슴 아파하면서도 겉으로는 크게 야단치지 않았다. 어머니는 늘 상태편의 입장에서 배려하는 분이었다. 아들의 고충을 이해하고 부모인 자신의 무능을 탓할 뿐이었다. 그리고는 그 다음 단계의 살아갈 길을 모색하였다.

인쇄공의 길로

어머니 진차정은 중학교를 마치지 않고 나온 큰아들 강은기를 마음 속으로 아파했지만 겉으로 내색은 하지 않았다. 다만 혹시나 나쁜 길로 빠지지 않을까 걱정을 하였다.

그래서 어머니는 큰아들 은기의 중학교 학업 중단으로 인한 상심을 안고 '팔을 걷어붙이고' 평소 알고 지내던 지인들을 찾아다니면서 일자리를 알아보며 수소문하였다. 마침 인쇄소 쪽으로 자리가 났고, 자식 교육열이 여느 어머니와 마찬가지로 강했던 어머니는 글을 다루는 인쇄소가 아무래도 괜찮을 듯했다. 아들 은기를 인쇄소에 넣어주고 어머니는 아들에게 다짐하고 또 다짐하였다. "니가 학교도 다 마치지 못했으니 이런 기술이라도 배워서 보람을 찾으면 좋겠다."

강은기는 여기서 2~3년의 경험을 통하여, 나중에 서울에서 세진인쇄의 사장이 될 역량을 키웠다고 볼 수 있다. 강은기 생전의 증언이다.

인쇄공 입문: 정자正字 뽑기

강은기는 어머니의 바람대로 열심히 인쇄소를 다니고 기술을 배웠다. 이미 초중등학교 시절에 다른 아이들보다 한문 공부에 취미가 있어서, 인쇄소에 들어가서는 문선(文選: 활판活版 인쇄에서 원고 내용대로 활자를 골라 뽑는 일. 활자뽑기라고도 함)을 하는 기술을 배워갔다. 의를 위해 굽히지 않는 불같은 성질로 혁세의 대열에 동참하면서도 오차와 오류를 용납하지 않는 정확한 성격은 바로 이때부터 형성되기 시작하였다.

강은기는 이때 인쇄 기술을 배워 이 땅의 민주화 과정에서 필요한 시점에 필요한 장소에서 글과 문장이 피어날 수 있도록 제공했던 것이다.

그는 월급을 받으면 어머니에게 먼저 보여 드리고 조금 남겨 책을 사보았다. 특히 소설과 시를 즐겨 읽었다. 신문도 가끔 사보며 세상 돌아가는 사정을 감지하기도 했다. 학교에서 공부하는 다른 친구들을 생각하면서 뭔가 알아야 한다는 생각을 버리지 않았다. 그런데 그 당시 강은기는 학교에 대한 집착이나 학력에 대한 사회적인 욕구가 없었다. 그러니까 보통의 10대 아이들과는 다른 아이였다. 누구든 단계적으로 사다리를 타고 더 높은 계단으로 오르기를 바라는 게 인지상정이지만, 강은기는 '고학을 해서라도 꼭 학교를 다녀야겠다'는 생각을, 그런 사회적인 욕구를 아예 갖지 않은 특이한 '어른 아이'였다. 오랜 훗날, 서울에서 민주화 운동 관련 인사들과 교유를 맺고 그들의 긴박한 요구사항을 흔쾌히 다 들어주어 성사시키고도 그에 따른 사회적인 지위나 욕구도 아예 의식하지 않았던 것과 일맥상통한다.

5 상경: 4·19 혁명의 대열로

중학교를 나온 지 1년이 지나고, 인쇄소에서 일하고 배우면서 어느 정도 일이 돌아가는 가닥을 잡았다. 어디 가서도 인쇄일은 할 수 있을 것 같았다. 격동의 바람이 거세게 불어오는 1960년이 다가왔다. 강은 기가 열아홉 살 되던 해다. 이승만 자유당 독재정권의 총체적인 부정비리가 산천을 뒤덮고 있음을 그도 감지하고 있었다.

1960년! 이승만의 독재와 자유당의 부패가 기승을 부리면서 몰락의 길을 밟고 있었다. 3·15 부정선거로 전국 학생들의 노도와 같은 저항이 일어나고 있었다. 국회의원들은 짚(jeep)차를 도둑질해먹고 자유당 정치인들의 부패상이 적나라하게 드러나고 있던 참이라, 강은기도 분노로 불끈할 때가 많았다. 혈기 방장한 10대 후반에 강은기도 가만히 시골에 머물러 있을 수만은 없었다. 그는 '이럴 수가! 서울로 가자! 나도 서울로 가서 살아야겠다'는 마음을 먹고 서울행을 결행하게 되었다.

그때가 1960년 3월 31, 4·19 혁명 20일 전이었다. '공부는 나중에 기회가 되면 하자!' 하며 뒤로 미루고 '가슴이 끓어올라', 그의 표현대로 '서울로 바람이 불어' 날아갔다.

그는 정의감으로 남원 시골에 가만히 있을 수 없어서 상경했다면서 4·19 혁명 전야를 생전에 이렇게 회고했다.

"음… 그 4·19 일어나던 해 서울로 올라왔는데, 직감적으로 뭔가 터질 것 같더라고. 왜냐하면 이제 3·15 때 마산사태 터지고, 뭔가 심각하게 꿈틀꿈틀 허드라고…… 그래서 이제 아, 이왕 올라가려면 지금쯤 올라가자. 그래가지고 3월 말일쯤에 서울에 올라왔지. 어머니한테만 귀뜸으로 얘기하고 눈물의 이별을 하면서. 이제 개나리 보따리 하나 가지고 성경책 한 권 쥐고 올라왔는데, 한 20일 있다가 4·19 일어난 것 목격하고는, 나도 일하다가 조선호텔 앞에까지, 동참은 못했지마는 뛰쳐나가서 역사의 현장을 눈으로 봐야 한다 하면서 하루 종일 시간을 보내고 그랬지."

강은기는 어려서부터 정치적인 문제에 민감하였다. 정치 지도자의 면모나 성격을 살피고 당시 사회적인 이슈에 대하여 어린 나이지만 나름대로의 판단을 하고 있었다. 부정부패가 만연한 사회상을 이웃 어른들로부터 듣는 경우가 있으면 어린 마음에 분노심이 일었다.

"나 같은 사람은, 이제 분개심이라고 할까, 적개심이라고 할까……. 그리고 이제 마산 사건, 김주열이 이런 사건에는 같이 동참은 못하지만은, 이제 같이 심적으로 같이 공유도 하게 되고……. 그러니까 이것이 어떤, 말하자면 동기가 있어 가지고 모의를 한다든가, 뭐 뜻을 함께 한다든가 그런 차원이 아니고, 혼자 생각하고 느낀 바대로 행동했던 것이죠."

당시 강은기는 분개심은 일었지만 직접 행동으로 나가지는 못한 상태였다. 그는 인쇄소 일을 하면서 언론 매체에서 보도되는 4·19 혁명의 상황을 간파하고 있었다. 3·15 부정선거 규탄 시위 때 행방불명되었던 남원 출신 김주열은 4월 14일 마산 앞바다에서 처참한 익사체로 발견되어 전 국민에게 큰 충격을 주었다. 김주열의 소식은 서울로 올라온 뒤에 듣게 된 참혹한 사건이었다. 더군다나 같은 고향 출신의 동년배 학생이 아닌가! 학창 시절 서로 알고 지내지는 못했지만 김주열은 강은기와 동갑이다. 그리고 남원중학교 동창이다. 세상의 동정을 감지하고 있었던 강은기에게 동창생 김주열의 죽음 소식은 충격이었다.

해방 후부터 사월혁명 전까지 한국의 상황은 한마디로 격동이었다. 미국정부와 기독교 보수단체의 힘을 입어 민족주의 지도자들의 반감을 사던 이승만이 대통령이 된 것은 한국 현대사의 첫 단추를 잘못 끼운 것으로 평가된다. 일제의 패망으로 진입한 미군정 하에서 한국인은 일제에 저항하며 자주독립을 수립하려던 여망을 정당하게 펼쳐내지 못할 상황이 되었다. 정작 애국자들은 초라하게 환국하였고, 미군정과 친일파를 감싼 이승만 정권에서 많은 애국지사들이 살해되거나 상해를 입었다.

송진우 선생 암살(1945.12.27), 여운형 선생 암살(1947.7.19), 장덕수 선생 암살(1947.12.2), 제주 4·3 항쟁의 잔혹사(1947.3.1~1950.7), 여수순천사건(여순반란사건)의 피해(1948.10.19), 북진통일 천명(북한 무력 공격의 공공연한 천명), 백범 김구 선생 암살(1949.6.26), 1950년 한국전쟁 시 국군 등 극우단체들이 20만 명 이상 살해한 사건으로 미군도 개입한 것으로 알려진 보도연맹사건, 6·25 전쟁의 참화로 400여만 명의 직접적인 인명살상이 계속 이어지고 있어서 민중의 고통은 늘어가고 피폐해지고 있었다. 미국의 지배에서 벗어날 수 없었던 한반도의 상황에서 민중의 지지를 받지 못하는 인물이 막중한 역할을 감당하지 못한 것은 당연한 일이었다. 권력자와 민중의 괴리 상황은 날로 증가하고, 언로는 소통되지 못하고, 정의로운 사업은 불의한 폭력에 저지되기 일쑤였다. 평화적인 통일을 염원하는 인사들이 저격을 당하고 사형을 당했다. 이리하여 좌우 이념 갈등과 대립이 심화되어 갔다.

1947년 UN에서 한국 단독선거 결의를 통해 치러진 남한 단독총선은 정당들의 의견을 무시한 채 국내 정치 세력 간 분열을 초래하여 이승만과 한민당만으로 치러져 단독정부가 수립되었다. 이후 세 번에 걸친 선거 과정에서 정상적인 민주주의가 수행되지 못하고 있었다. 특히 1960년 3월 15일 선거는 부정부패선거의 전형이었다. 이러한 상황을 언론매체나 현장의 정보를 통해 보고 들은 시민들은 전국 방방곡곡에서 항의시위를 벌이고 부정선거 무효를 주장하였다. 이름하여 3·15 부정선거다. 전 국민의 분노가 끓어오르고 있었다. 그 와중에 마산에서 역사적인 사고가 일어났다.

1960년 3월 15일 제1차 마산 시위 때 경찰에 끌려가 행방불명되었던 마산상고 1학년 김주열 학생이 시신이 되어 마산 앞바다 위로 떠올랐던 것이다. 정의의 신이 보살펴서일까. 마산 시민과 학생들은 분노가 폭발했다. 2차 대규모 시위였다. 15,000명의 시민 학생들이 운집하였고, 파출소 경찰서 등이 불탔다. 전국의 주요 지역에서도 거의 비슷한 항의시위가 벌어졌다.

이어 전국 교수들이 시위에 나섰다. 4월 18일에는 고대생들이 일어섰다. 3,000여 명이 교정에 모여 스크럼을 짜고 "민주역적 몰아내자", "자유 정의 진리 드높이자"는 프랭카드를 들고 국회의사당으로 향했다. 학생들은 '기성세대는 자성하라', '마산 사건의 책임자를 즉시 처단하라', '우리는 행동성 없는 지식을 배격한다', '경찰의 학원 출입을 엄금하라', '오늘의 평화적 시위를 방해 말라'는 구호를 외치면서 오후까지 시위를 계속했다. 유진오 총장의 만류에도 아랑곳하지 않고 청계천까지 시위대가 돌고 있었다. 그러나 골목에서 100여 명의 괴한이 들이닥쳐 쇠망치, 몽둥이, 벽돌 등 흉기로 학생들을 마구잡이로 때리는 바람에 20여 명의 중상자가 생겨 병원으로 옮겨지고, 나머지 학생들은 학교로 돌아와 해산했다. 조직폭력배를 동원해 시위를 진압하였던 것이다.

이튿날 1960년 4월 19일, 고대생들의 시위 과정에서 조직폭력배에게 중상을 입은 학생들의 사진이 조간신문에 보도되자, 이를 본 학생과 시민들의 분노는 치솟았다. 서울의 대학에서는 서울대, 연세대, 건국대, 중앙대, 경희대, 동국대, 성균관대 등 10여 대학의 대학생들이 시내 곳곳에서 시위를 벌였다. 대광고 학생들 1,000여 명도 시위하였고 동성고생들도 1,000여 명이 참가했다. 서울대생 6,000여 명과 고려대생 4,000여 명, 건국대생 2,000여 명이 각각 교문을 나서 시위대에 합류했다. 동국대생 2,000여 명이 국회의사당에서 성균관대생 3,000여 명과 합류하였고, 이들은 의사당을 거쳐 경무대로 향하면서 '이승만 물러가라', '독재정권 물러가라'고 외쳤다. 시위 대열은 당초 의사당을 목표로 삼았으나 어느새 경무대를 표적으로 하는 혁명의 대열로 바뀌어 가고 있었다. 낮 12시 즈음에 연세대생 5,000여 명과 홍익대생 1,000여 명이 시위에 나섰고, 중앙대생들도 4,000여 명이 한강을 건너오고, 경기대, 한국외국어대, 단국대, 국학대, 국민대, 서라벌예술대생들도 시위에 나섰다. 서울의대생, 가톨릭의대생 등 의대생들은 가운을 입고 시위에 나섰다, 숙명여대생과 이화여대생 일부도 시위 대열에 뛰어들었다. 경찰은 저지할 수 없이 속수무책이었다. 동국대 시위대가 중앙청 앞 경무대 쪽 1, 2, 3차 저지선을 진출할 때 헌병들을 실은 군 트럭 4대가 이동했다. 오후 1시경 대부분 중고생들은 일찍 하교를 하게 했으나, 교사들의 만류에도 불구하고 강문고, 경기고, 경성전기공고 학생들은 전교생이 데모에 합류했다. 서울 시민들이 10만여 명이 모였다. 이어서 경무대 쪽을 진출하는 시위대에 소방차를 동원하고 경찰은 시민들에게 총격을 가하기 시작했다. 일곱여 명의 시민이 쓰러졌다. 아수라장이 되었다. 동성고교생들은 교모를 가다듬고 죽음을 각오하고 돌진하였다. 여기에 연세대생들도 합류했다. 경찰은 계속 총격을 퍼부었다. 경무대 앞에서 동국대생 노희대 등 21명이 사망하고, 부상자는 172명이나 되었다. 오후 2시경

시위대가 세종로를 장악하고 있어 중앙청 쪽에서 사상자를 실어 나르고 있었다. 희생자들을 본 시민들이 시위대에 합류하기 시작했다. 총성이 사방에서 울리고 시민들은 더 많이 불어 20여 만 명으로 늘었다. 이때 경찰 무기고를 향해 달려가자 경찰이 무차별 사격을 가해 연세대생 최정규 등 8명이 그 자리에 쓰러졌다. 오후 3시경 정부는 2시로 소급하여 경비계엄을 선포했다. 계엄사령관으로 송요찬 중장을 임명하였다. 이 무렵 서울신문사와 반공회관이 시위대에 의해 전소되었다. 부상자가 늘어 각 병원에서 수혈자를 모집하자, 병원 앞에는 헌혈하려는 사람의 행렬이 장사진을 이루었다. 이기붕의 집 주변에서도 총격이 가해져 사상자가 생겼다.

오후 4시 반이 지나서부터는 부산, 대구, 광주, 대전 등 전국 각지에서 시위에 참여하는 인파가 늘어남에 따라 전국에 걸쳐 경비계엄을 선포하였다. 5시 이후에는 상황이 더 심각하여 이승만 정부는 경비계엄에서 비상계엄으로 바꾸고 통금시간도 오후 7시에서 익일 오전 5시로 앞당겼다. 이때부터 경찰은 병력을 증강하여 시위대에 무차별 사격을 가하였다. 저녁 8시경 40여 대의 차량에 나눠 탄 시위대는 동대문에서 청량리에 이르는 연도의 파출소를 모조리 불살랐으며, 파출소에서 탈취한 카빈소총 27정으로 무장하고 경찰과 총격전을 벌였다. 경찰의 총격전에 서울시내 이곳저곳에서 시위대의 희생자가 속출하고 있었다. 밤 10시 즈음 중랑교 앞에 집결해 있던 계엄군이 탱크를 앞세우고 서울 시내로 진주하였다. 결국 다음날 새벽 시위대는 계엄군에 의해 진압되었다.[8]

4월 19일 시위는 서울뿐만 아니라 전국적으로 거대한 분노의 물결을 불러일으켰다.

부산에서는 경남공고, 테레사여고, 부산상고 등 고교생들이 데모가 일어나 시민들과 합세하였고 광주에서는 광주고생 및 전남대생과 시민들 수천 명이 데모를 벌이다가 경찰의 발포로 희생되기도 했다. 대전, 대구, 청주, 인천 등지에서도 데모가 일어났으나 경찰의 발포가 없어서 희생자는 없었다. 전주에서도 전주고, 전주여고 학생 대표자들이 모여 시위를 계획하다가 경찰에 연행되었고, 4월 20일 시위에는 전북대생들을 중심으로 대학생, 고등학생, 일반시민들이 참여하였다. 특히 4월 4일에는 3・15 마산시위에서 행방불명된 남원 출신 김주열을 찾아 헤매는 김주열의 어머니 권찬주 여사의 소식이 전해져 전북지역 학생들에게 커다란 반향을 일으켰다. 전북대생들은 전 대열을 중심으로 4월 4일 부정선거 규탄대회를 개최하니 전국의 대학교 가운데 최초의 시위였다.[9]

강은기도 인쇄소 일을 마치자마자 이 노도 같은 시위 대열에 합류하여 시청 앞에서, 종로에서, 광화문에서 함께 혁명의 물결을 온몸으로 전율하면서 응시했다. 그리고 혁명의 결과로 나타날 희망의 세상을 그려보았다. 완전한 민주주의 세상, 대동의 세상이 이 땅에 세워질 수 있겠구나! 희망의 대열에서 자신의 존재는 이미 사라졌다. 오직

8 『한국민주화운동사 연표 자료집』, 68~70쪽.
9 『전북민주화운동사』, 40~43쪽.

희망의 일점으로 모아져 있음을 응시했다. 개인의 이해를 넘어 공적인 일에 이바지하는 멸사봉공滅私奉公이 바로 이런 걸 두고 하는 말이었음을 강은기는 열혈 학생들과 시민들을 따르면서 온몸으로 느끼고 있었다.

혁명시인들의 시를 온몸으로 안으며

강은기의 격정과 시인 김수영[10]의 격정이 같았을 것이다. 시인의 절절한 시를 강은기도 공감하고 있었다. 그놈의 사진을 밑씻개로, 아니 그 더러운 사진을 그렇게 쓸 수도 없었지만 그런 시인의 시상은 시의 적절한 것이었다. 그놈은 말할 것 없이 이승만이었다. 이 시기 김수영 시인은 자유와 혁명을 거침없이 노래했다.

우선 그놈의 사진을 떼어서 밑씻개로 하자
(1960년 4월 26일 발표)

우선 그놈의 사진을 떼어서 밑씻개로 하자
그 지긋지긋한 놈의 사진을 떼어서
조용히 개굴창에 넣고
썩어진 어제와 결별하자

---

10 김수영(金洙暎, 1920~1968) 시인: 1920년 서울출생. 연희전문 영문과 중퇴. 자유와 저항의 대표적인 시인. 정직한 삶을 시로 표현한 많은 시들을 통해 개인과 사회의 이상의 방향을 큰 눈으로 감지하고 그려냈다.

그놈의 동상이 선 곳에는

민주주의의 첫 기둥을 세우고

쓰러진 성스러운 학생들의 웅장한

기념탑을 세우자

아아 어서어서 썩어빠진 어제와 결별하자

이제야말로 아무 두려움 없이

그놈의 사진을 태워도 좋다

협잡과 아부와 무수한 악독의 상징인

지긋지긋한 그놈의 미소하는 사진을 ─

대한민국의 방방곡곡에 안 붙은 곳이 없는

그놈의 점잖은 얼굴의 사진을

……

빨갱이라고 할까보아 무서워서

돈을 벌기 위해서는 편리해서

가련한 목숨을 이어가기 위해서

신주처럼 모셔놓던 의젓한 얼굴의

그놈의 속을 창자 밑까지도 다 알고는 있었으나

타성같이 습관같이

그저 그저 쉬쉬하면서

할 말도 다 못하고

기진맥진해서

그저 그저 걸어만 두었던

흉악한 그놈의 사진을
오늘은 서슴지 않고 떼어놓아야 할 날이다

밑씻개로 하자
이번에는 우리가 의젓하게 그놈의 사진을 밑씻개로 하자
허허 웃으면서 밑씻개로 하자

껄껄 웃으면서 구공탄을 피우는 불쏘시개라도 하자
강아지장에 깐 짚이 젖었거든
그놈의 사진을 깔아주기로 하자……

민주주의는 인제는 상식으로 되었다
자유는 이제는 상식으로 되었다
아무도 나무랄 사람은 없다
아무도 붙들어갈 사람은 없다

……

우선 가까운 곳에서부터
차례차례로
다소곳이
조용하게
미소를 띄우면서

극악무도한 소름이 더덕더덕 끼치는

그놈의 사진일랑 소리 없이

떼어 치우고 —

그놈의 사진이 떼어지고 그놈이 하야하고 나서 희망의 세계가 열리기를 바랐다. 강은기도 마찬가지였다. 그리고 그놈은 바로 늙은 독재자 이승만이었다.

사월혁명은 혁명의 시를 쏟아냈다. 많은 시인들이 쓰고 불렀다. 그중에서도 일제 때 창씨개명 않고 지조를 지키며 시의 삶을 살고 있던 시인 신석정[11]도 50대의 나이였지만 20대 청년의 기상을 가지고 격정의 시감으로 사월혁명의 시들을 써냈다. 강은기의 마음은 저 남녘 땅 석정 시인의 심정과 같았다. 1960년 6월 15일 전북대학교보에 실린 시 '우리들의 형제를 잊지 말아라'는 혁명의 희생자들에 대한 진혼가였다.

우리들의 형제를 잊지 말아라

 - 4·19 혁명에 부치는 노래

한 발자국 내쳐 디딜 곳도 없고

---

11 신석정(辛夕汀, 1907~1974): 교직에서 가르쳤으며, 극심한 가난 속에서도 불의와 타협하지 않고 지조를 지켰다. 일제 때 창씨개명도 거부하고 붓을 꺾었다. 목가적인 시를 쓰면서 동시에 저항적인 시를 쓴 시인이었다.

돌아보면 짐승들만 요란히 울던
바로 징역 같은 이 절정에서
한 무더기 꽃으로 피던 우리들의
혁명을 잊지 말아라.

조국을 안아보려던
뜨거운 가슴도
떼도둑놈들에게 송두리째 앗겨
문질러 볼 꽃 한 송이 없이
식어버리고
짓밟힌 이방인으로 살던 그 무서운
열두 핼 잊지 말아라.

도깨비 드나들던
경무대景武台 아성牙城에서
닥터 리李의 턱찌끼로
비만肥滿한 이리떼의 새끼가
역사를 앞질러 가던

소년의 노한 눈에 최루탄을 꽂아
수장水葬하던 원수를 잊지 말아라.

발버둥 치며 부르던

우리들의 조국이
목이 터져라 부르던
우리들의 조국이
피의 증언으로 다시 숨을 타던
일천구백육십년 사월 십구일을
사무치게 사무치게 잊지 말아라.

산의 의연한 자세로 하여
새 역사의 분수령에 서서
억압과 암흑을 물리치기에
구호를 입에 문 채
더운 피 흘리며 쓰러지던
우리들의 형제를 잊지 말아라.

신석정 시인은 또 '쥐구멍에 햇볕을 보내는 민주주의의 노래'를
1961년 1월 1일 전북일보에 신년시로 발표하는데, 천재적인 시재를
가진 후배 시인으로서 그가 자랑스럽게 여긴 김수영의 '그놈의 사진
을 떼어 밑씻개로 하자'는 시보다도 더한 강도로 비판하고 있었다. 시
인은 '그놈의 사진'을, 어찌 그런 더럽고 치사한 휴지가 성한 육체에
쓸 수 있냐고 반문하기도 한다.

강은기보다 8살 위인 시인 신동엽[12]은 역사의식이 짙은 시를 써 4
월 혁명의 의미를 새겼다. 특히 학생혁명시집 1960년 7월호에 실은
'아사녀'는 강은기가 깊이 공감하는 시였다. "우리들의 피는 대지와

함께 숨쉬고/ 우리들의 눈동자는 강물과 함께 빛나 있었구나"와 같이, 4월 혁명을 찬란한 반항으로 표현하였다.

그러나 민주당의 주체들은 백가쟁명의 분출되는 요구에 부응하지 못했고, 장면 정부는 파란波瀾을 잠재울 만한 능력이 부족했다. 장면 정부 출범(1960.8.23) 이후 17일 만에 반란을 꿈꾸던 군인들에 의해 결국 통제되지 못한 민주주의는 위기에 봉착하게 되었으니, 권력욕에 가득 찬 일부 군인들이 기회를 틈타 군사쿠데타를 기도하는 바람에 민주주의의 꿈은 쓰러지고 말았던 것이다.

---

12 신동엽(申東曄, 1930~1969): 충남 부여 출생. 1948년 이승만정권의 친일파 미청산 항의 동맹휴학으로 퇴학당함. 1953년 단국대 사학과 졸업.「껍데기는 가라」등 많은 절창의 시작 발표.

⁶ 응암동 나300호: 공동체 생활

서울로 올라간 강은기는 처음에는 역 대합실이나 판자촌에서 기숙하기도 했다. 그곳에서 세상의 밑바닥에서 사는 많은 사람들이 많다는 사실을 알게 되었다. 한 푼이라도 벌기 위해 해야 할 일을 찾아보아야 했다. 생계를 위해 떡 장사, 아이스케키 장사를 하기도 했다. 서울에 올라온 시골 순둥이가 아이스케키 통을 들고 '아이스케키 사시요'라는 말이 입 밖에 안 나와 그냥 매고만 다니기도 했다. 누님 명남은 동생 강은기의 숫기 없는 초기 서울생활 아이스케키 장사 시절을 이렇게 기억했다.

"은기가 케키 통을 매고 소리를 지르고 팔아야 하는디, 촌놈이 서울에 와서 말이 안 나와 그냥 돌아만 다녔대요. 어느 할머니와 손주가 있는 곳으로 가서 팔려고 하니 다 녹아버리고 케키 빨대만 남았더래요."

그러던 중에 고향 사람들이 모여 살고 있다는 곳의 소식을 들었다.

응암동 쪽방! 응암동 나300호! 그곳은 이미 남원 사람들의 공동체가 되어 있었다.

응암동 나300호는 남원에서 올라온 이들의 임시 숙소였다. 서울에서 적응하기 전에 감싸주는 시골 마을의 사랑방 같은 곳이었다. 이런 갸륵한 마음을 낸 이는 남원중앙교회의 박광수 목사였다. 수재이민들을 위해 시에서 불하해준 허름한 판잣집을 박 목사가 주선하여 잡아 놓은 것이다. 남원 출신이면 안면을 통해서 연줄연줄 들락거리며 살았던 남원 동네 사랑방이었다. 그러니 거주자는 많을 때도 있고 좀 적을 때도 있었다. 사방 예닐곱 자 정도의 무허가 판자촌 응암동 나300호. 1960년대 이곳을 거쳐 간 남원 사람들 중 하나가 강은기다. 동생 강은식도 큰형 강은기의 부름으로 나중에 상경해서 같이 지냈다. 강은식이 남원에서 상경한 이유는 강은기의 유인이 크다. '은식아 올라와라. 이 형이 너 대학도 보내줄텡게……' 바로 밑 은상이와 달리 막내 남동생 은식은 큰형 은기를 잘 따랐다. 제일 나인 어린 동생으로서 심부름은 강은식 차지였다. 강은식은 이를 다 달갑게 받아들였다. 쪽방의 살림이야 숟가락, 밥그릇과 쌀이 전부였다. 강은기가 이곳에서 지낼 때는 돈을 버는 친구들인 한의사 최형주, 세무사 이호영 등이 양식을 대고 있었다.

당시 강은기를 포함하여 8명 정도가 같이 지냈으며, 이해학은 노모와 함께 살았다. 머리에 이고 다니며 보따리 장사를 하던 어려운 시절에, 설상가상으로 보따리를 훔쳐간 이들 때문에 더욱 어려워진 이해학 모친 한명순은 응암동 공동체의 든든한 주방장으로 영입되었다. 5척도 안 되는 작은 체구에도 그녀의 바지런함은 여러 자식들을 먹여 살리는 데 헌신했다. 모두가 나서서 살림을 유지하기 위한 벌이를 모색해야 했다. 공사판 석축을 쌓는 일의 중노동도 마다하지 않았다. 이해학과 강은기는 등에 20여 킬로 되는 석축 돌을 져 나르기도 했다. 어느 땐가는 세탁소를 운영하자는 데 의견을 모아서 세탁소도 열어 일했다. 그러나 이 응암동 나300호방을 실질적으로 책임진 이는 동양한의대(구 경희한의대)를 다니면서 등록금까지 털어 내놓은 최형주崔亨柱였다. 그는 할아버지 때부터 3대째 한의업을 이어온 한의학의 대가인데, 지금은 영등포 명성한의원에서 인술을 펴고 있다. 최형주는 동무東武 이제마李濟馬의 의술에 깊이 매료되어 그의 일대기를 그린 책 『예언』을 펴내기도 했는데, 이는 KBS에서 드라마로 상영되기도 했다. 최형주의 응암동 시절에 대한 추억은 쓰리고 아픈 것이었다.

"말도 말어…… 그때 50원짜리 우동을 사서 열여덟 명이 끓여 먹었응게…… 50원짜리 국수를 물에 띄워 끓여서 열여덟 명이 먹었어."

최형주는 어렵고 힘든 시절의 기억을 찬찬히 끌어내며 말했다.

"한 여사(이해학 목사 모친)가 콩비지 장사 하고 떡 장사 하고 한 푼씩 벌어서 대고 그랬지. 내가 남원중앙교회 학생회 회장이었지. 중앙교회 사람들이 다 올라왔는디 누가 맥이고 그래야 될 거 아녀. …… 원래 이 방을 마련해준 분은 순천 출신 박광수 목사야. 남원에서 중앙교회 목사를 하고 있었지. 방은 2개, 마루 하나 딸린 수재이 민주택 반동짜리였지. 61년도부터 이곳에서 세탁소 경영해서 살림에 보탰지."

이때의 고생한 트라우마로 이해학은 국수를 먹지 못한다고 했다. 강은기는 응암동에서 지내면서 이곳에서도 가끔씩 소식 없이 떠나 있다 오곤 했다. 나름대로 일하고 벌어들일 곳에서 버티고 밀려나면 다시 나오곤 했다. 강은기는 그 당시 한 군데 오래 있지 못하였다. 이해학은 그 당시 강은기를 추억하며 이렇게 말했다.

"은기는 한 곳에 오래 머물지 못했어요. 조용히 숨죽이며 지내면 좀 오래 자리가 보장이 될 텐데, 그러질 못하는 성미였죠. 부당한 일을 보거나 불의한 사람이 보이면 참지 못하여 지적하고 대든 것이죠. 그러니 오래 한 곳에서 일하기 어려웠던 겁니다. 비정상적인 것을 정상적인 것으로 알고 사는 이들에 대해 항시 저항했습니다. 그건 70년대, 80년대 민주화 과정에서도 변함없이 이어져온 겁니다."

그 후 강은기는 자기 거처를 마련할 때까지 이곳 응암동 나300호를 떠나지 않았다. 한의학을 공부하는 한의대생으로 만날 때이니 건강에 대한 조언도 많이 해주었던 최형주 원장은 그때 젊은 시절의 강은기에 대하여 이렇게 회고했다.

"강은기는 응암동을 떠나지 않았어. 61년도부터, 강은기는 그때 깡소주를 많이 마셨어. 인쇄소 다닐 때는 인쇄소에서 먹고 자고 했지."

공동체 생활을 이끌고 가다시피 한 최형주는 자기 학비를 대면서까지 애쓰다가 결핵으로 병약해졌다. 이런 생활을 그는 부모님 모르게 했다. 하지만 병세를 호전시킬 곳은 고향 남원의 집이었다. 그래서 그는 고향집으로 내려가서 치료의 시간을 가졌다.

"응암동 나300호에서 유일한 돈벌이는 등록금이었어. 내가 내 등록금, 시골서 올려온 등록금을 하숙헌다고 속이고 썼지. 나 혼자 등록금 가지고 열여덟 명이 살았으니까. 내가 74키로 나가던 사람이 그 생활 허면서 49킬로그램으로 줄었어. 그때 결핵에 걸려가지고 피 토허고 그랬지…… 나중에 다 죽게 되자, 남원 우리 집에 가서 있다가 치료허고 또 서울로 올라왔어. 부모님은 몰랐지……."

오갈 데 없는 아들 친구들을 걷어 먹인 한맹순 여사는 외아들 이해학을 위해 헌신하면서 자식을 포함한 많은 아들들을 돌본 '억척할매'였다. 어려서 시집와서 6·25 때 남편을 잃은 그녀는 외아들 해학을 공부시켜 대학에 보내고 건사하는 일에 헌신하였다. 보따리 장사, 식모살이 등 갖은 고생을 하면서도 아들을 깊은 신앙인으로, 실천적인 종교인으로 든든히 밀었다. 민주화의 길에서 고난의 짐을 함께 지고 온 자그마한 키의 여장부인 그녀는 아직도 자식이 해야 할 민주주의와 통일의 과제가 남아 있어 96세의 노구에도 사뿐히 지내시는 분이다. 2013년에는 아들과 함께 개척해 온 성남주민교회에서 『맹순할매 억척 기도일기』란 책을 펴내기도 했다.

출가: 5·16 군사쿠데타에 절망하다

1961년 5·16 쿠데타가 나자 강은기는 민주화 열망을 꺾은 박정희 군사쿠데타에 환멸을 느꼈다. 더 이상 세상의 희망을 기대할 수 없다고 생각했다. 감수성이 예민한 약관의 시기에 닥친 세상과의 큰 불화였다. 정치적으로 민감하게 받아들인 절망감과 더불어 당시에 강은기 개인 앞에 드리워진 즐펀한 가난은 큰 장애물이었다. 입산을 깊이 생각하였다. 입산 출가에 대한 생각은 이 가난이 떠밀어서 움직인 요인도 부인할 수 없을 것이다. 그의 생각에 맞장구를 쳐준 친구가 임원택이다.

강은기와 임원택은 또래 중학교 때부터 아이들 중에서 좀 특별난 아이였다. 보다 깊은 세계와 먼 동경을 담고 이야기한 때가 많았다. 여러 친구 중에서도 둘은 이런 얘기를 많이 하면서 서로 논쟁도 하기도 했다. 누가 먼저라 할 것 없이 둘은 의기가 투합하여 속리산 법주사로 여행을 떠나게 되었다. 1961년이다. 팔팔한 열아홉, 스무 살 즈음이다. 현실세계의 도피로 보일 수 있는 출가였다. 그 즈음에 어떤 스님의 법문을 접하고, 그 스님을 찾아 속리산 법주사로 향했다.

강은기가 속리산 법주사 출가 전에 그가 저버린, 환멸적인 1961년 도를 들여다보자.

1961년 5·16 군사쿠데타

1961년 5월 16일은 역사의 반전反轉 시기였다. 4월 혁명의 희망을 꺾은 시기다. 4월 혁명의 꽃순을 자른 칼이었다. 자유당 이승만 정권의 총체적인 부정의 마지막 단계로 이승만이 어쩔 수 없이 하야한 뒤 민중은 그들의 어두운 그늘에서 벗어나길 바랐다. 그러나 민중은 민주주의를 위한 상차림 준비도 하지 못한 민주당 정권을 무시한 성급한 군인들의 난동에 휘말려 혼란스러워해야 했다. 1960년 8월 23일에 수립된 민주당 장면 내각정부는 구파의 윤보선 대통령과의 알력과 갈등으로 원만한 국정을 추진하기 어려운 한계를 안고 있었다. 거기에다가 다양한 민주주의를 향한 열망을 여러 조직과 단체들이 분출하는 과정에서 나타나는 갈등 현상을 혼란으로 여기는 반동적인 군부세력들의 음모는 민주당 정부가 수립되자마자 1960년 9월 10일에 준동하게 되었다. '1960.9.10 충무관 반란모의'가 그것이다. 무능과 혼란을 빙자하여 정치적인 야욕을 채우려는 군부세력의 적개심과 탐욕, 그로 인한 결과는 이후 한국 정치사에 암적인 영향을 미치게 되었다. 시기마다 정치 발전의 희망을 날려버리고 결정적인 계기마다 민주주의를 무너뜨리는 역할을 한 것이다. 4·19 혁명 1주년에 쿠데타를 실행할 계획을 세운 박정희는 혼란스런 상황을 핑계로 쿠데타를 감행하려고 했으나, 정작 1961년 4월 19일에 학생들의 시위가 없이 너무도 조용하고 잠잠하자 다음 달 5월 16일 3,500명의 군인을 동원해 쿠데타를 감행하게 되었다.

"박정희는 그때 '4월 19일이 안 되면 여러 주체동지들의 긴장이 풀어지기 전에 5월 초순에 해치웁시다. 그러나 아직은 4월 19일에 학생들이 봉기하지 않으리라고 포기하지 마십시오. 기다려 봅시다'고 학생들이 소요사태를 일으키기를 기다리며 초조감을 드러내는데, 정작 비상전화 벨 통에서 울리는 전화 통화 보고는 '그러나 각하! 창녀들과 포주들의 데모입니다. 약 삼십여 명의 창녀와 포주들이 매춘을 합법화하라고 서울역 앞에서 데모를 벌였습니다. 그 외로는 별 일 없이 서울거리는 평온하게 저물어가고 있습니다'라는 보고였다. 박정희는 어금니를 깨물며 눈을 감았다. 대규모 폭동이 벌어지지 않았기 때문에 김재춘이 주도할 비둘기작전은 수행될 수 없었다. 박정희가 그다지도 고대하던 혁명의 비둘기는 날지 않았다. 박정희는 처음부터 다시 시작하였다."(『김형욱 회고록』, 제1부 5·16비사, 71~72쪽)

장면 총리의 무책임하고 유약한 처신은 결국 쿠데타를 진압할 시간을 갖지 못하게 되었고, 사후에 대통령 윤보선도 암묵적으로 시인하는 소극적인 찬동의 자세를 취했기에, 일부 쿠데타 진압의 의지를 가졌던 군부는 세력 미약으로 말미암아 역사적인 소임을 수행하지 못했다. 그리고 한국 주재 미국정보요원들의 우려가 담긴 쿠데타 음모 정보를 경시한 민주당 장면 정부의 무책임한 소행과 미국 정부의 사후 승인으로 말미암아 이때부터 한국의 현대사는 거꾸로 흐르게 된다. 즉 일제 때부터 만주군관학교를 거쳐 친일행각을 벌이고, 해방 후 남로당 좌익 활동을 거쳐 신변의 위기에서 벗어나고자 동지들을 밀고하여 배반한 뒤 살아난 카멜레온 같은 박정희의 화려한 변신으로 한국현대사는 굴절되기에 이른 것이다. 이후로 장기간에 걸쳐 박정희는 자신의 권좌를 위해 민중들에게 강도 높은 반공 이데올로기를 주입하였고, 한편으로는 자신을 남한 경제 발전의 신화적인 영웅인 것처럼 대중적으로 조작하여 민중들에게 주입하였는데, 이러한 반공 이데올로기와 박정희 찬양 이데올로기, 역사왜곡, 대중 억압, 언론 통제 등의 독재로 인해 한국 현대사는 이승만 때와 마찬가지로 심하게 왜곡되고 말았다. 이는 박정희라는 한 인물과 그를 감싸는 세력들이 민중의 건강한 삶을 끊임없이 좌절시키고 절망시켰다는 점에서, 의식 있는 자들은 박정희의 화려한 성공과는 반대로 쓰라린 패배와 슬픈 현실을 탄식하지 않을 수 없었고, 이에 대항하는 무수한 민주화 운동이 전개되었던 것이다.

강은기도 민주주의와 인권, 평화와 통일을 열망한 한 시민이었다. 4·19 혁명의 활기를 꺾은 총칼은 전 국민의 의기와 열정과 희망을 쓰러뜨렸다. 대다수 민중들에게 좌절감을 드리운 5·16 쿠데타였다. 강은기도 여기에 절망하였다. 그러나 명명백백 '반민족적인 반란행위'를 통한 정권 탈취로 시작된 정권임에도, 박정희의 독재정권은 18년이나 지속되었다. 또한 그가 비명에 간 이후에도 그를 추종하는 군부정권이 연이어 들어섰으며, 그 이후 민주주의가 정립되는 듯했으나 어느 순간 다시 과거로 돌아가 버리고, 오늘날에는 다시 독재자의 딸이 한국정부의 수장으로 선출되어 자신의 아버지를 찬양하는 상황이 되었다. 역사는 반복하는, 그것도 불행한 방향으로 반복하는 것일까. 인간의 이성이 고갈되어 가고 그 욕망과 야욕과 탐욕은 고갈될 줄을 모르는 탓일까. 강은기가 이후 70년대에 끊임없이 박정희정권의 폭정에 저항하는 대열에 섬으로써 고난을 겪게 되는 것은 인간의 이성이 살아 있음을 증명하는 애절한 풀피리 소리인지도 모른다.

함석헌의 5·16 쿠데타 비판

"민중만이 혁명을 할 수 있다. 군인은 혁명을 못한다."

강은기에게 시대적 상황에 대한 인식을 심어주고 행동을 할 수 있게 한 배경에는 장준하의 「사상계」가 상당히 영향을 미쳤다. 당시 강은기는 사상계를 통해 세상을 보고 있었다. 사실 광복군으로서 돌베개를 베고 독립운동의 대열에 뛰어든 장준하는 백범의 사상을 그대로 받아들였다고 볼 수 있다. 1953년 4월에 사상계를 창간하여 민족문제와 역사문제 등을 심도 있게 다뤘다. 함석헌도 1956년부터 사상계에 집필을 시작하여 1958년도 8월호 사상계에 '생각하는 백성이라야 산다'를 기고하여 많은 이들에게 '생각'과 '사유'의 인식을 심어주었다. 그것은 현실 사회상황, 역사적 사명감에 대한 인식을 가지라는 호소였다. 함석헌은 이 글로 인해 서대문형무소에 20일간 구금되었다. 이로부터 적극적으로 자유당 이승만 독재에 저항하고, 박정희정권의 독재와 유신에 맞서는 전위에 서게 된다. 함석헌은 사상계의 뒤를 이어 「씨알의 소리」를 창간하게 된다.

　장준하는 박정희와 가장 극적으로 대비된 삶을 통하여 흠모와 존경을 받아왔지만, 5·16 군사쿠데타에 대한 인식이 초기에는 다소 호의적이었음은 아쉬운 일이다. '박정희의 최대 정적政敵 또는 앙숙怏宿이라면 장준하를 떠올리는 것이 자연스럽지만, 5·16 쿠데타 당시 장준하는 쿠데타에 협조하였다. 물론 협조한 기간은 짧았지만 훗날 보여주게 될 민주화의 투사의 이미지로 본다면…… 쿠데타에 협조했다는 것은 흥미로운 일이 아닐 수 없다.' 쿠데타 직후인 1961년 6월호 사상계에서 '5·16 혁명과 민족의 진로'라는 제목으로 쓴 권두언에서 보듯이 함석헌과는 다른 인식을 갖고 있었다. "누란의 위기에서 민족의 활로를 타개하기 위하여 최후 수단으로 일어난 것이 다름 아닌 5·16 군사혁명이었다"고 했으나, 그 다음 호인 1961년 7월호에서 함석헌은 '5·16을 어떻게 볼까'라는 제목으로 "민중만이 혁명을 할 수 있다. 군인은 혁명을 못한다"[13]며 쿠데타를 비판하였다.

　강준만에 따르면 장준하는 5·16 군사쿠데타 발발 직후에는 이를 지지하고 있었다.

　장준하는 5·16 군사쿠데타가 일어나자 사상계 1961년 6월호 권두언에 〈5·16혁명과 민족의 진로〉를 통해 '누란의 위기에서 민족

---

13 강준만, 『한국현대사산책』 1960년대편 2권, 인물과 사상사, 2009, 46~53쪽.

적 활로를 타개하기 위하여 최후 수단으로 일어난 것이 다름 아닌 5·16 군사혁명이다'는 정의를 내렸다. 그는 '4·19 혁명이 입헌정치와 자유를 쟁취하기 위한 민주주의혁명이었다면 5·16 혁명은 부패와 무능과 무질서와 공산주의 책동을 타파하고 국가의 진로를 바로잡으려는 민족주의적 군사혁명이다'는 주장을 펴면서 사실상 쿠데타를 지지했다.[14]

또한 그 당시 장준하의 주된 관심은 시종일관 '반공反共'이었으며 '우리는 군사혁명 지도자들의 용기와 총명과 견실을 높이 사려 하며, 한편 그들의 관용성을 기대하는 바이다'라고 말했다.

그러나 함석헌은 쿠데타를 비판하는 글을 1961년 7월호에 실었다. 그는 '5·16을 어떻게 볼까'라는 글에서 이렇게 비판의 목소리를 높인다.

"'민중만이 혁명을 할 수 있다. 군인은 혁명을 못한다'고 비판했다. '그때(4·19 혁명)는 믿은 것은 정의의 법칙, 너와 나 사이에 다 같이 있는 양심의 권위, 도리였지만, 이번(5·16 쿠데타)은 믿은 것이 탄알과 화약이다. 그만큼 낮다. 그때는 민중이 감격했지만, 이번은 민중의 감격이 없고 무표정이다. 묵인이다. 그때는 대낮에 내놓고 행진을 했지만, 이번은 밤중에 몰래 갑자기 했다. 그만큼 정신적으로

---

14 강준만, 위의 책, 48쪽.

도 낮다…… 혁명은 민중의 것이다. 민중만이 혁명을 할 수 있다. 군인은 혁명을 못한다. 아무 혁명도 민중의 전적 찬성. 지지. 전적 참가를 받지 않고는 될 수가 없다…… 그러므로 민중을 내놓고 꾸미는 혁명은 참 혁명이 아니다. 반드시 어느 때에 가서는 민중과 버그러지는 날이 오고야 만다. 즉 다시 말하면 지배자로서의 본색을 드러내고야 만다. 그리고 오래 속였으면 속였을수록 그 죄는 크고 그 해는 깊다."[15]

그러나 장준하가 박정희와 군부세력의 반민족, 반민주적 행태를 느끼기까지는 상당한 시간의 허비가 필요했나 보다. 장준하는 박정희와 쿠데타 주역들의 부족한 부분-미국과의 관계개선 등-을 보충하기도 했으며, 친일문학가들에 대한 충분한 인식도 부족했던 것 같다. 장도영의 제거와 자신이 운영하는 사상계 잡지가 직접적인 탄압을 받을 때까지는 박정희와 쿠데타 세력에 대하여 바로 보지 못했던 것이다. 강준만이 상술한 내용을 더 보기로 한다.

"심지어 장준하는 쿠데타 주역들과 미국과의 관계개선을 도모하기 위한 파티를 주선하기도 했다. 박정희를 비롯한 쿠데타 주역들은 대부분 군대 내 소외된 비주류 세력이었고 미국, 특히 현지 관계자들과의 관계가 원만하지 못했다. …… 장준하의 쿠데타 지지는

---

15 강준만, 위의 책, 49~50쪽.

그의 박정희에 대한 뿌리 깊은 경멸을 감안하면 의외의 태도였다. …… 1960년대 초반까지의 장준하와 박정희정권은 기본노선에서 큰 차이가 있었던 것은 아니었다. 양측 모두 친미·반공의 종속적 자본주의 근대화노선이었던 것이다. …… 그러다가 점차 평안도 동향인 장도영의 제거와 사상계 탄압을 거치면서, 2년 지나서야 쿠데타 지지의 허물에서 탈피하게 되었다. 김종필이 사상계에 실린 함석헌의 글을 내밀며 호통을 치기도 했다. '정신분열자 같은 영감쟁이의 이따위 글을 도대체 무슨 저의로 여기에 실었소? 성스러운 혁명과업 수행에서 당신은 우리 군사혁명을 모독하자는 거요? 이걸 신게 된 경위와 목적을 말하시오.' 이보다 더한 일은 부정축재처리위원회에서 출두명령서가 날아오기도 했다. 장준하는 이런 시행착오를 거쳐 쿠데타의 실상을 깨닫게 되기까지 2년이 경과되어야 했다. 민주주의 회복은 민중의 주체적인 투쟁에 의해서만 가능하다는 인식을 하게 되었다."[16]

속리산 법주사로 출가하다

출가出家! 출가는 단순히 집을 나가는 가출家出과 다르다. 그간에 살았던 세속의 인연을 단절하는 것이 출가다. 세속의 욕락을 단절하는 것이다. 강은기는 '단절斷絶'을 결행하였다.

강은기와 임원택은 함께 동행하여 법주사로 갔다. 차를 타고 걷고

---

16 강준만, 앞의 책, 50~53쪽.

물어물어 충청북도 보은 속리산 법주사로 들어갔다.

신라 말 대학자요 문장가인 고운孤雲 최치원(崔致遠, 857~ ?)은 속리산을 다음과 같이 노래하였다.

도는 사람을 멀리하지 않으나, 사람이 도를 멀리 한다.(道不遠人 人遠道)
산은 세속과 떨어지지 않는데, 세속은 산과 떨어진다.(山非離俗 俗離山)

서울에서 지낼 때 어느 날에, 두 사람은 법주사에 계시는 스님의 법문을 보게 되어 좋은 인상을 받았다. 산과 절의 명칭이 주는 직절적인 의미로도 충분히 그 둘을 이끌었다. 절에 도착하여 강은기와 임원택은 주지스님을 뵈러 갔다.

"자네들 어떻게 이곳에 왔는가?"
"출가 동기가 무언가?"
"……"

스님의 질문에 즉시에 명확한 답을 하지 못했다. 다만 세상의 혼란과 이성을 가진 사회에서 멀어진 상황에 대한 절망감, 그리고 자신의 미래에 대한 걱정과 불안 등 여러 가지 요인을 하나로 수저 젓가락 놓듯 내놓기는 부끄러웠다. 답을 할 수 있는 것은 대답하고, 할 수 없는 것은 묵답이었다. 이제 출가의 문에 섰다.

이제껏 개인과 사회의 관계에 대해 기독교적으로 배워 온 강은기는 불교는 어떤지 알고 싶었다.

불교에서는 개인의 삶과 세상의 정의로운 사회와의 관계를 어떻게 풀어가는가?

우선 근원적인 문제인 삶은 무엇이고, 죽음은 도대체 무엇인가?

정의로운 세상은 과연 인간의 노력으로 세울 수 있는가?

정의로운 세상을 파괴하는 인간들은 왜 나타나는가?

개인의 삶은 사회에 어떻게 자리매김해야 하는가? 등에 대한 질문을 던졌다.

스님은 강은기의 강한 의지가 담긴 질문에 하나하나 설명해주었다. 스님이 보기에 강은기는 집념이 강한 젊은이로 보였다. 모든 것을 내려놓고 불법을 수행 정진하여 한 길로만 가면 불가에서 큰일을 할 재목으로 보았다. 그러나 한편, 세상과의 연이 깊고 자아의식이 강하여 화합에 장애가 될 인물로도 비쳐졌다. 수행의 목적은 생사의 문제를 해결하는 것이며, 위의 질문들에 답하는 것이며, 그러기 위해서는 바로 자신의 자아의식을 깨부수는 것이라는 걸 스님은 일깨워 주었다. 강은기는 대가 세고 자기 주관이 확실하여, 스님으로서는 약간의 우려를 가지고 그런 말씀을 하셨지만, 아무런 사심 없이 그를 위한 말씀이었다.

강은기의 친구 임원택은 이미 서양철학에 심취하여, 특히 니체, 사르트르, 하이데거 등의 실존철학에 입각한 자기 정립이 되어 있어, 인간의 실존적 삶의 진정한 의미를 구현하는 방법으로써 불법에서 그 길을 찾을 수 있는지에 많은 관심을 가졌다. 정신과 육체의 이원화된 개념을 거부하고, 양자를 융합하고 절충하고자 고민해 온 임원택은 여러 질문은 하지 않고 조용히 스님의 말씀을 경청하였다. 그러나 그의 가장 큰 장애는 무남독녀 외동아들이란 점이었다. 출가 불가 사유에 해당했다. 임원택은 출가의 1차 과정에서 탈락했다. 아쉬운 점이 있지만 강은기는 출가에 통과되고, 임원택은 귀가로 권면이 되었다. 임원택은 고향 남원으로 돌아갔고, 강은기는 속리산에 남아 법주사 행자가 되어 절 생활을 하게 되었다.

여장을 풀고 출가 원서를 쓰고 등록을 한 뒤, 대웅전에 가서 부처님 전에 참배하고 나서 드디어 행자생활이 시작되었다. 그때 강은기는 20살의 혈기 방장한 나이였다. 그간 기독교의 영향으로 자라온 지난 시절을 돌아보았다. 하나님의 세계에서 부처님의 세계로 들어온 것이다. 이제 어떤 생활을 할 수 있을까? 이 두 세계는 얼마나 다를까? 두 성인의 가르침은 얼마나 다를까? 어느 부분이 같고 어느 부분이 다를까? 그의 사유는 잔잔히 이어졌다. 행자생활의 분망함 가운데서도 자신을 잃지 않으려고 노력했다. 사실, 그의 타고난 성정은 여러 가지로 변화되어 가는 과정에서 놀랍게도 평정을 유지하면서 살아왔다. 또한 홀로 사유하는 습관은 매우 익숙하였다. 이런 성품을 지니고 있었기에, 이번 출가도 그냥 자연스런 발길로 흘러 들어온 것이다.

중국 청나라 3대 황제인 순치제(順治帝, 재위 1643~1661)는 황제로서 천하를 다스리고 나서, 어느 날 홀연히 출가한 사람이다. 출가는 새로운 출발이다. 대장부의 길이다. 강은기의 출가 마음이나 순치황제의 출가 마음이나 같을 것이다. 불가에는 순치황제의 출가시가 애송된다. 순치황제가 읊고 있듯이, 강은기의 출가도 그리 쉬운 일만은 아니었을 것이다. 누구에게나 세속을 떠나는 일이 쉽다고는 말할 수 없다. 다만 그는 숙세의 선근이 깊었고, 불가와도 인연이 깊었기에 가능한 일이었으리라.

순치황제 출가시順治皇帝出家詩

천하가 수행처요, 쌓인 것이 밥이거늘
대장부 어데 간들 밥 세 그릇 걱정하랴!
황금 백옥 귀한 줄 아지 마소.
가사 얻어 입기 무엇보다 어려워라.

내 비록 산하대지의 주인이련만
나라와 백성 걱정 더욱 시끄러워
백년 삼만 육천 날이
승가에 한나절 쉼만 못하네.

……중략……

5호와 4해에서 귀한 손님 되어
부처님 도량 안에 마음대로 노닐세라.

세속을 떠나는 일 하기 쉽다 말을 마소.
숙세에 쌓아놓은 선근 없이 안 되네.

왕으로 산 18년 자유라곤 없었노라.
산하에서 크게 싸워 몇 번이나 쉬었던가.
내 이제 그만 두고 산속으로 돌아가니
천만 가지 근심걱정 나하곤 무관하네.

행자생활

당시 한국 불교계는 해방 이후에 불거져 나온 비구 대처 간의 갈등이 심화되어, 비구승들을 중심으로 불교계 정화운동이 한창이었는데, 이러한 정화운동으로 어수선한 분위기는 법주사에서는 느낄 수 없었다. 대개 행자들이 많은 큰절에서는 행자에 대한 자격심사가 엄격하게 진행되었다. 우선 신심을 갖고 있는지에 대한 자격, 신체적으로 건강하여 대중들과 지낼 수 있는지, 육체적인 울력(대중노동)을 할 수 있는지의 여부, 성격이 모나지 않고 대중과 화합할 수 있는지의 여부 등을 파악하여 선별하는 것이다.

속리俗離하여 법주法住하기를 결심한 강은기는 심사 담당 스님으로부터 합격 판정을 받아 이제 드디어 출가사문이 되었다. 하지만 비구계를 받기 전에는 행자일 뿐이다. 행자를 포함한 절집의 대중들은 먹고 자는 일을 나누어 하게 되며, 또 예불을 마치고는 함께 울력을 한다. 강 행자도 채소를 가꾸는 밭에 가서 잡초를 뽑고 풀을 베는 일을 함께 했다. 가을에서 겨울로 접어들 무렵에는 지게를 지고 산에 가서

땔나무를 해 등짐으로 져 날라야 하고 때론 장작도 패야 했다. 겨우 내 방마다 아궁이에 불을 지펴야 하기에 차곡차곡 가지런히 패서 쌓았다. 때로는 가마솥에 밥을 해야 하기에 물을 길어 나르는 일도 하였다. 공양간에서 대중들의 공양을 지을 때는 밥이 제대로 지어질 수 있도록 정신을 차려 불을 지펴 때야 했다. 어릴 적 고향에서 해본 경험이 있어 그리 어려운 일은 아니었다. 찬거리를 만들어 내야 하는 일도 간간이 순번대로 돌아왔다.

『초발심자경문初發心自警文』은 출가한 행자들이 처음 접하는 안내서요, 불교 입문서로 세 가지 글로 이루어진 불문佛門의 필독서였다. 목우자 보조 지눌의 「계초심학입문」, 원효 대사의 「발심수행장」, 야운 스님의 「자경문」이 그것이다. 날마다 일정 분량을 배워 외우고, 스님께 확인을 받고, 의문나면 질문도 하고 의심을 풀었다.

그중 보조국사 지눌의 저서인 「계초심학입문誠初心學入門」은 처음 불문에 들어온 행자들이 가장 먼저 배우는 교과과정이다. 첫머리는 이렇게 시작한다.

"무릇 처음으로 불문에 들어온 사람은 마땅히 나쁜 사람은 멀리하고 어질고 착한 사람만 가까이해야 한다. 5계[17]와 10계[18] 등을 받아

서 지키고, 범하고 열고 막을 줄을 잘 알아야 하느니라. 다만 부처님께서 말씀하신 성스러운 말씀에 의지할 것이요, 어리석은 사람들의 허망한 말은 따르지 말라. 이미 출가해서 청정한 대중에 참여하였거든 항상 부드러움과 온순함과 화목함을 생각하고, 내가 장하다는 교만심으로 잘난 체하지 말라."

『계초심학인문』에는 일상생활에서 마땅히 해야 할 일과 세세히 몸가짐을 살피라는 계책이 담뿍 담겨 있었다. 아픈 사람은 도와주고, 인사 잘하고, 낭비하지 말고, 남 피해주지 말 것 등은 늘 배워 온 바요 실천해야 할 문제다. 조석으로 예불에 참석하고, 게으르지 말고, 부처님을 우러르며, 부처님을 닮으려고 하며, 참된 성품을 드러내려고 노력하는 일 등이었다.

"다만 뜻과 절개를 굳게 가져 항상 게으름을 채찍질하고 잘못을 깨달아 착한 데로 옮겨서 허물을 뉘우치고 마음을 조복할 지어다. 부지런히 닦으면 관하는 힘이 더욱 깊어지고, 갈고 닦으면 수행문이 더욱 밝아지리라. 항상 불법을 만나기 어렵다는 생각을 일으키면 도 닦는 마음이 늘 새로워지고, 항상 다행하다는 마음을 가지면 마

---

18 『범망경』의 '보살십중대계'에 따르면 10계는 다음과 같다. 5계 중 1~4계는 동일. ⑤술을 사거나 팔지 말라. ⑥사부대중의 허물을 말하지 말라. ⑦자기 자신을 칭찬하고 남을 비방하지 말라. ⑧탐욕심을 내어 인색하지 말라. ⑨성내지 말고 참회하면 받아주라. ⑩삼보(불법승)를 비방하지 말라.

침내 물러나지 아니하리라. 이와 같이 꾸준히 공부하면 정혜定慧가 저절로 뚜렷이 밝아져서 자신의 심성을 보아 훌륭한 '환술과 같이 공한 자비와 지혜'로 모든 중생을 제도하여, 인간과 천상의 큰 복밭이 될 것이니 마땅히 힘쓸지어다."

강은기는 「초심계학입문」의 끝부분인 이 구절이 중요한 의미를 담고 있다고 생각했다. 뜻을 굳게 가져 실천하면 도 닦는 이의 앞길이 환히 밝아진다는 말씀이니 부지런히 정진해보고 싶었다. 그리고 이런 가르침은 이후 굽히지 않고 오로지 한길로 올곧게 자신의 길을 걸어간 강은기의 삶에 하나의 지표가 되어주었다.

하지만 참을성 있는 강은기도 행자생활의 나날은 생각보다 힘들었다. 때로는 녹초가 되어 쓰러진 때도 있었다. 그러나 그는 행자생활을 능히 수용해 나갔다. 그리고 그는 때때로 불교 철학의 핵심적인 내용을 배울 수 있었다.

불교의 핵심 사상을 접하다

석가세존이 무상정등정각無上正等正覺을 성취한 뒤 녹야원에서 최초의 제자들인 5비구에게 처음 설한 법이 사성제四聖諦이다. 사성제는 고苦·집集·멸滅·도道의 네 가지 진리로서 괴로움, 괴로움이 일어나는 원인, 괴로움의 소멸, 괴로움의 소멸에 이르는 길을 말한다. 고성제는 괴로움의 실체를 여실히 관찰하는 것이고. 집성제는 괴로움의 원인을 깨달아가는 것으로 그 구체적인 방법으로는 12연기를 관찰하는 관법이 대표적이다. 멸성제는 괴로움의 소멸된 상태인 열반의 세계이고, 도성제는 괴로움을 소멸시키고 열반에 도달하는 방법을 제시한 것으로, 바로 8정도를 통하여 실현할 수 있다고 한다.

8정도는 올바른 수행의 길을 여덟 가지로 제시한 것이다. 올바른 생각을 가지라는 정견正見, 올바른 생각을 하라는 정사유正思惟, 올바른 말, 즉 남에게 상처주지 않는 자애로운 말을 하라는 정어正語, 올바른 행동, 즉 바른 계율을 지키라는 정업正業, 올바른 생활, 즉 올바른 직업을 갖고 생활하라는 정명正命, 올바른 용기로 올바른 노력을 하라는 정정진正精進, 올바른 기억을 갖고 깨어 있으라는 정념正念, 올바른 집중으로 선정을 유지하라는 정정正定이 바로 거룩한 여덟 가지 길이다.

연기사상이란 사성제를 달리 세분한 것이다. 연기緣起를 나타내는 대표적인 경전의 문구가 "이것이 있으므로 저것이 있고, 저것이 있으므로 이것이 있다"란 경문인데, 한 개체의 생명은 무한한 개체와 인연이 있다는 말이다. 유정과 무정의 생명뿐 아니라 우주의 성주괴공成住壞空도 모두 연기로 얽혀 있다. 이렇게 우주로 확장된 연기가 바로 법계연기法界緣起이다. 연기사상의 대표적인 12연기를 보면, 무명無明을 연하여 행行이 있고, 행을 연하여 식識-명색名色-육처六處-촉觸-수受-애愛-취取-유有-생生-노사老死가 있다. 이렇게 순서대로 관찰하는 것이 유전문流轉門이고, 연기의 순관順觀이라 한다. 반면, 역으로 '무명을 멸함으로써 행이 멸하고…… 생이 멸함으로써 노사가 멸한다'고 관찰하는 것이 환멸문還滅門이고, 연기의 역관逆觀이라고 한다. 유전문은 어떻게 미혹한 세계가 형성되는가를 설명하고, 환멸문은 어떻게 미혹한 세계를 극복하고 해탈의 경지에 이를 수 있는지를 보여준다.

삼법인三法印은 연기의 세계를 깨닫는 방법으로 세 가지 진리를 도장에 비유한 것으로 제행무상諸行無常, 제법무아諸法無我, 열반적정涅槃寂靜이 그것이다. 여기에 일체개고一切皆苦를 합하면 사법인이 된다. 연기로 구성된 세계는 한순간도 머무르지 않고 변화한다고 보는 게 제행무상이다. 상호 의존해 있기 때문에 주체적으로 독립적인 존재가 없다는 의미에서 제법무아다. 인간을 구성하는 오온五蘊[19]은 가상의 일시적 결합이기에 나(我)라고 내세울 것이 없다. 단지 오온이 결합하여 형성된 순간의 연속에 불과하다. 그러기에 집착을 가질 필요가 없다고 본다. 무상無常인 것은 고통(苦)이고, 고통인 것은 무아無我이다. 이렇게 하여 무상-고-무아-공空이라는 한 고리가 꿰어진다. 열반적정은 무상과 무아를 깨달으면 고통이 소멸한 상태가 되는 것을 말한다. 인간을 끊임없이 윤회하게 만드는 원동력인 탐욕·성냄·어리석음이라는 삼독三毒의 불이 꺼진 상태를 열반이라 한다. 니르바나라고도 불리는 열반의 세계는 얼핏 기독교의 하나님나라와 비슷하다.

강은기는 그동안 기독교에서 배운 사상과 불교의 가르침이 상통하는 부분들을 주의 깊게 살피고 있었다. 마태복음에도 '하나님의 나라가 겨자씨와 같다'(마태복음 13:30-32)고 했다.

불교에서 가장 핵심 사상 중 하나가 바로 윤회輪廻이다. 불교가 기독교와 가장 뚜렷하게 다른 사상이 윤회사상이다. 윤회하는 세계는

---

19 인간의 몸과 마음을 구성하는 다섯 가지 요소. 색(色: 물질, 육체), 수(受: 감수 작용), 상(想: 개념 작용,), 행(行: 정신적 작용, 의지), 식(識: 식별 작용, 인식 작용).

여섯 가지가 있다. 이를 육도윤회六道輪廻의 세계라 하는데 지옥, 아귀, 축생, 아수라, 인간, 천상의 여섯 세계를 말한다. 육도 세계의 탄생 원인은 중생의 업(業, karma) 때문이라 할 수 있다. 업이란 어떤 한 중생이 한 세계를 살아가는 동안에 정신과 육체의 활동에 의하여 만들어지는 행위의 결과이다. 이러한 선업과 악업의 결과 때문에 각기 자업자득하여 육도 세계가 탄생한다. 따라서 불교에서는 육도윤회를 벗어나는 길을 제시하고 있다. 우리가 사는 사바세계, 즉 윤회의 세계에서 해탈의 세계로 가기 위한 방법으로는 계정혜 삼학을 닦고 선업을 쌓아 깨달음을 얻는 자력自力의 길과, 부처님과 보살들의 힘에 의지하여 정토에 왕생하여 거기서 깨달음을 얻는 타력他力의 길이 있다. 불교에서는 최고의 이상적인 세계를 극락세계라고 한다. 극락은 기독교의 하늘나라와 비슷하지만 똑같은 것은 아니다. 불교의 하늘나라는 28개의 하늘이 있다. 그래서 3계界 28천天이라 부른다. 삼독심의 정도에 따라, 지혜와 자비와 선정의 단계에 따라 욕계, 색계, 무색계로 높은 단계로 전환되고, 결국에 최종적으로 이 3계를 초탈하고자 하는 게 수행자의 목표다. 그리고 극락은 이 3계를 초월한 곳에 있다고 본다. 또한 기독교에서는 하늘나라에 가는 것이 최종 목적이지만, 불교에서 극락은 엄밀히 말해서 최종 목적지가 아니다. 불교의 최종 목적은 성불하여 부처가 되는 것이기에, 극락에서도 수행하여 부처가 되어야 하는 것이다. 다만 극락에서는 수행이 후퇴하는 일이 절대 없기에 극락에 왕생하기만 하면 반드시 성불한다고 말한다.

행자 강은기는 이렇게 불교의 심오하고 방대한 사상을 접하고는, 비록 쉽게 이해되지 않는 부분이나 이미 익혔던 기독교사상과 갈등

되는 부분이 있었지만, 불교의 사상이 매우 체계적이고 과학적인 사상임을 나날이 느끼고 있었다.

강은기는 조석으로 예불하고 마무리할 때 독송하는 『반야심경』을 독송할 때 더욱 더 경건해지는 기분이 들었다. 이미 귀에 익은 '색불이공 공불이색 색즉시공 공즉시색, 색이 공과 다르지 않고 공이 색과 다르지 않다. 색이 곧 공이요 공이 곧 색이다'는 부처님 말씀이 아직은 그리 확연히 닿지는 않았지만 깊은 의미가 있다고 생각하고 공부하였다.

공空이란 대승불교의 근본 개념으로 초기불교의 무아설과 연기설에 대한 새로운 해석으로 본다. 연기설에 의하면 우주의 현상은 주체자인 아트만에 의해 작용하는 것이 아니라 상호 연관성으로 존재하므로 주체가 비어 있는 공인 것이다. 공空의 원어 순야(śūnya)는 '부풀어 오른', '속이 텅 빈', '공허한'이란 뜻이다. 공은 다만 비어 아무 것도 없는 공이 아니라 가득차 있는 '묘유妙有의 공空'인 것이다. 석가세존 이후 불법을 계승한 제14대 조사인 용수龍樹는 공에 대해 "연기하는 것, 그것을 공성이라고 칭한다. 그것은 임의로 시설된 것(假名)이며 중도中道이다"라고 하였다.

중도란 석가세존이 제시한, 극단적 쾌락과 극단적 금욕의 고행주의의 양 극단을 넘어서는 지혜로운 눈으로 진리를 추구하는 수행 방법이다.

강은기는 이러한 반야 및 중도의 사상을 공부하는 한편, 일상의 바쁜 허드렛일과 울력으로 눈코 뜰 새 없는 행자생활 6개월을 보냈다.

그리고 스님들로부터 불교에 관한 역사, 역대 조사와 선지식의 수행과 법어 등 유익한 강의를 정기적으로 들었다. 강의하는 스님들은 행자들에게 맡은 바 소임을 충실히 하면서 중노릇 제대로 해야 속가의 부모님한테나 절의 부처님에게 공덕이 더해진다는 당부 말씀을 늘 곁들여 하셨다. 이렇게 매일매일 새벽예불-공양-경전읽기와 강의-울력-저녁공양-저녁예불-취침의 반복된 생활이 계속된 것이다.

새벽 4시에 예불을 참석하려면 적어도 3시 반에는 일어나서 준비해야 한다. 사시예불 10시에 참석하고 점심을 먹고 나면 그 너른 도량의 일들이 기다린다. 다른 행자들과 울력을 할 때도 시골 출신이라일은 단련되었다고 자부한 그다. 저녁 6시에 범종소리가 울리면 발걸음을 옮겨 법당으로 향한다. 스님들을 따라 강 행자도 지심으로 정례하며 절하고 예불 드리는 그 장엄한 시간이 그리 낯설지 않았다. 점점절 생활에 익숙해져 갔다. 낮 시간에는 그만의 한가한 시간이 거의 없었다. 하지만 그는 가끔 도량 한 모퉁이에 있는 마애부처님 전에 가서 합장하며 기도하였다. 어느 땐가는 행자 도반과 함께 속리산 정상인 문장대에 올라가기도 했다.

강은기는 매일 조석으로 드리는 예불에 참여하였다. 새벽 4시에 드리는 새벽예불은 이렇게 시작한다.

'아금청정수 변위감로다 봉헌삼보전 원수애납수 원수애납수 원수자비~애납수~'

이 말은, '저희가 드리는 청정한 물이 감로수로 변하여 불·법·승

삼보전에 바치나니, 받아 주시옵소서. 받아 주시옵소서. 자비로운 마음으로 받아 주시옵소서'라는 의미다.

저녁 5시에 드리는 예불에는 수행으로 이루어지는 법의 향기를 다섯으로 나누어 찬탄 공양하는 오분향五分香으로 시작한다.

오분향

계향戒香 정향定香 혜향慧香 해탈향解脫香 해탈지견향解脫知見香

광명운대光明雲臺 주변법계周邊法界 공양시방供養十方 무량불법승無量佛法僧

이를 풀이하면, '계의 향기, 선정의 향기, 지혜의 향기, 해탈의 향기, 해탈지견의 향기여! 광명의 구름 누리에 가득하고 법계에 두루하니, 온 누리의 무량한 부처님과 법과 스님들께 공양합니다'이다.

이어서 부처님께 향을 봉헌하는 참된 말씀이란 뜻의 헌향진언獻香眞言을 한다.

헌향진언

'옴 바아라 도비야 훔'

....

이른 새벽, 법당에서 진행되는 예불시간은 길었다. 절 생활을 함에 있어 인내의 장소는 어디든지 도사리고 있었다. 자신의 익숙했던 습관을 고쳐가는 과정이 절 생활임을 강은기는 걸음걸음 실감하고 있었다. 그는 우여곡절을 거쳐 불법의 문에 들어섰기에, 대승의 원력을 가진 보살들의 길을 따라 가고자 노력하였다.

맑은 마음으로 머무름 없이

강은기는 진여의 마음, 참 마음을 찾으러 세상을 떠나 속리산으로 왔다. 그가 찾으려 한 참마음, 진여의 마음은 과연 어떤 것일까? 그는 어느 날 문수보살의 게송을 접하고는 크게 마음에 와 닿았다. 몸과 말과 뜻의 삼업三業으로부터 시작하고 이 삼업으로 마무리하는 것이 참 마음으로 이 인생을 살아가는 일이자 보살의 길임을 가슴 깊이 느낀 것이다. 게송의 내용은 이렇다.

성 안내는 그 얼굴이 참다운 공양구요,
부드러운 말 한마디 미묘한 향이로다.
깨끗이 티가 없는 진실한 그 마음이
언제나 변함없는 부처님 마음일세.

문수보살의 게송에 또 하나가 있다. "맑은 마음, 정진하는 마음 하나가 바로 갠지스 강 모래알 수 같은 보탑을 쌓는 것보다도 수승하다"는 게송이다. 수행자들에게 애송되는 게송이며 보조국사 지눌知訥의 『정혜결사문』 마지막 장에 언급하는 게송이기도 하다. 강은기의 일념정심一念淨心은 이제 새롭게 흐르고 있었다.

발심수행장을 지침으로

절 생활이 자리가 잡히면서 강은기 행자는 『초발심자경문』에 수록된, 출가사문들의 필수 지침인 원효대사(617~686)의 「발심수행장發心修行章」도 자주 지송하였다. 진리를 추구하는 자가 어떻게 발심을 하고, 어떻게 수행해야 하는지를 명쾌하게 일러주고 있기에 참 좋았고 마음에 와 닿았다.

수없이 많은 모든 부처님께서 적멸궁을 장엄하신 것은
저 수없이 많은 겁의 바다에서 욕심을 버리고 고행을 하신 까닭이며
일체의 모든 중생들이 불타는 집 속을 윤회하는 것은
저 한량없는 세상을 살아가면서 탐욕을 버리지 못하기 때문이다.

이렇게 시작하는 「발심수행장」에서 원효성사는 출가사문의 길을 가는 수행자의 참다운 행을 제시하고 있다.

법주사에서 행자를 거쳐 사문의 수도생활에 전념한 강은기는 자신의 내면을 깊이 들여다보는 시간을 가졌다. 그런 자성을 살피는 시간, 자기 성찰의 시간은 깊은 강물처럼 잔잔히, 때론 여울물처럼 급히 흘러갔다. 한 달 두 달 석 달, 6개월이 지나고 1년이 지나고 거의 2년이 다 되어갔다. 불교에 대한 이해도 점차 깊어가고, 기독교 문화에서 자란 세월의 흔적과 무의식의 곳간은 불교라는 거대한 바다에서 재음미되고 있었다. 강은기의 내면에서는 기독교와 불교의 소통과 대화가 저도 모르게 이루어지고 있었던 것이다. 특히 마태복음[20]에서 배운 '적선積善' 내용은 불교의 기본인 칠불통계게七佛通戒偈[21]나 "선한 원

인에는 선한 결과가, 악한 원인에는 악한 결과가 온다(善因善果 惡因惡果)"는『법구경』의 구절과도 상통하는 부분이 있음을 알게 되었다.

이렇게 그의 내면에서 종교 간의 소통이 무르익고 있을 무렵, 문득 문득 세상으로 그의 눈이 돌려졌다. 기독교를 바탕으로 하여 불교의 옷을 입고 지낸 2년의 세월이었다. 엄밀히 말하자면, 강은기에게 있어 불교는 아직 더 깊은 안심의 단계로 펼쳐지지 못했다. 그런 상태에서 입은 옷이 너무 조여 오는 느낌이었다. 아니, 강은기가 불교의 활달한 세계로까지 깊이 들어가지 못했다고 보아야 할 것이다. 강은기가 보는 불교는 세상과의 관계에서 너무 멀리 떨어져 있었다. 세상의 사회적 모순을 해결하고 대안을 제시하는 데서 너무 멀리 떨어져 있음을 느끼고 있었다. 그 사상이 아무리 심오하다고 해도 사회적 대응과 참여에 무관한 종교는 그에게 더 이상 감동을 주지 못하였던 것이다.

사회적 실천의 모색

수행과 실천의 조화는 강은기의 화두였다. 한참 뒤에 불교계의 사회적 참여가 이루어지는 것을 강은기는 출가사문으로서는 볼 수 없었다. 그때는 이미 그가 환속한 뒤였기 때문이다. 불교의 개인적 수행과

---

20 "선한 사람은 그 쌓은 선에서 선한 것을 내고 악한 사람은 그 쌓은 악에서 악한 것을 내느니라."(마태복음 12: 35)

21 칠불통계게七佛通戒偈: "모든 악을 짓지 말고, 뭇 선을 받들어 행하라. 스스로 그 마음을 맑게 하는 것, 이것이 바로 모든 부처님의 가르침이다."(제악막작諸惡莫作 중선봉행衆善奉行 자정기의自淨其意 시제불교是諸佛教)

사회적 실천에 대한 방향 제시는 강은기가 늘 주목하는 바였다. 그리고 경제적 불평등, 경제정의에 대한 불교의 감로법문을 목말라하고 있었다. 사회적 약자에 대한 배려가 없는 사회는, 사회 구성원의 계층 간 격차가 심화되는 사회는 진정한 통합을 이룰 수 없으며, 진정한 평화를 이룰 수 없다는 생각을 하고 있었다.

그런 점에서 강은기가 출가 전에 접한 진보적이고 개혁적인 기독교의 사회활동은 절 안에서도 귀에 쟁쟁하게 들려올 때가 종종 있었다. 시대적 현실과 무관하게 자신의 사유와 명상 속에서만 지낸다는 것이 그때 강은기에게는 너무 참기 힘든 시간이었다. 실천적 사유가 새록새록 머리에 올라오기 시작했다. 그러면서 함께 살아가는 세상에 손과 발을 맞추어 자신도 함께 가야 함을 차츰 확고히 느끼기 시작했다. 아침 해가 떠오르면 해를 직접 응시하면서 이러한 의지를 다졌다. 문득문득 불편하고 가난하고 조악한 오두막살이 방 응암동 나 300호가 떠올랐다. 동생 은식이는 잘 지내고 있는지, 어머니는 편안하신지, 형주 형은 한의학 공부 잘하고 있는지, 해학이는 어머님과 목회활동 잘하고 있는지, 세상은 어느 방향으로 가고 있는지, 정의로운 길로 들어섰는지, 출가사문 강은기의 머릿속에는 많은 상념들이 떠올랐다.

강은기는 이윽고 인간과 세상을 떠난 그 어디에 다른 세상이 있을 수 없다는 생각에 도달했다. 개인적으로는 삶의 고뇌의 역정을 부여안고, 사회적으로는 군사 쿠데타가 벌어져 출가하였으나 부조리한 현실에 맞서 싸우는 쪽에 선 분들을 다시 생각하게 되었다. 그리하여 그는 결심했다. 다시 세상 속으로 돌아가자!

^{8}환속, 정의의 소리에 다시 귀 기울이다

공동체 누리 '응암동 나300호' 생활

법주사에서 행자생활을 거쳐 근 2년 동안 출가 수행자로 지내다가 강은기는 세속으로 나왔다. 출가에서 환속하게 된 것이다. 때는 1963년 봄이었다. 역사의 수레바퀴는 바로 가기 어려웠으나 자연의 만물은 봄기운 타고 때가 되면 피고, 때가 되면 지고 또 피어나고 있었다.

세상도 궁금하고 집안도 궁금했다. 환속하여 인쇄 일을 계속하였다. 다른 친구들은 그를 이해하기 어려웠다. 강은기는 스스로 '무식한 놈이 되겠다'며 제도권 학교의 진학을 염두에 두지 않았다. 많이 배우고 덜 배운 것에 대한 비교와 판단은 그의 고려사항이 아니었다. 유식, 무식에 대한 세상 사람들의 평가가 그에게 별로 신경 쓰이지 않았다. 그때의 심정을 그는 생전에 이렇게 말했다.

"절에서 지내다가 집안이 궁금해서 다시 하산하고, 그래가지고 서
 울로 와서 돈 벌겠다고 또 다시 인쇄소에서 직장생활하고 있을 때,
 친구가 그러더라고. 이제 대학교 다니던 친구들이 '은기 너는 왜 공

부할 생각을 하지 않고 이렇게 시간을 허비하고 있냐?'…… '공부
는 니네들이나 열심히 해라. 난 너희들처럼 공부 열심히 해봤자 유
식한 놈밖에 더 되겠냐. 나는 무식한 놈 될란다.' 그게 뭔 말이냐
면, 무無를 아는 세계의 사람이 되겠다는 거야. 너희들은 공부해 봤
자 유한의 세계 밖을 뛰어넘지 못하지 않겠냐. 나는 너희들의 한계
에 봉착되어 있는 그것을 뛰어넘어서 무한의 세계까지도 넘나드는
무의식의 세계까지도 알고 싶다. 그런 동경심과 탐구심이 있었지
요……."

가족이 있는 집으로 돌아온 그때, 그의 몸은 몹시 야위었다. 그의
정신과 몸이 완전한 자유를 얻지 못했기 때문이었다. 동생 강은식은
형 강은기의 그때를 이해하지 못했다.

"형이 어느 때 집에 돌아왔는데 폐병 걸려서 왔더라고요. 어머니는
형밖에 없었어요. 머리 깎고 중이 되어서 왔더라고요. 제가 보기에
는 이상했죠."

누님 강명남도 동생이 거의 2년 동안 행방불명되어 소식이 끊겼다
가 어느 날 나타나니 놀라지 않을 수 없었다. 그것도 머리 깎은 스님
모습으로. 게다가 초췌하고 야윈 모습이었다.

"동생이 어느 날 나타났는데, 몸은 빼싹 말라가지고 머리 깎은 중
모습으로 온 거요. 놀랐죠. 군대에서 입대하라고 영장도 나왔는

데……, 걱정하고 있었을 때였어요. 건강이 안 좋아 보였어요. 알고 보니 폐병 들어 온 거예요."

그는 다시 응암동 나300호로 들어가 살았다. 그때 대한민국 남자에게 피할 수 없는 국방의 의무가 기다리고 있었다. 몸도 너무 허약해져 군 복무는 못하고 방위 복무를 하게 되었다. 폐결핵을 앓고 있는 상태라 건강상 현역 복무가 적합하지 않았다고 판정을 받았던 것이다.

방위 복무를 마치고 나서 취직자리를 알아보고 다녔는데, 강은기는 배운 게 천상 인쇄기술이었기에 다시 인쇄소에 들어가 생업을 이어갔다. 잠은 응암동에서 잘 때도 있었고 일하는 인쇄소에서 잘 때도 있었다. 어느 때 마땅한 인쇄소가 나왔다는 정보를 듣고 난 뒤, 고향 선배인 한의사 최형주에게 부탁을 해서 돈을 빌려 인쇄소를 인수하게 되었다. 최형주의 증언이다.

"65년도엔가 영등포에 한의원을 냈어요. 강은기가 인쇄소가 싼 게 나왔다고 사달라고 해서 100만 원을 주었어. 을지로 4가에 인쇄소를 인수하게 했지. 한의원 해서 벌어가지고."

최형주는 남원에서 3대째 한의원을 한 집안으로, 역시 한의사인 아들과 함께 영등포에 위치한 명성한의원을 운영하고 있다. 최형주의 너른 마음이 아니었다면 강은기는 어려운 상황을 더 이어갔어야 할 형편이었다.

응암동에서 한 3년 지내고 나와 인쇄소를 다니면서 동생 강은식과 함께 방을 얻어 살았다. 거기서 부모님과 함께 지냈다. 동생은 아버지를 이해하고 아버지도 동생 강은식을 사랑해 주었으나, 큰아들인 강은기와 아버지는 사이가 안 좋았다. 네 식구가 살아도 동생이 부모님을 모신 거나 마찬가지였다. 어머니의 임종을 본 것도 막내 남동생 강은식이다. 당시 어머니 연세는 57세였다. 그때 아버지가 어머니를 향해 기울인 정성을 강은식은 보았다. 어머니를 살리기 위해 손가락을 뜯어 피를 내어 어머니에게 먹이시는 것을 보았다. 어머니는 아버지를 사랑하지 않으셨지만 아버지는 어머니를 끔찍이 사랑하셨다. 아버지는 더 사시다가 86세에 돌아가셨다.

벗 이해학과 해후하다

강은기와 함께 4월 혁명의 격동기를 겪고, 광주에서 고등학교를 마치고 서울로 올라온 이해학을 중학교 때 헤어지고 오랜만에 만났다. 여전히 남원 출신들이 거치기 좋은 곳이 응암동 나300호였다. 그곳 응암동에서 만난 둘은 격조의 정을 나누었다. 시대 상황의 추이를 감지하고 있던 두 친구는 자연스레 선지식들의 귀한 말씀을 듣고자 했다. 자연스레 서울 시내의 종로 거리를 함께 거닐며 60년대 중반의 시대상을 음미하고자 하였다. 이때 강은기는 이해학과 함께 함석헌, 류영모, 서남동, 안병무 선생 등의 강의를 수강하게 되었다. 흥사단 강당과 YMCA는 수준 높은 배움의 학교였다. 강은기가 앞장서서 류영모 선생 댁에 찾아가서 인사드리고 귀한 말씀도 들으니, 참으로 소중한 경험이고 즐거운 시간이었다.

법구경을 알리는 도인

강은기는 이해학에게 출가 시절 공부한 『법구경法句經』의 내용도 가끔 알려주었다. 『법구경』은 가장 널리 알려진 불교 경전 중 하나로. 간명하고도 쉽게 붓다의 가르침과 삶의 지혜를 전하고 있어 이후 수많은 사람들에게 큰 영감을 주었다.

간간이 읊는 강은기의 『법구경』은 기독교 신앙에 몰두하는 벗 이해학에게도 청량한 진리의 샘물을 느끼게 해주었다.

모든 일은 마음이 근본이다.

마음에서 나와 마음으로 이루어진다.

나쁜 마음을 가지고 말하거나 행동하면

괴로움이 그를 따른다.

수레바퀴가 소의 발자국을 따르듯이.

모든 일은 마음이 근본이다.

마음에서 나와 마음으로 이루어진다.

맑고 순수한 마음을 가지고 말하거나 행동하면

즐거움이 그를 따른다.

그림자가 그 주인을 따르듯이.

진실을 거짓이라 생각하고

거짓을 진실로 생각하는 사람은

이 잘못된 생각 때문에

끝내 진실에 이를 수 없다.

진실을 진실인 줄 알고
진실 아닌 것을 아닌 줄 알면
이런 사람은 그 바른 생각 때문에
마침내 진실에 이를 수 있다.

강은기가 읊어주는 『법구경』의 구절들을 들을 때 이해학은 싫지 않
았다. 진리의 음성을 나눌 수 있었기 때문이다. 성경 구절과도 상통
하는 법음을 전해주는 친구 강은기를 그는 도인道人이라 부르기도 했
다. 그를 아는 여러 지인들은 강은기를 도인이라고 부르기를 주저하
지 않았다. 수행자 생활 2년이 몸에 밴 탓이었다.

⁹진보적인 기독 신앙인

모태신앙, 신심 깊은 어머니의 영향

강은기가 시대적 과업에서 일신의 안위를 버리고 대의를 위해 매진할 수 있었던 배경은 한국 진보적 기독교인의 사회참여와 함께 했기 때문이라고 볼 수 있다. 어릴 때부터 기독교장로회(기장) 계열의 교회에서 진보적인 시대 인식의 분위기에서 자란 인연도 있었다. 어머니와 이모도 다 기장 계열의 신심 깊은 신도였다. 이모는 민주주의와 통일운동에 평생을 바친 강희남(姜熙南, 1920~2009) 목사의 김제 난산교회에서 신도생활을 하였다.

서울로 올라와서 벗 이해학을 다시 만나고 평생 배우자가 될 양희선, 그리고 한신대 학생들과 어울리며 한신대 교수들의 강의를 듣다보니, 자연히 기독교장로회의 실천적 기독교에 공감하게 되고, 현실참여 기독교에 합류하게 되었다. 이해학은 남원 중앙교회에 다닐 때부터 순복음 계열의 신앙생활을 하다가, 서울에 올라와서는 강은기와 지내면서 진보적인 교회지도자와 동지들을 만난 뒤로부터 순복음계에서 기장 계열로 전환하게 되었다. 또한 YMCA 강의를 통하여 자연스레 한신대 쪽으로 방향을 전환하게 되었다. 강은기의 생전 증언을 들어보자.

"어렸을 때는 기장이었는데 그땐 그런 의식이 없었어요. 서울에 올라와서 다행히 저도 가정형편이 되니까 일반 교회생활을 하게 되었고, 이해학 목사 그분은 우리 집사람하고 동기예요. 남원에서 교회를 같이 다녔고 서울 올라와서 불광동 순복음교회 신학교를 다니다가, 이해학 목사도, 그 당시 해학이가 어디서 달라졌냐면, 김영성 교수, 그 YMCA강당에서 강의 듣고, 경동교회에서 권호경 목사 설교 말씀 듣고 영향 받아서 한신대로 전학 간 거예요. 그러고 나도 동시대적으로 해학이랑 교류를 하면서 같은, 주로 신학생들과 가깝게 지내게 됐어요."

　실천적이고 진보적인 기독교로 발맞추어 가게 된 강은기의 사상적 배경에 대하여 여기서 좀 더 자세히 짚어 보지 않을 수 없다. 보수적인 기독교가 권력에 허리를 굽힌 여러 가지 자취들은 박정희정권의 돌발적인 등장에 발맞춘 부귀영화의 길이었지만, 진보적인 기독교인의 그 길은 형극의 길이었다. 그리고 그 길의 한 가운데 에큐메니컬 운동이 있었다.

에큐메니컬

에큐메니컬Ecumenical은 본래 "사람이 사는 온 세상"을 뜻하는 그리스어 단어 '오이쿠메네oikoumene'에서 나온 말이다. 이 때문에 전 로

마 제국의 대표들이 참석한 초대 교회 회의를 가리켜 '에큐메니칼 회의'라고 일컫는다. 이 회의에서 내린 결정 사항들은 모든 교회의 동의를 나타낸다고 믿어졌기에, 그들이 만든 신조들을 '에큐메니컬 신조'라고도 부른다. 가톨릭교회는 제2차 바티칸 공의회를 제외하고는 총 20회의 에큐메니컬 회의가 있었다고 한다. 그러던 것이 현대 세계에 있어서 에큐메니컬이라는 말은 과거와는 다른 의미를 가지게 되었다. 즉 자신들을 기독교라고 부르는 모든 교회들의 연합 운동을 일컫는 말이 된 것이다.

한국 교회의 에큐메니컬 사회참여의 역사적·신학적 배경은, 첫째는 1961년 WCC(세계교회협의회) 뉴델리 총회에서 IMC(국제선교협의회)와 WCC가 통합함으로써 꽃피우게 된 '하나님의 선교신학'이요, 둘째는 60년대 초 한신대와 감신대를 중심으로 한국교회의 주체적인 신학을 형성하기 위한 일환으로 제기된, 한국의 전통문화와 접목하여 한국의 현실 문제를 기독교 신학의 과제로 삼고자 한 '토착화 신학'이었다. 이는 칼뱅 전통의 '하나님 중심주의'를 고수하면서도 한국교회의 실정에 맞도록 토착화해야 한다는 점에서, 뒤에 등장하는 민중신학의 촉매가 되었다. 셋째는 독일과 미국의 본회퍼, 반부렌 등으로 대표되는 '세속화 신학'으로, 이는 사회문제를 교회문제로 받아들이고 사회를 거부하지 않고 교회가 그 안으로 들어가 선교활동을 해야 한다는 신학인데, 이 '세속화 신학'을 서남동이 제기하였다. 넷째는 세속화 신학의 논의를 거쳐 대두된 '민중신학'이다. 민중신학은 1970년대 한국사회의 민주화와 인권운동에 참여한 한국교회가 민중에 대한 발견으로부터 시작된 운동으로, 서남동이 주도한 '한국그리스도인의 신앙선언'(1973)이 직접적인 계기가 되었다. 이는 한국 노동운동사의 역사적 분수령으로 평가되는 사건인, 1970년 전태일의 분신으로 분출된 노동자와 민중 등의 생존권 투쟁을 바라보고, 억압받고 소외된 민중들의 고난에 목회자와 신학자들이 동참함으로써 탄생하게 된다. 이렇게 탄생한 민중신학은 맑시즘과의 대화와 참여를 모색하면서 안병무에 의해 '민중해방 신학'적인 기틀을 정립하게 된다. 이후 민중신학은 한국적 신학의 한 모습으로 군사 독재적 상황 아래에서 민주화와 인권을 위해 노력했던 이들에게 정치적 항거의 신학적 근거와 적극적인 수단으로 봉사하게 된다. 이는 한국 가톨릭 진영에서 제2차 바티칸공의회와 남미 해방신학의 영향으로 천주교정의구현사제단이나 가톨릭노동청년회가 탄생하고 활성화된 것과 그 궤를 같이 한다고 볼 수 있다.

장공 김재준, 역사참여 신학

에큐메니컬의 사회참여에 나타난 교회와 국가의 관계를 이해하기 위하여 한국 개혁교회 전통의 맥을 살펴보지 않을 수 없다. 즉 칼뱅이 일찍이 갈파하고 20세기 개혁교회 신학자 칼 바르트에 의해 재천명된 '그리스도 주권론'이다. 인간에게는 두 가지 이중적 정부가 있는데, 하나는 영적인 정부, 또 하나는 세속의 정치적인 정부로서 여기서 세속적인 정부의 목적상을 선명히 밝히고 있다. 칼뱅에 의하면 국가는 공평과 정의를 행하여 사회의 안전과 평화를 확보하는 정치적인 임무 외에도 건전한 종교의 발전을 도모하는 종교적 임무도 지닌다고 한다. 이 개혁교회 전통의 '그리스도 주권론'은 세계와 역사와 문화를 변혁시키려는 의지가 강한 문화변혁과 역사 책임적 신학의 특징을 나타낸다. 그리고 이는 한국의 깨어 있는 신학자들에게도 영감을 불러 일으켰다.

한국사회의 민주화 운동 과정에서 가장 주도적인 역할을 한 사람들 중 한 명으로 장공長空 김재준(金在俊, 1901~1987) 목사를 꼽을 수 있다. 함경북도 경흥에서 출생한 그는 한국 개혁신학의 대부로 불리는데, 1960년대에서 70년대에 민주화 운동의 선봉에 서서 저항하였다. 김재준은 '꼴통 기독교', 즉 인간을 하나님의 부속품으로 취급하고, 성경 말씀 하나하나가 절대적인 진리이며 거기에 어긋나는 모든 행태를 이단시했던 강퍅한 기독교를 벗어나, 하나님과 인간 사이의 그 막막한 공간을 유영하며 인간의 역사歷史를 통해 역사役事하시는 하나님을 따랐던 사람이었다. 그는 호세아, 아모스, 예레미야 등 "불의에 가득 찬 시대에 있어 예언자의 용기"를 강조했으며, "어쨌든 권력자는 하나님의 기름을 부은 자"라는 일제시대 선교사들과 해방 이후 보수적 목사들의 편리한 규정에 반발했다. 당연히 그의 일생은 투쟁과 시련의 연속이었다.

그는 한국의 많은 신학자와 목회자들에게 지대한 영향을 미쳤다. 김재준은 개신교 기장 측의 대표적인 민주화 인사로서 '3선개헌 반대 범국민투쟁위원회' 위원장과 '민주수호 국민회의'의 대표위원을 맡아 1974년까지 국내에서 활동한 후 미국으로 건너가 북미주에서 민주화 운동을 이끈 '민주화 운동의 아버지'로 존경을 받은 인물이다. 60세 이상은 대학에서 물러나라는 박정희의 말에 한국신학대학교(조선신학교의 후신)를 물러나야 했던 김재준은 그의 회고록에서 아주 짧은 글 하나가 독재에 대한 선전포고가 되었노라고 말한다. "'일부 몰지각한 언론인, 학생 등이 망동한다'는 담화에 대해 나는 '누가 몰지각하냐?'는 식으로 반격하는 발언을 어느 신문에 발표했다. 그게 박정희의 독재 지향성에 대한 나의 선전포고가 되고 말았다." 이후로 한일회담 반대 투쟁의 전면에 나선 그는 본의 아니게 망명길이 되어버린, 1974년의 캐나다에 살던 딸 방문 이전 시기까지 국내에서 벌어진 반독재 투쟁의 중심에 서 있었다. 누군가 "목사가 무슨 투쟁이냐?"고 딴지를 걸면 "예수 역시 싸움을 일으키기 위해 왔다고 하지 않았는가. 예수가 의를 위해 투쟁하지 않았다면 십자가에 매달렸겠는가?"라고 맞받아쳤으며, "교회가 왜 정치에 관여하느냐?"는 물음에 "정치에 관여하지 않고 하룬들 살 수 있느냐?"라고 맞받았다. 10년간의 해외 생활을 마치고 귀국한 뒤에도 한국의 현실에서 눈을 떼지 않던 김재준 목사는 그가 죽기(1987.1.27) 여드레 전, 성고문 사건과 건국대 사건, 박종철 고문치사 등으로 정권이 악행의 극단을 달리고 그에 대한 분노가 무르익을 즈음, 함석헌과 함께 유언 같은 메시지를 국민들에게 전한다.

국민(씨알) 여러분! 우리는 이 이상 상전 모시는 종의 시대에 살지 맙시다. 그러므로 나라의 주인으로서 제 임무를 다해야 할 것입니다. …… 국민 여러분밖에 이 나라를 바로잡을 힘을 가진 자가 없습니다. 여러분의 힘이 곧 우리의 힘이요, 그것을 바로 쓰는 데에 우리 민족의 운명이 달려 있습니다."

또한 그의 제자인 박형규 목사, 문익환 목사, 강원룡 목사, 안병무 교수, 서남동 박사, 문동환 목사 등이 진보적 신학노선을 가지고 역사현실에 참여함으로써 정치권력의 왜곡과 사회구조의 질곡에 대한 저항을 불사할 수 있는 실천의 든든한 바탕이 되었다. 김재준은 1973년 5월 20일 한국그리스도인의 신앙선언에서 이렇게 세 가지를 발표한다.

1) 우리는 역사의 주인이며 심판자이신 하나님 앞에서 이웃을 대신하여 고난을 겪고 있는 눌린 자들이 자유를 얻도록 기도하라는 명령을 받고 있다고 믿는다.
2) 우리는 우리의 주님 예수 그리스도가 유대 땅에서 눌린 자들, 가난한 자들, 멸시받는 자들과 함께 사신 것처럼 우리도 그들과 함께 하면서 살아가야 한다고 믿는다.
3) 우리는 성령이 우리 성품을 변화시키며 새로운 사회와 역사를 창조하시는 데 우리가 참여할 것을 요구하신다고 믿는다⋯⋯ 우리가 이 세상에서 사회적, 정치적 개조를 위하여 싸울 것을 명령한다.

한국 개신교회의 민주화와 인권운동의 배경에 자리 잡고 있는 개혁교회 전통의 하나님 주권론은 더 급진적인 '토마스 뮌처'적 저항권보다는 약간 소극적인 저항이론에 머물면서 1970~80년대 한국사회에서 KNCC(한국기독교교회협의회)를 중심으로 7개 교단, 즉 기독교장로회, 기독교감리회, 예수교장로회(통합), 복음교회, 대한구세군본영, 대한성공회, 루터교 등의 초교파적 협력으로 1960년대부터 1980년에 이르기까지 민주화와 인권운동, 반외세 자주화운동에 참여하게 된다. 두드러진 활동을 전개한 교회로는 60년대에는 한일회담 반대운동과 3선개헌 반대운동 국면에서 예장 측인 영락교회와 새문안교회, 1970~80년대에는 기장 측의 서울제일교회·수도교회·향린교회·초동교회·경동교회·남문교회·중앙교회·양광교회·광주 한빛교회·광주 양림교회, 감리교 측의 종교교회, 대한성공회측의 성공회 서울대성당 등이 있다.

이에 소속된 개신교계 민주화 운동의 주요 인사들로는 박형규, 은명기, 정하은, 안병무, 서남동, 강원룡, 문익환, 문동환, 조지송, 조남기, 조화순, 조승혁, 김관석, 조용술, 인명진, 김진홍, 권호경, 이해학, 김동완, 이우정, 김찬국, 김상근, 김용복, 서경석, 윤반웅, 오충일, 김경락, 이규상, 박원수, 신익호, 홍성현 등이 있으며, 이 중에서도 1970년대 박형규 목사는 김재준과 더불어 대부 역할을 감당했다고 볼 수 있다. 1980년대에 들어서서 활동한 개신교계 주요 인사들은 황예식, 김인호, 허송, 이해동, 홍종택, 김종범, 안광수, 최건호, 조석오, 백천기, 조규향, 유경제, 김종희, 김선배, 임인봉, 이종형, 박봉랑, 장성률, 고영근, 금영균, 이근복, 김규태, 박영모, 박준철, 박종기, 김소영, 김윤식, 김형태 등이다. 이 밖에 70년대 기독청년 운동가들로는 나병식, 정문화, 강연원, 황인성, 고재식, 이직형, 안재웅, 정상복, 서창석 등이 활동하였고, 80년대에는 황인성, 유태선, 이민우, 김철기 등이 활동하였다.

한국교회의 사회참여의 다른 한 형태는 복음주의 선교파다. 복음주의 선교운동은 1970년 프랑크푸르트선언을 기점으로 복음 전도와 교회의 사회참여를 동시에 추구하는 입장으로, 1974년 로잔선언을 통해 널리 확산되어 개인구원과 사회구원을 동시에 추구할 것을 천명하였다. 이들은 WCC(세계교회협의회)를 반대하는 장로교회 다수의 신학자들이 가담하여 1981년 '복음주의 협의회'와 복음주의 신학회가 결성된 뒤에야 활성화되기 시작했다. 이들은 에큐메니컬 진보교회운동과 다른 목소리를 내다가 90년대 이후 1987년 창립한 기윤실(기독교윤리실천운동본부), 공선협, 경실련 등 새로운 시민운동단체를 탄생시키는 모체역할을 했다. 이를 대표하는 이는 할렐루야교회의 이종윤 목사, 강병교회의 김명희 목사, 남서울교회의 홍정길 목사, 온누리교회의 하용조 목사, 지구촌교회의 이동원 목사, 사랑의 교회 옥한음 목사, 영동교회를 설립한 손봉호 교수 등이다. 그리고 대표적인 평신도 지도자들로는 손봉호, 이만열, 김태건, 김정욱, 장기려, 이명수, 최장근, 이세중, 원호택, 김세열, 이태건, 고왕인, 황영철 등이다. 90년대 이후에는 홍정길 목사, 김명혁 목사, 양성빈 교수 등이다. 이들은 교파 간의 연대와 세상을 향한 책임을 강조하고 있다. 그것은 교파를 넘어선, 신앙고백을 넘어선, 지구적이면서도 지역적인 일치와 화해를 목적으로 한 것이다.[22]

22 김명배, 『한국기독교 사회운동사』, 북코리아, 2009, 332~357쪽.

기사연

그리고 빠뜨릴 수 없는 조직이 기사연(基社研, 한국기독교사회문제연구원)이다. 1979년 이후 기사연의 역할이 적지 않은 힘으로 지원되고 있었다. 1979년 2월 21일 창립한 기사연은 에큐메니칼 정신의 토대인 기독교 사상으로써 정의롭고 민주적인 사회의 건설에 기여할 것을 목적으로 설립되었다. 초대 이사장 김관석 목사를 시작으로 박형규-강문규-이계준-유경재-이재정-신경하 이사장이 역임하였다. 원장으로는 초대원장 조승혁 목사를 시작으로 이우정-손학규-서경석-박종화-박상증-안재웅-성해용-김경남-성해용으로 이어져 왔다.

한국 기독교는 지난 70년대부터 한국사회의 제반 문제들을 교회의 선교적 과제로 인식하고 그것의 해결을 위해 노력해 왔다. 이러한 노력은 민주화운동, 인권운동, 도시농어촌 선교운동 등으로 나타났다. 기사연은 민간 연구소들이 활성화하지 못했던 시대적 상황에서 한국사회의 민주화와 통일 등 제반 문제와 한국교회의 갱신에 관련된 문제들을 연구, 발표하고 출판함으로써 한국사회에 선구적인 역할을 감당해 왔다.

강은기와 기사연의 인연은 조승혁 목사가 초대원장으로 있을 때부터 가깝게 이어져 왔다.

10 회원교회 활동

민주화 운동과 교회 민주주의의 실험학교

강은기는 수도권특수사업선교위원회 활동을 하고 있던 조승혁 목사와 만나 일하면서 그가 운영하는 교회에 다니게 되었다. 70년대 말이었다.

조승혁 목사는 기존의 보수적인 교회의 답답하고 권위적이고 폐쇄적인 행태와는 다른 교회를 운영하고 있었다. 종로구 이화동 전 서울시장 김상돈의 한옥 자택을 인수하여 교회로 바꾸어 이름 그대로 '회원'들이 자발적이고 능동적이고 서로 간에 소통하고 민주화 운동의 짐을 함께 지고 갈 교회를 운영하게 된다. 조 목사의 강한 의지와 기개가 강은기로 하여금 회원(member)교회 '멤버', 곧 열성적인 '회원'이 되게 한 것이다. 괄괄한 성격의 조승혁 목사와 물러서지 않는 논쟁을 하기도 했지만 오히려 그런 점이 강은기로 하여금 회원교회와 조 목사를 가까이하게 한 요인이 되었다. 또한 강은기 자신의 삶의 방향과 노선은 항상 정의로운 길만 보고 걸어 왔기에 그에 합당한 동지로서 조 목사와 함께하게 된 것이다.

회원교회는 '보이지 않는 교회'라는 별명으로도 불렸다. 각자 서 있는 곳에서 예배하며, 일정한 예배 장소가 없어도 자유로이 경배하는 참다운 교회를 지향했다. '울타리 없는 교회', 이는 다분히 동양적 사유, 특히 육도만행을 중시하는 불교적 사유와도 많이 닮아 있다. 이곳에서 시대의 폭정을 타파하고자 일신의 안위를 돌보지 않고 나섰던 젊은 학생들이 모여들었다. 주로 총학생회 간부들이 함께 했다. 성공회대 김동춘도 그 가운데 한 명이다. 이들이 시국을 논하고 어울려 지낸 공간이 회원교회였다. 다시 말해 멤버들이 주인이 되는 교회였던 것이다. 강은기의 동생인 현 세진인쇄 사장 강은식은 회원교회의 소박한 추억을 다음과 같이 회고하였다.

"회원교회요? 교회 건물도 없어요. 교회도 빌려 가지고 예배를 보는데 1시에 예배를 봤어요. 거기 오는 친구들이 학생회 활동허는 친구들이 많이 왔어요. 108배 운동도 했죠. 열린 교회였습니다. 원래는 보이지 않는 교회로 불렀어요. 자기가 있는 곳에서 예배 보고 나중에 와서 만나고 그랬죠. …… 그때 오던 친구들이 교수도 많이 됐고, 김동춘은 그때 서울대 4학년 때인 걸로 알고 있어요."

11 의지하던 선지식, 정의 자유 평등의 길

노동자 예수

강은기는 모태신앙으로 태어난 기독교인이라 어려서부터 예수의 생애와 사상, 그리고 예수의 말씀을 담았다는 성경을 통하여 정신적인 성장을 해왔다. 점차 나이가 들고 자라면서 그는 누구보다도 예수의 실천적인 생애에 집중하며 살았다. 그는 생전에 예수님도 노동자였음을 강하게 언급했다.

"재정적으로 궁핍함을 느끼면서 일상을 힘들게 보내지 않았는가 이런 생각이 들고, 처음에 인쇄직공으로 시작할 때는 인쇄노동운동을 꿈꿨죠. 그때 마침 전태일이도 분신자살했었고. 내가 보는 예수님도 노동자 예수로 비춰졌기 때문에…… 모든 노동자들이 열악한 처지에서 자기가 제 대접을 받지 못하면서도 정당한 처우 개선 요구도 못하는 상황에서, 말하자면 주인들한테 혹사당하고 그럴 때, 누군가 예수처럼 나서서 역할을 해주고, 혼자가 아니라 인쇄노동자들이 연대해서 일하면서 노동자가 사회의 주인이 되는 그런 사회를 만드는 것이 좀 바람직하지 않나, 그러면 자본에 의한 사업건설이 아니라, 말하자면 노동 자본을 밑바탕으로 한 노동사회주의라 할까, 노동사회자본주의라 할까…… 말하자면 자본만 주식으로 환원할 것이 아니라 건실한 노동도 자본 가치화를 해서 서로가 몫을 가지고 활동을 열심히 하면 될 것 아닙니까."

그의 부인 양희선도 강은기의 노동자에 대한 깊은 신념과 노동자 세상에 대한 강렬한 꿈을 곁에서 많이 느낄 수 있었다고 했다.

"그이는 항상 노동자가 주인이 되는 세상이 되어야 한다고 입버릇처럼 말했습니다."

노자와 장자

함석헌을 통하여 깊어진 측면이 있지만, 강은기의 의식 기저에는 도가의 대표적 인물인 노자老子와 장자莊子의 가르침이 많이 자리 잡고 있음을 그의 행동이나 말을 통하여 짐작할 수 있다. 그가 행한 정직한 실천의 역정 과정에서 그는 말이 아니라 눈으로, 그리고 몸으로 말할 때가 더 많았다. 그는 드러내 자랑하는 것을 싫어했다. 노자의 무위無爲란 생색내며 드러내지 않는 것과 상통한다. 즉 "공을 세우고도 그 공을 세운 곳에 머무르지 않는다"는 '공성이불거功成而不居'와 같으며, 김성수가 언급한 것처럼(『함석헌평전』, 331쪽) 기독교의 "오른손이 하는 것을 왼손이 모르게 하여 너의 착한 행실이 남의 눈에 띄지 않게 하라"는 것과 같다. 강은기는 "최소한의 정부가 최고의 정부다", "최소의 조직을 가진 종교가 최고의 종교다"고 말하는 함석헌을 통하여 노자와 장자를 더 깊이 알게 되고 그들의 가르침을 따랐다. 또한 이미 그에겐 붓다의 사상이 몸에 배어 있었다. 출가를 통하여 무상無相의 상相. 무위無爲의 위爲, 무행無行의 행行이 자연스레 체화되어 있었던 것이다.

늘 낮은 물의 자리에 앉은 사람

강은기는 인쇄업 사장을 하면서도 사회적인 이슈가 있는 중요한 일이나 남이 꺼리는 일은 그 자신이 도맡아 했다. 어렵고 힘든 일은 자신이 다 안았다. 몇몇 단체의 장을 했지만 그의 직함과 그의 임무는 달랐다. 조직의 장이지만 그는 항상 맨 뒷자리에 앉았다. 그의 처소는 물같이 가장 낮은 곳이었다. 노자는 물의 자리가 가장 선하다고 했다. "가장 훌륭한 선은 순한 물이다. 물은 만물을 이롭게 하는 것을 좋아하지만 다투지 않고, 사람들이 싫어하는 낮은 곳에 처하니 도에 가깝다.(上善若水 水善利萬物而不爭 處衆人之所惡 故幾於道矣: 『도덕경』8장 상선약수)" 묵점 기세춘은 약若자를 '같다'는 통상적인 의미의 약이 아니라 '순할 순順'으로 풀었다. 또한 황건의 난을 일으킨 저항정신을 탈색하고, 현학玄學파들이 노자를 왜곡해 도가와 유가를 결합하여 해석한 책이 '왕필의 노자'라고 보았다. 이는 민중의 해방을 말한 노자의 진의를 버렸다고 본 것이다.(기세춘, 『노자강의』. 바이북스)

　강은기는 노자의 세상에 깊이 심취하고 노자의 사상이 몸에 배인 사람이었다. 『노자』 19장에 "성인을 없애고 지식을 버려라(絶聖棄智)"란 구절이나 "선한 행동은 자취가 없고 좋은 말씀은 흠이 없으며 좋은 셈꾼은 주판을 사용하지 않는다(『도덕경』 21장: 先行 無轍迹 善言

無瑕讁 善數 不用籌策)"는 구절과 같이, 그의 삶의 여정에는 노자의 사상이 그대로 드러나 있었다.

명리주의와 분파주의 타파

강은기는 민주화 운동의 뒷켠에서 물러섬 없는 의지로 앞서 나가는 이들을 성원하고, 자신이 해야 할 일을 몸으로 보여주었다. 그것은 그가 그 공功을 미리 계산하거나 바라고 한 일이 아니었다. 노자의 사상이 자연스레 몸에 배어 있었기에 가능한 것이었다. 이른바 『도덕경』에 나오는 "공을 세우고 그 공의 자리에 서지 마라(功成而不居)"였다. 그런 강은기 눈에 보이는 운동가들의 행동은 거슬리는 부분이 많았다. 그는 생전에 권형택의 질문에 세 가지로 나누어 문제점을 지적하였다. 그건 명리주의, 분파주의, 그리고 진정한 화해였다.

"형택이 말대로, 엘리트주의에 영향을 받아서 기독교 사회활동을 하고 있는 사람들 행동이 우선 첫째, 명리주의에 빠져 있어. 민주화 운동하는 것까지도 명리주의에 빠져 있어. 두 번째로, 따라서 분파작용이 심해. 음, 그 어떤 몫을 차지하려고 하는 분파작용이 심해. 그리고 셋째, 세 번째는 그 화해 정신을 왜곡되게 하고 있어. 뭐냐면, 현실을 살아가면서 적과 선과 악을 분명히 하고 선의 대처방안, 악의 효율적 대처방안을 강구해야 하는데, 그냥 부적절하게 아무 때나 화해 메시지를 줌으로써……."

강은기가 따라 간 사상은 자유이고, 평등이며, 인권이있다. 그는 형

108

상 억압하는 권력에 저항하는 자로 민중의 편에 섰다.

"그 당시에 숭앙했던 사람을 열거해 보자면…… 정신력을 갖되 정
신력을 팔아먹어서 영웅화되는 것을 지양하면서 하나의 정신적인
표상을 가지고 푯대 역할을 해야 하는데, 그 기독교에서 우상화하
지 말라는 것을 아무리 니가 훌륭한 생각을 하고 그렇다 하더라도,
그것을 어느 정도 기여를 하고 그러면은 그 하나의 상相의 자리를
내려놓으라는 거거든요. 그리고 다시 무상無相의 자리로 환원될 수
있어야 하는 그런 생각이거든요. 이상하게 어렸을 때부터 무無의
사상이랄지, 구체적으로 장자의 무위사상을 접하진 않았지만 이런
쪽으로 영향을 받았습니다."

강은기가 증언한 상相에 대한 전거는 『금강경』에 있다. 여기에는 4
상相[23]에 대하여 부처님 말씀이 설해져 있다. 아상我相, 인상人相, 중생

---

23 4상이란, 내가 남보다 낫다며 나를 내세우며 남을 업신여기는 게 아상我相이
고, 나를 자랑하며 남을 경시하는 차별의식이나 남을 비교 차별하는 것이 인
상人相이요, 중생의 본능적인 고집, 깨닫지 못한 중생이니 깨달은 부처니 하는
한계 차별의식이나, 잘한 것은 내 탓이고 못한 것은 남의 탓이라 하는 것, 약한
사람을 억누르고 강한 사람에게 빌붙는 억약부강抑弱附强, 자기의 일에 지나친
애착심을 갖고 남을 이기기 위해 투쟁하는 것은 중생상衆生相이요, 수명이 길
고 짧음과 나이가 많고 적음에 대한 차별 집착, 오래 살겠다는 불로장생에의
집착, 자기의 이기심이나 이득에 맞추어 취사선택하며 분별하는 것이 수자상
壽者相이다. 이 상에서 벗어나야 보살이라고 한다.

상衆生相, 수자상壽者相이 그것이다. 또 『금강경』 4구게에도 이 '상相'에 대한 집착을 버릴 것을 설하고 있다.

류영모

강은기는 자신의 정신적인 표상으로서 함석헌과 류영모를 따랐다. 현실 참여의 길에서 함석헌을 모셨고, 진리의 구도자의 길에서 다석多夕 류영모(柳永模, 1890~1981)를 마음으로 모셨다.

　다석 류영모는 근현대 한국 종교사에서 기독교를 중심으로 유불도 삼교를 회통 융합한 큰 사상가였다. 서울에서 태어난 그는 YMCA 초대총무인 김정식의 인도로 기독교에 입신하고, 남강 이승훈의 부름으로 1910년경 정주 오산학교에서 교사생활을 하다가, 고당 조만식의 후임으로 오산학교 교장을 지냈다. 그는 1918년부터 매일 일기를 기록하였다. 1928년부터 1963년까지 종로 YMCA 연경반 모임을 지도하여 많은 제자들을 가르쳤다. 1941년 51세 때 1일 1식과 해혼선언 후 금욕생활을 실천하였다. 그러다가 1942년 3월 30일에 발생한 '성서조선 사건'(김교신이 간행하던 월간 「성서조선」의 글을 빌미로 일제가 일으킨 필화)으로 스승 김교신과 함께 종로경찰서에 구속되기도 하였다. 1946년에는 광주의 금욕수도자 이현필을 만나 동광원에 정신적 지도를 하였다. 1948년에는 함석헌이 주재하는 YMCA 일요집회에 나가 찬조강의를 하였다. 1950년에는 '무상생 비상명(無常生 非常命: 무상한 인생에 비상한 사명으로 살자)'를 석인石印으로 새겼다. 톨스토이에 깊은 영향을 받았으며, 무교회주의적 입장을 평생 고수했다. 90세의 나이로 1981년 2월 3일 몸 옷을 벗은 류영모는 종교인으로서, 사상가로서 한국의 지성사에 깊고 독특한 영향을 준 인물이다.[24] 강은기의 생전의 증언을 들어보자.

"본인의 정신적인 어떤 푯대는 가지되…… 사람들에게 내세울 것이 있어야 되고, 사람들보다 더 가져야 되고, 사람들을 따르게 만들어야 되고……. 간디는 그런 정신적인 푯대와 물리적인 기반도 나름대로 확충했잖아요. 물레를 돌린다든지…… 그런데 한국 풍토는 그게 잘 안 되더라고……. 함석헌 선생님도 그 뜻을 분명히 따르고자 했을 거예요."

강은기와 이해학은 다석 류영모 선생을 기이하게 여기고 깊은 존경심을 갖고 있었다. 류 선생은 구기동에 살면서 종로2가 YMCA까지 걸어서 오가는 분이었다. 먼저 길을 튼 강은기를 따라 이해학도 류영모에게 인사도 드리고 찾아 뵙기도 하였다.

1964~65년 즈음 강은기와 이해학은 을지로 2가 흥사단 대성빌딩에서 자주 만났다. 거기서 매주 목요일에 강좌가 있었으며, 당시 박정희 군사정권의 억압적인 사회상황을 정확히 집어내고 대안과 희망을 제시하는 기라성 같은 인물들을 만날 수 있었기 때문이다. 청강생으로 강좌를 들으러 가는 정의로운 두 젊은이는 가슴이 뛰었다. 많은 젊은이들이 모여들었다. 다가가고 싶고 달려가고 싶은 그 자리였다.

---

24 박영호, 『다석 유영모의 생애와 사상』, 홍익재, 1985 참고.

독재의 암울한 치하에서 숨통을 틔워주던 석학들의 열변을 듣노라면 시간 가는 줄 몰랐다. 김재준, 함석헌, 서남동, 장준하, 안병무, 천관우 등 기라성 같은 강사들이었다. 이즈음 강은기는 이해학보다 먼저 다석 류영모 선생을 만났다. 류영모의 강의는 독특했다. 무릎을 꿇고 앉은 단정한 자세로 제자들에게도 하대하지 않았으며, 진중하고 깊은 그의 사상과 인품은 모든 이에게 감화를 주고 있었다. 그의 강의노트는 메모지 한 장에 간략히 적어온 글이 전부인데, 이를 잔잔히 풀이하면 한두 시간이 훌쩍 지났다. 이웃에 베푸는 살림, 자유와 평등을 강조하는 류영모 선생의 말씀은 강은기의 가슴에 깊이 다가왔다.

"사람은 서로 돕고 살아야 한다. 아끼며 살아야 한다. 물은 수평을 이루려는 것이 본성이나 중력, 풍력으로 파도가 일듯이 사람의 본성도 하나로 같이 살지만 욕심과 몽매蒙昧로 빈부귀천의 세파世波를 만든다. …… 자유와 평등을 말하지만 객관적인 자유와 평등은 없다. 내가 한아님을 사랑할 때 자유요 내가 이웃을 사랑할 때 평등이다. 이 밖에 어떤 자유나 평등도 알고 보면 부자유와 불평등이다. 자유와 평등은 부부와 같아 늘 함께 하여야지 떨어지면 둘 다 죽는다. 맘은 저 높은 곳을 향하고 몸은 저 낮은 곳을 향하여 나아가야 한다. 이것이 생명길이다."25

---

25 박영호, 앞의 책, 289쪽.

강의가 끝나고 어느 때 강은기는 류영모 선생 댁으로 친구 이해학을 안내했다. 당시는 걸어 다닐 때라 종로에서 세검정 너머 구기동까지 걸어서 갔다. 이해학도 이미 류영모 선생에 대해 존경심을 품고 신기한 도인으로 알고 있는 터였다.

이해학은 강은기와 함께 류영모 선생을 처음 뵙고 이런 질문을 드렸다

"선생님! 종로 YMCA에서 세검정까지 먼 거리인데 매번 다니시기에 힘들지 않으세요?"

이에 대해 류영모 선생은 "삶이 되면 괜찮은 거요"라고 하였다.

그때 강은기와 이해학은 류영모 선생의 일기장도 보게 되었다. 류영모는 하루살이의 삶을 정확하게 기록한 사람이었다. 연월일시에다가 분, 초까지 기록했다. 매일의 날짜를 시간, 분, 초로 계산하여 적어 놓았다. 그래서 일기장의 반절은 숫자였다.

류영모의 사람 대하는 눈이 비범함을 이해학은 그때 알았다.

다석 류영모는 동양사상을 섭렵하여 독특하게 기독교와 접목시켜 통합적인 사상을 지닌 분이었다. 그는 스스로 책을 쓰지 않았다. 후에 나온 그의 책들은 제자들이 들은 것을 정리한 것이다. 강은기의 평생 도반이 된 양희선도 강은기와 다른 지인들과 함께 다석 류영모 선생 댁을 찾아 뵌 적이 있었다. 양희선의 말이다.

"구기동 류영모 선생님 댁에 은기씨와 가본 적이 있어요. 터가 굉장히 넓었어요. 인상적인 것은 정원에 통나무 토막으로 세운 의자였어요."

강은기는 함석헌의 스승인 류영모의 사상에 빠져들어 깊은 감동을 받았다. 류영모는 1941년 2월 17일부터 하루 한 끼(일종식)만 먹기로 결심하고 그해 2월 18일 가족들을 불러놓고 부인과 성생활을 끊는 이른바 '해혼解婚선언'을 하였다. 윗목에 잣나무 널판을 깔고 지냈다. 마음의 불을 끄면 자연 몸의 불이 꺼진다고 했다. 류영모의 나이 51세 때였다. 그리고 열매는 익으면 미련없이 떨어진다면서 '과단果斷'을 비유하며 욕락을 떨치라고 가르쳤다. 함석헌도 스승 류영모를 본받아 일종식을 했다. 류영모는 참사람의 길을 지향하고 걸어갔다.

강은기는 신앙인으로서 철저히 계율을 지키고 진정성을 갖고 성자의 길로 매진하고자 한 류영모에 대한 존경심을 지니면서도 함석헌의 사회적 활동에 대한 막중한 역할을 간과하지 않았다. 박영호는 류영모, 함석헌 두 사람을 세상을 열어줄 두 개의 큰 별로 보았다. "함석헌 선생님은 류영모 선생님의 수문장이고 야전 사령관이었습니다."

함석헌, 씨알의 소리, '반독재 반유신'의 표상

해방 이후 월남하여 기독교 민족주의 의식이 강한 함석헌이 세상의 전면에 나선 때는 이승만의 독재 시절부터라고 볼 수 있다. 더 자유로운 곳으로 알고 월남한 함석헌은 이승만의 폭력정치를 목도하고 학생들을 대상으로 성경공부 모임을 만들어 강의하기 시작했다. 수강자들은 서울의 연희전문대생들이 주로 참여하였다. 1948년에 서울 YMCA, 충정장로교회 등에서부터 부산, 마산, 원주까지 여러 곳을 다니면서 일요 종교 강의 모임을 가졌다. 공개강의를 통해 기독교의 사회적 역할을 강조하며 열린 마음으로 기독교뿐 아니라 다른 종교도 수용했다. 젊은이들이 그에게 다가오는 것은 당연했다. 성경을 제대로 이해하려면 불경, 노자 도덕경, 공자의 논어 등 다른 종교에 대하여도 공부해야 한다고 했다. 함석헌의 종교는 제도로서의 종교가 아니라 삶으로 체현되는 종교였다. 함석헌은 조직과 외양을 불리고 가꾸는 데 치중하는 기존 기독교계에 대해 비판적인 입장을 취했다. 이런 과정을 통해서 진보적인 의식을 가진 젊은 학생들과 기독교인들이 호응하여 세상에 점점 알려지게 되었다. 당시에 그를 따르던 학생들이 안병무, 김용준, 김동길 등이었다.[26] 함석헌을 통해 은둔사상가로서 제자 함석헌을 가르치던 류영모도 세간에 점점 알려지게 되었다.

한국의 교회 지도자들과 신자들 대부분은 기독교인들에게 특권을 주는 자유당정권을 지지하였다. 이승만 정권은 이승만 자신이 정동교회 장로임을 내세우고 살았기에 기존 기독교단에서는 자유당 정부를 지지하여 그 하수인 노릇을 했다. 그들은 기독교인 대통령 아래 '전 국민의 기독교인화'라는 꿈을 갖고 있었다. 한국 기독교는 부패한 이승만 정권의 가장 강력한 동맹자였다. 그러다 보니 자연히 이승만 정권의 부정과 비리에 비판적인 자세를 보이는 이가 드물었다. 그러나 함석헌은 이 드문 측에 섰다. '사상계' 등 지면을 통해 그의 비판적인 글이 발표되었다. 그의 글은 양심적인 지식인들과 학생들의 뜨거운 지지를 받았다. 1953년 7월에는 시 '대선언'을 발표하여 한국

---

26 김성수 저, 『함석헌 평전』, 삼인, 2001(2011 개정판), 195~231쪽.

교회에 기꺼이 이단자가 될 것을 선언했다. 장준하가 53년 4월『사상계』를 창간하고 석 달이 지난 시기다.

'한국기독교는 무엇을 하고 있는가?'

1956년 기독교 정권인 자유당 정권하에서 전도관, 통일교, 기도원, 부흥회 운동 등 물량적인 외양의 팽배현상을 바라본 함석헌은 사상계 1956년 1월호에 '한국기독교는 무엇을 하고 있는가?'라는 글을 발표하였다.[27]

"교회당 탑이 삼대같이 자꾸만 일어서는 것은 반드시 좋은 현상이 아니다. 그것은 궁핍에 우는 농민과는 아무 관계가 없다. 그들의 가슴속에 양심의 수준을 높여 주어야 정말 종교인데 이 교회는 그와 반대다. 교회당 탑이 하나 일어설 때 민중의 양심에 어두운 그림자가 한 치 깊어진다. 그렇기에 '예수 믿으시오' 하면 '예수도 돈 있어야 믿겠습니다' 한다. 이것은 약한 자의 말일까? 하나님의 음성 아닐까? 석조전을 지을수록 거지는 도망하게 생기지 않았나? 예수가 오늘 오신다면 그 성당, 예배당을 보고 '이 성전을 헐라!' 하지 않을까?"

오늘의 상황에도 여전히 유효한 경고이다! 함석헌에게 자유와 정

---

27 김성수, 앞의 책, 241~242쪽.

의 없는 사랑이나 복종은 비굴함과 위선에 불과했다. 함석헌에게 사랑과 정의, 종교와 정치의 문제는 떼어놓고 생각할 수 없는 관계였다. '사회의 구원 없이 개인의 구원 없다!' 이것이 함석헌의 신조이다.

박정희 군사쿠데타를 눈물로 지켜보아야 했던 함석헌은 4·19 혁명 10주년이 되는 해인 1970년 4월 19일, 민중이 일어서서 새로운 세상을 열어야 한다는 절박감을 갖고 민중들의 닫힌 말길을 열기 위해 『씨알의 소리』를 창간하였다. 이 당시 김동길 교수와 법정 스님은 지원을 아끼지 않았다.

함석헌은 독재자 박정희의 경제 제일주의에 맞서 인간의 존엄을 더 크게 내세웠다. 최대다수의 최대행복에서 소외된 소수의 존엄을 다수의 횡포로부터 보호하는 것을 중히 여긴 것이다.

1973년 8월 8일 김대중 납치사건 후, 1973년 11월에 '현 시국 상황에 대한 공개토론회'를 열고 유신헌법의 민주적 개헌을 위한 100만인 서명운동을 벌였는데, 불과 열흘 만에 40만 명이 서명하자 박정희는 바로 다음 날 장준하를 구속했다.

1974년 11월 민주회복국민협의회(민협)를 구성하여 함석헌, 윤보선, 김대중을 공동의장으로 선임하고 유신정권에 대한 강력한 대항을 전개하기 시작했다.

장준하는 '거꾸로 매달린 채' 고문을 당해 여러 군데에 화상을 입었고 민간인 신분임에도 군사재판에 회부되어 15년 징역을 선고받았으며, 석방되어 얼마 지나지 않아 의문의 변사체로 발견되었다. 1975년 8월 17일 약사봉 밑에서 장준하는 주검으로 변해 있었던 것이다.

함석헌은 1976년 3월 1일 박정희정권에 정면으로 도전하였다. 재야인사 '3·1구국 선언'을 발표한 이른바 '명동사건'이었다. 선언문은 "지금 국민들은 독재정권의 쇠사슬에 묶여 있다"로 시작한다.

박정희정권은 함석헌 등 주요 인사 12명을 모두 감옥으로 보냈다. 뉴욕타임즈는 '서울 남한 3월 2일'이란 제목으로 3·1구국선언 상황을 상세히 보도했다.

함석헌은 천안에 풀무원 농장을 지었다. 간디가 운영한 아슈람 Ashram 공동체를 부러워한 터라, 제자 중 정만수가 기증한 땅 10만 평에다 신학생 홍명순과 함께 1957년 3월 '씨알농장'을 설립하였다. 1년에 한두 번, 여름에는 안병무, 김동길 등을 농장으로 초청하여 '씨알농장 수련회'를 열기도 했다. 여기서 홍명순은 스승 함석헌의 평화주의의 영향으로 '최초의 양심적인 병역 거부자'가 되었다. 홍명순은 대신 감옥에서 1년 4개월을 보냈다. 청년들이 50명 정도 찾아와 공동체 회원으로 함석헌과 함께 농장에 거주하기도 했다.

함석헌이 이런 방식으로 물적 기반을 구축하는 것에 대해서 그의 스승 류영모는 찬동하지 않았다. 강은기는 그 점에 대해서 류영모와 함석헌이 차이가 있었다고 했다.

"풀무원 농장으로 어떤 그 기반을, 유有의 기반을 만들려고 했는데 그런 기반을 만드는 걸 류영모 선생은 뭐라고 하셨거든요. 꾸지람 하셨거든요. 더 나아가야 한다고, 그 가진 것에 집착하지 말고 더 나가야 한다고."

강은기도 공동체에 대해 관심을 갖고 자기가 하는 인쇄업에서 그

꿈을 실현해 보려는 생각을 했다. 그의 회고를 들어보자.

"우리나라는 토양이 약해서 그런지 몰라도 이상하게 물적 기반으로 나가는 것이 매도당하거나 하는…… 한편으로는 공동체 생각도 가지면서, 공동체의 물적 기반은 가져야지. 인쇄소도 공동체로 해야지, 내가 혼자 힘으로 해가지고 무슨 의미가 있겠느냐, 공장시설이든 뭐든 공동운영을 생각했어요."

강은기가 공감한 함석헌의 사상

강은기가 공감한 함석헌의 사상은 다음 몇 가지로 정리할 수 있다. 생각, 사유, 실천, 통합, 민중, 생명, 평화, 이들 하나하나가 전체를 관통하고 있다.

첫째, 나를 찾고 세우는 사상이다. 스스로 생각하고 스스로 행동해야 한다며, 생각하는 이성이 종교의 중심에 있다.

둘째, 삶에서 피어난 생각이다. 삶에서 생각과 말과 글이 나오므로 사람은 스스로 생각하고 제 소리를 하고 제 글을 써야 한다.

셋째, 생각과 노동의 역사의 일치다. 노동하고 생각하는 사람에게는 역사가 있다. 특히 농업노동은 생각을 정화하는 작용을 한다.

넷째, 실천과 참여의 사상이다. '사회의 구원 없이 개인의 구원 없다'는 메시지는 개인과 사회의 분리의식을 극복하는 매우 강력한 지침이었다. 함석헌은 독재권력과 부패한 지배계층과 타락한 성직자들을 준엄하게 비판했다. 혼자만 안락한 삶을 사는 것보다 다 같이 고난받는 삶이 더욱 의미가 있다고 보았고, 세계가 구원되지 않은 내 구원이란 없다고 그는 믿었다. 함석헌은 전체가 구원받는 곳이 곧 하늘나라라고 보았다.

다섯째, 지금 여기의 삶의 중요성이다. 참으로 있는 것은 지금 여기의 삶뿐이다. 이는 불교의 선사상과 일맥상통한다. 과거와 미래는 없고 오직 현재뿐이라는 온전한 삶을 구현하는 지금 여기에서 충만한 삶은 모든 성인들이 걸은 길이었다.

여섯째, 한민족에 뿌리를 둔 통합사상이다. 민주화와 독립운동의 역사 속에서 기독교 신앙을 바탕으로 유교, 불교, 도교를 아우르면서 민중(씨알)을 중심에 세우는 종합적인 사상을 천명했다.

일곱째, 기독교의 울타리를 넘어선 통종교, 민중의 종교, 보편종교를 지향했다. 민중(민족)을 그리스도(하나님)와 일치시키는 민중의 종교를 지향했다. 특수한 종파에 매이지 않는 도덕적인 종교는 두루 통한다고 보았다. 인간의 존재, 더 나아가 우주의 생명 자체가 종교적이라는 의미에서 보편종교를 주창하였다.

여덟째, 비폭력 평화사상이다. '너와 나의 대립을 초월한 것, 너와 나의 차별상을 뛰어넘은 것'이 비폭력이다. 이는 이미 붓다가 2,600년 전에 설파한 세계관이고 종교관이였다. 또한 장자莊子의 '만물이 나와 더불어 한 뿌리(萬物與我同根)요, 천지가 나와 더불어 한 몸(天地與我一體)'라는 사상과도 맥이 통한다.

아홉째, 미완성의 하나님과 예수사상이다. 끊임없이 변하는 역사 속에서 볼 때 하나님은 절대자로서 완전한 존재인 동시에 '자람'이며 '영원한 미완성'이다. 예수에 대해서도 '온전한 생명의 사람', '통사람', '산 숨의 사람'이라고 가장 높이 평가했지만 "나는 예수보다 큰

인격이 나올 수 있다고 믿는 사람이다"라고 했다.[28] 강은기는 이러한 함석헌의 진취적이고도 비판적인 기독교 정신에 크게 공감했다.

열째, 비판적 기독교 정신의 회복자다. 한국의 기독교인들이 성서 근본주의 노선을 택하여 세속에 은둔하는 도피적인 자세를 질타하고 사회문제에 대한 책임의식과 적극적인 현실참여 정신을 가질 것을 촉구했다. 또한 보수적인 한국종교계에 진취적인 기상과 역사의식을 심어주려 했다.[29]

이원규에 따르면 한국에서 종교관이 보수적인 집단은 정치, 사회, 경제문제 또한 보수적으로 인식한다고 했다. 보수적 성향이 강한 종교인일수록 제도권의 정치구조에 대하여 비록 그것이 군사독재라 할지라도 긍정적으로 본다는 것이다.[30] 보수적인 교단일수록 성속의 구별이 강하고 기득권을 지키는 데에는 관심이 높되 사회 정치의 모순이나 부정부패 같은 문제에 무감각하다. 부패한 권력의 입장에서는 이러한 기독교의 모습은 적극 장려할 만한 것이었다. 사회 모순에 침묵한 대가로 교회가 얻어낸 것은 양적인 성장이었다. 박정희가 철권을 휘두르던 1970년대 교회 다수파인 '성령파'는 유신이나 국가비상사태니 긴급조치니 하는 것에는 아랑곳없이 교회의 양적 성장에 총

---

28 박재순, 위의 책, 243~247쪽.

29 김성수, 『함석헌 평전』, 366쪽.

30 이원규, 「한국교회의 신학적 구조적 특성」『한국교회와 사회』, 나단출판사, 1998, 32~33쪽 재인용.

력을 기울였다. 기독교인으로서 함석헌의 공헌은 이러한 한국교회의 주된 흐름 속에서 상실되어 가던 기독교 본연의 힘, 사회적이고 정치적인 상상력과 현실비판의 정신을 복원시켰다는 점이다.

민중신학자 서남동, 안병무

『민중신학의 탐구』, 『일하는 사람들의 성서』를 펴내고 역사의 주체인 민중의 편에 서서 박정희 군사독재에 저항했던 민중신학의 선구자 서남동(1918~1984) 박사와 신학연구소와 향린교회를 설립하여 민중신학을 발전시킨 안병무(1922~1996) 박사도 강은기에게 깊은 영향을 주었다. 안병무가 1975년 『기독교사상』 4월호에 발표한 '민족·민중·교회'는 강은기를 비롯한 진보적 인사들에게 큰 영향을 주었다. 함석헌이 1972년 예수를 '씨알'로 표현한 것에 영향을 받은 안병무가 이를 사회적, 정치적인 맥락으로 발전시켜 민중신학을 정립한 것이다. 즉 '민중의 고통과 한에 직접 응답하는 것이 곧 하나님의 부름에 응답하는 것'으로 본 것이며, 이로써 신의 본성이 민중, 씨알 속에 내재해 있다고 믿는 진보적인 입장이 정립된 것이다.[31]

실천적 기도교인으로

그의 신앙은 기독교 모태신앙임에도 불구하고 다른 종교에 대한 배타성이나 기독교 근본주의와는 거리가 멀었다. 어려서야 어머니의

---

31 김성수, 앞의 책, 366~400쪽.

기독교 신심에 영향을 많이 받았겠지만, 그가 기독교의 편협함에서 벗어나 자유로운 영혼의 순례자로 변한 것은 언제부터일까? 아마도 고향을 떠나와 4월 혁명을 몸소 겪고, 격동의 현장에서 인권, 평화, 민주주의를 외친 함석헌 선생의 영향을 많이 받았을 것이라고 본다. 함석헌과 그의 스승 다석 류영모 선생을 만나 깊은 철학적 사유를 즐기면서, 기독교만의 구원이라는 틀을 벗어나기 시작했을 것이다. 실천적 기독교. 이는 그가 생전에 언급한, 그가 지향했던 기독교다. 그래서 주일을 꼭 교회에서 지내야 하는 예배에 참석하지 않고 전북민주동우회나 다른 동지들과의 모임에 할애했던 것이다. 울타리 없는 교회, 보이지 않는 교회라고 알려진 회원교회와의 인연도 적잖은 영향을 미쳤다.

"내가 아는 기독교는 상당히 실천적인 기독교고, 따라서 의를 위해서 자기가 솔선수범하고 희생하는, 말하자면 예수가 십자가에 못 박힌 것도 많은 사람들의, 그 참 많은 사람들이 감당할 수 없는 궁핍함을 감당하느라고 실의에 빠져 있는 그런 부분까지도 예수가 당신이 몸소 져주는, 이런 참 고통을 자기가 자기화해서 벗겨주고 짐을 벗겨주는, 예를 들어 '수고하고 무거운 짐 있는 자들아 다 내게 나오라. 내가 너희를 쉬게 하리라'는 말씀처럼, 그런 것으로 알고 있어요."

열린 신앙인

또한 딸 신영은 아빠 강은기의 신앙생활이 편협하지 않고 활달했다고 회고한다.

"아빠는 객기 있는 소리는 하셨지만 자잘한 정이 많았어요. 회원교회 다니다가 서빙고 온누리교회로 바꾸고도 예배 위주로 재적을 두고 잘 다니셨어요. 아빠는 늘 생활과 가치가 충돌하여 융통성 있게 넘기지 못하셨던 것 같아요. 실천적 기독교를 갖고 사셨지만, 기존 교회에 대해서 비판을 직접적으로 하진 않았습니다. 편협한 교회는 아빠의 교회가 아니었고, 오직 예수만이 진리라는 진리는 아빠의 진리가 아니었어요. 다른 종교에 대하여 배타적이지 않았지요. 열린 신앙인이셨던 것 같아요."

평등의식 실천

강은기의 평등의식은 어릴 적부터 다닌 교회에서 성경을 통하여 영향을 받은 것 같다.

"교회 말씀을 보면서 우리 사회가 불평등한 사회란 것도 깨닫게 되고. 우리 사회 현상을 보면서 성경 말씀으로 비춰볼 때 형편없다는 생각도 하게 되고……. 성경이 자본주의 영향을 받으면서 잘못 영향을 끼치고 있다, 자본주의 사회를 편제해야겠다는 이런 생각도 하게 되면서……."

그가 회원교회에 장로로 참여하면서 교수나 박사 같은 이들이나 글을 모르는 이들까지도 같이 기도할 수 있도록 '원고기도' 방식을 제안하여 실행하게 한 이유도 바로 누구나 진리 앞에 자유로운 신앙 활동을 해야 한다는 그의 평등의식이 드러난 행동이었다.

같이 일하고 같이 쉬어야

박계동이 소개해서 나중에 강은기에게 인쇄 일을 배우기도 한 정○○의 일화가 있다. 국경일임에도 일을 해야 하는 상황에서 결근한 정○○을 강은기는 육두문자까지 내뱉으면서 호되게 혼내주었다.

> "이놈이 삼일절날 한 번은 결근을 했더라고. '너 왜 어제 결근을 했냐?' 이러니까 '어, 어제 국경일 아닙니까?' 그래서 '야, 씨발놈아! 국경일이면 다 같이 선동을 해서 똑같이 쉬어야지, 너만 뭐 선구자냐? 너만 쥐뿔 났냐? 다른 사람 나와 일하는데…….' '죄송합니다', 그러더라고."

12 이해학과 엮은 동지애와 우정

씨알의 소리 가판 활동

강은기는 1970년 「씨알의 소리」가 창간되자 이를 곁에 끼고 살았다. 함석헌의 거칠지만 진솔하고 격정적이며 들바람 같은 소리를 좋아했기 때문이다. 걸림 없는 들사람의 예언자적인 말과 포효는 그 당시 침묵을 강요하고 독재의 아성을 구축하려는 독재정권의 간담을 서늘하게 했다. 강은기는 그즈음 친구 이해학을 이끌고 함석헌의 집을 방문하기도 하였다. 그리고 정초에 세배도 드리러 갔다. 그러나 함석헌은 젊은이들한테서 세배를 받지 않았다. 이해학의 증언을 들어보자.

"함석헌 선생님께 은기와 같이 세배를 드리러 갔습니다. 함 선생님은 '세배 안 받는다'고 했습니다. 그때 그분을 가까이서 뵈었습니다. 장준하 선생님도 만났습니다. 씨알의 소리는 1970년 4월 19일에 창간되고, 그 다음 달 박정희 군사정권의 탄압에 의해 5월 29일에 폐간되었습니다."

그래서 발행을 못하게 된「씨알의 소리」는 종이를 접어서 임시 표지를 만들고 장준하 선생 집에서 수작업으로 제본하여 만들었다. 시내 주요 서점에서는 팔 수 없었다. 이를 본 강은기와 이해학은 누구 먼저라 할 것 없이 의기투합하여 직접 시내로 나가서 판매하기로 결심하였다. 두 청년의 기상에는 어떤 두려움도 없었다. 강은기와 이해학은「씨알의 소리」책 보따리를 들고 시내버스에 올라 외쳤다.

"이 시대의 선지자의 외침과 지혜의 말씀을 담은 씨알의 소리가 폐간되었습니다. 시민 여러분 바른 언론에 대한 부당한 폐간에 맞서 시민 여러분이 함께 하신다면 재기할 수 있습니다. 시민 여러분의 조그마한 성금으로 이 시대의 밝은 언론 씨알의 소리를 살려주십시오, 한 부씩 사서 나눠 보십시오."

버스에서 연설하고 열변을 토하고 경찰의 눈을 피해 다시 다른 버스에 올라가 한 권이라도 더 팔리도록 열정을 다하여 권유하고 다녔다. 이때 강은기와 이해학은 친구로서 더 깊은 동지애를 느꼈다.

"은기와 나는 이런 용감한 일을 스스럼없이 함께 하면서 우정이 더 깊어졌습니다. 우정이 깊은 동지애로 함께 나누는 관계였지요. 서로가 필요하면 나누고 그랬습니다. 돈이 필요하다고 하면 주고 그랬습니다."

72년부터 박상희와 교유하면서,「씨알의 소리」창간 이후 당국의 탄압 상황이 이어지는 과정에서 강은기는 자신의 역할을 일정 부분 담당하였다. 즉 5월 31일「씨알의 소리」2,000부 비밀인쇄 작업은 세진인쇄의 강은기를 통하여 이루어진 것이다.

'1971년 한국 그리스도교의 고백'을 낳다

강은기와 이해학이 진정한 친구이자 동지로서 엮어진 일이 하나 있다. 1971년이었다. 평화시장에서 노동자 전태일이 분신하여 세상을 울리고 난 다음해이며, 세진의 간판을 걸기 전이었다.「한국 그리스도교의 고백」을 찍는 일이었다. 나중에 영역으로 외국에까지 알려지게 된 기록물이기도 한 이 문건은 당시 영향력 있는 박형규 목사, 문익환 목사 등이 서명했다. 이 고백서를 만들어 세상에 알리는 임무가 KNCC 권호경 목사에게 주어졌다. 이 문건의 전국 확산을 책임진 이해학은 친구인 강은기를 찾아갔다. 이해학이 부탁하자마자 강은기는 너무도 쉽게 수락했다. "해주마!" 나중에 찾아가 보니 혼자서 사무실 문을 잠근 채 1월 그 추운 날씨에 밤을 새워 낡은 난롯불을 쬐어가며 글자 하나하나 문선작업을 하고 조판작업을 하고 있었다. 이해학은 친구를 넘어선 동지로서 그런 강은기를 잊을 수 없었다.

"은기에게 일을 맡기고 한번 찾아가 보았습니다. 은기가 인쇄소에 아무도 없이 혼자서 정성들여 작업을 하는 것을 보았습니다. 1월 혹한 추위에도 두려움을 이기고 그 일을 하고 있었습니다. 새벽까지 부탁받은 물량을 정확히 찍어 마치고 권호경 총무에게 납품을 해주었습니다. 강은기에게 정말 감동을 받았습니다."

또 다른 '샘터'를 꿈꾸며

1970년대에 잡지 '샘터'가 있었다. 평범한 시민들의 손에 친근하게 다가가던 순수잡지였으며, 서민들의 소박한 삶과 꿈을 자글자글 엮어내던 잡지였다. 강은기는 그 샘터를 보고 있었다. 그러나 강은기는 단순히 마음에 맑은 샘물을 주는 잡지보다는 그를 넘어서 보다 더 나은 잡지를 만들고 싶었다. 그때 친구 이해학에게 이렇게 말했다.

"내가 너라면 나는 조금 더 다른 일을 하고 싶다."

신학대학을 나오고 목회자의 길을 걷고 있는 친구 이해학에게 거는 기대였다.

"뭔데, 은기야?" 강은기는 말을 이었다

"야, 해학아! '샘터' 있잖냐. 우리가 보고 있는 잡지 말이다. 그러나 샘터는 너와 내가 바라는 것을 다 담지 못하고 있어. 역사의 방향이나 진정한 삶의 지표를 제시하고 있진 않아. 역사의 방향성, 삶의 진정한 지표를 제시하는 길잡이가 되는 제대로 된 잡지를 만들고 싶다, 해학아!"

그러나 이해학은 그때 강은기와 이 일을 맞들어 실행하지 못했다. 2013년 현재, 40여 년 동안 성남에서 주민교회를 세워 어려운 이웃을 위해 헌신해 오면서 융성한 공동체 조직으로 발전시켜 온 이해학 목사는, 어렵던 시절에 들여다보았던 친구 강은기의 간절한 소망을 함께 실행하지 못한 것에 큰 아쉬움과 미안함을 간직하고 있었다. 그때는 경제적으로도 힘든 상황이었다. 강은기의 이 소박한 꿈은 강은기가 세상을 떠난 지 11년이 지난 지금도 실현되지 못하고 있다. 어쩌면 지금이라도 동지들과 지인들이 서둘러 해야 할 일일지도 모른다.

긴급조치 반대 성명서 제작

1974년 1월 7일 문학인들이 개헌청원지지성명서를 발표한 다음날인 1월 8일, 박정희정권은 긴급조치 1호와 2호를 발표하였다. 긴급한 상황을 인식한 듯 압제 장치인 긴급조치를 연달아서 쏟아낸 것이다.

 -헌법을 부정, 반대, 왜곡 또는 비방하는 일체의 행위 금지

 -헌법 개정 폐지 주장, 발의, 제안 또는 청원하는 일체의 행위 금지

이에 1월 9일 수도권 특수지역 선교위원회 소속 목회자들이 긴급조치의 부당함에 저항하기로 하였다. 이미 73년 4월 남산 부활절 예배사건으로 탄압을 받아온 수도권 도시선교위원회는 73년 12월 '수도권 특수지역 선교위원회'로 명칭을 바꾼 뒤였다. 서울제일교회에서 권호경, 김동완, 이해학, 허병섭, 이규상, 박창빈 등이 모임을 갖고 저항의 전략을 논의했다. 우선 1단계로 이해학의 책임 아래 실무자 및 소장 목사들이 긴급조치에 반대하는 성명서를 발표하기로 하였다. 이때는 긴급조치 상황이라 어느 누구도 나서기 어려운 상황이었다. 권력의 잔혹한 마수가 뻗치는 시기였다. 강은기는 은밀하고도 신중하게 이 성명서를 인쇄하여 제일교회에 전달했다.

이 사건을 계기로 이해학 목사는 도피생활을 4~5개월여 하게 되었고, 자연 이해학과 가까이 지내는 강은기는 경찰로부터 집중 추궁을 당하게 되었다. 이에 대하여 강은기는 생전에 이렇게 증언했다.

"중앙정보부가 해학이 친구니까 니가 인쇄해주지 않았냐고 단정 내리면서, 저놈이 찍어주지 않았다고 하지만 틀림없이 저놈이 찍어줬을 것이다 하고 찰싹 달라붙었죠. 밀착수사를 한 것이죠. 그 수사

를 중앙정보부가 했어요…….”

이 성명서를 발표하는 데 김진홍, 이규상, 박윤수, 김경락 등이 동참했다. 개헌청원 서명 작업도 같이 했다. 이어서 2단계, 3단계 계획을 짰으나 실행하지 못하고 관련자들은 수사기관에 연행되었다. 동대문경찰서에 연행되었다가 군사재판에 회부된 목회자들은 김동완 등 8명이었다. 김성일, 홍길복, 임신영, 인명진, 박창빈도 개헌청원에 서명하여 연행되었다가 인명진만 구속되었다. 김동완 등 8명은 긴급조치 위반으로 징역 15년, 자격정지 15년, 적게는 징역 10년, 자격정지 10년을 선고받았다. 수도권 3개 특수지역 선교위원회와 관련하여 강은기는 집중 수사대상으로 지목되어 가택수사는 물론 그간에 쓴 일기장마저 압수당했다. 강은기의 증언을 들어보자.

“독일 쪽 선교단체에서 지원한 선교 활동 자금으로 민주 활동하는 게 시급하고…… 양해 하에 KNCC가 학생운동권에 역할을 해준 거죠. 그리고 이때 활동했던 유인물을 내가 인쇄해준 거죠. 김동완 목사는 거기 실무 간사였고, 보다 실질적인 간사는 권호경 목사가 맡아서 하고 있었어요. …… 동부경찰서 사건이죠. 그때 가택수색을 해가지고 일기장이랑 다 가져가 버렸지…… 73년도 그게 첫 사건이야. 그때 이제 까발려질 대로 까발려진 거지. 그것 때문에 20일 동안 묶어 놓고 친인척 등을 조사하고, 집 조사하고, 사상적으로 연계된 것이 뭔가 있는지 조사하고, 그렇게 된 거지.”

이는 1975년 4월 5일 수도권 특수지역 선교위원회가 서독의 교회 원조기구에서 지원받은 203,000마르크(2,700만 원)를 횡령했다는 혐의로 이사장 박형규 목사, 권호경 목사, 조승혁 목사, 김관석 목사 등을 구속한 사건을 말한다.

수도권 특수지역 선교회

여기서 강은기와 관계가 깊은 수도권 특수지역 선교회에 대하여 좀 더 살펴볼 필요가 있다. 수도권 특수지역 선교회는 전태일의 분신으로 인해 생긴 기독교인들의 반성과 회개의 결과물이었다. 1970년 11월 13일 서울 청계천 평화시장 재단사 전태일은 '근로기준법을 지켜라', '우리는 기계가 아니다', '노동자들을 혹사시키지 말라'고 외치며 분신자살했다. 70년대를 여는 대사건이었다. 이에 학생들은 물론 정치계와 종교계가 들고 일어났다. 11월 16일 서울대 법대생 100여 명은 전태일의 시체를 인수해 학생장으로 거행하겠다고 했고, 상대생 400여 명은 무기한 단식농성에 들어갔으며, 11월 20일에는 서울대생과 이화여대생들이 추도식을 열고 항의시위에 나섰고, 같은 날 연세대, 고려대생들도 항의집회를 열었다. 이날 서울대에는 무기한 휴업령이 떨어졌지만 서울대생들은 철야농성을 계속했다. 11월 21일 신민당 대통령 후보 김대중은 전태일 사건과 관련하여 성명을 발표하면서 이를 정치문제화 하였다. 그는 이듬해 1월 24일 연두기자회견에서 '전태일 정신의 구현'을 선거공약으로 내놓았다. 11월 22일 새문안교회 대학생부 학생 40여 명은 전태일을 죽음으로 몰고 간 사회와 그 공모자인 자신들의 죄를 참회하는 금식기도회를 열었다. 11월

23일에는 연대생이, 11월 24일에는 한국외국어대 학생들이 성토대회를 열었다. 11월 25일 기독교인들은 신·구교 합동으로 전태일 추모예배를 드렸으며, 이들은 추도사에서 "우리 기독교인들은 여기에 전태일의 죽음을 애도하기 위해 모인 것이 아니라 한국 기독교의 나태와 안일과 위선을 애도하기 위해 모였다"고 하였다. 전태일의 죽음이 준 충격으로 '우리의 무관심이 전태일을 죽였다. 우리도 간접적인 살인자다'며 수도권 특수지역 선교회가 결성된다. 1971년 9월이다.[32]

이 단체는 1970년대 진보적인 개신교계 민주화 운동의 여러 단체 중(주요 단체 17개 단체) 한 단체로서 연세대에서부터 시작되었는데, 1968년 연세대 도시문제연구소 내 도시선교위원회가 모태가 된, '개신교 빈민운동의 맹아萌芽'라고 할 수 있다. 전태일 분신 사건 뒤인 1971년에 그 명칭이 '수도권 도시선교위원회'로 바뀌고, 1972년에는 '수도권 특수지역 선교위원회'로 사용하다가 4년 뒤에 1976년 2월에 '한국 특수지역 선교회'로 개칭하여 자리매김하게 되면서 활동 지역을 점차 확장하며 활동가들의 훈련과 양성에도 힘을 쏟았다. 따라서 강은기가 기억하는 바에 따르면, 1972년에서 1976년 사이 4년간 깊은 관련을 맺게 되었다고 볼 수 있다.

대도시의 달동네나 판자촌 등 특수한 지역 주민들을 중심으로 도시빈민운동이 형성·발전되는 과정에서도 개신교 목회자들이 결정적인 역할을 담당하였다. 그 주역들은 박형규 목사를 비롯하여 김진

---

32 강준만, 『한국현대사산책』, 인물과사상사, 2002, 1970년대편 1권, 104~105쪽.

홍 목사, 이해학 목사, 허병섭 목사, 권호경 목사, 김동완 목사, 정용환 목사 등이 대표적이며, 광주대단지 사건의 진성천 목사도 중요한 역할을 담당하였다. 도시선교위원회는 1971년 9월에 활동가들의 초교파적 연합체인 '수도권 도시선교위원회'로 발전되었고, 이 단체를 중심으로 하여 서울과 수도권 지역의 도시빈민 주거지역에서 본격적인 활동을 하였다. 개신교 빈민선교의 주역들은 직접 판자촌에 들어가 살면서 의식화 교육을 비롯하여 도시빈민들의 주거권과 생존권을 지키고 확장하기 위한 다양한 사업과 활동을 전개하였다. 그들의 활약으로 빈민촌에서는 새로운 교회가 설립되는데 활빈교회, 주민교회, 동월교회, 희망교회, 사랑방교회 등이다.[33]

강은기는 수도권 특수지역 선교위원회 일로 경찰에 붙들려가 고초를 당한다. 성남 주민교회 대표로 참가한 혐의로 성동경찰서에 연행되었고, 그 다음날인 2월 7일 동부경찰서에 이첩되어 긴급조치 1호 위반으로 2월 22일까지 동부경찰서 정보과에 구금되었다. 이때 그의 일기장이 전부 압수되었다. 이에 대한 그의 증언을 들어보자.

"74년도는 민청학련 사건과 긴급조치 1호가 있었고, 그리고 75년도에 긴급조치 사건으로 이양우 목사가 붙들려갔을 때, 그 뒤처리일 봐주는 과정에서, 그 당시에 모임만 가져도 긴급조치 위반이잖아. 그래서 동부경찰서 붙잡혀 갔었지. 동부경찰서 사태 조종자가

33 『한국민주화운동사 2』, 민주화운동기념사업회 연구소, 2009, 359~379쪽.

활빈교회라고, 동부교회 소속이야. 주동자가 활빈교회에서 김진홍 집사하고 활동하다가 잡혔어. 주동자가 누구냐니까 김동완이, 나, 지금 한겨레신문사에 있는 김효순이 등등이 모였다고 했지. 수배령이 내려가지고 동부경찰서에 잡혀 들어가 한 20일 동안 불법 심문을 받은 것이지. 내 입장에서 두 번째 부당하게 받은 것이지."

개헌청원 100만인 서명운동이 발의되고, 1974년 1월 7일 문인 61명이 개헌지지 문인성명을 발표하는 등 적극적으로 행동에 나선 문인들의 사회참여 열기가 거세어지자, 이를 저지하고자 서울지검 공안부에서는 1974년 2월 25일 문인간첩단사건을 발표했다. 이호철, 임헌영, 김우종, 정을병, 장병희 등 5명을 반공법 위반 및 간첩 혐의로 구속했다. 그리고 10월 31일 서울형사지법 항소3부에서 선고공판을 통해 정을병에게 무죄, 나머지는 집행유예로 석방했다. 또 1974년 3월 15일 유신독재의 국면돌파를 위해 날조한 '울릉도 간첩단 사건'이 중앙정보부장 신직수에 의해 발표되었는데, 이는 1973년 말부터 거세게 일어난 개헌청원운동을 저지하기 위한 공작이었다. 1973년 10월 최종길 교수 고문살인 의혹사건의 공작관인 차철권이 맡아 전북 출신 인사를 억지로 엮어 조작한 것이다. 이는 유신압제 기간 동안 정권의 의도대로 시시때때로 벌어진 국면 전환술이자 국민들의 여론 조작을 위한 조작 사건이었다.

3·1민주구국선언문 전국 확산 작업

1976년 3·1절 명동구국선언 당시에는 선언의 긴박성 때문에 인쇄가 아니라 등사기를 이용해야 했다. 또한 이 선언문은 등사판을 이용한 이해학 목사와 강은기의 은밀한 행동으로 전국에 배포될 수 있었다. 그때 일에 대한 회고다.

"그때는 인쇄까지 들어갈 형편도 안 되고 등사기로 그냥 찍었어. 왜냐하면 김대중씨까지 관련되어 있었기 때문에 정말 인쇄물보다는 선언하는 게 주목적이었기 때문에……. 그 당시에 동지들 몇몇만 알고 있었기 때문에…… 그걸 받아서, 해학이가 나하고 접촉하기가 어려우니까…… 자기가 교회에 데리고 있던 청년한테 부탁해 등사판을 통해서 전국 목사들에게 배포했어요."

수배 중인 이해학을 피하게 하다

이 과정에서 이해학은 수배를 당하는 처지에 놓이게 되었는데, 이때 친구의 고초를 덜어주기 위해 대담하게 행동한 강은기를 이해학은 잊을 수 없었다. 이해학을 피신시키고자 강은기가 경찰을 따돌린 것이다. 이때의 일로 이해학은 강은기를 진정한 친구이자 동지로서 느꼈으며, 또한 그가 의리의 사나이임을 깊이 느꼈다고 했다. 이해학의 증언을 들어보자.

"73년도에 성남에 가서 교회를 개척하고, 74년도 1월에 긴급조치 1호가 발령되었습니다. 김진홍 목사, 인명진 목사와 감옥에서 살다 1975년도에 나왔습니다. 그때 은기와 가깝게 지냈습니다. 1976년도 3·1절을 기해 민주구국선언문을 발표하였습니다. 그때 문익환 목사님은 우리 교회(성남주민교회)에 모셔서 강연을 하였습니다. 선언문은 한 부 남았습니다. 그때 서정각 검사장은 TV에 나와서 긴급조치위반자들에 대해 사형도 시킬 수 있다는 발언을 하였습니다. 건강한 정책제안을 하는 내용이었습니다. 경제적으로 나누는 시대가 되어야 하고, 통일을 이루기 위해 노력해야 한다는 등 건강한 정책제안이었습니다. 그 한 부를 복사하여 청년 김금용을 시켜 전라도 오수역 앞 오수교회에서 복사를 하여 전라도 지역을 돌리다가 들켰습니다. 그래서 나는 수배되었고 피해 다녔습니다. 수배되어 응암동 예산교회 김의경 권사님 동생 집에서 피신해 살 때였습니다. 그때 중간에 강은기를 만났습니다. 밖에서 얘기하고 돌아와 골목입구에서 헤어졌습니다. 그런데 어느 날 밖에서 무슨 얘기소리가 나는데 강은기 목소리였습니다. 가만히 들어보니 형사들과 얘기하고 있었습니다. 형사들이 조사 중에 강은기를 통해 나를 수색하고 있었던 것입니다. 그때 은기는 나더러 들으라는 듯이 나를 위해 아주 큰소리로 말하고 있었습니다. 격앙된 큰소리로! 나더러 알아듣고 미리 피하라는 신호였습니다. 그래서 그 사이 나는 담을 넘어 도망쳤습니다. 수유리 쪽으로, 삼양동 쪽으로 숨었죠. 은기는 의리를 지키는 친구였습니다. 강은기는 의리의 사나이야!"

그 후에 만난 강은기는 이해학에게 어려운 사정을 토로했다. 친구를 감쌌던 강은기를 이해학은 가슴 아파했다.

"그때 강은기가 많이 당한 것 같았습니다. 남원읍교회 다니던 박○

○ 집사가 강은기를 족치면 이해학이 나올 거라고 한 겁니다. 응암동 나300호 동기이기도 한 사람입니다. 이 사람 매형이 군대에서 장교로 있었는데 안 불면 매형 옷을 벗긴다고 위협한 것입니다. 강은기는 '이해학을 한 번 만났다'고 했답니다."

3월 12일에는 민주구국선언으로 구속된 김대중 등의 가족들이 '구속자가족협의회'를 결성하여 대응하기로 했다. 당시 성남주민교회 전도사였던 이해학은 '민주구국선언'문을 프린트하여 골목을 다니면서 전신주에 붙였다. 이 일로 긴급조치 위반으로 구속되었다.(이후 수배 중이던 9월 7일 중앙정보부에 자수하여 징역 3년을 선고받아 복역 중, 1978년 8월 15일 형집행정지로 석방되었다)

3월 15일에 김수환 추기경은 3·1일 민주구국선언은 정당한 국민적 요구라는 내용의 성명을 발표하여 선언자와 가족들을 격려하였다. 3월 22일에 야당인 신민당에서 3·1민주구국선언 사건과 관련하여 구속인사 석방 건의안을 국회에 제출하였다. 구속자가족협의회는 이후 지속적으로 활동하였으며, 전국 곳곳에서 3·1민주구국선언 지지 성명과 성명서 낭독이 이어지고 있었다.

13. 양희선과 결혼, 동지에서 평생 반려로

박정희정권의 포악성이 심화되고 있을 즈음 학생들의 시위대열은 수적으로 증가하고 있었고, 민주회복 구속자협의회에서는 1975년 3월 27일 '민주회복의 깃발을 높이 들자'는 내용의 성명서를 발표하였다. 당시 강은기는 이 성명서를 인쇄해 주고, 이어서 4월에 야만적인 사법부의 인혁당 사법살인 후로 구속자가족협의회와 민주회복국민회의 등의 시국선언문을 제작(1975.4.10)하는 등 숨 가쁘게 일을 하던 때였다. 말 그대로 1975년 4월의 잔인함으로 푸른 산야가 멍들고 있을 때였다. 강은기가 제작한 유인물을 가지고 민주회복국민회의에서도 인혁당 관련자 8명의 사형집행과 긴급조치 7호에 강력히 항의하는 성명을 발표하였고, 4월 11일에는 한신대 문동환 교수가 수사기관에 연행되었다. 이날, 서울농대 김상진 학생이 연 8일에 걸친 유신반대 시위 과정에서 연사로 나와 양심선언문을 낭독하고 할복하는 안타까운 사태가 이어졌다. 75년 4월은 꽃피는 봄이 아니라 피와 폭압이 범벅된 어두운 시절이었다.

그런 흉흉한 시절에도 주변에서 같이 지내던 친구 선후배나 동지들이 서른을 넘긴 강은기에 결혼을 주선하기 시작했다. 중학교 동창인 이해학은 누구보다 서로를 잘 아는 친구였다. 이 목사는 남원중앙교회 때부터 양희선을 만났기에 서로에게 중매 역할을 하기가 쉬웠다. 이해학은 다리에 장애가 있으나 총명하고 예쁜 양희선을 친구인 강은기에게 소개하였다. 이해학은 강은기에게 양희선과 함께할 것을 권했다. 서로 믿고 지냈던 사이라 강은기는 이해학의 권유를 수락했다. 일찍 결혼한 이해학은 자기보다 훨씬 결혼이 늦은 친구 강은기의 강력한 결혼 조력자였다. 이해학은 그때의 일을 이렇게 회고했다.

"은기야, 희선이 착한 애다. 너도 결혼해야지. 은기야, 너 희선이 받아주겠냐? 했더니, 괜찮다고 수락했습니다. 그러나 정작 결혼식에는 75년 내가 수배당할 때라 결혼식장에도 못 갔습니다."

함석헌의 강의 모임에 동참하면서 강은기와 양희선은 동지가 되었다. 한의사인 선배 최형주의 영향도 컸다. 양희선은 이해학과 대학에 다닐 때부터 인연이 깊고, 최형주와는 어린 시절 남원중앙교회 때부터 같이 활동한 사이여서 진심에서 우러나온 충고나 권유는 받아들일 수 있는 관계였다. 둘은 서로 평생 반려로 살기로 결정하였다. 신부인 양희선은 비록 자신이 어려서 얻은 장애로 불편한 걸음걸이지만, 정신은 맑고 청순한 규수요 지성인이었다.

덕성여대를 졸업한 아내와 강은기는 학벌에서 차이가 크다. 그는 형편이 어려워 중학교를 자퇴한 지라 결혼이 쉽지 않았을 수도 있었다. 그러나 학벌에 대한 범연한 태도로 "학벌에서는 자유롭고 싶다"

는 강은기의 마음을 양희선은 이미 간파하고 같은 마음이 되었던 것이다.

양희선의 바람은 조부님이 원하는 약대에 가서 약사를 하는 것이었다. 그러나 다리가 불편했던 양희선은 운현동의 덕성여대가 여러 가지로 편리한 점이 있어 영양학과를 다녔다. 졸업 후 서울대 보건대학원에 가고자 했으나 그 무렵 집안 형편이 어려워져 꿈을 접어야 했다. 강은기는 이때 양희선을 지원하려고 마음먹었으나 제대로 되지 않은 점을 늘 가슴 아파하고 있었다. 그러나 강은기는 학벌이나 재산이나 내세울 것 없는 상황에서도 그 무엇에도 속박되지 않았다. 그는 2002년 백병원에서 투병 중에 있을 때 결혼 즈음의 기억을 이렇게 회고했다.

"학벌 같은 건 생각 안 했어. 언제나 학벌로부터는 내가 자유스럽고 싶었으니까. 준비가 안 된 건 경제적인 기반, 이게 좀 민망스러운 것은, 내가 애 엄마한테 결혼하고 싶은데 사실 내 여건이 이렇다, 근데 솔직하겠다는 사람이 그럴 용기가 안 나더라고. 왜냐면 겁부터 나서. 저 사람 알기로는 내가 서울에 혼자 올라와서 돈 벌고 있으니까 어느 정도 조금 결혼 밑천을 갖고 있겠지라고 생각하고 있을 텐데, 까발리자니 실망만 주는 얘기만 나올 것 같았어."

경제적으로 전혀 준비가 안 되어 있는, 여유가 없는 상황이었던 것이다. 그러나 두 사람은 서로에 대한 깊은 신뢰감 속에서 자연스레 결혼을 성사시킬 수 있었다.

경제적으로 어려운 여건이었기에 별로 준비해 놓지는 않았지만, 참한 규수요 동지였던 양희선을 평생 도반으로 결정하게 된 것이다. 그 당시 시국사건 관련 인쇄물을 찍어 경찰에 자주 불려 다니고 구류와 구속을 반복하던 때라 가끔 면회 와서 미소로 위로해주는 양희선을 마음속으로 깊이 좋아하고 있었다.

"그래서 인제 그걸 진솔하게 얘기하고 싶은데, 한편으로는 욕구가 있는데, 그런 것도 너무 실망을 준 거 같기도 하고, 실망 주는 것도 잘못하는 거 같고. 그래서 '우리 결혼합시다' 하는 말부터 했지. 그래가지고 몇 번 만나고, 또 사건의 기회가…… 동부경찰서 잡혀가고 우리 집사람이 면회 오고 그러면서 자연히 둘이 가깝게 지내는 기회가 닿고 결혼하게 된 거지."

1975년 5월 17일 결혼: 함석헌 선생 주례

두 사람은 5월 녹음이 우거지는 계절에 가약을 맺게 되었다. 신앙을 통하여, 또 뜻으로 통한 동지끼리 만나게 되어 결혼을 한 것이다. 5월 17일 정동교회에서 가족들, 동지들과 지인들의 축하를 받으며 함석헌 선생이 주례를 선 결혼식에서 강은기와 양희선은 부부가 되었다. 강은기의 나이 34살, 신부인 양희선의 나이 33살 때다.

결혼생활 동안 강은기는 무뚝뚝했지만 아내인 양희선과 늘 같이 다니기를 좋아했다. 그것은 뜻으로 만나 결혼해서 살아온 동지로서 그녀를 더욱더 아끼기 때문이었다. 그는 그녀를 깊이 믿었고, 그녀도 그를 믿고 의지하며 높은 산처럼 여겼다. 무슨 행사나 애경사에 그는 늘 그녀를 함께 데리고 갔다. 불편한 다리(11살 때 골수염으로 치료하였으나 정형을 제대로 못함)로 걷는 그녀의 장애는 전혀 문제되지 않았다.

강은기는 일찍부터 함석헌의 들사람 소리를 들어왔다. 중학 시절부터 이끌려온 발길대로, 혁명의 대열에서 가슴을 열고 나아가고자 하는 거대한 민중들의 함성을 들은 뒤부터 그는 더욱더 세상에서 벌어지는 현상과 그 본질의 의미를 살펴보곤 했다. 그때 그에게 다가온 철인이 함석헌이었다. 함석헌은 그의 사춘기 시절을 감동시킨 사람이었다. 기독교 울타리 안의 가치와 밖의 연계점을 함석헌을 통하여 조금씩 의문점을 풀기 시작했다. 어릴 적부터 자연스레 물들어온 기독교 신앙과 사회현실의 괴리를 푸는 회통의 열쇠를 함석헌은 던져주었던 것이다. 함석헌의 열린 사고와 부정한 사회현실에 저항하는 참여적인 신앙인의 모습이 그에게 큰 감동을 주었다.

강은기가 성실함과 책임감으로 일을 해내는 것을 보고 함석헌이 그의 결혼 주례를 선 것이다. 박상희의 증언을 들어보면 함석헌은 강은기에게 특별한 사랑이 있었음을 알 수 있다.

"함 선생님은 다른 사람 주례를 안 하셨어요. 그러나 '강이' 결혼한다고 할 때 저하고 같이 가서 인사하고 부탁드리니 바로 승낙하셨습니다."

1974년 긴급조치 1호에 함께 저항했던 수도권특수지역선교회의 이규상 목사의 누나가 양장점을 운영하고 있어 신부 양희선의 드레스를 맡아 해주었다. 다리가 불편한 점을 감안하여 주례 함석헌 선생에게 미리 '짧은 주례사'를 부탁하였지만 동지들의 결혼이라 할 이야기보따리가 많아 지켜지지 않았다 한다.

강은기의 결혼에 대한 박은성의 증언은 솔직 간명하다.

"은기 형 결혼요? 친구인 해학이가 '강은기, 야, 이 새끼야! 너 저 여자(양희선)하고 살아!' 해서 결혼했다고 하던데요."

여하튼 둘의 결혼은 강은기와 친구 이해학이 민주화 운동 과정에서 서로 다져진 우정과 동지애, 그리고 깊은 신뢰를 바탕으로 이루어진 자연스런 일이었음을 알 수 있다. 결혼 1년 뒤 사랑스런 딸 신영이 태어났고, 이어 아들 동균을 낳았다.

동행자 부부, 나는 우주를 보면서 걷는 것이여

결혼해서 부인 양희선과 나들이할 때 강은기는 고개를 숙이고 땅을 바라보면서 걷는 습성이 있었다. 그는 걱정하는 아내에게 "나는 우주를 보면서 걷는 것이여!"라고 말했다고 한다. 이 일화는 그의 철학자적인 사유 습관을 말해준다. 그는 이러한 사유로 익어진 직관에 따라 그때그때 해야 할 일을 말없이 수행했고, 도와야 할 사람을 대가 없이 도왔다.

때로 그는 태양을 정면으로 응시하곤 했다. 그의 작은 처남 양희재의 눈에도 특이한 행동이었다. "매형은 집에 내려오시면 가끔 태양을 향해 정면으로 응시하곤 했습니다."

가고 또 가는 거지: 거지去之 선생 강은기

강은기는 한 곳에 머물러 있지 않았다. 그건 단순한 공간적인 의미만
은 아니다. 그의 생각과 그의 생각을 움직이게 하는 몸이 항상 흐르는
물처럼 흘러갔다는 점이다. 그런 면에서 그가 스스로 불렀던 자호인
'거지去之'의 남다른 의미를 새겨 볼 수 있다. "가고, 가고, 늘 간다."
이상의 길을 향해, 희망의 길을 향해, 진리의 길을 향해, 그리고 무수
한 아름다운 의미 있는 길을 향해 그는 가고, 가고, 또 갔으며, 늘 그
렇게 가고 싶어 했다.

14 순수한 사나이

박상희, 함석헌 선생과의 가교 역할을 하다

강은기는 씨알의 소리를 통해 그간 접하지 못한 넓고 광활한 사상의 영역을 바라볼 수 있었다. 멀리서만 바라보고 그리워하던 그에게 함석헌과 다리를 놓아 준 이가 바로 동지이자 친구인 박상희[34]였다. 박상희는 1970년 씨알의 소리를 창간하면서부터 함석헌과 함께 일하며 함석헌의 곁에서 여러 가지 일을 도왔다. 그때 한신대 대학생으로서 씨알의 소리 편집장 일을 맡아서 했다. 그즈음 인쇄물을 제작할 일이 생겨 강은기를 만나게 되었다. 하나의 유인물을 만들기 위해 박상희는 여러 곳의 인쇄소를 거쳐야 했다. 거절당한 인쇄물의 최후 종착지는 늘 강은기였다. 그녀와 강은기는 서로 '강이' '박이'로 부르기 쉽게 다정하게 불렀다. 강은기에 대한 순수함을 간직한 박상희는 물기

---

34 박상희 목사는 불평등한 한미 SOFA개정 국민연대 상임공동대표, 효순이 미선이 추모공원 추진위원장, 제주 강정마을 대책위 공동대표, 함석헌기념사업회 이사로 활동중이다.

어린 그리운 목소리로 그를 기억했다.

"어느 누구도 하지 않고 거절한 인쇄물을 '강이'는 받아서 만들어 주었죠. 처음 만난 때가 1971년이었어요. 함 선생님이 부탁한 일을 맡기고부터였습니다."

강은기는 그가 맡은 일은 철저히 지켰다. 그건 대가를 바라는 일이 아니었다. 다만 해야 하기에 할 뿐이었다.

순수한 사나이, 강이

강은기는 순수한 사람이었다. 이는 그를 아는 많은 지인들과 친척들이 한결같이 증언하는 바다. 강은기를 '강이'로 부르며 다정히 지냈던 박상희는 강은기를 기억하면서 물기어린 말로 이렇게 얘기했다.

"강이는 너무도 순수한 친구였어요. 다른 사람이 안 하는 일을 강이는 혼자 묵묵히 받아서 한 거예요. 자기가 해야 할 사명이라고 여긴 것 같아요."

부드러운 모습과 달리 진보진영 운동의 맨 선두에 서서 활동하고 있는 박상희는 현재 목사직을 내려놓고 전주에서 성폭력상담소를 운영하며 다른 이의 아픔을 보듬고 있다. 아울러 서울과 전주를 오가며 시국 현안에 대응하고 있다. 젊은 시절 강은기로부터 감응을 많이 받은 박상희는 제도권 교회의 직함을 내려놓았다. 그녀는 강은기의 마지막 직함이 장로였다는 얘기에 이렇게 푸념했다.

"나더러 목사를 놓으라고 하더니, 자기는 장로로 있었구만."

강은기의 큰 처남 양희성은 그의 자형 강은기를 이렇게 기억하고
있었다.

"매형은 순수한 분이었어요. 유머도 있으시고. 처갓집에 와서도
저희들뿐만 아니라 장모인 어머님하고도 소탈하게 말하고 지냈
습니다."

『맹자』에 나오는 어린이 같이 순수한 마음, 적자지심赤子之心을 지
닌 사람, 강은기는 그런 사람이었다. 그리고 자연스럽게 그런 적자자
심이 수시로 발동되는 사람이었다.

"큰일을 이루려는 사람은, 어린애 같은 순수한 마음(진정성)이 있는
사람이어야 한다(大人者 , 不失其赤子之心者也)" - 『맹자』「등문공」
하편.

그의 작은 처남 양희재(남원시의회 의원)는 매형인 강은기를 이렇게
말했다.

"매형은 시간이 지나면 이해허는데, 처음에는 사귀기 힘든 분입니

다. 처음 대할 때 어렵지만 사귈수록 깊어지는 분이죠.”

순수하기에 편법이나 변칙을 쓸 리 없었다. 이 같은 평은 고향 남
원중학교 동창인 박성극(현 전북민주동우회 회장)의 말에서도 들을 수
있다. 강은기는 어떤 친구가 애써서 득이 되게 한 일감에 대해서도,
재량을 부려도 될 만한 일도 변칙이라는 걸 쓰지 않았다고 한다. 그런
그의 태도는 그 친구로 하여금 강은기를 오히려 이상하게 여기게 만
들어, 서먹한 관계가 되었다고 한다.

생전에 아빠인 강은기를 곁에서 지켜보고, 투병 중에도 병실에서
간호하며 과묵한 아빠의 입가에서 입을 떼고 미소를 짓게 하던 이쁜
딸 신영은 아빠 강은기에 대해 이렇게 말한다.

“아빠 유산은 정직한 삶, 정직하게 우직하게 살아온 삶이 아닐까
요? 정상적인 궤도를 지켜온 삶인 것 같아요. 아빠는 도무지 커미
션이라는 걸 몰랐어요. 그게 생활을 힘들게 한 것이지만요……”

15 어머니, 급서하시다

강은기는 부모님들과 함께 지낸 시간이 그리 길지 않았다. 오히려 막내아들 강은식이 큰아들 강은기보다 두 분과 함께 지낸 시기가 더 길었다. 강은식은 아버지와 사이가 좋았을뿐더러 생활력도 강한 어머니와 아버지의 든든한 버팀목이 되었다. 강은기는 아버지와는 멀리하고 어머니와 가까이 지냈다. 강은기 친구인 임원택은 이렇게 어머니를 기억했다.

"어머님이 굉장히 강 사장을 생각했어요. 큰아들에 대한 기대와 사랑이 아주 컸습니다. 어머님도 저도 많이 아껴 주셨어요. 아들 친구인데 아들보다 더 많이 의논을 했습니다. 그래서 강 사장은 나를 가까우면서도 좀 어려워했지요."

동생 강은식도 어머니의 형에 대한 사랑을 늘 느끼고 살았다고 했다.

"엄마는 우리 형밖에 없어요."

어머니 진차정은 1975년 봄에 큰아들이 결혼식을 치르게 되어 얼마나 고맙고 감사한지 몰랐다. 그러나 아들의 일이 늘 시국의 정점에서 긴박하게 이루어지는 것을 멀리서 바라보아야 했다. 2월에 민주회복구속자협의회 선언서, 3월에 한국기독교협의회, 자유언론실천선언 지지성명서, 4월에 인혁당 사법살인 후 구속자가족협의회, 민주회복국민회의 등의 시국선언문을 제작하였고, 8월에는 강은기가 존경하던 장준하 선생이 의문의 죽음을 맞았고, 9월에는 수도권 특수지역 선교회에서 사법부 신뢰회복 촉구성명서를 제작했다. 시골에서부터 병약하셨던 어머니는 자신을 살갑게 돌보지 못한 큰아들을 탓하진 않았다. 가을이 깊어져 10월 추수감사절이 다가왔을 때는 교회에서 가족들과 즐거운 시간을 보냈다. 그러고는 다음날 어머니 진차정은 다시는 일어나지 못하고 저 세상으로 가셨다. 가장 가까이 옆에서 모셨던 동생 강은식은 자고 일어나 보니 어머니가 숨을 멈추었다고 하였다.

"둘째 형허고 아부지허고 한방에서 자고 어머니, 나, 동생이 같은 방에서 잤어. 아침에 일어나 이상해서 어머니를 건드려 보니까 기척이 없으신 거야. 소름이 쫙 나데. 돌아가신 거야."

부친의 단지斷指
아버지 강용갑은 딸만 셋인 집에 얹혀살면서 눈치를 보며 살 수밖에 없었고, 열여섯 살 차이 나는 부인에게 고맙고도 미안한 마음을 갖고 있었을 것이다. 큰아들 강은기와 달리 막내아들 은식이나 둘째아들 은상은 아버지와 속정을 통하면서 지냈기에 아버지를 이해하는 편이었다. 자다 일어나 보니 갑작스레 아내가 숨을 멈추어 버렸으니 얼마나 놀랐으랴. 강용갑은 비상수단을 써보았다. 위급한 생명에 자신의 피를 주는 일보다 더한 것은 없다. 손가락을 깨물어 피를 내었다. 그리고 거의 요동도 하지 않은 아내 진차정에게 강용갑은 자신의 피를 먹였다.

"아부지도 놀래서 어쩔 줄을 몰라 하시면서 칼로 자기 손을 잘라가
지고 피를 막 먹이는 거여. 아부지는 어머닐 끔찍이 사랑허셨어요."

동생 강은식은 아버지 강용갑이 어머니 진차정을 많이 사랑했다고 느꼈다. 어머니에 대하여 일생을 미안한 마음으로 지낸 아버지였다.
어머니의 사인은 뇌출혈이었다. 늦은 밤인지 이른 새벽인지 모를 시각에 홀로 신음도 않고 가신 것이다. 환갑도 안 된 세수 57세였다. 아버지보다 16살 아래인 어머니는 아버지보다 13년 먼저 세상을 뜨셨다.
누님 강명남은 그날을 이렇게 회상한다.

"어머니는 너무 서운허게 돌아가셨어요. 추수감사절 예배 보고 와
서 밤 12시까지 놀다가, 큰아들도 놀다가 응암동 나300호로 갔는
디, 아침에 깨서 보니까 돌아가셨어요."

152

어머니는 가장 사랑하는 큰아들 은기가 하는 시대적인 과업의 수행에서 오는 위험과 아들의 고초를 제일 크게 아파했는지도 모른다. 유신 폭압의 시기에 세진의 문을 열고 들이닥치는 수사기관의 심문과 경찰차의 경적소리가 어머니 진차정의 심장을 놀라게 한 일이 그 얼마나 많았을까? 결혼하여 막 신혼살림을 시작한 강은기는 그해 가을 어머니를 멀리 떠나보내야 했던 것이다. 어머니를 여읜 아들 강은기의 상실감은 이루 말할 수 없었다. 어린 시절 자신의 앞길을 열어주신 분인 어머니의 자식 사랑을 하염없이 떠올리며 깊은 슬픔의 시간을 보내지 않을 수 없었다. 일찍이 보조국사 지눌이 수심결에서 전한 "무상無常은 신속해서 몸은 아침 이슬과 같고 목숨은 저녁 노을과 같다. 오늘은 살아 있을지라도 내일은 기약하기 어려우니" 구절 그대로였다. 강은기는 어머니의 갑작스런 별세로 너무도 황망한 마음이었다.

16 황영환, 회원교회 개혁 의형제

당신 목사 맞아?

강은기가 적을 두고 다닌 회원교회는 다른 교회에 비해 바른 길로 나아가는 전형을 보이려고 시도를 했던 교회다. 재적 신도 150여 명에 매주 참가 신도는 40여 명이었다. 시대적 사명에 충실하며 예수의 사랑과 이웃 사랑을 실천하는 교회를 자부했지만 보다 더 진정성 있는 길을 제시하는 강은기에게는 늘 제동이 걸렸다. 목사에 의해서 운영되기보다 직원-장로-의회에 의해 운영되는 체제였던 회원교회에서 강은기, 황영환 두 장로의 활동은 거의 혁명적이었다. 세 명의 장로가 있었는데 한 명은 충남 예산에 살고 있었기에 실질적으로는 두 장로가 회원교회의 방향을 잡아가고 있었다. 둘은 다 특별난 장로였다. 자본이 있는 사업가나 지위가 높은 명망가도 아닌 두 장로의 민주주의 실험에 바람이 일 수밖에 없었다. 조승혁 목사의 권유로 동참한 회원교회 장로 두 사람은 언제나 교인들 편이었고 민주주의 원칙을 지키는 사도였다. 20여 년 회원교회에서 같이 장로 역할을 수행한 황영환은 호형호제(처음 만나서 뜻이 통한 황영환을 강은기는 형으로 하자고 거의 협박?했다고 한다)하는 강은기와 지낸 그 시절을 술회하며, 강은기와 함께한 시간은 신선하고 인상 깊은 시절이었다고 했다. 강은기는 목사들의 설교를 임의설교, 즉흥설교에서 '원고설교原稿說敎'로 대체하는 데 힘을 기울였다. 많은 신도들이 각자 기도문을 작성하여 돌아가면서 기도하게 한 것이다. 평등주의가 배인 행동이었다. 자칫 목사들의 설교는 많은 시간을 차지하여 신도들의 시간을 잠식하는 경우가 많다. 이 점에서 강은기는 원칙에 철저했다.

"원고기도 방식을 도입하여 실행하는 데 강은기는 전 신도가 다 기도하게 하고자 했습니다. 강은기는 원칙주의자였습니다. 합당치 않으면 목사에게도 바로 '안돼! 안됩니다!'였습니다. 이에 저는 강은기의 원칙을 옆에서 동참 지원하는 역할을 했지요."

이렇게 신도들이 직접 기도문을 작성하여 기도에 동참하는 예배가 자리 잡게 되었다. 한 주가 모아지고 한 달 두 달, 몇 년이 지나니 제법 기도문이 쌓여갔다. 강은기는 이 귀한 자료들을 모아 기도집으로 엮어내고자 하였다. 소중한 땀이 밴 글이고 마음의 기도문이기 때문에 신도들에게 자신들의 기도문을 되돌려주고 싶기도 했다. 그러나 이를 소중하게 생각하던 강은기와 신도들의 마음과 목사의 마음과는 달랐나 보다. 담임목사가 자료 보관을 제대로 하지 않아, 나중에 기도문을 찾을 수 없게 된 것이다. 이에 강은기의 불같은 일갈이 쏟아졌다. "당신 목사 맞아?"

목사의 독선을 막아내다

어느 때 회원교회에 새로 목사가 부임했다. 오자마자 미국의 선교단체로 해외출장을 가야 한다고 했다. 신도들이나 장로들도 모르는 일이었다. 이 얘기를 들은 강은기는 교회에서 일방적으로 결정되는 의사결정이 목사 단독으로 이루어진 점을 지적하고, 교인들의 동의를 얻지 않고는 갈 수 없다고 했다. 강은기는 단도직입적으로 말했다.

"너 취소해!"

"목사는 교회의 종이야. 네 사비私費로 간다고 해도 안 돼!"

이처럼 강은기는 원칙을 저버린 대상에게는 단호하였다. 그가 누구든지 간에.

또 이런 일이 있었다. 신규목사 임명 전에 장로들의 면접이 있는 경우, 기존 교회들은 고급 호텔에서 치르는 게 관례가 되어 있었다. 그러나 회원교회 강은기와 황영환 두 장로는 이런 귀족적인 행태에 반기를 들었다. 그래서 시장골목에서 흔히 찾을 수 있는 '순댓국집'에서 면접을 치렀다. 강은기의 인간적이고 서민적인 모습이 교회라는 울타리에서도 그대로 적용된 것이다. 회원교회는 당시 운동권 학생들, 교수, 박사들이 상당히 많이 다니고 있었다. 교수와 박사들이 20명이 되었다. 그들은 매주 일요일 꼬박 교회를 나왔다. 목사는 대환영이지만 장로 강은기는 그리 좋아 보이지 않았다.

"교수 박사들이 할 일 없어 매주 교회 나온다냐? 제자들이랑 산이나 가지……."

옆에서 들은 황영환도 의아히 여길 정도였다.

"교수 박사들은 의무금만 내고 안 나와도 되게 합시다."

그는 삶의 현장에서 실천하는 신앙인의 상을 목표로 하고 있었던 것이다.

강은기와 황영환은 의기투합하여 만나면 시간가는 줄 몰랐다. 어느 땐가 양희선 여사는 보지 않아도 좋을 장면을 보게 되었다. 양희선은 아침 출근길에 영등포 역사에서 그 둘을 만났다. 강은기가 간밤에 늦는다고 연락하였으나 결국 귀가하지 않고 영등포역 안에서 날을 새면서 황영환과 술을 나누었던 것이다. 아마도 시국에 관한 고담준론을 논하였으리라. 당시 양희선은 남편이 일은 많아도 집에 가져오는 수입은 거의 없어서, 가계에 보태려고 보험사에 다니고 있던 중이었다. 그날도 보험사에 출근하다가 그들을 만난 것이다.

자기사업으로 민주화운동에 헌신

강은기는 자신의 사업을 통해서 민주화 운동에 참여했다. 그는 자기의 직업과 사회적 소명을 일치시키기 위해 노력했다. 71년에 해고되어 기독교 사회산업개발원 사단법인 노사문제협의회를 운영하면서 40년 동안 노동문제 상담을 해온 황영환 장로는 강은기를 이렇게 기억하고 있었다.

"자기 사업으로 민주화 운동에 헌신한 인물은 아마 강은기가 유일할 것이다."

황영환이 강은기를 만나고 싶어 세진을 찾아가 보면 강은기는 종종 보이지 않았다. 그럴 때면 동생 강은식이 "형님은 어제 연행되었습니다"라고 했다. 강은기는 하도 많이 잡혀가서 경찰들이 "또 너야?"했다고 한다.

민중의 이름으로 기도하였습니다. 아멘!

어느 날 회원교회 예배 후 돌아가면서 기도를 하는데, 강은기는 통례를 벗어난 기도를 하였다. 일반적으로 하는 "……예수의 이름으로 기도하였습니다. 아멘!"으로 하지 않고 "……민중의 이름으로 기도하였습니다. 아멘!"으로 기도를 마무리한 것이다. 이에 따라 교회에서는 잠시 소란이 일어났다. "이런 불경한 기도를 다 하다니!" 하며 일부 신도들이 불쾌한 태도를 보였다. 그로 인해 교회 내에서 평지풍파가 일어났다. 교인들 상당수가 강은기의 기도 방식에 대해 문제제기를 하였다. 회원교회의 민주적인 절차와 교인들 간에 평등한 대우 등 여러 가지 세부적인 의례에 강은기, 황영환 두 장로가 협의해 온 터라, 사건이 생긴 후 제일 먼저 수습해야 할 사람은 장로 황영환이었다. 강은기의 기도에 마음으로 동감하고 응원하고 있던 황영환은 이의를 제기하는 교인들에게 기도도 서면으로 하듯이, 각자 기도한 내용에 대한 이의제기도 서면으로 제출하라고 요구했다. 이러한 서면 요구에 이들의 이의제기는 수그러들었다.

'예수도 민중을 사랑하지 않았냐? 예수가 사랑한 민중을 그 민중의 이름으로 기도한 게 무슨 잘못이냐?'는 강은기의 주장에 이론적인 하자가 있는 것은 아니었다. 따지고 보면 비난 받을 여지가 없었다. 황영환은 교인들을 설득하고 다니며, 그들에게 강은기가 한 기도의 참뜻을 설명하였다. 이 기도방식은 다른 신도들에게까지 확대되지는 못하였고, 오직 '강은기 혼자만' 하게 되었다.

17 김근태와 민청련, 국민정치산악회에 헌신

강은기의 민청련과 김근태에 대한 애정은 매우 각별해서, 부족한 것은 무조건 제공해주는 식이었다. 강은기의 동생 강은식(현 세진인쇄 사장)은 형의 그런 막 퍼주기 식 사랑이 때론 불만스러울 때가 있었다. 강은식은 형의 김근태 사랑을 이렇게 증언해 주었다.

"민청련에서 프린트가 고장 났다고 좀 빌려달라고 하면 프린트 인쇄기까지 쓰라고 갖다 주었지. 고장 나면 나보고 가서 고쳐주라는 거여. 일 바쁠 때는 짜증이 나지만 형의 성격을 아니, 어찌 달리 할 수도 없었지 뭐."

1983년 9월 30일, 1970년대 학생운동 출신의 청년들이 중심이 되어 민주화운동청년연합(민청련)을 창립하였다. 강은기가 인쇄하여 제공한 창립선언문을, 의장으로 내정된 김근태가 낭독했다. 장소는 성북구 돈암동 소재 가톨릭 상지회관이었다. 경찰의 삼엄한 포위 속에 진보적인 지식청년 59명이 참석한 가운데 결성식이 거행되었다.

저녁 7시를 전후하여 150여 명의 회원들이 상지회관 주변에 모였으나 상당수가 성북경찰서로 연행되어 59명만 참석할 수 있었다. 이 자리에서 의장에 김근태, 부의장에 장영달이 선출되었고, 5명의 부서장을 임명하여 7인 집행위원회를 구성했다. 총무부장 박우섭, 홍보부장 박계동, 사회부장 연성수, 재정부장 홍성엽, 상임위원회 위원장에 최민화, 부위원장에 이해찬을 선출했다. 당시 제작한 민청련 창립선언문을 보자.

민청련 창립선언문

- 민주, 민중, 민족통일을 우리 모두에게 -

민주주의, 민중의 생존권 보장, 그리고 민족의 평화적 통일을 성취하기 위해 반민주적이고 반민족적인 독재권력과 투쟁해 온 우리 민주 청년은 민주, 민권의 궁극적 승리를 위해서 지금까지의 투쟁경험과 운동성과를 창조적으로 계승하면서, 운동이론을 체계화하고, 운동주체를 조직화해야 한다는 역사적 요구에 좇아 「민주화운동(전국)청년연합」 결성을 선언한다. 오늘의 이 모임은 지난 20여 년간에 걸친 반독재 민주화 투쟁을 통해 성장 발전해 온 운동역량의 값진 결실이며, 특히 저 80년 5월의 피맺힌 민중항쟁에서 솟아오르는 운동역량의 결단이다. 우리는 동학농민전쟁 이래 면면히 지속되어 온 항일 민족해방 투쟁, 4·19 민주혁명, 5월 민중항쟁의 반식민, 반봉건, 반독재 민족운동의 횃불을 이어 받고자 하며, 도도한 역사적 흐름으로서의 인간해방과 세계 인류의 평화와 진보를 위한 고난에 찬 투쟁에 적극적으로 참여하고자 하는 것이다. 우리는 오늘의 현실을 외세와 이에 편승하고 있는 폭력적 소수 권력 집단에 의해 강제되고 있는 민족 분단 상황으로 규정한다. 미·소 등 강대국의 정치·경제적 패권다툼, 무모한 군비 경쟁은 새로운 냉전을 야기시켜 인류 전체를 파멸시키게 될 핵전쟁 위기조차 조성하고 있다. 특히 한반도에서 첨예화되고 있다. 민족이 평화적 통일을 말하면서도 강대국의 전쟁 책동인 한반도에서의 핵무기 사용을 배제하지 않고 있는 것이 오늘 이 땅 지배집단의 모습이다. 한반도에서 핵전쟁 위기, 그것은 민족 통일을 저해할 뿐만 아니라 전체 민족 구성원의 살해당함을 가져 올 것이다. 군사 독재권력의 반민주성은 너무나 명명백백하다. 헌법을 파괴하고 폭력으로 권력을 장악한 집단이 「헌법질서」와 「평화적 정권 교체」를 말하는가 하면, 민주화를 요구하는 광주시민에게 야만적 학살 행위를 저지르고서도 「민족화합」을 내세우고 있으며, 4년 만에 외채를 눈덩이처럼 키워 놓고도 「선진조국 건설」을 외치고 있으며, 장영자, 삼보, 명성, 영동개발 사건 등 사상 최대의 권력형 부정부패를 연속적으로 저질러 국민경제를 근본적으로 흔들어 놓고서도, 입으로는 「부패척결」과 「의식 개혁」을 소리 높이 외치고 있으니, 어떻게 이처럼 뻔뻔스러울 수가 있는가? 권력집단의 반민중성은 어떠한가? 임금, 농산물 가격 동결, 민주노조의 완전한 파괴, 농협조합장 직선제 서명운동에 대한 비열한 탄압 등이 반민중성을 여실히 폭로하고 있다. 권력은 가난과 소외를 극복하고자 하는 민중에게 적대적이기까지 한 것이다. 이제 우리는 「고통과 희망」을 한 몸에 안고, 억압받은 제3

세계 민중의 일원으로서, 민족사의 전진에 앞장 서야 할 청년으로
서 다음과 같이 선언한다.

– 민족통일의 대과업을 성취하기 위하여 참된 민주정치는 반드시
  확립되어야 한다.
– 평등하고 인간적인 생활을 위한 민주자립 경제가 이룩되어야 하
  며, 부정부패 특권 경제는 마땅히 청산되어야 한다.
– 역동적이고 건강한 민중의 삶을 위하여 자생적이고, 창조적인 문
  화, 교육체계가 형성되어야 한다.
– 국제평화와 민족 생존을 위해 냉전체제의 해소와 핵전쟁의 방지
  가 이루어져야 한다.

우리는 오로지 민중의 주체적인 민주역량에 의해서만 이 모든 염원
이 실현될 수 있음을 거듭 확인한다.
이 모든 것을 피와 땀으로 이룩하기 위하여, 고난과 해방의 최전선
에 우리 모두 분연히 뛰어들자.
우리에게는 사랑과 신뢰가 있기에 민중의 지지와 참여가 확대될 것
이며, 승리에 대한 확신과 치열성이 있기에 당당함이 있을 것이다.

민주주의 만세!

민주화 운동 승리 만세!

1983년 9월 30일

민청련 출범의 주축은 학생운동, 노동운동 출신의 지식청년들이었다. 60년대 후반 학번부터 72학번까지 학생운동을 주도해 온 김경남, 문국주, 송진섭, 이해찬, 장영달, 정문화, 정화영, 조성우, 황인성 등이었다. 이들은 1983년 5월부터 최민화의 집에서 매주 한 차례씩 회동을 가졌다. 이를 OB모임이라하고, 72학번부터 70년대 후반 학번까지는 별도로 만나 회동을 가졌는데 이를 YB라고 불렀다. 민청련이 태동하는 주도적인 역할을 한 사람은 이범영, 이해찬, 조성우 등이었다.[35]

그리고 이즈음 일부 민주화 운동 세력에서 어른들을 중심으로 한 단체를 우선 만들려는 움직임이 있었다. 1979년 3월에 결성된 '민주주의 민족통일을 위한 국민연합'이 1980년 5·17 이후 와해되었는데 우여곡절 끝에 다시 조직을 건설하자는 제안이 제기되고 있던 터였다. 장기표, 박우섭 등이 중심이었다. 그러나 어른 단체 건설이 난관에 봉착하여 생각보다 여의치 않자, 이를 준비하던 박우섭은 청년단체 건설에 합류한다. 이로써 이범영, 이해찬, 조성우가 논의를 시작하고 박우섭, 박성규, 설훈 등이 호응하고, 이후 후배인 권형택, 이우재, 서동만, 연성만, 유기홍 등이 합류하면서 청년운동 조직화는 외연이 넓어지고 있었다.

하지만 민청련의 조직 결성은 쉽지 않았다. 5공의 독기가 여전히 서릿발 같았고 청년층에까지 패배주의가 만연해 있었다. 이런 분위기 속에서 일군의 지식청년들은 마치 일제 강점기의 독립운동가들처

---

35 김삼웅, 『민주주의자 김근태 평전』, 현암사, 2012, 68~70쪽.

럼 경찰과 정보기관의 감시를 피해가면서 청년조직의 결성을 추진했다. 1983년 8월 15일 경기도 양수리 근처 동막이라는 계곡에서 야유회를 하는 것처럼 동지들이 모여 청년단체 결성에 합의했다. 참석자들은 이전 민청협 출신과 복학생협의회, 노동운동 그룹 등을 주축으로 서울의 주요대학 출신이었다. 서울대에서 김경남, 이해찬, 박우섭, 김정환, 박성규, 김도연, 황성진, 이범영, 문국주, 권형택, 이을호 등 72~74학번들과 연성만, 이우재, 서동만, 김종복, 오세중 등 75~77학번들, 고려대에서는 조성우, 연세대는 최민화, 홍성엽, 중앙대는 이명준, 이석표, 서강대는 김선택, 한신대는 김희택, 이화여대는 최정순, 명지대는 김준옥 등 40여 명이 참석하였다. 이날 의장으로 모두가 추대한 인물이 김근태였고, 이후 사양하는 김근태를 후배인 최민화가 적극 간청하여 수락한 것이다.

민청련은 출범과 함께 투쟁성 회복, 청년 내부 역량 체계화, 다른 민주화운동 세력과의 군건한 연대, 대중운동에의 참여와 지원, 운동 방향 모색과 방법 개발을 위한 조사 및 연구 활동을 과제로 선정했다. 창립 이듬해인 1984년 5월 19일에는 광주항쟁 희생자 추도식을 거행했고, 1984년 3월부터는 기관지 '민주화의 길', '민중신문'을 간행하였다. 기관지 1호부터 19호까지 강은기가 맡아 제작하였다. 1985년 7월 민청련이 EYC, 전국학생총연합과 함께 '민중민주화운동 탄압 저지를 위한 공동대책회의'를 구성하고 성명을 발표하였다. 그러자 이 회의에 참석했던 김병곤 상임위원장을 구속하고 이범영 집행국장을 수배했다. 민청련에 대한 탄압은 '민주화추진위원회 사건' 관련자들에게 고문을 가하여 민청련을 그 배후로 조작해내면서 본격화되었다. 민청련은 1985년 9월 검거사태 이후 자연히 공개적이고 합법적인 공간을 상실하게 되어 모든 활동이 위축되었다. 이때부터 민청련은 1987년 6월 항쟁 때까지 2년 동안 전두환정권의 허위, 왜곡, 비방 선전에 맞서 진실을 밝히고 정당성을 선전하는 한편 구속 간부들의 석방을 위해 싸웠다. 1988년 9월 17일 제11차 총회에서 사무직 노동 청년들과 결합하기 위해 '민주화운동 직장청년회 준비위원회'(민직청)를 발족시키고, 지역주민운동과의 결합을 위해 '주민청년위원회'를 발족하였다. 1988년 9월 29일에는 민청련 부설로 '민족민주운동연구소'를 창립하였다. 민청련의 조직과 함께 전국에서 청년단체가 조직되기 시작했고, 1989년 1월 19일 전국청년단체대표자협의회(전청대협)가 창립되었다. 그 후 1992년 2월 23일 전청대협이 한국민주청년단체협의회(한청협)로 개편되면서 민청련은 발전적인 해체를 하였다.

민청련 창립대회에 참여했던 권형택은 이렇게 기억한다.

"발기문과 창립선언문은 대회 준비 과정에서 사전에 등사판으로 인쇄해 200여 부 정도 대회장에 들여와 배포되었고, 외신을 비롯한 언론기관에도 보도자료와 함께 돌렸다. 아마도 국내언론에는 보도되지 못하고 일부 외신에만 보도되었던 걸로 안다."[36]

---

36 권형택, 「사료이야기」(『희망세상』, 민주화운동기념사업회 2010. 9월호), 17~18쪽.

국민정치산악회 창립 초대 회장

강은기는 정치인 중에서 김근태를 제일 좋아했다. 김근태의 사람됨을 누구보다 좋아했다. 김근태에게 희망을 걸었다. 김근태에게 기대를 걸고 김근태를 중심으로 만든 '국민정치산악회'의 산파역할을 자임했다. 김대중의 새정치국민회의가 출범할 즈음인 1997년이다. 김대중은 야권의 힘을 모으고 민주정부로 정권교체를 위해 지속적으로 노력해 왔는데, '젊은 피를 수혈하자'는 취지에서 김근태의 국민정치연구회와 연대를 모색했다. 그런 와중에 국민정치연구회 회원들 간에 친목과 정보교환을 위하여 국민정치산악회를 조직한 것이다.

1999년 3월 김근태는 장영달 의원과 이창복 전의원 등 현실정치에 뛰어든 운동권 출신 인사들과 재야의 교량 역할을 하기 위해 국민정치연구회(국정련)를 조직하고 국정련의 최고위원에 선임되었다. 나중에 민주평화국민연대(민평련)로 확대되는 국정련에는 김근태의 정치철학과 비전을 지지하는 재야의 민주인사가 다수 참여하였다.[37] 이 국정련의 외연을 넓히고자 민주의식을 가진 시민들이 모여 '국민정치산악회'를 조직하였다.

매달 한 번씩 만나 산행을 하는 산악회의 초대 회장으로 강은기가 선임되었다. 강은기는 산악회를 통하여 민주주의의 희망을 열어 갈 일꾼들을 만나고 이들이 사회에 이바지할 수 있는 역량을 키워 나갈 수 있도록 도와주는 동시에, 유망하고 유능한 정치인 김근태를 중심

---

37 김삼웅, 앞의 책, 300쪽.

으로 정치적 영향력이 커지기를 기대하면서 초대회장으로서 기틀을 잡아주고 헌신적인 자세로 임했다.

초대 회장 강은기의 뒤를 이어 산악회 회장을 맡아 모임을 이끌어 온 박은성은 돈 없는 강은기의 든든한 후원자였다. 그는 강은기뿐 아니라 김근태, 문익환의 후원자이기도 했다.

"은기 형은 자기가 해온 회장 일을 내가 맡으니 든든하다고 했죠. 은기 형 이후에 내가 밥값을 해결했습니다."

박은성은 일본 기업의 노조위원장 출신으로, 양곡창고업을 하여 어느 정도 여유를 가질 때쯤 서울민청련 활동을 하게 되어 자연스레 김근태, 강은기와 합류하게 되었다.

"정치에 꿈을 둔 사람들이 은기 형과 저에게 다가온 거예요. 저와 은기 형이 성공한 기업인으로 소개되었던 때가 그때였습니다."

박은성과 달리 강은기는 돈을 벌지 못한 기업인이었다. 박은성의 눈에도 강은기는 사업가 체질이 아니었다. 박은성이 강은기에게 인쇄물을 의뢰하고 송금을 하는데, 같은 은행이면 수수료가 붙지 않을 텐데 은행이 달라 수수료를 물게 된 박은성은 '수수료'를 공제하고 입금했다. 강은기는 그 후로 박은성을 "사업하려면 박은성 같이 해야 한다"고 말했다고 한다.

강은기의 생전 증언을 들어 보면, 2002년 대통령 선거를 앞둔 상황에서 김근태에 대한 애정과 기대감을 느낄 수 있다.

"사실 대통령 자리가 우스개 자리가 아니잖아요. 한 나라를 감당해
야 할 자리인지라. 그런데도 부도덕하고 역사의 판결을 받아야 할
사람들에 의해 좌지우지되고, 이런 상황 속에서 참 의기가 충만한
우리들로서는 김근태 같은 사람에게 애정을 갖게 되는 거고, 이왕
이면 뭔가 뜻이 통하고 뜻을 실어서 뜻을 이루는 사람이 국정을 맡
아 주어야 그동안 역사 속에서 좀 냉대 받고 홀대 받던 계층이 역사
의 중심부로 올라올 수 있는 모먼트라고 할까, 계기가 주어질 수 있
지 않을까 그런 생각을 갖고 있죠."

강은기는 민청련이 창립될 당시에 김근태를 만났다.

"1983년 민청련 창립, 그러니까 그전에는 김근태와 개인적인 안면
은 전무했었고, 지금(2002년 인터뷰 당시) 얘기한 형택이랄지, 박계
동이랄지, 무섭이랄지, 희택이랄지, 부겸이가 와서 같이 일했을 때
간접적으로 알았죠. 그 전에 같은 활동에 몸담고 있는 사람을 통해
김근태라고 하는 사람됨을 전해 듣게 됐는데, 상당히……"

강은기는 진정성이 있는 사람으로 소문난 김근태가 현실정치판에
뛰어든 뒤에 드러난 어려운 입지나 아쉬움도 토로하였다. 김대중의
능력과 인적 기반, 조직 등을 보면서 김근태의 부족한 부분을 지적하
는 내용이었다. 정치지도자를 만들기 위한 주변 동지들의 헌신을 본

받아야 한다고 역설하곤 했다. 그 실례가 지도자 김대중이었다. 김대중을 정점으로 좌청룡 우백호처럼 권노갑과 한화갑이 일사분란하게 조직을 운영하는 것을 지켜본 그는 조직력이 필수 불가결하다고 여겼다. 빼어난 능력을 갖춘 인물이라도 조직력을 갖추지 못하면 정치적인 성공을 거둘 수 없다는 것을 깊이 인식하고 있었다. 김근태의 능력에 조직 규합력을 주문하면서 강은기는 우리 정치현실을 직시하고 사려 깊게 분석, 판단해야 한다고 말했다.

"근태도 뭐 자각 정신을 가져야 하는데, 근태가 정치권에, 민청련, 말하자면 그 위상을 갖고 정치에 뛰어들어도 정치 초년병이고 인정을 못 받았습니다. 우리나라는 자본주의이기 때문에, 자본과 재계가 힘이 있기 때문에, 정몽준이 같은 사람은 초짜라도 인정을 받을 수 있는지 모르지만, 민주화의 훈장을 가지고는 자본이 판치는 정치권에서 지도자로서 누가 인정을 안 해줍니다."

권노갑이 김대중을 지도자로 세울 수 있었던 것은, 자본주의의 속성을 파악하고 자본의 위력을 간파하여 조직이 돌아갈 수 있도록 오랜 기간 인적 네트워크를 형성·활용했기에 가능했다고 보았다. 그것은 한 지도자를 키우기 위한 희생의 자세가 갖추어지지 않으면 불가능한 일이었기에, 강은기는 그런 권노갑을 높이 평가하였다. 하지만 김근태의 정치적 입지에 대해서는 다음과 같이 말하였다.

"김근태는 그럴려고도 않고, 그럴 사람도 필요로 하지 않고, 민주화

운동의 연장선상에서 정치를 할려고 하고, 그걸로 대접받으려고 하기 때문에 그쪽에서는 '피라미다, 너는 지도자가 아니다, 정치판에 들어와서는 우리 밑에서 겸허하게 배워라.……' 이런 것이죠. 현실 속에서 지고지선의 자세만을 취하면 어렵지 않으냐, 그래서 이건 안 되는 거 아니었지 않냐, 난 그렇게 봐요."

김근태는 뒤에 숨어 있지 않았다. 박은성은 그런 김근태를 진정성 있는 운동가로 보았다.

"근태 형은 의장 자리를 선뜻 안고 모든 걸 책임졌습니다. 그렇게 뚝심이 있었습니다. 이런 점에서 근태 형을 존경하죠."

국민산악회보다 더 작은 산악회가 '세토회'다. '셋째 주 토요일에 만나는 산악회' 모임이었다. 바람처럼 왔다가 바람처럼 가며 아무 말 없이 앉아 다른 이들의 말을 다 들어주는 신동수 회장을 비롯하여 박은성, 이동섭, 강은기, 홍이화, 정병문, 이래경, 김용란 등과 김근태는 세토회를 통해 더욱더 친밀하게 지냈다.

진주珍珠와 천사天使

박은성은 생전에 강은기를 제일 많이 만난 회원이었다. 산악회 활동을 통해 자주 만났던 강은기가 김근태를 바라본 평가를 이렇게 전했다.

"은기 형은 근태 형을 '진주珍珠'라고 했습니다. 정치계의 진주

(pearl)로 보고 애정을 가지고 지켜보았어요. 근태 형이 잘되면 무엇을 바래서가 아니라, 꼭 김근태가 되었으면 하는 깊은 애정이 있었지요."

한편, 김근태는 강은기를 천사라고 불렀다고 한다. 김근태와 강은기는 서로를 깊이 신뢰하였다.

"근태 형은 한 인간을 만났을 때 굉장히 함축적인 단어로 표현합니다. 근태 형은 은기 형을 '천사'로 불렀습니다. '강은기는 천사다.' 근태 형은 은기 형을 순수하고 삶이 깨끗하다고 본 겁니다."

18 강은기와 통한 선후배 지인들

그가 대가없이, 아니 그보다는 긴박한 상황에서 우선 일이 되게 하고 보는 그의 성미 때문에 그 많은 민주화 성명서 제작을 통하여 민주화 운동사의 역사적 과업들을 수행하게 도왔는데, 그런 인연으로 많은 사람들의 형이요 선배요 장로로 통했다. 학창시절부터 민주화 운동의 선봉에 섰던 민청련 의장 출신이자 민주당 최고위원 출신 김근태도 그를 '은기 형'으로 불렀고 최열, 이신범, 박계동과 고향 후배인 장영달도 평소 '은기 형'으로 불렀다. 서편제 영화의 주인공이었으며 문화부장관을 역임한 연극인 김명곤도 건강이 안 좋을 때 응암동 나300호를 거쳤다. 그때 강은기는 김명곤의 해진 바지를 보고 어머니가 사준 바지를 서슴없이 벗어주었다고 한다. 김명곤의 친구 박영훈도 자주 만나는 사이라, 강은기는 각별히 박영훈에게 호를 지어주기도 했다. 적인的人의 파자인 백석인白夕人으로 지어주었다. 명창 안숙선은 처남 양희성의 동생 친구이기도 하고, 고향 출신이고 평소 잘 아는 사이라 '은기 오라버니'로 불렀다. 동아일보 기자 출신으로 국회부의장을 지낸 임채정은 대전교도소(1980년~1981년 수감) 감방 동기다. 민주당 대표를 지낸 국회의원 손학규도 회원교회 소속 신자로서 그를 '은기 형'이라 했다. 성공회대 교수인 김동춘도 회원교회 멤버였기에 누구보다도 '은기 형'을 따랐다. 동일방직 노조위원장 출신으로 노동부 장관과 산업인력관리 이사장을 역임한 방용석도 노동운동 과정에서 강은기의 도움을 받았기에 역시 '은기 형'이었다.

강은기가 마음으로 존경한 윗분들 중에 몇 분이 있다. 그중 늘 고무신 신고 다니며 검소한 생활 모습을 보여준 계훈제 선생, 봉천동에서 같은 마을에 살았던 서울대 경제학과 변형윤 교수, 냉철한 이성으로 날카로운 글을 써 우상에서 깨어나길 바랐던 리영희 교수 등을 특히 존경했다. 그리고 정의로운 일로 고초를 받는 민주인사들을 위해 무료변론을 해준 대쪽 변호사 한승헌 변호사도 존경하는 분이었다. 특히 한 변호사는 80년 강은기가 옥중에 있을 때 부인 양희선이 숭실대 구내식당 영양사 일자리를 얻는 과정에서 경찰이 제동을 걸고 막자 이에 항의하여 취업을 하게 도움을 준 인연도 있다.

그가 모태 기독교 신앙을 가졌으면서도 출가하여 출가자로서 한동안 불교를 섭렵한 점에서 그를 불교적인 기독교인이라고 할 수도 있다. 종교간 경계는 이미 그에게 허물어져 별다른 의미를 지니지 못했다. 한마디로 그는 편협한 기독교인이 아니었다.

그와 함께 1990년대 중후반의 어려운 시절, 세진에서 함께 일했던 김용란(현 솔바람 출판사 편집장)은 강은기가 가진 호기심과 타종교에 대한 포용을 자주 이야기했다. 잠실 석촌호수 근처에서 카페를 운영하던 무속인 사장인 김모 사장과도 호형호제하며 지냈다고 한다. 이는 토속신앙을 터부시하는 일반 기독교인과는 상당히 다른 면모이다. 그는 신앙이 자신과 다른 사람과 울타리를 치지 않았으며 인간적인 정으로 두루 친하게 지냈다.

명예 대학졸업장을 거절하다

강은기는 중학교를 자퇴한 이력을 가지고 있다. 이를 특이하게 보는 것은, 대개의 경우는 대학까지 진학하기를 바라고, 학업을 마치고는 지위와 신분 상승을 추구하는 게 일반적인 사람들의 속성이다. 그러나 그는 자발적으로 제도권 교육을 중단했다. 단순히 그가 경제적으로 어려워서만은 아니었다. 그를 누구보다도 아낀 어머니는 학업을 계속하기를 바랐다. 그의 조숙성을 누군가 알아주었더라면 그는 더 새로운 방향으로 나아갔을지도 모를 일이었다. 그가 학력에 구애 없이 민주화의 길을 당당히 걸어올 수 있었던 것은 불교식으로 말하면 전생에 깊은 선근이 있었을 것이요, 기독교식으로 말하면 하나님의 소명(사명)을 미리 짊어지고 나온 것이라고 볼 수 있겠다. 성공회대 총장을 지내다가 통일부총리와 16대 국회의원을 역임한 이재정은 강은기의 학력을 알고 있기에, 그가 조금만 힘쓰면 덮어줄 '명예졸업장'을 먼저 제의한 바 있었으나 강은기는 일언지하에 거절했다. 학력에 대한 경계선을 넘어 있었기에 그에 대한 갈망과 회한이 남아 있지 않았던 것이다. 더구나 우월한 지위를 이용하여 '학력보충'을 하고 싶지 않았던 것이다.

19 남겨진 기억들, 가족·지인들의 일화

해야 할 일만 하고 간 이

부인 양희선은 남편 강은기가 세상을 떠난 후, 그가 마음이 좋아 어찌 어찌 남겨놓은 현실적인 문제들을 해결해야만 했다.

"신영이 아빠 가신 지 11년 되었는데요, 애틋함이나 안타까움이나 그런 건 별로 못 느끼고 살아온 것 같습니다. 천안에 내려가 병원 구내매점을 운영하느라고 애들은 애들대로 저는 저대로 따로 살다시피 했고, 애들을 돌봐주지 못한 것 같습니다. 후배 보증을 서 주어서 진 빚 갚는데, 원금과 이자 갚느라고 제가 쉬지 않고 일해야 했습니다. 그래도 신영이 아빠 인연으로 아는 분이 소개해 주셔서 천안에 가서 일할 수 있어서 감사할 뿐이죠. 이제는 빚 거의 갚고 조금 남았습니다……."

양희선은 먼저 간 강은기의 삶을 이렇게 표현했다.

"신영이 아빠가 일찍 가버렸지만 내가 남아 11년 더 살았는데, 먼저 간 분과 살아남은 자와 차이가 뭔지 모르겠어요. 그저 허송하고 살은 게 아닌가 싶어요. 그 양반은 할 일을 하고, 해야 할 일만 하고 간 것 같습니다."

물욕이 없는 사람

강은기가 젊었을 적, 그의 어머니가 생계를 위해 백방으로 뛰고 있을 때, 시골에서 '계'며 군납이며 여러 경제적인 활동을 벌이는 과정에서, 믿었던 사람한테 돈을 떼이고 집까지 팔아야 할 지경에 이르렀다. 그때 어머니는 큰아들인 강은기에게 어리지만 하소연을 하곤 했다. "은기야, 어쩌면 쓰겄냐? 집을 팔아야 허는디……" 그에 대한 아들의 답은 두말없이 "그냥 파세요"였다고 한다.

그가 어머니의 성품을 많이 닮아서인지, 그의 앞에서 돈을 빌려달라는 사람들이 많았는데, 그럴 때면 거절하지 않고 빌려주곤 했다. 물론 그가 형편이 늘 풍족해서 그런 것은 아니었다. 모씨는 인쇄 일을 마치고 수익금을 받아든 강은기 앞에서 야양을 떨며 아쉬운 소리를 하여, 끝내 그 돈을 낚아 채가서는 감감 무소식인 경우도 있었다. 이렇게 강은기의 철없는 경제관념은 가계에 보탬이 되지 않았다. 돈 거래에 관한 한, 그의 아내 양희선은 항상 사전 협의 아닌 사후 통보를 받아야만 했다.

그가 세상을 뜨고 난 뒤, 지인의 소개로 천안에서 병원 매점을 운영하면서 서울 봉천동 집에 저당 잡인 빚을 갚으려고 근 10년간 딸 신영과 아들 동균을 건사하지 못하고 일하면서, 이자와 원금을 갚기 위해 불편한 몸을 쉬지 못하고 일한 것도, 남편의 무대책 선행의 결과였다. 여느 집 부인이라면 금이 갈 정도의 다툼이 일어날 것이지만, 양희선은 남편 강은기의 그 여린 마음을 깊이 이해하고 살았기에 다반사로 여겼다.

인쇄노동을 통한 나눔의 삶

강은기는 생전에 인터뷰를 통하여 일생 동안 일한 인쇄업을 돌아보면서 자신은 이윤보다는 일 자체를 추구했다고 하였다. 이윤을 내는 사업보다는 인쇄노동을 통한 나눔의 삶을 지향했던 것이다. 그리고 이윤 내는 일 그 자체를 약자에게 피해를 주고 죄를 짓는 걸로 생각했다.

"노동자랑 같이 가면서 돈을 번다. 그 당시에는 어렸으니까 그런 생각을 가졌죠. 어려서. 지금은 그 생각 어처구니없다고 생각하죠. 지금은 그걸 교훈으로 삼고 앞으로 젊은 세대는 그렇게 생각 가지면 안 된다고 알려주고 싶고. 그 이윤, 그 가치도 몰랐어요. 그 당시에는 진짜 내가 은근히 사업에 대해 가볍게 생각했어요. …… 이윤 내는 거 하면 안 되는 줄 알았어. 남 못할 일, 약자 괜히 뜯어먹는 걸로 생각했어. 지금 시작하면 이윤, 나도 그렇게 남길 수 있을 거 같아. 후배들한테도 당당하게 그걸 요청할 것 같고."

그는 돈을 축적할 능력이 없었다. 그는 자신을 위해 축적할 수 없었다. 성격상 나눔이 먼저였다. 학생운동을 하다가 어려운 처지에 있는 후배동지들이 다가와 인쇄 일을 배우기도 하고, 일을 통해 운동의 역량을 다시 키워 나가는 기회를 갖게 하기도 했다. 어려운 여건에도 후배들이 찾아오면 '밥 먹었냐? 밥먹어!', '술 마실래? 술 한 잔 해!' 했다. 강은기의 아량이 그들을 품었다. 강은기는 그들과의 추억을 이렇게 말했다.

"민주화 운동 일을 하고 인쇄인으로서 자리를 잡고 그랬으면 좋은데, 그럴 겨를 없이 달려들었거든요. 아무 바탕이 없이, 재정적인 기반이 없이 했기 때문에 힘들었던 거죠. 워낙 인쇄에서는, 자체는 무학자들이 많아요. 근데 이 사람들은 꾸준히, 인쇄인들은 나도 그렇게 했으면 돈을 벌었을지도 모르는데, 나도 인쇄 일을 하면서 내가 인쇄인으로 살아야겠다, 이런 의욕, 의지는 가지고 있으면서도, 단순히 인쇄인이 아니라 인쇄인으로서 무엇인가 사회에서 할 수 있는 무엇을 찾아서 하고, 인쇄인으로서 할 수 있는 소명이 무엇인가 찾아보려고……."

대책 없는 수용

강은기는 남의 이야기를 많이 들어주는 사람이라, 무슨 요청이든 거절하지 못하고 들어주었다. 그에 비해 동생인 강은식은 현실적 형편을 잘 아는 처지라, 형의 그런 성격을 때론 고쳐보려고도 했다가 번번이 실패했다고 한다. 그는 귀가 얇아서 누가 무얼 부탁하면 거절치 못하고 늘 수락하곤 했다. 돈 안 되는 일이 많다보니, 그의 동생은 형에게 거부감이 일기도 했다. 강은식의 거절이 몇 분이 지나지 않아 강은기의 '오케이'로 변하여 돌아오곤 한 적이 한두 번이 아니다. 그러면 동생은 돈 안 되는 줄 알면서도 할 수 없이 해야 했다. 강은식은 형의 대책 없는 태도를 이렇게 증언하였다.

"형님은 귀도 얇아가지고 다 받아주는데 저는 돈 안 되면 안 했어요. 그러면 형님에게 가서, 2층에 형에게 가서 형을 데리고 와서 어쩔 수 없이 해주기도 했습니다. 형은 아무 타산이 없었어요. 타산적이지 않았지요. 없는 사람이 남을 생각한다고…… 나이 차가 많아서 형님한테 뭐라고 하지도 못했죠."

그가 경제적으로 큰 타격을 받은 것도 동지이자 후배인 유○○에게 믿고 빌려준 상당 금액에서 말미암은 것으로, 이로 인해 세진은 휘청거렸고, 부도 위기까지 몰렸던 것이다. 그리고 그 여파는 작고 후 부인 양희선한테 고스란히 부과되었다.

불의는 못 참아

어느 날 강은기와 동생 강은식은 시내에서 전철을 타고 돌아가고 있었다. 어떤 남성이 여성에게 성추행을 하는 장면이 강은기의 눈에 잡혔다. 그러자 그는 '눈이 세모가 돼 가지고' 다짜고짜 그 남성을 향해 큰소리로 막 욕지거리를 해댔다. 결국 그 남성의 추행이 사라졌음은 물론이다. 전철에서 내려 형에게 물었다.

"형! 왜 그렇게 욕을 했어요?"

"임마! 그리 안 하면 그놈이 그 짓을 멈출 것 같으냐? 그래서 한

거다."

강은기는 자기가 나쁘다고 생각하는 것은 못 참았다.

후배들에게 늘 퍼주기 좋아한 형님

1982년도에 강은기는 대량 인쇄물의 신속한 제작을 위해 조판기능이 있는 청타기를 들여놓았다. 그리고 고등학교 졸업을 앞둔 조카 오혜정을 불러들여 청타를 치게 하였다. 청타를 치려면 원고를 일일이 읽어야 하기 때문에 보안 유지를 위해 가까운 친지를 끌어들인 것이다. 1991년까지 10년 동안 한솥밥을 먹었던 오혜정은 그 시절을 이렇게 회고했다.

"데모하다 제적되어 오갈 데 없는 젊은이들로 항상 북적거렸어요. 이름만 대면 알 만한 사람들이 수두룩하죠. 다들 인쇄 일로만 찾아오는 게 아니에요. 외삼촌이 워낙 인정이 많아서 인쇄소 사정이 안 좋아도 때 되면 밥 사주고 차비 주고 도와주셨거든요. 어디서 선물 들어오면 집에 갖고 가는 법이 없어요. 그 자리에 있는 사람 다 나눠 주죠. 그러니 다들 형님, 선생님, 장군님 하고 부르며 따랐죠. 직원들한테도 굉장히 잘해주셨어요. 월급도 다른 데보다 더 후한 편이었고, 8시간 노동제, 시간외 수당 등 줄 건 다 딱딱 챙겨 주셨어요. 바쁜 일 떨어지면 작은 외삼촌(강은식)하고 나만 죽어나는 거죠."[38]

수사기관의 눈을 피하기 위해 다락방 어둑한 골방에서 늘 인쇄원고 타자를 치던 조카 오혜정은 늘 남 퍼주기를 좋아하고 자기 집 가족을 생각하지 않는 큰외삼촌을 대신해서 선물도 한두 개 따로 챙기지 않으면 안 되었다.

올바른 일이면 반드시 해야

강은기의 행동에는 목적이 타당해야 했다. 정당한 목적이라면 몸을 던져 감행했다. 그의 생전에 들려준 이야기가 있다.

> "행위나 사건이 있어서 거기에 참여하기보다는 올바른 일이면 반드시 해야 한다, 그런 마음에서 시작된 거 같아요. 그런 마음이면은, 그게 아마도 집안에서 어렸을 때부터 영향을 받았던지, 어릴 때부터 교회를 다니면서 교회 분위기를 영향 받았던지…… 어떤 한 사건이 계기가 아니고 그 분위기에서 그런 영향을 받은 건 있을 것 같아요."

강은기의 정신세계에는 기독교 신앙과 더불어 마음 깊은 자리에 맹자의 '대장부大丈夫'가 자리 잡고 있었다고 본다. 그 대장부 의식이 몸에 배인 사람이다. 그렇지 않고서야 일생을 줄곧 일관되게, 70년대 이후 정의로운 길에서 의연히 서서 인쇄물로 민주인사들의 앞갈망을 하며 굽힘없이 대항하기가 어려웠을 것이기 때문이다. 여기서 『맹자』

---

38 김기선, 『인쇄는 나의 희망』, 민주화운동기념사업회, 2005 재인용.

의 '대장부론'을 잠깐 살펴보고 넘어가자.

"대장부란, 천하의 넓은 곳에 살고 천하의 바른 곳에 서고 천하의
도道를 행하여 뜻을 얻으면 백성과 더불어 그 뜻을 행하고, 뜻을 얻
지 못하면 홀로라도 그 도道를 행하여 부귀하더라도 부귀의 욕망에
빠지지 않으며, 가난하고 천하더라도 도道의 뜻을 변치 않으며, 권
력이나 무력으로 위협해도 도道의 뜻을 굽히지 않는다. 이런 사람
을 대장부, 즉 '군자'라 하느니라."(『맹자』「등문공」하편)

내성적이나 곧은 선비 같아

친구 임원택은 강은기의 올곧은 성격은 미워하던 아버지 강용갑의
성격을 닮았다고 말했다. 정도 차이일지라도 부모의 성격을 닮지 않
을 수 없겠지만, 어려서부터 친하게 지냈던 임원택의 지적이 오히려
선비 기질을 갖고 세상의 타산적인 일에는 그리 민첩하지 못했던 강
은기를 잘 말해주는지도 모른다.

"강 사장은 아버지 성격을 닮았어요. 남들과 이웃과 어울리지도 않
고 곧았지요. 선비 기질이라고 할까. 세상의 일에 대하여 그리 민첩
하고 영리하게 대응하지 못했어요. 세상 사람과 어울려 타협하면서
사는 게 어려웠지요. 아버지를 미워했지요. 미워하면서도 아버지
성격을 닮았어요."

민청련 총무부장을 지낸 권형택은 강은기의 이런 성격을 '결기'라

고 표현한 바 있다.

머리와 손발이 같이 가는 일손

1998~1999년도 기간 동안 강은기가 어려울 때 세진에서 함께 일하며 서로 위로하고 지낸 김용란(솔바람 출판사 편집장)은 강은기의 일하는 성격에 대해, 발이 손보다 먼저 나가는 경우를 곧잘 대하게 되어 놀랄 때가 많았다고 한다.

그는 머릿속에 떠오르는 생각을 손으로 그리기 전에, 타자로 치기 전에 발이 먼저 나가는 성격이었다. 구상이 떠오르면 바로 행동에 옮기는 스타일이었다. 그래서 같이 일하는 사람들이 논리적으로 짜 맞추는 사이에 그는 벌써 사무실 문을 열고 나서곤 했다. "그렇게 해서 밥벌어먹고 살겠냐?" 여기에 빠지지 않고 따라붙는 조사는 욕이지만, 심지를 이해하는 사이라면 밉지 않게 자연스레 받아들였다.

고지식한 자존심

민주정부가 들어선 뒤 강은기의 형편이 나아지기를 기대하였지만, 그러질 못했다. 오히려 시설 면에서 신 장비를 도입한 업체들이 원활하게 일을 처리하였지만 세진은 이에 부응하지 못했다. 이에 주변에서 세진의 어려움을 해소해 주고자 노력한 일화가 있다.

강은기의 딱한 사정을 보다 못한 권형택은 때마침 연합통신 사장으로 부임한 김종철을 찾아갔다. 동아일보 해직기자 출신인 김종철은 강은기와 동아투위 시절부터 잘 알고 지내던 사이였다. 그는 '세진이 요즘 어려우니 도와 달라'는 권형택의 부탁에 흔쾌히 고개를 끄덕였다. 얼마 후 그는 강은기에게 고급 장정의 회지 하나를 내밀며 제작을 의뢰했다. 그런데 강은기는 그 회지를 쓱 훑어보더니 딱 잘라 거절했다. '못해요. 이런 고급지는 우리 기계로는 할 수 있는 게 아니에요'라고 돌아선 것이다.(김기선, 『인쇄는 나의 힘』, 민주화운동 기념사업회, 2005에서 재인용)

보통 사람 같으면 자기가 못하면 하청을 주더라도 내가 하겠다고 맡고 보는 게 보통인데, 강은기는 너무 솔직한 성미라 그런 무리한 욕심을 보이지 않았다. 결국 중간에서 섭외한 권형택은 물론 부탁을 받은 김종철도 마음이 편치 않게 되었다. 강은기의 고지식하지만 욕심 없는 행동의 한 면을 보여준 일화이다.

²⁰ 반독재 민주주의의 시심詩心

시국을 절인 '시詩 연하장'을 보내다

강은기는 시집도 사서 보고 1955년도에 창간된 현대문학도 사서 보았다. 월간 「대화」, 「창작과 비평」도 가끔 사보았다. 그는 문학작품을 통하여 실천적인 삶의 자양분을 얻기도 하였다. 최인훈의 장편소설 『광장』을 통하여 분단된 조국의 대안으로써 중립국을 꿈꾸기도 했다. 남정현의 『분지糞地』도 읽으며 분단된 사회의 일상적인 비극을 살펴볼 수 있었기에 더욱더 통일에 대한 기대는 커졌다. 김근태의 형 김국태가 주간인 「현대문학」에 게재된 박양호의 '미친 새'도 주목할 만한 작품이었다. 강은기는 문학이 진실을 표현하는 창구역할을 해야 한다고 보았다. 사회과학 책도 두루 섭렵하였다. 그는 문학과 사상의 지적 편력 과정을 생전에 이렇게 말했다.

"그 당시 지적 궁핍을 메꾸기 위해서 '사상계'도 정기 구독하였고, '씨알의 소리'도 정기 구독했고 '현대문학'을 보기도 했고 문학작품도 봤어. 문학에 관심이 있었던 거는 진실을 표현하고 싶은데 표현기술이 좀 있어야겠다, 다듬는 기술이 있어야겠다는 소박한 필요성에 의해서였고, 그러다가 또 그런 것에 회의를 갖게 된 것은, 진실하면 진실할수록 사람이 가증스러워져 가는데, 저 모든 걸 다 끊어버리는 게 차라리 지고지순한 건데, 사람이 이거 매달리고 저거 매달리는 게 때 묻히는 게 아닌가 하는 생각도 하고 그런 거였죠. 이런 내면적인 생각을 갖고 자라면서 한편으로는 사회현상에 눈을 뜨고 '노동 자본화' 얘기도 나름대로 이론서에서 보고, 그랬던 거 같아요."

강은기의 문학에 대한 관심은 학교생활을 접은 뒤부터 계속되었으니, 오랜 시간 가까이 한 것이다. 그가 쓴 작품집은 없다. 그러나 그에게는 애호가의 수준을 넘는 깊이 있는 시 몇 점이 있다. 그는 연하장에 자기의 생각을 담은 시를 써서 지인들에게 보냈다. 강은기는 연말이면 시를 적은 연하장을 지인들에게 보내곤 했는데, 시와 문학에 대한 관심의 표현이었으며, 또한 당시 시대상의 압축적 표현이었다. 그마저도 남겨진 것은 한두 점인 것이 아쉽다.

유신 치하의 1975년 4월에 인혁당 사건으로 사법살인이 자행되고, 이에 항의한 서울대 김상진 학생이 할복 자결하고, 8월에는 장준하 선생이 의문사당하는 잔인한 해였다. 그해 5월에는 강은기가 양희선과 결혼을 하였다. 1975년을 보내면서 연하장에 써 보낸, 인간과 사회에 대한 풍자시를 보자.

보낼 수 없어

黑을 만지면서 장난 한번 했더니
女子의 배가 밝아지더라
밝에서 한 아이가 생겨나더니
커서 살인자가 되더라

터덜터덜 무악재를 넘어 오는데
죽임을 당한 자들이 흩어져 가더라
떨린 손을 들어 무악재를 쳤더니
손이 부러져 병신이 되더라

송군영민送軍迎民

1984년 말 1985년 초였다. 강은기는 자주 만나는 황영환에게 수첩을
하나 건넸다. 연하장 수첩이었다. 그런데 표지에 송구영신送舊迎新이
아니고 '군대를 보내고 민중을 맞이하자'는 의미의 송군영민送軍迎民
이었다.

송送
군軍
영迎
민民

송구영신을 대신 이렇게 만들었다. 강은기 나름대로 간절한 소원을 담아 만든 메시지였다. 전두환 군부독재정권에서 맞는 새해란 새로울 게 없었다. 강은기는 군부정권 자체가 지배하는 한 희망이 없다고 보았다. 모두 그렇게 생각하고 있었을 때였다. '군부독재를 몰아내고 민중의 정권 민주주의를 맞이하자'는 염원이 담겨 있었다. 황영환은 강은기의 작은 선물이 주는 충격에 잠시 숨을 멎을 정도였다. 놀라웠다. 어떻게 이런 생각이 나오고 이 생각을 표현할 수 있을까? 강은기는 별 거 아닌 듯이 너무 소소한 선물에 크게 의미부여할 것 없다는 듯이 말했다.

"형! 몇십 부 만들었어…… 몇몇 친구들에게 준 거여"하며 건넸다.

그런 일은 작은 일로 치부할 수 있지만, 평소에 생각하고 살아온 삶과 달리 나올 수 없는 일이었다. 광포한 군부독재는 민중의 재앙이었음을 늘 깊이 느끼고 살아온 강은기였기에 가능한 행동의 발로였으며, 동지 간에 나눌 수 있는 값진 선물이었다. 황영환은 그에게 깊이 감사하는 마음이 들었다고 했다.

"강은기는 어떻게 그런 생각이 나왔고, 그런 수첩을 만들었는지. 나는 무얼 했는가, 반성이 되더라고."

그가 남겨둔 세진인쇄 그해 업무수첩에 적힌 '송군영민'의 간절한 소망이 담긴 시가 오랜만에 솟아나고 있었다. 글자 그대로 '군사정부 날려 보내고 민주정부 맞이하자'는 절박한 심정을 토로한 엽서였다. 마음에 담고 있는 생각을 행동으로, 글로 표출한 것은 강은기의 용기가 아니면 하기 어려운 일이었다.

겨울산하

부풀었던 갑자년도 그냥 가네
가야 할 것은 가지 않고-
그러니
봄이 와도 民의 싹은 나지 않고
여름이 와도 民의 푸르름은 없다
여름이 와도 民의 열매는 맺히지 않고
겨울이 와도 民의 눈은 나리지 않는다
다만
독사 두 마리가 땅속으로 들어갈 줄도
모르고
깡마른 겨울 산하를 횡행한다

독사의 배 밑에 깔린
혼절당한 民의 힘이여
솟구치어라
솟구치어라

강은기는 부연해서 독사의 의미를 설명하고 있다.

여기서 질문을 받는 것은, 독사 두 마리가 누구누구냐는 것이다. 이들은 독사 두 마리의 지적 확인에 대한 호기심만 있지 독사로부터 당한 민의 고통엔 멀리 서 있다. 민의 고통을 안다면 분단현실을 잠시라도 외면할 수 없고, 독사는 바로 분단의 원흉 아닌가. 그런데 독사가 누구냐 하는 자기 앎의 충만감에 빠져 있다. 즉 소문에만 민감하고 소문에만 탐닉하는 무리들이다.

1985년 1월 1일 밤 記.

독사 두 마리는, 분단의 1차적 책임자들을 원흉으로 보고, 분단을 극복하고자 실천하지 않는 무리들을 같이 지칭하고 있다.

또 강은기는 우리의 산하를 담은 사진엽서를 만들어 지인들에게 보낸 적이 있다. 일본의 세계적인 사진작가 구보다 히로지의 사진을 이용했다. 한겨레신문이 창간했을 때 1면에 백두산 천지의 장엄한 사진을 제공한 사진작가다. 북한을 여덟 차례나 방문하여 우리 산하의 진면목을 보여준 작가의 사진 중 구룡대에서 본 상팔담(금강산) 사진을 전면에 깔아 보냈던 엽서에 강은기는 이렇게 썼다.

새해에는
제자리에 서 있는 것들의 싱그러운 삶의 냄새를
흠뻑
맡으시기 바랍니다

그리고선, 보십시오.

서 있는 것들의 움직임을

이
찢긴 땅의 통일을 위한 것들의 행진에
함께 하시기 바랍니다.

통일전년

세진인쇄소

강은기 드림

통일을 염원하는 강은기의 절절한 마음을 담은 글이다. 하나의 엽서에서 깊은 사유와 진정성 있는 글을 드러내놓는 시인의 마음이었다.

강은기는 1993년 세밑에 '통일전년統一前年'이란 시를 써서 연하장에 담아 친구들과 동지들에게 보냈다. 통일을 바라는 간절한 마음이 새겨 있다.

통일전년統一前年

_____ 님

날 좀 봐
살아 있으므로 죽어 있는 나를
그래서 나는

살아 있는 너를 죽어 있는 것으로 본다.

새해

자리 좀 바꿔보자

작은 것들도 살아 숨쉬게

나를 봐

죽은 것으로 살아 있는 나를

그래서 나는

죽어있는 너를 살아 있는 것으로 본다.

새해

따로 사는 것을 버리자

함께 살게

1993년 말에
통일을 비는 말
강은기

통일은 남북통일뿐 아니라 민족구성원 내부의 통일을 바라는 의미
도 있다. '작은 것들도 살아 숨쉬게'나 '따로 사는 것을 버리자 함께
살게'는 격차 없는 평등을 갈망하는 마음이 절절하게 드러나 있다.

21 '10월 유신 압제'에 인쇄물로 맞서다

인쇄노동자에서 인쇄사업자로

강은기가 인쇄업에 종사한 지 상당한 세월이 흘렀다. 그간 남의 집에서 일하고 다른 동지와 동업도 하였다. 중학교를 다니다 중퇴한 뒤부터 남원에서 한 2년 동안 인쇄기술을 배우고 상경하여 인쇄공장에 다니면서 다락방 같은 숙소에서 자고, 밥은 외식으로 먹고 다녔다.

세진을 세우고 처음 시작할 때 영등포의 허름한 방을 하나 구해서 일했는데, 누님 강명남의 조카인 해운이를 데리고 일했다. 그는 나중에 함께 일한 조카 오혜정의 사촌 오빠이다. 착한 해운이와 둘이서 등사기 하나, 작은 인쇄기 하나 놓고 출발한 것이다. 강은기는 해운이가 함께 고생한 것을 잘 알기에 이후에도 늘 해운이를 애틋하게 생각하였다.

남원 쌍교리 동향인 박점동과 동업을 한 것은 한참 지난 후였다. 처음에는 부족한 부분을 서로 도우며 갈 요량이었다. 그러나 세상을 보는 시대인식이나 역사관에서 현격한 차이가 있었고, 성격적으로도 강은기는 퍼주기를 좋아하고 박점동은 챙기기를 좋아했다. 의리나

이해냐, 정의냐 사업적인 이해관계냐로 의견 차이가 컸다. 그런 상황에서 더 이상의 동업은 상처로 남을 수 있었다. 자연스레 각자 독립적인 사업으로 하게 되었다.

유신체제에 대항하여 '세진'을 설립, 인쇄업과 민주화 운동의 일치

세상으로 나아간다는 의미의 '세진世進' 간판을 달은 때는 1972년이다. 박정희가 3선 개헌(1969. 9. 14 공화당 국회 제3별관에서 변칙 통과)을 넘어, 세칭 10월 17일 대통령 특별선언을 공표하고 전국에 비상계엄을 선포하여(10월 유신) 더욱더 강화된 독재체제로 들어가는 해였다. 그 다음날 김대중은 일본에서 '박정희 대통령의 금번 조치는 통일을 빙자한 자신의 영구집권을 노리는 반민주적인 조치'라고 성명을 발표했다.

1972년 11월 9일 고등학생들 중에서는 전국에서 처음으로 전주고에서 오용석, 소병훈, 최규엽 등이 주동하여 유신헌법 반대를 결의하고 시위를 조직하였다. 학교 측에서는 이들에게 무기정학 처분을 내렸다. 바로 전 해에는 교련 반대시위가 절정을 맞았다. 고려대생 500여 명이 1971년 9월 30일 오전 10시 대강당에서 '교련을 철폐하라'며 시위를 벌였다. 또한 부정부패 3인방으로 이후락, 윤필용, 박종규를 지목하여 게시판에 붙였다. 그러자 5일 뒤 10월 5일 새벽에 수도경비사령부 군인 30여 명이 정문을 넘어 수위실에 들어가 수위를 위협하고 전화선을 끊고, 학생회관 열쇠를 탈취하여 학생회관에 들어가 학생 5명을 불법으로 납치하여 필동 수경사 헌병대로 연행하는 사건이 벌어졌다. 이에 김상협 총장은 군인들의 난동에 항의하고 학생들의 시위에 대한 각서, 해명 요구를 단호히 거절하였다. 문교부장관도 국방부장관에게 항의서를 전달했다. 서울대와 전국의 거의 모든 대학에서 이 사건을 규탄하는 시위가 일어났다. 10월 14일 야당인 신민당은 대통령 박정희에게 군의 대학난입에 관한 의견을 묻는 질의서를 제출했으나, 그 다음날 10월 15일에 '위수령'이 발동되고 말았다.

유신체제 진입의 신호탄이었다. 강은기의 눈에도 분노의 기운이 넘치고 있었다. 이에 대한 구체적인 행동으로 선배 최형주의 밑돈으로 자립의 기반을 세워 독자적인 인쇄업을 시작하게 된 것이다. 세진을 세운 강은기는 앞으로 그가 걸어가야 할 험로를 아직 알지 못하였다. '개헌 국민투표는 비합법적이고 무효이다'는 김대중의 성명에도 아랑곳하지 않고 11월 21일에는 국민투표를 실시하여 91.5퍼센트의 찬성이라는 형식요건을 갖추어, 12월 23일 박정희는 종신대통령에 취임하게 되었다.

강은기에게 있어 세진은 경제적으로 여유가 있어서 세운 것이 아니었다. 해야 될 일이기에 시작한 것이었다. 생전의 강은기는 이렇게 증언했다.

"돈 안 모으고 그냥 시작했어요. 그냥 나는 무데뽀로 '해야겠다', 무계획적으로 그냥 한 거야. 72년도에 나 나름대로 유신헌법에 대항해서 뭔가 적극적으로 할 수 있겠다 싶어, 형편은 안 닿았지만 한번 출범을 해본 것이죠."

분명한 것은 그가 유신과 맞서기 위해 세진을 만들었다는 점이다.

기록에 대한 욕구가 있었지만 "자주 압류당하고, 이러는 과정에서 기록 보관하기가 힘들고"해서, 그간 그가 만든 수많은 기록물이 사라지고 말았다. 긴박하게 쫓기는 상황에서 안전하게 보관할 수 없었던 것이다.

노동과 자본의 화해

인쇄인으로서 길을 초지일관 걸어온 강은기는 노동자가 노동을 통해서 가치를 만들어 내는 부분과 자본가가 자본을 대서 생산에 기여하는 부분을 동등한 권리로 인정하는 '노동사회주의', '노동사회민주주의'를 구상하고 실천하려고 했다. 그는 뜻있는 후배들이 노동의 가치를 공유하고자 할 때 그들을 받아들여 함께 세진의 식구로 고락을 같이 했다. 노사가 같이 동반자적 관계로 회사를 이끌어 나가는 사회를 꿈꾸었던 것이다.

"그게 어떻게 보자면 노사가 화해하고 공존하는 그런 밑바탕이 되겠다고, 그 밑바탕에 기독교적인 형제애를 기본으로 하는, 노동자건 자본가건 전체 사회에 보편화될 수 있는 이론으로, 사상으로 정립될 수 있는 하나의 이상이고 목표로써 소중한 부분이라 생각하지요. 이런 생각이 실제로 나중에 을지로에 '인쇄인연합회'를 만들 때 밑바탕이 되었죠."

그러나 자본주의 하에서 자본의 축적이 되지 않고는 유지되기 어려운 현실적인 문제를 점차 고민할 수밖에 없었다.

"그런데 그때도 고백했지만은, 그것이 좀 무리였지. 자본주의체제
하에서는 철저하게 자본에 따라서 일단 어느 정도의 성취를 기반
으로 한 후에 그 이상으로…… 실험적인 단계로 경제특구면 경제특
구로 모델을 짜내서 시험적으로 해보고, 성공한 연후에 사회영역을
확대해 나갈 단계로 해나가야 되는데, 그러지도 못하면서 그런 생
각에만 머물렀다는 게 안타까워……."

당시 인쇄 골목에 여러 지식층들, 특히 대학 중심의 운동권 지식인
들이 많이 들어왔다. 개중에는 성공한 사람들도 있고 망한 사람들도
있었다. 강은기는 그들의 다리 역할을 해주는 데 게으르지 않았다. 인
쇄노동자들이 단순히 돈을 벌고 사는 직업인으로서 현실적인 생존
수단보다도, 차원을 높여 사회적인 사명과 시대적인 소명감을 갖고
살아야 하는 문제를 강은기는 생각하였다. 그는 전태일 정신이나 예
수님의 사랑을 바탕으로 인쇄인들이 연대하여 인쇄노동자가 사회의
주인이 되기를 바랐다. 강은기는 민주화 운동과 인쇄업을 일치시키
고자 노력했다. 그는 인쇄업이라는 직업을 가치 있는 사회적인 사명
을 수행하는 도구로 쓰이기를 희망하고 있었다. 그런 생각에 현실과
타협이 거의 이루어지지 않았다. 강은기의 세진은 그런 이상의 길로
만 달려왔다. 그는 생전에 자책과 기대감을 이렇게 털어 놓았다.

"단순히 인쇄인이 아니라 인쇄인으로서 무엇인가 사회에서 할 수
있는 무엇을 찾아서 하고, 인쇄인으로서 할 수 있는 소명이 무엇인
가 찾아보려고, 이런 뜻부터 찾다보니까 재정적으로 궁핍함을 느끼

면서 일상을 힘들게 보내지 않았는가 이런 생각이 들고……, 처음에 인쇄 직공으로 시작할 때는 인쇄노동운동을 꿈꿨죠. 그때 마침 전태일이도 분신자살했었고 내가 보는 예수님도 노동자 예수로 비춰졌기 때문에. 그렇잖아요. 모든 노동자들이 열악한 처지에서 자기가 제대로 대접을 받지 못하면서도 정당한 처우개선 요구도 못하는 상황에서, 말하자면 주인들한테 혹사당할 때, 누군가 예수처럼 나서서 역할을 해주고, 혼자가 아니라 인쇄노동자들이 연대해서 일했으면, 노동자가 사회의 주인이 되는 그런 사회를 만드는 게 좀 바람직하지 않나……"

이렇게만 되면 자본이 주인이 아닌, 노동이 주인이 되는 노동사회주의가 가능하다고 기대하였다. 노동자본을 바탕으로 노동을 자본가치화해서 노동이 주가 되는 사회가 바람직한 방향이라는 것을 늘 강조했다. 그리고 우선 인쇄인들끼리 연합회를 조직하여 싹을 틔워가고자 했다.

"서로가 몫을 가지고 활동을 열심히 하면은…… 이런 걸 생각하다가 그쪽으로 미처 내딛지 못하고…… 수도권 특수지역 선교회가 나와 그런 흐름을 보면서 우리 같은 사람이 몸담기 좋겠다…… 수도권 특수 지역이 어느 특수 분야뿐이 아니라, 농촌이고 산업사회뿐 아니라 세부적으로 인쇄산업이면 인쇄산업, 피복사업이면 피복산업, 구체적으로 노동자 조직연대라 할 수 있는데, 그런 데 기여했으면 좋겠다고 생각하다가 그쪽에서 나온 리포트 열심히 해줬고……,

이러다 보니까 인쇄물 해주기만 해도 그 일에 치어가지고 시간이 흘러온 거죠."

이처럼 강은기는 그가 생각한 사회적인 소명을 실현하기 위해 세진의 인쇄기를 돌렸다.

이제 강은기는 반유신체제 함성의 대열에서 벌어질 불쏘시개를 제공하게 된다. 그 첫 사건은 1972년 멀리 광주의 전남대 「함성지」 제작이었다. 이어서 1973년 남산 야외음악당에서 열린 부활절 연합예배 신앙선언문 제작으로 유신의 부당함을 세상에 알리게 된다. 1973년 4월 22일 새벽 5시에 열릴 예배에 맞추기 위해 강은기는 밤을 새워 인쇄기를 돌렸다. 새벽 4시에 성명서 전단지를 완성해서 배달시켰다. 강은기는 이어지는 이 사건의 진행 상황을 파악하고 인쇄전단지를 제때에 제공하였다. 또한 5월 20일 '기독교인들의 신앙선언문'의 제작도 맡았다.

1973년에는 부활절 연합예배에 수도권도시선교사업위원회(KMCO) 구성원으로 시위에 참가하여 긴급조치 1호 위반으로 보름간 동부경찰서에 구금되었다. 그리고 재일동포 민주화 단체인 한통련 기관지 '민족시보'를 재복사하여 돌린 혐의로 중앙정보부에서 10일간 조사를 받기도 했다.

1973년도는 강은기에게 있어 앞으로 전개될 억압정권과 이에 맞서는 정의의 사도들과의 긴 투쟁에서 첫걸음을 내디딘 해였다. 이후 그는 불굴의 정신으로 수많은 시국 유인물을 만들어 제공했다. 따라서 그에 따른 연행·조사·구금이 줄을 이었고, 경찰, 안기부, 검찰, 중

앙정보부 등 안 가본 곳이 없는 불온인사가 되었다. 이 나라의 시국사
건을 총망라한 인쇄물 책임자로서 수사기관에 최다연행 기록을 갖고
있는 사람이 바로 강은기였다. 민주화운동사에 민주화운동 인사들의
함성이 만방에 퍼지도록 그 함성의 유인물을 만들어 제공하였던 것
이다. 민주주의가 되살아나도록 거의 모든 행사와 사건에서 사전에
처리하였으니 앞갈망을 다한 것이다.

²²세진을 통한 인쇄 민주화 투쟁 (1972~2002)

유신체제 저항의 불쏘시개를 지피다

박정희 군부독재의 영구집권을 위한 유신체제가 수립될 때, 이에 대항한 많은 민초들의 외침과 민주주의를 열망하는 조직적인 움직임이 있었다. 강은기는 자기가 가진 능력의 범위 안에서, 역사의 역행에 대항할 무기인 인쇄라는 자그마한 구역에서 하나의 나사못이 되기를 바랐고, 하나의 깃발이 되기를 희망했다. 세진인쇄라는 작은 공방을 연 뒤로 강은기는 반유신독재 민주화운동의 거대한 열화에 이해학의 표현대로, 불쏘시개 역할을 했다. 불철주야로 헌신한 그의 인쇄물 제작 지원이란 불쏘시개가 있었기에 민주화 운동은 들불처럼 타오를 수 있었다.

앞서 말했듯, 72년 유신체제가 들어서자마자 이에 맞서기 위한 저항의 도구로 세진이 문을 열었다. 그 형세는 비록 바위에 계란치기였으나, 7년여 동안 반유신에 대한 쉼 없는 저항의 노력으로 마침내 1979년에 유신체제는 내부에서 무너졌다. 강은기가 불쏘시개를 제공한 곳은 종교계는 물론, 개혁진보정치계 인사들과 민족정론의 기치를 내세우고 언론민주화가 실현되기를 갈망한 진보언론 기자들과 해직 언론인들, 거대 독점자본의 억압과 부의 분배를 무시하던 자본가에 맞서 노동자들의 생존권과 인권을 요구하던 노동조합들, 표현의 자유, 사상의 자유와 어깨를 걸고 실천적인 문예운동을 벌인 문인·예술인들이었다.

이들과의 연대활동은 시대적인 과제에 즉각적으로 부응하는 일 자체였지, 그 일을 성사시켜서 뭔가를 얻기 위한 사전 계산이 아니었다.

유신체제에 반대하여 배포한 최초의 지하신문 '함성'

박정희 유신체제의 억압적 행태에 대해 서울을 비롯한 전국 각지에서 저항의 용트림이 솟아나고 있었다. 그러기에 세진은 서울·중앙의 지역적 한계를 넘어서 지방·지부의 인쇄까지 맡게 되었다. 그것은 입에서 입으로 전해진 소문에 따른 주문이었다. 즐비한 인쇄소가 있었지만 박정희정권에 비판적인 반정부적인 내용의 유인물은 세진 말고는 받아주는 데가 없었기에, 그 일감을 세진에서 본의 아니게 독차지한 셈이 되었다. 누구나가 두려워하는 상황에서 이를 피할 수도 있었지만, 강은기는 그 두려움을 사명감으로 받아들이고 해야 할 일을 피하지 않았다. 그는 70년대 이후 엄혹하고 터무니없는 독재체제 내에서 저항한 수많은 동지들의 함성을 가슴으로 소리 없이 받아들여, 이를 묵언의 함성으로 찍어 냈던 것이다.

그 시초가 되는 사건이 전남 광주에서 유신체제에 맞서 내지른 '함성'이었다. 1972년 말 전남·광주에서 유신헌법 선포에 맞서 김남주, 이강, 박석무 등이 전국 최초의 반유신투쟁 지하신문 '함성'을 제작하여 배포했다. 광주시내 대학과 고등학교에 '함성'지를, 1973년 봄에는 '고발'지를 제작하여 뿌렸다. 유신체제에 대한 반대와 독재 장기집권 등에 대한 비판이 주 내용이었다. 이 사건으로 광주지검은 반공법으로 관련자들을 구속하였다. 1973년 9월 14일 검찰은 김남주, 이강, 박석무 피고에게 각각 징역10년을 구형했고, 1973년 9월 25일 선고공판에서 재판부는 공소사실을 인정하고 그대로 판결하였다. 그 후 항소하여 1973년 12월 27일 광주고법 김재주 판사는 항소심 판결에서 박석무에게 무죄를 선고하고, 김남주, 이강에게는 유죄를 선고하였다. 함성지 사건은 재판 과정에서 홍남순 변호사와 함석헌 등 재야인사들이 대거 관여하고 서울의 많은 학생들이 광주로 가서 방청하며 반유신 반독재정권의 토론장이 되었다. 그래서 오히려 이 재판을 계기로 비밀리에 제대로 배포되지 못한 '함성', '고발' 등의 유인물이 전국적으로 알려지게 되었다. 지방에서는 제대로 유인물을 제작할 수 없었기 때문에 강은기가 이를 맡아 제작하였다.

유신체제 정면 도전의 최초 행동: 남산 부활절 예배 전단 배포

1973년 4월 22일 남산 부활절 예배 사건은 '남산 부활절 연합예배와 박형규 목사 구속사건'으로 알려져 있다. 유신체제 하에서 수도권도시선교위원회를 통해 도시빈민 선교에 관여하고 있던 전도사 권호경은 박형규 목사 동의하에 나라의 장래를 염려하는 부활절 예배 계획을 세워 남상우와 구체적인 작업을 추진하였다. '회개하라 위정자여!', '국민주권 대부받아 전당포가 웬 말이냐!' 등의 전단을 만들어 배포하였다. 이에 서울지검 공안부 검사는 박형규 목사, 권호경 전도사, 남상우, 이종란 등을 내란예비음모 혐의로 구속하였다. 이후 한국기독교장로회 주도로 '박형규 목사 사건 성직자 대책위원회'를 구성하여 기도와 성금 모금을 하기 시작했다.

이때 한승헌 변호사는 무죄를 주장하는 변론을 하였다. 이 당시 내란음모로 몰아 고문 등을 당하고 나온 박형규 목사의 증언록을 보면 그에게 다가온 한승헌 변호사가 '신이 내린 전령'으로 보였다고 한다.

"1973년 9월 12일 제3회 공판이 열렸을 때 변호인 반대 신문에 나선 한승헌 변호사는 우리가 폭력시위를 의도하지 않았다는 것을 증명하기 위해 다음과 같은 질문을 우리들에게 던졌다.
문: 기독교에서는 문제해결을 위해 폭력을 사용합니까?
답: 폭력은 절대로 쓰지 않습니다.
문: 부활절 예배에 참석한 분들은 무엇을 가지고 갑니까?
답: 성경과 찬송가책을 가지고 갑니다.
문: 혹시 돌이나 각목이나 흉기를 가지고 가는 경우도 있습니까?
답: 그런 경우는 없습니다.
문: 그럼, 성경과 찬송가로 내란을 일으킬 수 있다고 생각했습니까?
한승헌 변호사의 유도신문으로 방청석에서는 폭소가 터졌다. 그러나 한 변호사 본인은 여전히 진지한 태도로 질문을 계속하던 그 장면, 정말 잊지 못할 살아 있는 연극의 한 장면이었다."[39]

이후 서울 형사지방법원에서는 9월 25일에는 박형규, 권호경에게 징역 2년을 선고하고 남상우에게는 징역 1년 6월, 이종란에게는 징역 1년을 선고하였다. 그러나 선고 이틀 후에 9월 27일 박형규, 권호경, 남상우 등 세 피고인에게 보석을 결정했다. 이에 대해 기독교장로회는 9월 28일 성명을 발표하고, ①하루 속히 자유 민주주의 체제로 정상화할 것, ②경제적 격차를 해소할 것, ③박형규 목사 등 구속 교역자에 대한 공정한 재판을 할 것 등을 촉구했다

이 사건은 위수령과 10월 유신 이후 유신체제에 정면으로 도전한 최초의 행동이었다. 이 사건이 발생한 이후 기독교장로회와 NCC는 즉각 모임을 갖고 성명을 내는 등 대책활동에 들어가게 되는데, 이는 정치적 상황에 대한 교회의 인식을 민주화와 인권의 차원으로 높이는 계기가 되었다. 따라서 대책활동 과정에서 자연스레 소장 목회자들이 횡적으로 연결되고 결집되어 민주화의 물결이 각 교단으로 확산하게 되었다

4·22 사건을 겪은 후 한국기독교인들은 10월 유신과 박정희 독재체제에 반대하고 투쟁해 나갈 것을 밝히는 '한국기독교인들의 신앙선언문'을 발표하였다. 이 선언문은 비밀리에 해외에 반출되어 외국 교회에 알려지게 되어 뜻있는 외국 교회들이 한국 민주화 운동을 지원하는 계기가 되었다. 이 선언문은 3개 항으로 '행동의 이유'를 밝히고, 3개 항의 '신앙의 고백'을 밝힌 후 6개 항의 당면문제에 대한 자신들의 신념을 천명하였다.

1) 한국의 현 통치세력은 권력과 위압에 의하여 지배하려 하고 있다.
2) 양심의 자유, 신앙의 자유를 억압하려 하고 있다.
3) 현 체제의 대중기만, 조작, 매스컴의 어용화 등 기만성 규탄한다.

4) 중앙정보부의 만행을 규탄한다.

5) 경제발전의 허구를 밝히고 노동자, 농민의 수탈을 중지하라.

6) 장기집권을 위한 남북대화를 규탄한다.

그리고 행동강령으로는 다음의 3개 항을 채택하였다.

1) 유신헌법을 거부하고 민주주의의 부활을 위한 국민적 연대를 수
   립하자.

2) 기독자는 순교할 수 있는 신앙인의 자세를 확립하자.

3) 세계교회와 연대감을 갖고 행해 나감을 기원한다.

행동강령에 순교를 거론할 정도로 엄중한 결의를 표명하였다.

지식인 시국선언문 제작

1973년 11월 5일에는 김재준 목사 등 15명이 YMCA 강당 1층에 모여
소위 '시국선언'을 낭독했다. 강은기의 부산한 손길로 만든 성명서가
미리 도착되어 배포된 후에 지도급 지식인들이 모여서 '지식인 시국
선언문'을 낭독했다. 이 자리에는 김재준 목사를 비롯하여 함석헌, 홍
남순, 지학순 주교, 천관우, 계훈제, 법정 스님, 강기철, 김승정, 김지
하, 박삼세, 이재오, 이호철, 정수일, 조향록 등이 참석했다. 이 선언문
에는 '강요된 침묵에 항거하고 인권과 민권을 기본으로 했던 민주체
제의 재건을 위해 전 국민이 각자의 장에서 궐기 투쟁할 것'과 현 정
권의 독재정치는 국내외적으로 국민을 최악의 상태에 처하게 했고,

권력에 의한 법치원칙 파괴, 정보정치로 인한 불신풍조, 특권층의 부정부패, 빈부격차의 극심함, 집회·언론·학원·종교의 자유 억압, 3권 장악에 의한 독재체제 구축 등을 규탄했다.

김대중 납치사건

1973년의 사건 중 국내외의 시선을 집중시킨 사건은 '8월 8일 김대중 전 신민당 대통령 후보의 납치사건'이었다. 박정희가 10월 유신을 선포하던 1972년 10월 17일에 김대중은 일본에 체류 중이었는데, 유신통치에 반대하는 성명을 발표하고 반정부 활동을 벌였다. 김대중은 1973년에 미국에서 '한국 민주회복 통일촉진 국민회의(한민통)'를 결성한데 이어 일본에서도 한민통 결성을 추진하고 있었다. 이에 중앙정보부에서 기세를 꺾기 위한 비상요법을 쓴 게 바로 8월 8일 도쿄 팔레스 호텔에 투숙 중이던 김대중을 납치하여 5일 만에(정확히는 129시간) 서울 동교동 자택에 압송시킨 것이다. 집에 돌아온 김대중은 8월 13일 기자들에게 피랍 5일간의 절박했던 상황을 설명했다. 이 사건은 국내외에 큰 파장을 일으켰다. 필자도 당시 중학교 3학년 시절, 라디오를 통해 이 소식을 듣고 경악하고 분노했었다. 대학생들이 들고 일어났다. 10월 2일 서울대 문리대 학생들이 '정보정치 철폐'와 '김대중 납치사건의 진상 규명'을 외치면서 시위를 벌였다. 대학가에 유신 폭압의 정적을 깬 첫 외침이었다. 전국의 대학이 일어나 유신 반대를 외치기 시작했다. 심지어 고등학교에서도 시위를 했다. 언론자유수호운동이 재연되었다. 이것이 1973년 말에는 '개헌청원 100만인 서명운동'으로 발전되었다.

최종길 의문사

1973년 10월 16일에는 서울대 법대 최종길 교수가 '유럽 거점 간첩단 사건' 수사에 협조해달라는 중앙정보부의 요청으로 출두하여 조사를 받던 중 의문의 죽음을 당한 불행한 사건이 발생했다. 이는 김대중 납치사건과 함께 유신독재의 시작을 알리는 상징적인 사건으로, 당시 민주주의의 위기상황을 드러내 보인 증표가 되었다. 그 후 오랜 세월이 지난 다음에야 국가권력의 위법한 공권력으로 사망한 것으로 공식 인정받기에 이르렀는데, 2002년 노무현 정부가 들어선 해에 대통령 소속 의문사진상규명위원회의 활동 결과였다.

1973년 11월에는 전국의 대학생들이 정보파쇼통치 즉각 중지와 중앙정보부 해체 및 학원자유화, 언론자유 보장 등을 요구하며 '동맹휴학'의 추세가 이어졌다. 10월 2일 서울 문리대 시위를 계기로 10월 6일에는 이화여대, 10월 10일에는 숙명여대, 11월 5일에는 경북대가 시위에 동참하였고, 고등학생들도 동참하는 분위기였다. 11월 1일에는 경기고와 대광고, 11월 5일에는 광주일고, 1월 8일에는 신일고에서 시위를 벌였다. 유신체제의 억압적 상황에 대한 인식은 대학생과 고등학생들이 공유한 것이다.

언론자유 수호 제1, 제2, 제3 선언문

강은기의 인쇄소는 늘 시위현황의 상황실과 같았다. 거의 매일 벌어지는 시국상황에서 주요한 행사의 일감을 전담하고 있었기 때문이었다. 학생들과 지식인들의 외침에 언론사 사주들은 박정희정권의 눈치를 보며 전혀 사실 보도를 하지 않고 있었다. 그때 강은기는 기자들의 성명서를 찍고 있었다. 그간에 벌어진 자의적인 시국현황에 대한 보도누락 사태를 지켜본 언론사의 내부 기자들이 들고 일어난 것이다. 1973년 10월 2일 서울대 문리대 시위, 10월 5일 서울대 상대의 시위 내용이 신문과 방송에서 보도되지 않았다. 동아일보에서도 이것이 기사화되지 않았다. 이에 동아일보의 젊은 기자들이 일어섰다. 엄중한 시국상황에 대한 비보도에 대해 항의하며 10월 7일 편집국 안에서 철야농성을 벌였다. 그리고 11월 5일 지식인 시국 선언에 대해서도 보도되지 않자 다시 철야농성을 벌였다. 1971년 4월 15일 언론자유 수호선언을 발표한 바 있는 동아일보 기자들은 제2 선언을 발표하였다.

1) 모든 언론인은 용기와 신념으로 외부압력을 배척하고 언론의 본분을 지키자.
2) 언론 자유가 보장될 때까지 모든 힘을 바치겠다.

이 선언은 다른 신문사에도 파장을 일으켰다. 11월 22일에는 한국일보에서, 11월 27일과 30일에는 조선일보와 중앙일보 기자들이 결의문을 채택하기에 이르렀다. 12일 3일에는 동아일보 전체 기자 360여 명이 기자 총회를 열어 '정부당국과 일부 발행인들이 데모사태 등을 보도하지 못하게 함으로써 언론의 목을 조르려는 책동이 자행되고 있다'라는 내용이 담긴 '언론자유수호 제3선언'을 발표하였다.

민족문학의 밤에 개헌청원 서명서 제작 전달

1973년, 각계각층에서 치열하게 유신독재체제에 항거하고 있었다. 크리스마스 이브일인 12월 24일에는 백범사상연구소 주최로 '민족문학의 밤'을 열어 항일 민요와 항일 시 등을 낭송하였다. 백범 김구의 정신을 계승하고 있던 독립군 출신 장준하와 백범사상연구소 소장 백기완 등이 이 자리에서 '개헌청원 100만인 서명운동'을 발의하여 100만인 서명운동이 벌어지게 되었다. 이제 반유신운동이 열기를 더하고 있었다. 전 국민적인 차원으로 저항이 번져갈 상황이었다.

유신체제에 대한 저항운동이 구체적으로 국민들의 염원을 하나하나 담기 시작한 것이다. 강은기의 심장은 뛰었다. 이런 범국민적인 서명 작업이 시작된 데 대한 희열을 느끼면서 밤을 새워 개헌청원 서명지를 인쇄했다. 그렇지만 그는 이런 작업이 전혀 힘들지 않았다. 강은기가 새벽같이 찍어 도착시킨 서명서는 YMCA 회관 2층에서 기다리고 있었다. 오전 10시가 되어 함석헌, 장준하, 천관우, 김동길, 계훈제, 백기완 등이 2층 회의실에 도착했다. '오늘부터 민주주의 회복을 위한 개헌을 요구하는 100만인 서명운동을 전개한다'고 성명을 발표하고, 30명이 서명 작업을 먼저 했다. 이윽고 헌법개정청원운동본부가 조직되었다. 1974년 1월 4일 개헌청원운동본부는 서명자가 30만 명을 돌파했다고 발표하였다.

문학인 개헌청원 지지성명서 제작

강은기는 1974년이 시작되자마자 신년의 한가한 시간도 보낼 수 없었다. 그의 인쇄기는 쉴 새 없이 돌아갔다. 1974년 1월 7일 오전 10시에 맞추기 위해 일찍 작업을 마쳐 행사장인 명동의 코스모폴리탄 지하다방에 배달했다. 100만인 개헌청원 서명 작업이 진행되자, 문인·지식인 60여 명이 지지성명을 발표했다. 지하의 조그만 다방에 이희승, 이헌구, 김광섭, 안수길, 이호철, 백낙청 등이 참석했다. 백낙청, 이호철 등 젊은 문인들이 주도하여 문인 선배들을 모시고 온 것이다. 그곳에서 "대다수 동포들이 빈곤과 압제에 시달리며, 민족의 존망 자체가 위태로운 이 어려운 시기를 맞이하여 문학인들은 더 이상 침묵할 수가 없다. 미래의 한국문단과 사회에 새로운 풍토를 조성하게 위해 개헌 서명을 지지한다"고 발표했다. 이날 전남·광주에서도 박재봉 목사 등 40여 명이 시국선언문을 발표하였고 서울대 치대생들 50여 명도 개헌청원을 지지한다는 성명을 발표했다. 이후 74년 1월 8일 긴급조치 1호, 2호 선포에 따라 장준하, 백기완은 구속되고 함석헌, 천관우, 안병무, 문동환, 김동길, 법정, 김승경, 김윤수, 계훈제, 이상순, 이정규 등은 연행당하여 심문을 받았다.

민청학련 유인물, 불안하게 하는 유신체제에서 나온 외침소리

당시에는 학생들과 지식인들, 그리고 민중들이 유신체제와 유신헌법에 저항하는 모든 활동을 제압하기 위한 간교한 술책이 양산되어 나오고 있었다. 긴급조치 1, 2호에 이어 긴급조치 3호가 국민생활 안정을 위한 대통령 긴급조치라는 이름으로 1974년 1월 14일 선포되었다. 국민생활을 불안하게 하는 유신체제에서 국민생활 안정이라는 미명을 쓰는 어처구니없는 상황이 벌어진 것이다. 3월 5일에는 동아일보 노조가 결성되었고, 경북대, 서강대, 연세대 등 주요 대학에서 유신철폐 시위, 반독재 시위가 벌어지고 있을 즈음인 4월 3일에는 '긴급조치 제4호'가 선포되었다. '민청학련이 북한의 사주에 의하여 정부전복을 기도했다'고 하고는, '공산계 불법단체인 인혁당 재건위 조직과 재일 조총련계 및 일본공산당 국내 좌파 혁신계 인사가 불법적으로 작용하여, 1974년 4월 3일을 기해 현 정부를 전복하려 하였다'라고 규정하고, 그 관련자로 기독학생총연맹(KSCF) 간부 이철, 유인태와 유근일이 거명되었다. 학생들은 시청 앞에 시위를 벌이려고 했으나 실패하고 '민중 민족 민주 선언', '민중의 소리', '지식인 언론인 종교인에게 드리는 글' 등의 유인물을 배포하였다. 강은기의 부지런한 손으로 제작된 유인물이 제때에 전달되었기에 시민들에게 소식을 전할 수 있었다. 7월 13일 비상군법회의 공판에서 이철, 유인태, 여정남, 김병곤, 나병식, 김지하, 이현배 등 9명에게 사형이, 유근일 등 7명에게는 무기징역이 선고되었다. 이에 앞서 열린 7월 9일 인혁당계에 대한 결심 공판에서 서도원, 도예종 등 7명에게 사형이, 김한덕 등 8명에게 무기징역이, 나머지 6명에게는 징역 20년이 각각 구형되었다. 구속자 석방 요구와 함께 중형 선고에 항의하는 집회 시위가 있었으며, 이를 계기로 각계각층의 반독재 민주화 투쟁이 격화되고 있었다.

이 사건에 따른 여론의 영향은 국제외교 문제로까지 비화되기 시작했다. 즉 이 사건으로 미국 의회에서 한국에 대한 군사적, 경제적 원조의 대폭 삭감 등이 논의되고 있었던 것이다. 이에 박정희정권은 일부 유화책으로 반공법 위반자를 제외한 사건 관련자 전원을 석방하기에 이르렀다. 결국 이 사건은 정권 스스로 날조된 것임을 폭로

한 셈이었다. 강은기는 이때의 상황을 간파하고 있었다. 학생들의 민주주의에 대한 열망을 잠재우기 위해 조작한 박정희정권의 대표적인 조작사건으로 인식하고, 이 사건에 대하여 안타까운 심정을 표현하기도 했다.

결국 인혁당 관련자들은 1974년 5월 27일 비상군법회의 검찰부에서 내란예비음모, 내란선동으로 기소되었는데, 6월 15일부터 재판이 진행되어 10개월이 지나 1975년 4월 8일 사형선고를 내리고, 그 다음날인 4월 9일에 사형을 집행한 초스피드 법집행이었다. 정당한 변론의 기회도 갖지 못한 채 도예종, 서도원, 하재완, 이수병, 김용원, 우홍선, 송상진, 여정남 등 8명은 형장의 이슬로 사라졌다.

인혁당 사건은 중앙정보부의 조작임이 밝혀지다

그 후 김대중 정부 시절, 유족과 지인들의 포한의 노력으로 2002년 9월 12일 의문사진상규명위원회가 결성되고, 사건 조사를 통해 인혁당 사건이 중앙정보부의 조작이라는 진상조사 결과가 발표되었다. 또한 노무현 정부 시절인 2005년 12월 7일에는 국가정보원 과거사위원회가 '인혁당 사건은 조작'이라는 조사 결과를 발표하기에 이르렀다. 또한 재판부가 인혁당 사건에 대한 재심사를 받아들여 2006년 12월 18일 검찰이 이례적으로 구형 없는 논고를 하였고, 2007년 1월 23일 서울중앙지법에서 인혁당 재건위 사건 관련 8명에 대하여 '무죄'를 선고하였다. 2007년 8월 21일 희생자 유족들이 국가를 상대로 낸 손해배상청구소송에는 국가가 총 637억여 원을 배상하라는 판결을 내렸다. 실로 27년 만에 이루어진 사법살인의 원상회복이었으나, 망자와 유족들의 맺힌 한이 이로써 위로받을 수 있을 것인가!

국제 엠네스티 한국위원회 소식지 발간

국제 엠네스티 한국위원회는 1973년 7월 고문반대 캠페인을 시작한 뒤로, 박정희정권의 탄압을 받고 있었다. 강은기의 지원으로 소식지 「한국위원회 소식」을 4×6배판에 2면으로 발행하기 시작했다. 강은기는 이 소식지를 일본어판으로도 발행하여 재일동포들에게 전달하게 하였다.

민주수호국민협의회 성명서

1974년 9월 23일에는 유신체제를 규탄하고 구속인사를 석방하라는 내용의 성명을 발표한 함석헌, 역사학자 천관우, 시인 박두진 등이 중앙정보부에 연행되어 조사를 받았다. 이 또한 강은기에 의해 제작된 소식지와 유인물이었다.

천주교정의구현정국사제단 발족

1974년 4월 3일 민청학련 사건으로 천주교 원주교구의 지학순 주교가 구속되었다. 지 주교가 양심선언을 한 뒤, 천주교 성직자들 가운데 일부는 사제들의 적극적인 대응의 필요성을 절감하고, 원주에서 모임을 갖고 논의를 거쳐, 약 300여 명의 신부들이 1974년 9월 26일 '천주교정의구현전국사제단'을 결성하였다. 이 성명서에서 '지학순 주교의 석방은 물론, 이를 뛰어넘어 사회현실에 대해 통렬하게 대응하고 투신할 것'을 결의하였다. 이 성명서 역시 서울 을지로 세진인쇄소에서 강은기에 의해 제작되어 원주로 발송되었다.

동아일보 자유언론실천 선언문

1974년 3월 7일 노조를 결성한 동아일보 기자들은 유신체제 하 언론 자유의 침해상황이 심각함을 인식하고 언론의 자율권을 회복하고자 몸부림쳤다. 언론계 내에서 자성의 움직임이 일어난 것이다. 박정희 정권은 언론사 사장, 편집국장, 방송국장들을 소집하여 언론통제 지침인 보도지침을 시달하기에 혈안이 되었다. '학생들의 시위 등을 보도하지 말라', '종교계의 민권운동을 보도하지 말라', '월남의 반독재 반티우 운동을 보도하지 말라'에서부터, 심지어 민생고의 실상인 '연탄, 기근 문제 등도 보도하지 말라'는 협조요청을 시달하였다. 중앙정보부는 10월 22일 한국일보 사장 장강재, 편집국장 김경환을 불러 조사하였고, 10월 23일에는 동아일보에 보도된 서울대 농대 시위 기사와 관련하여 편집국장 송건호와 방송뉴스 지방부장 등 3명을 연행하기도 했다. 이에 기자들은 10월 23일 철야농성을 하여 10월 24일 오전 180여 명의 기자들이 모인 가운데 '자유언론실천선언대회' 개시를 선포하고 결의사항을 박수로 통과시켰다. 신문과 방송에 보도될 때까지 제작을 보류할 것도 천명하였다. 언론이 바로 서야 나라가 산다는 역사적인 사명감이 충천한 자리에서 강은기가 밤새워 제작한 성명서 선언문이 세상에 공표되었다. 이 사건을 뉴욕타임스 등 외국 주요 기자들이 취재하였다. 동아일보 기자들의 발의에 힘입어 조선일보, 한국일보, 경향신문, 서울신문 등 신문사와 전주MBC 등 방송 기자들도 일제히 자유언론의 기치를 들고 일어났다. 기자협회도 10

월 25일 동아일보 등 각사 기자들의 언론자유 수호 운동을 전적으로 지지한다는 성명을 발표하였다. 10월 26일에는 한국기독교교회협의회(KNCC)에서 각 언론사 기자들의 언론자유 수호 선언을 지지한다는 성명서를 발표하였다.

한편, 동아일보는 자유언론실천선언을 계기로, 12월 23일에 동아일보 광고주들이 위협하여 광고동판을 회수해가는 등 전대미문의 광고탄압을 받게 되었다. 박정희정권의 악랄한 탄압책이었다.

박형규 목사의 『해방의 길목에서』 발간

강은기가 처음으로 단행본 책자를 발행한 게 박형규 목사의 『해방의 길목에서』이다. 1974년 11월 11일의 일이다. 이 책은 수도권 특수지역 선교위원회 이사장인 박형규 목사의 강론지인데, 해방이란 단어를 금기시하던 때라 공안당국의 주시를 받았음은 물론이다. 중부경찰서 정보과 형사가 강은기를 연행해 가서 조사를 하였다.

자유실천문인협의회의 '문학인 101인 선언문' 제작

자유실천문인협의회는 1974년 11월 15일 저녁 청진동 귀향다방에서 사전 회합을 갖고 결의를 모아 1974년 11월 18일 광화문 네거리 종각 앞에서 선언문을 낭독했다. 이틀 전에 강은기에게 연락하여 인쇄를 맡겼는데, 강은기는 차질 없이 선언문을 제작하여 광화문 현장에 전달하였다. 고은, 신경림, 백낙청, 염무웅, 조태일, 이문구, 박태순, 황석영 등 문인 30여 명이 참석하여 선언문을 발표하였다. 그들은 "오늘날 우리 현실은 민족사적으로 일대 위기를 맞이하고 있다"

며 '김지하를 비롯한 긴급조치 구속인사 석방', '언론·출판·집회·결사의 자유 보장', '서민대중의 생존권 보장을 위한 획기적인 조치 및 현행 노동관계법 개정', '자유민주주의 정신과 절차에 따른 새로운 헌법 마련', '우리의 주장은 문학자적 순수성의 발로이며 어떠한 탄압 속에서도 계속될 진실한 외침이라'는 것 등 5개 항을 발표하였다.

민주회복국민회의 '국민선언문' 제작

정계, 학계, 종교계, 문인, 법조인, 여성계 등 각계 지도급 인사 71명은 1974년 11월 27일 종로 기독교회관에서 윤보선, 함석헌, 김재준 등이 서명을 마친 '국민선언'을 발표하고, '민주회복국민회의' 결성을 공표하였다. 이틀 전 11월 25일 종로 기독교회관에서 창립총회를 갖고 대표위원 윤형중(상임대표위원), 이병린, 이태영, 양일동, 김철, 김영남, 김정한, 천관우, 강원룡, 함석헌 등 10명과 홍성우, 한승헌, 대변인 역할을 맡은 함세웅, 김병걸, 김정례, 임재경 등 6인의 운영위원을 구성하여 발족한 뒤였다. 범국민단체로서 비정치단체를 표방한 국민회의는 국민운동으로 성격을 규정하고 '자주', '평화', '양심'을 행동강령으로, '민주회복'을 목표로 설정했다. 강은기가 인쇄하여 제공한 이 선언문의 내용은 '현행헌법을 합리적 절차를 거쳐 민주헌법으로 대체하고', '복역 구속 연금 중인 모든 인사에 대한 석방과 정치적 권리회복', '언론 자유 보장', '국민의 최저생활 보장', '민주체제의 재건 확립을 통한 민족통일 성취' 등 6개 항이었다. 국민회의 발족은 범국민적 민주화 운동이 조직적으로 전개되기 시작한 사건으로서 이것이 전국적으로 호응을 받게 되자, 박정희정권의 탄압의 칼날이 드러나기 시작했다. 국민회의 국민선언에 동참 서명했다는 이유로 교수, 변호사들이 직접적인 탄압을 받게 되었다. 10월 30일 김병걸 교수가 권고사직 당했고, 한신대의 서남동, 안병무, 문동환, 박봉랑, 이우정 교수 등이 경고조치를 받았고, 12월 9일에는 서울대 백낙청 교수가 파면되었다. 다음해인 1975년 1월 17일에는 이병린 변호사가 구속되었고, 3월 22일에는 한승헌 변호사가 반공법위반혐의로 구속되었다.

유신헌법 신임 찬반투표에 대항한 민주회복구속자협의회 선언서 제작

1974년 12월 23일 동아일보 광고탄압으로 박정희정권의 악랄한 속성이 백일하에 드러난 뒤, 이에 대항하는 전 국민적 항의가 점점 더 가열차게 일어나는 상황에서 1975년 초부터 이미 구성된 민주회복국민회의가 조직을 확대하고 그 활동이 눈에 띄게 되자, 박정희정권에 의한 구속자 연행이 날로 증가하고 있었다. 이에 함석헌, 공덕귀, 이희호 등 구속자를 위한 목요정기기도회가 1월 정초부터 엄숙하게 진행되었다. 장준하는 보다 더 강하게 대통령 박정희에게 민주헌정 회복에 대한 결단을 촉구하였다. 이에 박 대통령은 특별담화를 통해 유신헌법에 대한 신임을 묻는 찬반투표를 실시한다고 1월 22일 발표하기에 이르렀다. 김대중은 즉각 성명을 발표하여 '이번 국민투표는 정부의 입장을 합리화시키기 위한 요식행위에 불과하며 앞으로 더 무서운 탄압을 가져올 구실이 될 우려가 있다'고 했다. 김영삼도 국민투표 보이콧을 해야 한다고 성명을 발표했다. 민주수호 기독자회와 구속자 가족협의회에서도 '국민투표는 무의미하다'는 내용의 성명서를 발표했다. 국민들의 뜻과 정반대로 가는 박정희 유신체제의 포악성은 증대되고 있었다. 더 나아가서 함석헌 등 종교인들은 2월 11일 단식기도까지 하기 시작했다. 김대중, 함석헌 등 재야인사들이 명동성당에서 단식기도를 하는 동안 2월 12일 유신체제 신임 국민투표가 실시되었다. 2월 13일에는 NCC에서 국민투표가 불법 부정임을 선언하는 성명서를 발표했다. 정국이 소용돌이치고 있는 상황에서 강은기는 NCC 성명서, 2월 21일 민주회복구속자선언서 등을 맡아 제작 작업을 하면서 참석자와 동일한 심정으로 임하고 있었다. 우선 모든 단체의 주 이슈가 바로 '유신헌법 철폐'였다. 민주주의를 열망하는 모든 국민들의 바람은 바로 유신헌법의 억압에서 벗어나는 것이었다. 그러나 억압체제의 부당함은 투표로 증명하지 못하고 형식요건만 구비하여 주는 꼴이 되었다. 박정희정권의 네 번째 고무도장 국민투표였다!

여기서 독재자의 국민투표 남용사례를 환기할 필요가 있다. 이에 대해 황인오는 다음과 같이 지적했다.

독재자의 국민투표 남용사례

"아시아, 아프리카, (라틴)아메리카 지역의 신생국 독재자들이 정치적 정당성(legitimacy)을 치장하기 위해 자주 국민투표를 동원하였다. 일단 쿠데타로 정권을 잡은 독재자들이 연임제한 등을 없애고 종신토록 집권하기 위한 수단으로 국민투표를 즐겨 동원한 것이다. 이렇게 독재자들이 국민투표를 남용하는 것을 보고 1960년대 남미의 한 언론인이 러버 스탬프 레퍼렌덤Ruber stamp referendum,

또는 러버 스탬프 데모크라시Ruber stamp Democracy, 즉 '고무도장 국민투표', '고무도장 민주주의'라고 이름 붙였다. 우리나라도 이러한 고무도장 국민투표를 남용한 역사를 갖고 있다. 1961년 군사쿠데타로 정권을 강탈한 박정희는 18년 집권 기간 동안 모두 4차례의 국민투표를 실시했다. 첫 번째 국민투표는 제3공화국을 성립케 한 헌법 개정 투표로서 당시 야당세력과 합의를 거친 것이기에 성격을 달리 보아야 한다는 주장이 있기는 하다. 그러나 근본적으로 4·19 민주혁명으로 이제 막 걸음마를 뗀 헌법과 정부를 무력으로 짓밟지 않았다면 하지 않아도 될 투표였다. 그 다음이 1969년 3선 연임제한 규정을 고치려고 세종로 국회의사당 제3별관에서 날치기한 헌법개정안을 확정하기 위한 국민투표였으며, 1972년 친위쿠데타로 날조한 유신헌법을 통과시키기 위한 것이었다. 마지막으로 민청학련과 인혁당 날조, 김대중 납치, 동아일보 광고탄압 등의 폭압으로도 수그러들지 않는 야당과 학생 등 민주세력과 국민들의 열화와 같은 유신헌법 개폐운동을 잠재우기 위해 기습적으로 실시한 1975년 2월 12일, 유신헌법의 존폐와 박정희의 진퇴를 건 국민투표가 있다."

_황인오(부천신문 2010. 3. 3)

한국기독교교회협의회의 '자유언론실천선언 지지성명서' 제작

1975년 3월 6일에 동아일보 기자 18명, 조선일보 기자 2명이 해직되었다. 자유언론실천선언 운동에 동참한 기자들을 해고하기 시작한 것이다. 이에 한국기독교교회협의회는 3월 10일 자유언론실천선언을 적극 지지하는 성명을 발표하였다. 강은기의 작업으로 제작된 성명서는 온양에서 열린 세계교회협의회 제5차 총회 준비회에서 발표되었다.

구속자가족협의회 민주회복국민회의 등 시국선언문

중앙정보부에서 1974년 4월 25일 제2차 인혁당 사건을 발표한 후, 1974년 5월 27일 비상군법회의를 거쳐 관련자인 도예종, 서도원, 하재완, 이수병, 김용원, 우홍선, 송상진, 여정남 등 8명이 1975년 4월 8일 대법원에서 사형선고가 확정되었다. 그들은 상소도 기각당한 채 그 다음날인 4월 9일 사형집행을 당하였다. 이를 수치스런 '사법살인'이라 부르는데, 박정희정권의 잔인함이 드러난 대표적 사건이다. 박 정권은 사형선고 전날인 4월 8일 준비 작업으로 긴급조치 7호를 발동하고, 고려대에 휴업령을 내리고 대학 내에 군인들을 진입시켰다. 고려대 김상협 총장은 무단조치에 항의하여 사표를 제출했다. 이화여대생들은 이날 4,000여 명이 농성하였고 서울대, 한국외국어대, 중앙대, 한양대 등 서울 시내 5개 대학생들은 '유신철폐'를 외치며 시위를 벌였다. 한신대에도 휴업령이 내려졌다. 4월 10일에는 구속자가족협의회에서 '시국선언문'을 발표하였다.

세진인쇄에서 강은기에 의해 인쇄된 유인물이 참혹한 현실에서 절규하는 양심적인 인사들의 손에서 전율하고 있었다. 구속자가족협의회와 천주교정의구현사제단의 '인혁당 사건 관련 8명에 대한 사형집행을 규탄'하는 성명서도 함께 제작되었다. 강은기가 제작한 유인물을 가지고 민주회복국민회의에서도 인혁당 관련자 8명의 사형집행과 긴급조치 7호에 강력히 항의하는 성명을 발표했다. 4월 11일에는 한신대 문동환 교수가 수사기관에 연행되었고, 앞서 말했듯이 이날 서울대 농대 김상진 학생이 연 8일에 걸친 유신반대 시위 과정에서 연사로 나와 양심선언문을 낭독하고 할복하였다.

인혁당 사법살인에 항거한 김상진의 양심선언과 할복

"무고한 백성은 형장의 이슬로 사라져가고 있다. 민주주의란 나무는 피를 먹고 살아간다고 한다. …… 들으라! 우리는 유신헌법의 잔인한 폭력상을, 합법을 가장한 유신헌법의 모든 부패와 악을 고발한다. ……"

김상진 학생은 병원에 후송되었으나 다음날 4월 12일 숨을 거두었다. 김상진의 할복 소식을 접한 시민 학생들은 진주, 대구, 목포 등 전국 곳곳에서 추모집회 및 유신철폐 시위를 전개하였다. 고등학생들도 시국에 좌시하지 않았다. 4월 12일에는 고등학생들인 신일고생 120여 명이 '긴급조치 철폐'와 '언론자유 부활' 등을 외치며 종로에서 시위를 했다. 4월 19일에는 씨알의 소리 주최로 서울 정동교회에서 김대중시국강연회를 개최하였다. '유신 철폐'와 '자유민주주의 회복'을 주장한 김대중의 연설을 들으러 많은 시민들이 참석하였다.

수도권 특수지역선교회 사법부 신뢰회복 촉구 성명서 제작
한국의 민주화와 노동자들의 인권을 지원한 시노트 신부가 4월 30일

출국 조치되고, 박정희정권의 긴급조치는 계속 나오고 있었다. 5월 13일에는 긴급조치 9호를 발동하여 전국 모든 학생들의 서클마저 해산 명령을 내리는 무자비한 상황이 전개되었다. 6월 7일에는 대학에 학생회가 해체되고 학도호국단이 설치되어 병영국가의 길로 접어들었다. YH 여성노동자들은 장기간 투쟁으로 노조를 설립하여 6월 30일 신고필증을 교부받았다. 억압적인 상황에서도 노동자들은 각 현장에서 민주주의 수호와 악법에 대항하여 투쟁하고 있었다.

장준하 의문사

그러던 여름 비극적인 사건이 발생했다. 1975년 8월 17일에 민주회복국민회의에서 유신헌법에 저항하여 앞장서 싸워온 장준하가 의문의 변사체로 발견된 것이다. 북한산 등반으로 시작된 그의 산행이, 포천 약사골 바위 밑에서 시신으로 발견된 것이다. 이 사건은 박정희가 자신의 최대 정적으로 눈엣가시같이 여겼던 장준하에 대하여 보복을 가한 것으로 알려져 있다. 독재자 박정희는 자신에 대한 비판의 소리를 닫게 하기 위해 극약의 방법을 쓴 것이다. 때는 긴급조치로 나라 전체가 동토가 되고 얼어붙은 상황이었고, 박정희의 철권통치가 무소불위의 상태로 확산되고 있는 상황이었다.

장준하는 항일독립군 출신으로, 일본 장교 출신의 친일파 박정희와는 정반대의 올곧은 길을 걸어온 사람이었다. 일찍이 한일회담 반대투쟁에 앞장섰고, 사상계를 창간하여 반독재 민주화의 사상적 저변을 확대한 민주인사였다. 남로당 당원-친일파-변절자-독재자로 변신을 거듭하면서 민족과 민주와 민중을 배반해온 기회주의자 박정희를 장준하는 이렇게 표현했다.

"어떤 사람이나 다 일정한 자격을 갖추면 모두 대통령이 될 수 있지만, 박정희만큼은 이 땅에서 무슨 일이 있어도 대통령을 시켜서는 안 될 사람이다!"

_장준하, 제7대(1971년 4월) 대통령 선거 유세 연설 중

　　장준하의 박정희에 대한 투철한 인식은 5·16 쿠데타 발발 당시에 일시적인 오판에 대한 깊은 반성이 담겨 있다. 2012년 이장 과정에서 드러난 장준하의 유골이 증명하듯이 외부의 흉기에 의한 타살 가능성이 매우 높은 것으로 드러났지만, 아직 공식적인 사인이 나오지 않은 채로 진실은 여전히 유폐되어 있다. 그날, 장준하가 죽은 1975년 8월 17일은 서남동, 안병무, 이문영, 이우정, 문동환 등이 해직교수, 성직자 등 구속자 가족과 함께 갈릴리교회를 창립하던 날이었다. 8월 21일에 장준하의 유해를 명동성당으로 운구해 김수환 추기경 집전으로 영결식이 거행되었다. 이날은 수도권 특수지역 선교위원회 김동완 목사와 허병섭 목사가 중앙정보부에 연행당하여 구타당한 날이기도 하다. 평소 돈독한 관계인 수도권 특수지역 선교위원회 목회자의 요구에 따라 강은기는 권력의 하수인으로 전락한 재판부의 판결의 부당성을 지적하고 사법부의 신뢰회복을 촉구하는 성명서를 찍어냈다. 1975년 9월 27일이었다. 이 시대적 난국 타개를 위한 각계각층의 성명과 선언과 절규를 밤새워 찍어내 세상에 알린 것이다.

명동성당 3·1절 '민주구국선언서'

1976년 2월 12일 문익환 목사의 초고草稿에 함석헌, 문동환, 김대중, 정일형, 윤보선 등의 협의를 거쳐 작성된 3·1절 민주구국선언문의 원고가 완성되었다. 여기에는 일본의 경제침략, 차관경제의 부조리, 노동자의 노동3권 회복, 유신철폐와 민주회복 등의 요구사항이 기재되어 있었다. 반유신보다 경제문제를 앞세운 점이 다른 때와 달랐다. 오후 6시 미사에 필요한 유인물을 강은기는 등사를 이용하여 마무리하고, 오후 5시 이전에 명동성당에 전달하였다. 20여 명의 사제가 공동으로 집전하고 700여 명의 가톨릭신자와 개신교신자들이 참석하였다. 장덕필 신부가 사회를 보고 김승훈 신부가 강론을 하였다. 기도회를 마치고 '민주구국선언문'이 낭독되었다. 이날 참석한 이우정 교수가 3월 1일 자택에서 연행되고, 3월 2일에는 문동환 목사, 윤반웅 목사가 연행되고, 3월 3일에 이문영 박사, 안병무 박사, 서남동 교수, 은명기 목사, 문익환 목사, 이해동 목사, 이종옥 목사(이해동 목사 부인), 문호근(문익환 목사 아들), 김석중(이문영 박사 부인)이 연행되고, 3월 5일에는 이태영 박사, 3월 6일에 함세웅 신부와 김승훈 신부가 연행되고, 3월 8일에는 김대중 선생과 그의 부인 이희호, 정일형 의원이 줄줄이 연행되어 갔고, 3월 9일에는 윤보선 전대통령이 면담조사를 받았다. 서울지검에서는 이런 '연행 작전'을 마친 후 3월 10일에야 재야인사들의 '정부전복 선동사건'이 발생하여 20명을 대통령 긴급조치 9호 위반혐의로 입건했다고 발표하였다. 재판부는 일부 인사들을 석방하고 12월 29일 항소심 공판에서 윤보선, 김대중, 함석헌, 문익환에게 징역 5년 자격정지 5년을 선고하고 정일형, 이태영, 이우정,

이문영, 문동환, 함세웅, 신현봉, 문정현, 윤반웅에게는 징역 3년 자격정지 3년을, 서남동에게 징역 2년 6개월 자격정지 2년 6개월을, 이해동, 안병무, 김승훈에게 징역 2년 자격정지 2년 집행유예 3년을, 장덕필에게 징역1년 자격정지 1년 집행유예 2년을 각각 선고하였다. 이것이 이른바 3·1절 명동구국선언, 3·1 명동사건이라 부르는 것이다.

한국인권운동협의회 자료 제작

이미 강은기는 유인물 제작과 관련하여 수차례 경찰서 정보과를 들락거렸다. 1978년 3월 16일에는 인권운동협의회 집행부가 전부 연행이 되어 이를 인쇄한 강은기도 서울 서부경찰서에 연행되어 조사를 받았다. 인권운동협의회 조남기 목사, 총무 인성열 기자, 서기 김상근 목사, 이재정 신부 등과 경찰에 연행되어 조사를 받았다.

김재규 항소이유서(기록서) 제작

1979년 박정희 유신독재정권은 최후의 발악을 하고 국민들을 사지로 몰았다. 8월 17일 서울시경의 YH사건 수사발표 내용은 YH사건의 배후조종자로 영등포산업선교회 사회선교회로 지목하여 발표했다. 이에 8월 17일 한국교회 산업선교회 회장 지학순 주교는 산업선교 활동에 대한 정부, 여당, 노총, 언론의 왜곡선전 및 보도에 대해 성명을 발표하고, YH사건 구속자를 석방을 요구하였다. 8월 20일에는 가톨릭정의평화위원회에서 '종교 활동을 용공으로 몰지마라'는 등 7개항의 결의문을 발표했다. 8월 23일에는 종교계와 재야인사들이 '민중생존권 보장', 'YH사건 책임자 처벌', '언론과 종교 탄압 중지', '김경숙 사인 규명', '노동운동 보장', 'YH사건 구속자 석방' 등을 촉구하였다. 9월 4일에는 대구시내 3개 대학에서 연합시위가 있었다. 서울대, 이화여대, 경희대생들은 대규모 시위를 벌였다. 연세대와 고려대생들도 9월 28일 고연전 마지막 날 시가행진 중 반유신선언문을 배포하였다. 서울시내 각 대학에서도 시위가 나날이 불어갔고 그 주 이슈는 YH사건과 유신철폐였다. 이와 같은 함성이 전국을 울리고 있었다. 10월 4일에는 신민당 당수 김영삼에 대한 제명이 처리되었다. 대한민국 헌정사에서 국회 본회의 의결을 거쳐 제명된 1호가 되었다.

발단은 제1야당 당수였던 김영삼 의원의 뉴욕타임스 인터뷰였다. 그는 이란에서 민중혁명이 일어나 팔레비 왕정 독재체제를 무너뜨렸던 사태를 언급, "이는 (팔레비 왕정을 지지했던) 테헤란 주재 미국대사관의 실책에 의한 것이었다. 한국에서도 미국대사관이 비슷한 전철을 밟지 않기 바란다"고 했다.

당시 여당이던 민주공화당과 유신정우회는 YS가 "국회의원으로서의 본분을 이탈했고, 반국가적 언동을 했다"며 의원직 제명안을 제출했다. 여권은 야당 측이 제명안 의결을 막기 위해 국회 본회의장을 점거하자, 의원총회장으로 자주 사용하던 국회 본청 146호실에 모여 참석 의원 159명 전원의 찬성으로 제명안을 가결했다. YS는 이때 "닭의 목을 비틀어도 새벽은 온다"는 유명한 말을 남겼다.

여권의 무리수로 인해 결국 YS의 정치적 본거지인 부산과 마산 지역에서 10월 16일에서 10월 20일까지 반독재 민주항쟁이 일어났다. 부산대생 5,000여 명이 유신철폐, 독재타도, 학원탄압 중지 등을 외치며 교내시위를 벌이다 시내로 진출하여 시민들과 합세하였다. 10

월 18일에 계엄령이 선포되고 전방 공수부대 2개 여단 5,000여 명이 부산에 투입되었고, 마산까지 항쟁의 불길이 번져갔다. 10월 20일에 마산, 창원 일원에 위수령이 발동되었다. 나흘간 봉기를 통하여 부산에서 1,058명, 마산에서 505명이 경찰에 연행되었다.

그러던 와중, 이런 막다른 길로 질주하는 박정희 유신독재정권을 권력 핵심부에서 심판하는 사태가 발생하였다. 10월 26일 중앙정보부장 김재규가 연회자리에서 박정희에게 총을 겨눠 그를 살해한 것이다. 견해가 다른 평가가 있겠지만, 당시 국선변호인으로서 가장 가까이에서 김재규의 진술을 들었던 안동일 변호사는 일시적인 야욕에 의한 충동적인 일은 아니었다고 한다. 안 변호사의 인터뷰 내용을 보자.

"'자유민주주의를 회복하기 위해 박정희의 가슴에 총을 겨눴다'고 법정에서 여러 차례 진술한 김재규는 '궁정동 안가의 특별한 만찬은 절대군주나 봉건영주 시대가 아닌, 20세기말 자유민주주의 국가 한국에서 벌어진 일'이라며 개탄했다."

안 변호사는 박정희의 사생활에 대한 분노가 작용했다는 점을 지적했다. 그는 『10·26은 아직도 살아 있다』(2005)라는 책을 펴냈다. 책의 내용을 잠시 보자.

"김재규에게서 언제 처음 박정희의 여성편력에 대한 이야기를 들었습니까?"
"김재규는 항소심 재판이 끝날 때까지 '박정희를 두 번 죽일 수 없다'면서 그 얘길 꺼내지 않았죠. 그런데 사형선고를 받은 뒤인 1980년 2월 19일 접견 때 항소 이유 보충서에도 차마 담지 않은 얘기를 뒤늦게 털어놨어요. 박정희의 치부를 공개하려는 것이 아니라면 훗날 역사의 교훈을 남기기 위해서 어렵게 입을 뗀 거죠. 그날 그렇습니다. 대통령이 궁정동 안가를 찾아오는 빈도가 높았고, 그 정도가 너무 심했다고. 상대하는 여자로는 영화배우와 탤런트, 연극배우, 모델 등 연예계 종사자가 가장 많았다고 해요. 그 숫자가 200명을 넘었대요."

궁정동 안가 술자리는 대통령 혼자 즐기는 소행사와 10·26 그날 밤처럼 경호실장, 중정부장 등 3, 4명의 최측근이 함께하는 대행사로 나눠졌다고 한다. 대행사에서 박정희가 맘에 드는 여성을 '뽑아' 따로 즐기는 일을 소행사라고 불렀다고 한다.

"대행사는 월 2회, 소행사는 월 8회 정도 치러졌다고 합니다. 박선호는 말이 의전과장이지 궁정동 안가를 관리하고 소·대행사가 있을 때마다 대통령에게 쓸 만한 여자를 찾아내 바치는 게 주 임무였습니다. 김재규는 '박선호가 자식 키우는 아버지로서 할 일이 못 된다며 몇 번이나 내게 사표를 냈는데 만류했다'고 하더라고요. '자네가 없으면 궁정동 일을 누가 맡느냐'면서."

1심 재판에서 김재규의 제지로 입을 다물었던 박선호는 1980년 1월 23일 열린 항소심 2차 공판에서 "대통령의 여자 문제에 대해 진술

할 경우 일류 여배우로 활동하고 있는 사람들에게 누를 끼치고 고인
을 욕되게 할 뿐만 아니라, 사회적인 혼란이 야기될 것이므로 진술을
피한다"고 진술했다. 그의 진술을 통해 그동안 소문으로만 떠돌던 박
정희의 은밀한 사생활이 수면으로 떠올랐다.

"박선호는 항소심 최후 진술에서도 박정희의 여자 문제를 잠깐 언
급했어요. 전날 공판에서 '그 집(궁정동)이 사람 죽이는 집이냐'는
검찰관의 신문에 열 받은 박선호가 박정희의 여자 이야기를 하려고
작심했는지 언성을 높였어요. '(궁정동을 다녀간 여배우들의) 명단을
밝히면 시끄러워지고 궁정동 안가에서 무슨 일이 벌어졌는지 밝히
면 세상이 깜짝 놀랄 것'이라고 진술하자, 재판부가 다급히 '범죄사
실에 관해서만 말하라'고 제지했죠.
김재규는 '박선호가 법정에서 한 증언이 죄다 사실'이라고 합디다.
당시 웬만한 연예인은 다 대통령에게 불려갔다는 거예요."

그는 김재규가 우발범이거나 패륜아가 아니라, 자유민주주의체제
회복에 나선 확신범 내지 양심범일지 모른다는 데 생각이 미쳤다고
한다.

"김재규를 몇 번 접견하면서 우발범이 아니라는 확신이 들었어요.
사람을 만나서 이야기를 나눠보면 그 사람의 진정성이 느껴지잖아
요. 꾸며서 말하는 것은 느낌으로 알 수 있는데, 전혀 그런 게 없었
어요. 김재규는 공개된 법정에서는 밝히지 않았지만, '10·26 혁명

을 일으킨 간접적인 동기가 박정희의 문란한 사생활과 가족, 즉 자식들 문제 때문이었다'고 주장했어요."

법정에서 "야수의 심정으로 유신의 심장에 총을 쐈다"고 말한 김재규는 변호인 접견에서 살해 동기에 대해 "독재와 야당 탄압, 부산과 마산의 시민항쟁, 그리고 미국과의 관계 악화 등이 주요 원인이었지만, 박정희의 문란한 사생활과 그에 따른 판단력 마비가 또 다른 이유였다"고 거듭 주장했다.[39]

"김재규가 법정에서와는 달리 변호인 접견을 통해 살고 싶은 욕구를 내비친 적은 없나요?"
"아뇨. 없었어요. 구차하게 목숨을 구걸하지 않았어요. '유신 기간에 우리 사회에 쌓인 많은 쓰레기를 청소하고 자유민주주의가 이 땅에 뿌리내리도록 도와주는 일을 수행할 수 없게 된 게 유감스러울 뿐이다'라고 고백했어요. 당시 김재규는 사형당하지 않았더라도 얼마 못 살 정도로 건강이 안 좋았습니다."

강은기는 10·26 사태 이후 양심범가족협의회를 통해 김재규가 재판 받는 과정에서 항소이유서 제작 요청을 받았다. 이 자료는 광주항쟁 전후 배포되었다. 강은기는 이 일로 서울 서초동 보안사에 1980년

---

39 안동일 변호사 인터뷰: 다음 카페 '황해특별시' http://cafe.daum.net/ysygcity

3월 31일 연행되어 조사를 받았고, 4월 3일에는 중부경찰서로 이첩되어 구금되었으며, 4월 15일 구속되었다가 5월 3일 서대문구치소에 수감되었다. 그 후로 군사재판을 받고 대전교도소로 이감되어 3년 실형을 선고받고 1년 1개월 동안 옥살이를 하게 된다.

광주민중항쟁 전야

1980년 4월 이후 전국적으로 확산된 학생들의 민주화 투쟁과 노동자들의 생존권 투쟁을 진압하고 정권장악을 목적으로 일부 정치군인들이 1980년 5월 18일 0시를 기해 비상계엄 전국 확대를 단행하였다. 계엄사령부는 모든 정치활동의 중지 및 옥내외 집회·시위의 금지, 언론·출판·보도 및 방송의 사전 검열, 각 대학의 휴교령, 직장이탈 및 태업·파업의 금지 등의 조치를 취했다. 이로써 정치인의 손발을 묶고 학생과 기층민중의 투쟁에 쐐기를 박은 데 이어 5월 18일에는 김대중, 김종필 등 26명의 정치인을 학원, 노사분규 선동과 권력형 부정축재혐의로 연행하고 김영삼을 연금시키는 등 정치적 탄압을 감행했다. 이러한 조치는 헌법에 규정된 국회통보 절차도 거치지 않고 계엄군을 동원, 국회를 무력으로 봉쇄한 채 취해진 불법조치였다. 비상계엄의 확대에 따라 전북 금마에 주둔하고 있던 7공수부대가 17일 저녁 10시경 광주에 투입되어 전남대, 조선대, 교육대 등에 진주하였다.

최초 충돌, 전남대 정문 앞

5·17 비상계엄 전국 확대로 휴교령이 내려진 전남대 정문 앞에서 5

월 18일 10시경 등교 중이던 전남대생들과 출입을 제지하는 계엄군 사이에서 광주항쟁의 단초가 시작되었다. 무장 계엄군의 통제에 항의하는 학생 수는 삽시간에 100여 명으로 불어났고 그들은 일정한 거리를 두고 "계엄군 물러가라"는 구호를 외쳤다. 등교를 원하는 당연한 권리였고 평화적이고 자연발생적인 시위였다. 교문 안에 있던 공수부대는 메가폰을 통해 두어 차례 해산을 종용한 후 지휘관의 지시에 따라 학생들을 향해 돌진해 왔다. 5·18 민중항쟁의 최초 충돌이자 과잉진압의 시작이었다. 공수부대는 달아나는 학생들을 잡기 위해 인근 주택을 뒤지기도 하고 이를 저지하는 시민들까지 구타하였다. 이런 공수부대의 포악한 진압의 만행을 알리기 위해 학생들은 가두시위를 벌였고, 이것이 5·18 광주민중항쟁으로 전개되었다.

시민의 분노와 저항, 금남로

5월 18일 오전 전남대 정문 앞에서 벌어졌던 계엄군의 만행을 알리기 위해 학생들이 시내에서 가두시위를 하자 계엄군이 오후 3시부터 시내로 투입되어 진압하기 시작하였다. 계엄군은 무력 진압행위를 만류하는 노인들과 아주머니들에게도 무차별 곤봉세례를 가했다. 계엄군의 진압작전 소식이 전해지자 시민들은 진상을 알기 위해 금남로로 몰려들었다. 19일 오전 2~3천 명으로 불어난 시민들은 자연스럽게 군경의 저지선과 대치하게 되었다. 군경과 시민의 충돌이 시작한 지 30분 정도 지나서 11공수여단 천여 명이 트럭 30여 대로 도청 앞과 금남로에 진출하여 작전명 '화려한 휴가'라는 이름으로 남녀노소를 가리지 않고 진압봉으로 무차별 구타하였고, 3~4명이 한 조가 되어 시위현장의 주변 건물까지 샅샅이 뒤지며 진압작전을 전개하였다. 이러한 만행을 목격하고 전해들은 광주시민들은 맨주먹 또는 몽둥이, 각목을 들고 나와 결사 항전하였다.

항쟁의 확대와 첫 발포

5월 20일 항쟁 3일째, 오전에는 소강상태였으나 오후가 되면서 광주 시가지는 다시 팽팽한 대치국면으로 긴장감이 고조되었다. 시장의 상인들까지 철시하고 시위에 나서기 시작하여 그 인파는 10만여 명이 넘었다. 윤상원 등 사회운동 진영에서 계엄당국의 거짓된 선무방송에 맞서기 위해 만든 '투사회보'가 시내 도처에 수천 매씩 뿌려지면서 항쟁의 열기가 고조되었다. 공수부대의 만행에 격분한 택시기사들이 200여 대의 차량시위를 감행함으로써 소강상태에 빠져 있던 시위 군중들의 전의에 불을 질렀다. 시내 곳곳에서는 자발적인 시위대가 형성되었다. 밤 11시경 광주역을 지키고 있던 공수부대와 시위대의 공방전이 격렬해지고 시위대가 차량을 앞세워 군의 저지선을 돌파하려 하자 일제히 발포를 하였다. 이것이 시민을 향한 공수부대의 최초 발포였다. 비슷한 시각에 세무서 앞과 조선대 부근에서도 발포가 있었다. 발포에도 아랑곳 않는 항쟁의 불길은 그 승리의 절정을 향하여 불타오르기 시작하였다.

신군부의 잔학한 만행

공수부대에 의해 최초로 희생된 김경철은 공용터미널에 다녀오다 공수부대원들에게 붙들려 무수하게 구타를 당한 채 트럭에 실려 후송

되었으나 다음날 사망했다. 김경철은 말을 하지도 듣지도 못하는 농아였다. 이는 수백 명의 사망자, 부상자 중의 한 예에 불과하다. 여성들에 대한 성추행도 무수히 저질러졌다. 시민들 앞에서 어린 여학생들의 옷을 찢고 발가벗기는 만행을 보고 격분한 장노년층 시민들이 시위에 참여하게 되었고, 공수부대를 몰아내자는 결사적 항쟁의지로 발전했다. 신군부의 만행은 전남대 교내에서도 학생들에게 사격을 가하여 시신을 암매장하였을 뿐만 아니라 시내에서 연행되어 온 시민들을 교도소 안에서 구타, 사망케 하여 암매장한 경우도 있었다. 이러한 계엄군의 만행은 5월 21일 오후 1시 도청의 스피커에서 애국가가 울려 퍼지면서 시민들을 향해 일제히 집단 발포함으로써 극단적으로 나타났다.

계엄군의 퇴각과 양민학살

5월 21일은 석가탄신일로 공휴일이었다. 광주시민들은 어제의 참상을 뒤돌아보고 계엄군의 만행에 항의하기 위해 아침부터 금남로로 모여들었다. 오후 1시 계엄군은 시민을 향하여 사격을 하였다. 계엄군과 대치하고 있던 시민들 수십 명이 피를 흘리며 쓰러져 갔다. 이때부터 시민들은 무장의 필요성을 느꼈고 서둘러 무장하기 시작했다. 거센 항쟁에 밀린 계엄군은 퇴각하면서 무차별 발포하여 사상자를 내고 조선대 뒷산을 넘어 화순의 길목인 주남마을로 철수했다. 전남대병원 옥상에 설치한 기관총(LMG)의 위력은 계엄군의 퇴각을 서두르게 하였다. 전남대에 주둔하고 있던 계엄군은 교도소로 퇴각했다. 시 외곽지역으로 철수한 계엄군은 27일 충정작전에 투입될 때까지 광주 외곽도로를 차단, 봉쇄하고 인근을 지나는 차량에 무차별 사격을 가하여 수많은 사상자를 냈다. 또한 송암동으로 이동하던 계엄군과 그곳에 주둔하고 있던 전교사 병력 간의 오인사격으로 군인들이 희생되자 그에 대한 화풀이로 원재마을 저수지에서 수영하던 중학생에게 총질을 가했을 뿐만 아니라 인근 마을을 수색한다는 명분으로 청년들을 끌어내 학살하는 만행을 저질렀다.

무장시민군의 등장

5월 21일 금남로에서 공수부대의 총격에 많은 시민들이 희생되자 시민들은 무장의 필요성을 느꼈다. 일부 시위대는 화순, 나주, 해남, 영암 등 시외지역으로 진출해 광주의 참상을 알렸다. 전남의 여러 지역에서 응원 시위부대가 왔다. 광주시위의 진압에 동원되어 텅 빈 지서, 경찰서, 예비군 무기고에서 M1소총, 카빈소총, 기관총과 탄약, 화순광업소의 TNT까지도 날라 왔다. 이들 무기들이 시민에게 지급되면서 이른바 '시민군'이 등장하게 되었다. 이제 싸움은 시민군과 계엄군의 총격전으로 전개되었다. 최신식 무기의 정예부대와 비조직적이고 낡은 무기로 무장한 시민군의 싸움이었다. 그러나 시민들은 자신들의 손으로 광주를 지키기 위해 목숨을 건 혈전을 벌였다. 5월 21일 도청 앞에서 전개된 시민군과 계엄군과의 시가전에서 가장 많은 사상자가 발생했다. 시민군은 자발적인 지도부가 형성되어 무기와 차량 통제 등 일사불란하게 움직였다.

  항쟁 5일째 되는 22일, 시민군이 도청을 장악하고 어지러운 거리를 자발적으로 청소하는 등 질서를 회복해가기 시작했다. 시장과 상점들도 문을 열고 전기, 수도 등은 관련 공무원의 지원으로 해결되었다. 많은 부상자들 때문에 혈액이 부족하다는 소식이 알려지자 헌혈자가 잇따랐다.

치안력이 없는 상황에서도 은행 같은 금융기관에 대한 사고는 한 건도 없었고, 금은방 등 일반 상점에도 별다른 사고가 없었다. 시민 군과 항쟁지도부의 식사도 시민들의 자발적인 도움으로 해결되었다. 시민군 지도부에서는 차량통행증, 유류발급증, 상황실출입증 등을 발부하는 한편, 외곽지대 자체 방위를 맡은 시민군과 유대를 갖고 지원하기 위해 기동타격대를 편성, 출동하기도 했다. 이 모든 것이 시민들의 높은 시민정신과 도덕성, 자치능력에 의해 유지되고 있었다.

5월 22일, 거센 시민의 항쟁에 밀려 계엄군이 일시 퇴각했지만 이미 저질러진 엄청난 사태 앞에서 쌍방 모두 슬기로운 수습이 요망되었다. 그리하여 등장한 것이 '5·18수습대책위원회'였다. 이 조직은 명망가이자 민주인사로 알려진 신부, 목사, 변호사, 교수 등 20여 명으로 구성되었고, 선봉에 선 학생들 중심의 '학생수습대책위원회'와 종래의 명망가 중심의 '일반수습대책위원회'도 출범하였다. 민주인사나 유지급 중심으로 구성된 수습위에서는 주로 계엄당국과의 대화나 건의, 협의 등을 맡았고, 학생 중심의 수습위에선 대민 업무를 맡아보았다. 그들은 장례반, 홍보반, 차량통제반, 무기수거반, 의료반 등으로 나누어 활동하였다. 또한 계엄사에 요구한 7개 항의 요구조건을 홍보하고 300여 정의 무기를 회수하기도 했다. 그러나 계엄사의 무성의와 그들의 각본 때문에 실효를 거두지 못했고, 무기회수 문제도 수습대책위원회의 의견 불일치로 결국 무기반납을 거부하고 끝까지 싸울 것을 주장하는 새로운 항쟁지도부가 탄생하게 되었다.

5월 18일에 발발한 민중항쟁의 소식은 언론보도의 통제에도 불구하고 전남 일원에 알려지기 시작하였다. 특히 18일 오후와 19일에 공용터미널 부근에서 행해진 무자비한 계엄군의 살상행위는 시외버스 승객들에 의해 퍼져나갔다. 또 시위대중 일부가 아시아 자동차공장의 차고에서 차량을 대거 획득 운행하면서 도내 각 지역에 직접 알리고 응원을 요청하기도 하였다. 그리하여 광주의 항쟁은 전남 일원의 호응 속에 각 지방으로 확산되었다. 5월 21일의 집단발포 소식은 전남도민의 의분을 사기에 충분했고, 이에 화순, 나주, 영암, 강진, 무안, 해남, 목포 등으로 확산되었다. 시위대는 전남뿐만 아니라 전북 등 전국적인 진출을 시도했으나 고속도로와 철도를 철저히 봉쇄한 계엄군에 의해 좌절되었다. 광주는 목마르게 응원군을 기다렸지만 전남 이외의 지역과는 철저히 고립되어 있었다.

시민군의 결사항쟁

5월 26일 새벽 계엄군이 탱크 등 중화기를 앞세우고 농촌진흥원 앞까지 진출하자 수습대책위원들은 일명 '죽음의 행진'을 감행하여 무력진압을 저지 만류하였다. 이것은 계엄군의 무력 진압 작전의 예고였다. 저녁 7시 계엄군의 집입이 감지되는 가운데 지도부는 시민군에 참여하고 있던 고등학생과 여성들을 귀가시켰다. 시민군들은 비장한 가운데 마지막 선택에 직면한 것이다.

항복이냐, 죽음이냐. 민중항쟁의 결전에 서서 전열을 가다듬으며 홍보부에서는 계엄군의 집입 사실을 가두방송으로 알렸다. 27일 새벽 4시, 도청 주변에서 총성과 수류탄이 터지는 소리가 울려왔고 도청탈환을 향한 계엄군의 기관총 소리는 밤하늘을 찢는 듯했다. 구식 무기로 마지막까지 항전하던 지도부는 피를 흘리면서 쓰러져갔다. 진압 끝! 그리고 시민군 생존자는 시체더미 속에서 '총기소지자', '특수폭도'로 분류, 체포되어 군부대로 이송되었다.

신군부의 무력진압

수습위의 건의사항도 묵살되고 대화도, 평화적인 해결도 거부당한 채 정당방위로 무장한 시민군은 폭동을 일으킨 총기소지의 폭도로 몰려 죽거나 부상당하였고, 생존자는 모두 체포되어 군부대로 끌려갔던 5월 27일 새벽, 공수부대원들은 시체더미 위에서 승리가를 합창하며 충정작전을 끝냈다.

도청탈환을 목표로 조직된 특공대는 27일 새벽 1시 30분을 전후로 조선대학교 뒷산에서 최종점검을 마친 뒤 시내 주요지점을 향해 잠입, 침투하기 시작했다. 또 시 외곽에서도 시내 중심가를 포위한 채 시민군을 압박해오고 있었다. 전화선은 모두 끊겼고 탱크 지나가는 소리만 금남로의 밤하늘에 울려 퍼졌다. 새벽 4시가 지나면서 도청은 탱크와 중무장 헬기, 자동화기와 수류탄 등으로 무장한 공수부대원들에 의해 시민군 말살 초토화 작전이 전개되었다. YMCA, 계림초등학교도 총검과 군홧발 아래 유린되었다. 작전개시 1시간 30분 만에 도청진압이 완료되면서 열흘간에 걸친 1980년 5월의 민중항쟁도 참담한 최후의 막을 내렸다.

5·18 민중항쟁의 부활

1980년 5월 27일 새벽, 계엄군의 무력진압으로 많은 시민들이 목숨을 잃었고 살아남은 자들은 폭도로 몰려 감옥에 갇혔다. 그러나 광주 시민의 의로운 항거는 민주화 운동의 밑거름으로 다시 부활하기 시작하였다. 비록 당시 광주는 총검 앞에 유린당했으나 역사는 정의의 편이었다.

폭도는 광주시민이 아니라 헌정을 유린한 반란자 신군부 그들이었다. 의로운 광주, 외로운 광주, 그러나 전국 각지에서 5·18 민중항쟁의 진상을 알리는 민주인사와 학생들의 5월 투쟁이 시작되었다. 투쟁의 선두에 선 유가족들의 소복투쟁은 강력한 인상을 남겼다. 묵시적 배후조종자 미국에 대한 반미의 불길은 광주와 부산에서 미문화원이 불타고 서울의 문화원이 점거 당하여 "양키 고 홈"의 구호로 메아리쳤다.

광주항쟁은 마침내 87년 6월 항쟁으로 이어져 신군부 세력들은 6·29선언으로 항복했고 88년 5공 청산을 위한 '5공비리특위'와 '광주청문회'가 열렸으며 '역사바로세우기', '전·노 일당 사법처리'가 이루어져 광주항쟁은 명명백백하게 정의로운 민주화 운동의 의거로 부활, 승리하였다.[40]

처절한 광주의 참상이 부분적으로나마 강은기의 유인물 제작으로 시민들에게 알려지게 되었다. 70년부터 강은기를 만나 같이 함석헌

---

40 http://www.518.org

선생의 강의를 들으며 친구처럼 지내온 박상희는 세진인쇄소에 가서 본 당시의 상황을 다음과 같이 말했다.

"80년도 광주 상황, 뻘건 것 보았어요. 아직도 그런 거 하냐고 했지요. 그러면 강이는 그냥 씨익 웃었어요."

민주화운동청년연합(민청련) 창립 선언문 등 관련 자료 제작

83년 9월 30일 70년대 학생운동 출신의 청년들이 중심이 되어 민주화운동청년연합을 창립하였다. 강은기가 인쇄하여 제공한 창립선언문을 의장으로 내정된 김근태가 낭독했다.

민청련은 출범과 함께 투쟁성 회복, 청년 내부 역량 체계화, 다른 민주화운동세력과의 굳건한 연대, 대중운동에의 참여와 지원, 운동 방향 모색과 방법 개발을 위한 조사 및 연구 활동을 과제로 선정했다. 창립 이듬해인 84년 5월 19일에는 광주항쟁 희생자 추도식을 거행했고 84년 3월부터는 기관지 '민주화의 길'과 '민중신문'을 간행하였다. 기관지 1호부터 19호까지 강은기가 맡아 제작하였다.

청계피복노조복구 준비위원회 결성 및 복구대회 성명서 제작

70년대 가열차게 유지해온 민주노동운동은 80년대 전두환 군부정권 아래 크게 약화되었다. 1982년 원풍모방 노조가 와해된 뒤로 침체상태에 있었다. 그러던 중 83년 전두환 군부정권의 유화조치를 이용하여 새로운 기회를 모색하고 있었다. 이미 82년과 83년에 노조설립 투쟁을 전개했던 청계노조원들은 81년 1월에 해산되었던 노조를 복구하고자 84년 3월 27일 '청계피복노조복구 준비위원회'를 결성하고, 4월 8일 명동성당에서 조합원 400여 명이 참석한 가운데 '청계피복노조 복구대회'를 개최하였다. '청계피복노동조합 복구선언'을 발표하여 모든 탄압과 박해를 단호히 이겨나갈 것을 다짐하였다. 복구대회 이후 4월 14일 오후에는 문익환 목사 등이 참석한 가운데 현판식을 가졌다. 이후 5월 1일 노동절에는 공개토론회를 열고 9월 19일에 '합법성 쟁취대회'를 열고 한국기독교교회협의회 인권위원회 사무실에서 강은기가 인쇄 제작한 성명서를 발표하였다. 폭력경찰 처벌과 연행 학생 석방을 요구하는 야외대회는 노동자·학생 등 2,000여 명이 참여하여 전태일의 분신장소인 인간시장에서 열기로 하였으나 경찰의 봉쇄로 무산되어 동대문 일대에서 가두시위를 벌여 120여 명이 연행되었고, 경찰의 무분별한 폭력으로 부상자들이 다수 발생하였다. 이후 10월 12일에 제2회 '합법성 쟁취대회'를 개최하였다. 이 대회는 동대문 지역 학생들이 참여한 노학연대 투쟁으로 이루어져 새로운 분기점을 만들었다.

민주통일민중운동연합 출범 관련 유인물 제작

민주화운동청년연합의 결성(83.9.30)에서 한국노동자복지협의회 결성(84.1.6), 민중문화운동협의회 결성(84.4.14), 민주화추진협의회 결성(84.5.18)을 거쳐 84년 6월 29일 민중민주운동협의회가 결성되었다. 이와 함께 재야 명망가 중심으로 84년 10월 16일 민주통일국민회의가 구성되었다. 이후 통합논의를 하다가 85년 2.12 총선을 통해 신민당이 부상한 것이 통합의 결정적인 계기가 되었다. 재야민주세력도 강력한 통합의 필요성을 제기하여 85년 2월 26일 민민협 중앙위 결의와 2월 27일 국민회의 확대집행위 결의를 바탕으로 3월 29일 두 단체의 통합대회가 개최되었으며, 민주통일민중운동연합(민통련)을 결성하였다. 그리고 군사독재 종식을 위한 민주·민권·민족통일운동에 총력을 기울일 것과 범 민주세력의 대동단결을 지상과제로 제시하였다. 민통련은 86년 개헌서명 운동이 전개되자 대중의 개헌요구에 부합하는 가두 대중투쟁으로 광범한 대중의 참여를 유도하였다. 86년 인천 5·3 항쟁 이후 전두환 군사정권은 민통련을 반국가단체로 규정하여 문익환 목사를 구속하고 주요 간부에 대하여 구속영장을 내렸다. 이후 4·13 호헌조치에 맞서 반박성명을 발표하고 이후 5월 투쟁과 '호헌철폐 독재타도 투쟁'을 결합하여 범민주 세력의 반군사독재 투쟁전선을 적극적으로 모색하였다. 민통련의 노력으로 5월 27일 야당을 포함한 광범한 반군사독재 투쟁전선인 '민주헌법쟁취 국민운동본부(국본)'이 출범하였다. 이후 대통령 선거와 관련하여 '범국민대통령후보 단일화를 위한 민통련의 입장'을 발표하였다. 중앙위원회를 통해 김대중 대통령후보를 추천한 뒤 '김대중 선생 단일후보 범국민 추진위원회'를 결성하고 지지활동을 벌였다. 89년 1월 21일 전국민족민주운동연합(전민련)이 창립되고 민통련은 발전적 해체를 하게 되었다.

²³405일 감옥생활, 고문, 옥중서신

김재규 항소이유서

박정희 암살을 결행한 김재규는 사형선고를 받고 군사법정의 절차를 밟아가고 있었다. 천주교의 함세웅 신부가 김재규 사건에 힘을 보태고 있었다. 강은기는 1979년 10·26 사태 이후 양심범가족협의회를 통해 김재규가 재판받는 과정에서 항소이유서의 제작 요청을 받았다. 이 자료는 광주항쟁 전후로 세간에 배포되었다. 당시 구속자가족협의회 김한림 총무를 통하여 김재규 항소이유서가 강은기에게 전달되어 의뢰를 받았던 것이다. 늘 그래왔던 대로 아무리 어려운 상황이 예측되더라도 부탁받은 일을 거절한 적 없는 강은기였다. 강은기는 이 일로 서울 서초동 보안사에 1980년 3월 31일 연행되어 조사를 받았고, 4월 3일에는 중부경찰서로 이첩되어 구금되었다. 그 후 4월 15일 구속되었다가, 5월 3일 다시 서대문구치소에 수감되었다. 그 후로 군사재판을 받고 대전교도소로 이감되어 3년 실형을 선고받고 1년 1개월간 긴 옥살이를 하게 된다. 동아일보 해직기자 출신으로 민주당 국회의원을 지낸 임채정과는 대전교도소 405일간의 감방 동기였다.

그의 생전에 권형택과 나눈 증언을 들어 보자.

"강은기: 그 중에서 길게 살았던 게 대전교도소지…… 실형을 살았지.

권형택: 실형도 인쇄일로 사셨습니까?

강은기: 그렇지. 김재규 관련 유인물 때문에…….

권형택: 그때 대전교도소가, 그때 기분이 좀 다르셨겠네요? 그동안 재판받고 실형 받아서 교도소 가게 됐을 때…….

강은기: 이제 새로운 경험도 하고 있다, 그렇게 생각 되는 거지.

권형택: 김재규 사건으로 연행된 사람들이 엄청나게 고초를 받고, 그때 박규환 선생님 같은 경우도 그랬지요.

강은기: 나는 인쇄물 사건으로 다 불거진 사건이니까…… 비밀을 지키거나 할 때 문제가 되는 거지.

권형택: 형님 일은 다 있는 그대로, 숨긴 것도 없고 다 드러난 그대로군요.

강은기: 그렇지.

권형택: 대전교도소는 제일…… 고문 교도소…… 장기수 분들도 살고……

강은기: 그분들 바로 옆에서 징역형 살았어."

새로운 경험도 했다고 담담히 말하고 있지만, 그의 고문은 80년대 다른 민주인사들의 그것과 다르지 않았을 것으로 보인다. 그가 직접적인 언급을 하지는 않았지만, 모진 고문과 극한 상황에서도 굴하지 않고 버텼을 것으로 본다. 이 사건을 옆에서 보아 온 친구 이해학은 가슴 먹먹하게 증언하였다.

"김재규 항소이유서를 찍은 것은 다른 누구도 할 수 없는 일을 은 기만이 한 것입니다. 그때 상황에서 대담한 일이었습니다. 박정희 암살 후 비상계엄 상황 하에서 당시 대통령을 사살한 김재규의 재 판 과정에서 김재규에게 유리한 자료인 항소이유서를 제작한 일 자 체가 강은기가 아니면 할 수 없는 일이었습니다."

고문의 실상

80년 오월항쟁 때 전주에서 교사로 일하며, 광주의 참상을 참지 못하 고 계엄군의 잔인무도한 살상행위를 시민 학생들에게 알리고자 목 숨을 걸고 거사계획을 주도하다가 경찰에 잡혀 고초를 당한 '신흥고 5.27 고교생 거사'의 주동자 이상호(전 완산여상 교사, 해직교사, 5·18 전북동지회장)의 증언을 통하여 그 당시 비슷하게 당한 강은기의 경 우를 견주어 유추할 수 있을 것이다. 즉 80년 오월항쟁 당시 관련된 사람들에 대한 연행, 조서, 고문, 만행 등은 거의 비슷하게 전국의 경 찰서, 보안사, 중앙정보부에서 벌어졌다고 보아야 한다. 강은기가 80 년도 말에 고난을 겪은 상황을 이상호가 당한 증언으로 얼마간 짐작 할 수 있을 것 같다. 이에 해직교사 이상호의 고문 증언을 들어본다.

'5.27(1980년) 신흥고 거사(시위)'를 준비하다가 하숙집에서 체포 된 나는 중앙정보부 전주분실을 거쳐 전주경찰서로 넘겨졌다. 수사관들은 지하수사실로 나를 데리고 갔다. 수사관은 처음에 세 명이었으나 시간이 지나면서 다섯 명으로 불었다. 수사관들은 인적사항 등 기초조사에서부터 범행동기, 공범들에 대한 자백을 강요했다. 자기들이 원하는 바대로 답을 하지 않으면 얼차려와 함께 구타가 이어졌다.

......

이렇게 말한 수사관은 눈알을 부라리며 마구 발길질을 해댔다.

"그 새끼는 말로 안 되니까 끌어내. 가장 독종이야."

이번에는 입이 커 하마를 닮은 수사관이 나섰다.

옆에 있던 더벅머리는 내 바지에서 허리띠를 풀어내어 사정없이 후려치면서, 며칠째 잠을 못자고 있다고 분풀이했다.

"나는 보안사에서 왔는데 네놈들 때문에 며칠째 집에도 못가고 잠도 못자고 있다. 어디 한번 해보자. 누가 이기는지?"

문 양쪽에 두 명이 지키고, 남은 세 명이 교대로 구타를 가했다. 고통을 참지 못해 비명을 지를라치면 '주둥이 다물어' 하며 얼굴, 입할 것 없이 닥치는 대로 몽둥이질을 해댔다. 야구 방망이, 침대 각목, 대걸레 자루 등이 다 부러질 정도였다. 이런 구타도 모자라, 볼펜과 송곳으로 허벅지를 마구 쑤셔댔다. 그 고통은 정말 필설로 형언할 수 없는 정도였다. 그러길 한 시간 정도 지나도 뾰족이 드러난 게 없자 놈들은 고문 방법을 바꾸었다.

"이제 이런 걸로는 안 되겠어. 끌어내!"

반장인 듯한 사람이 이렇게 말하자 수사관들은 나를 욕조가 있는 수사실로 옮겼다. 수사관들은 7~8명으로 늘어나 있었다. 말로만

든던 물고문의 시작이었다. 지휘관이 내게 엄포를 놓았다.

"사실대로 말 안하면 이번에는 죽을 수도 있어. 이제부터 우리가 시키는 대로 잘 따라 해라. 물속에 머리를 처 넣을 것이니, 네가 사실대로 말하려면 발가락으로 까딱거려 신호를 보내. 알았어?"

네 사람이 내 사지를 수평으로 들자, 물고문 기술자는 내 머리를 욕조에 처 넣었다. 순간 눈, 코, 입으로 물이 사정없이 들어와 숨이 헉하고 막히었다. 정말 죽을 것 같아 발가락을 까딱거려 신호를 보냈다.

....

물에서 잠시 나를 꺼내 놓은 후 반장인 듯한 사람의 속사포 같은 질문이 쏟아졌다.

"내 양심에 따라 스스로 한 것입니다."

내가 그들이 원하는 답을 하지 않자, 그는 고문기술자에게 다시 물속에 처 넣으라고 지시했다. 이번에는 앞전보다 시간이 더 길었다. 욕조 턱에 목젖 뼈가 짓눌려져 단말마적인 고통이 느껴지고 숨이 끊어지는 듯했다.

"이제 말 안하면 너는 정말 죽는다. 이 정도로 오늘은 그만 해두지."

물속에 나를 처박은 고문기술자와 그 옆에 있던 동료가 하는 소리였는데, 이상하게 물속에서도 그 소리를 들을 수 있었다. 순간, '죽지는 않겠구나. 조금만 더 버텨보자'고 다짐했다. 아니나 다를까 바로 반장인 듯한 사람의 짧은 목소리가 이어졌다.

"그만 둬."

그 소리와 함께 욕조에서 나는 다시 꺼내졌는데 눈, 코, 귀 등에서는 마구 물이 쏟아져 내렸다.

앞의 거울을 보니, 내 몰골이 마치 장마철 하수구에 질식사한 쥐새끼와 흡사했다. 내가 몸을 쉽게 가누지 못하자, 수사관 둘이 나의 팔을 끼고 벌거벗긴 채로 처음의 조사실로 데려갔다. 다시 형식적인 조사가 이어지더니, 수건을 던져주며 몸을 닦으라고 했다.

......

밤 12시쯤, 나는 다시 물고문을 당했던 방으로 옮겨졌는데 배가 무지 고픈 상태에서도 졸음이 쏟아져 내렸다.

"나 잠 좀 자게 해 주세요."

"네게는 잠을 재우지 말라는 명령이 있어서 안 돼."

이번에는 통닭구이 고문(양다리, 팔에 각목을 껴서 묶음)에 이어, 얼굴에 수건을 덮고 주전자로 물을 붓기 시작했다. 비명을 지르며 살려달라고 했지만 그들의 귀에는 들리지 않는 듯했다. 그 후 교대되어 들어 온 수사관은 담배를 내게 권하며 "선생 자리가 좋은데 뭐하러 이런 고생을 하느냐?"며 나를 달랬다. "오늘 조사가 끝"이라는 그의 말을 듣고 미친 듯이 쓰러져 잠이 들고 말았다.

....

보안사 지하실의 비명소리.

계엄법 위반으로 체포된 대학생들은 지하 1층 조사계에 분리 수용되었다. 다행스럽게도 별도의 칸막이가 설치되어 최소의 자유가 주어졌다. 그러나 나는 그들과는 달리 유치장에 갇히게 되었다. 구속이 확정적이어서 분리 수용된 것 같았다. 아니나 다를까, 다음날 저녁에 나는 보안사에 이송되었다.

보안사 지하 고문실의 바닥 역시 시멘트로 되어 있었는데 여기저기에 얼룩진 핏자국이 보여 모골이 송연할 정도였다. 사방 구석에는 홈이 있어 물이 잘 빠지도록 설계되어 있었다. 그리고 사면 벽은 방송국 녹음실처럼 방음재로 잘 마감되어 있어, 아무리 큰 소리를 질러댄다 해도 외부로 새어나갈 수 없게 보였다. 순간, 죽음의 공포가 엄습해왔다. 이러다 정말 죽는 게 아닐까?[41]

강은기의 경우는 녹취록에서와 같이 분명한 증거인 인쇄물을 가지고 조사하는 과정에서 당당히 "내가 했다"라고 한 경우라서 이상호와 꼭 같지는 않았을 것이다. 양희선의 증언에 의하면, 강은기는 그 당시 옥중에서 다른 사람들의 고문 비명소리에 가슴 아파했다고 한다.

"신영이 아빠는 감옥에서 옆방 여대생에게 가하는 고문을 통하여 그 학생들의 비명소리를 들으며 너무너무 질렸다고 했습니다."

고문에 저항: 죽이려면 죽여봐라!
강은기는 생전에 감옥에서 겪은 고문에 대해 이렇게 말했다.

"처음에는 겁을 주는데……, 자세가 흐트러지니까 '이 새끼 여기가 어딘 줄 알고' 이러면서 치더구만. 오기가 생겨서 또 흐트러지니

---

41 이상호, 『거기 너 있었는가』, 열린 숲, 2007, 120~124쪽.

까 또 쳐. 3번을 그러다가 나도 포기하고 말았는데, 지하실로 가 수
감 생활하듯이 열흘 동안 있었는데, 겁주는 소리가 '너 같은 놈 죽
어나가도 아무도 몰라.' 그래서 내가 기죽으면 안 된다는 생각을 하
고…… '죽이려면 죽여봐라!' 내가 제들한테 겁먹는 존재가 되어선
안 된다, 그런 생각을 하고 있었고……."

고통스런 순간에도 강인한 의지로, 신념으로, 신앙심으로 초인적인
인내력을 발휘하여 굴복하지 않았던 강은기였다.

옥중서신

80년 3월 31일 강은기가 경찰에 연행되고, 구속 수감되어 1년 1개월
을 감옥살이하면서 아내 양희선과 동업자인 동생 강은식에게 보낸
그의 편지가 있다. 그리고 그의 소식을 들은 미국인 마르고 리처드
Margo Richards가 형제애를 담아 보낸 편지도 있다. 부인 양희선에게
보낸 옥중편지다.

삶을 힘들게 하기만 하게 하는 장마철에 어려운 삶을 함께 하지 못
하고 별리되어 갇힌 중에 넉 달이 되어가고 있소. 1/3년의 흐름이
요. ½년만큼 컸을 신영이, 동균이, 그리고 당신께 부탁하오. 항소이
유서 쓰라고 통지가 왔는데 나석호 변호사 선임계가 안 되었는지,
국선변호사 선정통지서가 왔소. 국선변호인은 군법무관 대위 차한
성이고, 연락처는 육군본부 법무감실 전화 7902-5639번이요. 발송
인은 법무사 소령 김석조(고등군법회의)입니다. 1심 때도 나 변호사

님 당일에사 나타나서 변론 세우고 했는데, 마지못해 하는 변론이
라면 차라리 국선변호인을 통해서 재판받고 싶은 심정이요. 조 목
사님 만나 뵙고 의논해서 목사님이 바쁘면 당신이 국선변호인을 만
나보고 의뢰를 해보는 게 어떨는지. 일을 감정을 떠나서 차분하게,
그러나 파동적으로 따라하지 말고 주견主見을 내세워 하시기 바랍
니다. 나석호 변호사든 국선변호인이든 속히 나와 면담할 수 있도
록 하시오. 이만 줄입니다.

_1980.7.29

또 정감록을 인용한 편지내용도 있다.

희선아.

정감록에 이런 글이 있다고 하더라. 利在田田, 미래에 이로움이 큰
밭에 있다는 말인데, 큰 밭은 대전大田이지. 내가 대전 속에 있음을
그래서 기쁘게 생각한다.

뉴욕에 있는 마르고 리챠드란 사람한테서 편지가 왔다. 내가 영어
를 모르니 당신이 속히 답장을 해주도록 하시오. 10월 27일에 부친
편지인데, 서대문을 경유해서 11월 21일에 내가 받아 보았는데 답
장이 늦어지면 그쪽에서 궁금해 할 것이요. 여기 참고로 편지내용
전문을 옮겨 적습니다.

Dear Mr. Kang:

Greetings from your friends in New York City.

We have heard about your recent difficulties.

How is your health?

We would like to send you a package.

What are your needs?

Please write to me at above address

Your friend Margo Richards

이상입니다.

건강은 괜찮다고 그리고, 보내주신 편지 감사하게 생각한다고 그러세요.

_1980.11.22

영문편지 내용을 해석하면 이렇다.

안녕 뉴욕에서 친구가 보냅니다.

우리는 당신이 겪는 최근의 어려움에 대하여 들었습니다.

당신의 건강은 어떠신지요?

우리가 선물을 보내려고 하는데 당신이 원하는 것이 무엇인지요?

위 주소로 저에게 보내주시기 바랍니다.

당신의 친구 마르고 리쳐드

이웃의 모두가, 하나하나가 우리들의 가족이니

그 다음은 동생 은식에게 보낸 편지다. 형으로서 동생에게 짐을 준 미

안함과 인쇄소 일 걱정 등 일처리 방법이나 가족사랑과 이웃사랑을
느낄 수 있는 자상한 편지내용이다.

은식아, 혼자 수고가 많다. 나의 갇힘이 의외로 장기화됨에 따라 집
안걱정도 자연 소진되어 간다. 기반도 석연치 못한 인쇄 일을 너 혼
자 맡아 하기가 벅차겠지만, 그러나 자신감을 갖고 일에 임해주기
바란다. 그리고 솔직하라. 솔직하게 일을 대하지 않으면 일이란 어
렵게 꼬이는 것이니, 모든 일에 솔직하게 대처하지 않으면 안 된다.
하기 힘든 일은 맡지 말고 할 수 있는 일만 야무지게 해내라. 솔직
한 품성을 기초로 해서 상술을 익혀나가야 장래가 보장된다. 엄마
가 살아 계셨을 때 술을 먹어서 해야 되는 일이라면 인쇄 일 자체를
중단하라 하셨다. 나는 그 당시에는 그 말씀을 시의時宜에 맞지 않
는 말씀이라 여겨 접어두었다만, 지금에 와서 새겨보니 엄마 말씀
은 진리眞理임을 깨닫는다. 일에 의해서, 일 때문에 흔들리지 말라.
모르는 것은 아랫사람에게 일지라도 서슴치 말고 묻고 하여 삶을
가볍게 생각 말라. 매사에 솔직함을 바탕으로 하여 일에 대한 주저
된 맘을 극복하여 일에 대한 의욕을 갖고 일에 대한 겸허한 태도로
주변사람들과 협의하여 일에 실수 없도록 하되, 너무 의타심을 갖
지 말고 항상 네 안에 감추인 재질을 살펴보아 네 안에 너의 천부적
능력을 개발하여 일에 대한 자신감을 갖도록 하여라.
아버지 외롭지 않으시게 잘 모시고 명숙이, 명순이 따뜻하게 지도
해라. 조카들도 잘 보살피고 은상이 형도 자주 찾아보아라. 네가 처
하고 있는 이웃의 모두가, 그 구체적인 사람 하나하나가 우리들의

가족이니 그 형제심을 잊지 마라.

_1980년 11월 12일 형 씀.

부끄러워라

머리 꺾인

이 땅의 허공엔

헌 해만 떠 있습니다.

12월 3일 첫눈이 내립니다. 순간 날씨는 추워진 걸로 됩니다. 동거하고 있는 사람들은 첫눈 내림에 감탄하고 있습니다. 그리고 무표음無表音한 나더러 감정이 메말라버린 사람이라고 합니다. 내 눈에 첫눈은 붉게 보이고 있습니다. 그것은 어느 눈 오는 날, 사냥꾼에게 쫓긴 노루 한 마리가 쫓기다가 덤불에 걸려(겨울철의 덤불은 더 고약합니다) 목이 꺾이고, 그 엉덩이엔 사냥꾼이 쏜 총알에 박혀 피가 쏟아지고 있었습니다. 그 피를 본 내 눈은 붉었으며 그 눈에 비친 허공중에 흩날린 눈은 붉은 빛깔이었습니다. 그리고 그 붉은 빛깔 사이사이로 작년에 있었던 광인狂人의 춤추는 자태가 얼핏얼핏 묻어 보입니다. 그래서 내 입은 떨리고 떨렸습니다. 그런데 이때 복음의 소리가 보였습니다.

예수께서 말씀하시기를, 두 사람이 있는 곳에 하나님이 함께 하시고, 그리고 한 사람이 있는 곳에 나는 그와 함께 있겠다. 돌을 들으라. 나를 찾을 것이다. 숲속을 헤쳐라 그리하면 내가 여기에 있으리라고 하였습니다.

이 말씀은 A.D. 140년경에 쓰여진 것으로 금세기 초에 발굴된 고문서의 한 내용입니다. 내 눈은 비로소 정상으로 되었고, 그래서 목이 꺾인 노루는 흰 눈 내림 속에서 다시 소생되어 이 돌 저 돌을 딛고 이 숲속 저 숲속을 헤치며 새해를 준비하는 계절의 잔치에 나를 초대하고 있습니다. 당신과 함께 이 기쁜 초대에의 장에 나아갑시다. 흰 눈 내리는 속에 광인狂人 대신 우리가 서 있읍시다.

_1980. 12. 10

이 편지는 절절한 시대 인식과 자기 성찰이 담긴 내용이다. 얼마나 어두운 심경이면 '머리꺾인/ 이 땅의 허공엔/ 헌 해만 떠 있습니다'라고 했을까? 허공에 내리는 눈이 핏빛 붉은 눈으로 보고 가슴 아파하고 있는 편지였다. 강은기는 이 편지를 통해 하늘에서 내리는 하얀 눈이 붉은 눈으로 보이는 처참한 80년 상황을 사냥꾼에 쫓기는 노루에 비유하면서 민중들의 고통스런 현실을 가슴 아파하고 있었다. 그럼에도 새해에 대한 희망의 메시지를 전하고 있다.

"별리의 기간_ 고통이면서 동시에 희망의 한 과정입니다."
별리別離 1년. 당신의 편지를 공교롭게도 3월 31일에 받아 보게 되었습니다. 별리로 인한 고통은 만남에의 희망이 살아 있기 때문입니다. 만남에의 희망이 죽어 있다면 별리로 인한 고통도 죽어버립니다. 그러므로 별리로 인한 고통은 만남에의 충족인자 형성기이기도 합니다. 우리가 별리를 당한 직접적인 원인은 외적 상황 요인에 의해서입니다만 그러나 내적 요인도 있을 겁니다. 아마 우리가 만남의 생활에 불충분했고 몰이해했고 생활의 어느 한 면을 경시한 데서 오는 부자격함을 충만하게 하려 별리를 당하게 된 것도 같습니다. 그렇다면 이 기간은 고통이면서 동시에 희망의 한 과정입니다. 즉 우리는 만남의 생활의 계속선상에 있는 것입니다.

우리의 만남에 의한 생활의 뚜렷함에 서로 떨어져 있는 상태를 당해서도 우리는 만남의 기쁜 생활을 계속할 수가 있습니다.

여보, 신영이에게 말해줘요. 아빠는 신영이 하고자 하는 대로 하는 것을 기뻐한다고. 다만 신영이의 올바른 생각 가짐을 위해서 당신의 충분한 설명이 필요할 것입니다. 그리고 지금의 나의 처지를 너무 신경 쓰지 말고. 여기서 나의 생활에 필요한 제반 물품을 필요시마다 주저 않고 즉시 이야기할 것입니다. 이러한 나의 입장을 접어두고. 당신의 지나친 걱정으로 인한 배려는 내가 삼가합니다. 그것은 나의 절도 있는 생활을 훼손하기 때문입니다. 여보. 이 순간에도 우리의 생활을 쉬지 않고 굳게 다져 나갑시다.

그리고 면회는 한 달에 한 번만 오시오. 면회 오기 전에 편지로 면회 오는 일자를 말해주십시오. 편지 오는 데는 4~5일 걸립니다. 이 달(4월)에 필요한 것은 없습니다. 주변의 일에 신경을 덜기를 바라며. 당신의 건강을 기도합니다. 따라서 은식이의 건강도 기도합니다. 그럼 면회 오기 전의 당신의 글을 기다리며……1981. 4. 1 강은기

81. 4. 3 소인이 찍힌 봉함엽서는 제목대로 '별리 1년', 어느덧 수감

1년이 되어가는 때에 쓴 것이다. 담담히 고통의 시간을 넘어서 새로운 희망의 계기로 삼자는 의지가 담긴 편지다.

김대중 내란음모사건 관련자와 옥중에서 해후

1980년 7월 4일 계엄사령부는 계엄법, 반공법, 국가보안법 등을 들어 김대중을 비롯한 37명을 내란음모사건으로 엮어 발표했다. 이 사건은 12·12 쿠데타와 5·18 광주 학살로 집권한 전두환 무리의 신군부 세력이 집권 초기 정통성 시비를 잠재우고 위기상황을 조성하기 위하여 반독재 민주화 투쟁의 상징적인 정치인 김대중을 정치적 희생양으로 삼은 사건이었다. 신군부는 이 사건에 김대중의 측근은 물론 재야인사와 학생운동 핵심인사들을 연루시킴으로써 민주화 운동 진영 전체의 와해를 기도하였다. 그러나 김대중 체포 직후 미국 행정부조차 항의성명을 발표하는 등 반발이 거세게 일어났다. 신군부 통제하에 있던 1심 군사재판은 1980년 9월 17일, 각본대로 김대중에게 사형을 선고했다. 그 후 신군부는 국내외적으로 주목받고 있었던 탁월한 정치지도자 김대중을 무기로 감형시키지 않을 수 없었다. 그리하여 1981년 1월 23일 김대중을 무기로 감형했다.

이 사건 관련자들과 교도소에서 지낸 기억을 강은기는 이렇게 말했다.

"권형택: 교도소 생활에서 인상 깊었던 것 좀 말씀해 주시죠. 거기서 만났던 분들에 대한 기억들이랄까……
강은기: 그때 만났던 사람들은 많죠. 거기서 이제 형 확정 받고 가

서 생활하는데, 다른 사람들 다 3,1절날 다 내보내 주던데 난 안 내보내 주데. 난 내줄 줄 알았는데…… 그래서 더 살아야 되나 보다 그러고 있는데, 동교동 사람들이, 한패거리가 형이 확정되어서 넘어 오도만.

권형택: 김대중 내란 음모사건으로 80년에…….

강은기: 김옥두, 함윤식, 김홍일, 이일엽…… 여러 사람들이 있죠. 이렇게 들어오니 왕국이 되어버렸어. 함윤식은 운동이 합해서 18단이여. 유단자여가지고 말을 안 들어주면 발로 차서 문짝을 부수도만……. 그래가지고 우리는 거기서 남은 한 달인지 두어 달 동안은 해방보호구였어. 그러니까 6사숨와 5사가 장기수 분들이고, 번사(사동을 바꿔 생활함)한 나를 대전에서 한 사옥을 내줘서 내가 좀 동떨어져 있으니까, 그 바로 전에, 문 따고 자기가 자고 싶은데 가서, ○○ 방 가고 싶으면 가고, 자고 싶으면 자고, 점호할 때만 자기 방에 가서 받고. 바둑 뒤고 싶으면 바둑하고…… 거기서 먼저 와 있던 사람들로 장영달, 서점을 한 탁목원, 부천의 정화영……, 그 말하자면 재소자로서 이변이 일어난 거야. 그런 생활을 누리다가 5월 10일날 초파일날 나는 나왔지.

권형택: 그때 이쪽 민주화 운동 하는 인사들을 만났지요?

강은기: 정당관계 쪽 사람들이지 장영달이는 그때 처음 봤어. 장영달은 인천 사건으로 두 번째 들어가 있었어. 각서 안 쓴다고 두 번 들어갔을 때였지. 인혁당 사건으로, 민청학련 사건으로 2년 살다가 '인혁당사건 조작이다'고 강연해서 다시 들어가서 형이 만료될 때 '너 이거 각서 써라. 나가서 이거 안 불겠다고 그러면 되고, 아니면

먼저 들어간 잔형殘刑, 민청련 사건 잔형을 살리겠다.' 그래도 '나
안 쓴다'고 해서 그거 잔형으로 살고 있었어.

권형택: 그래서 합쳐서 6년 10개월을…….

강은기: 그게, 통뼈가 거기서 장영달을 만들어 낸 것이지."

대전교도소 감방장

대전교도소에 있을 때 강은기는 재소자 중 상식을 벗어나는 무례한
친구, 안하무인인 오경렬을 '귀싸대기'로 다스린 일이 있다. 덩치로나
운동경력이나 비교가 안 되는 사람이었다. 오경렬을 순치한 일화를
들어보자.

"음, 경렬이는 내가 80년도 대법원 형 확정 받고 대전으로 내려가
서 형을 살게 되면서 만나서 한방에서 수용생활을 하게 됐는데, 일
행들이 한 다섯 됐나. 나이도 제일 어린 친구가 무식하고 거칠고 안
하무인이고 황소 같은 사람이 맹수 우리 안에 가두어 둔 것처럼 안
절부절 못하더라고. 그냥 지 성질 못 이겨가지고 그냥 막 휘저을려
고 그러고. 바둑 두다가도 막 그냥 시비를, 되지도 않은 시비를 지
가 걸고. 어느 날 하루도 같이 있는 사람이랑 바둑을 두다가 시비가
붙었어. 내가 보다 못해서 '요런 싸가지 없는 새끼가 진짜!' 하면서
귀싸대기를 그냥 내려쳤지. 그랬더니 막 씩씩대면서 '요 쥐방울만
한 것이 사람 치네' 그러더니 자제를 하더라고."

나중에 그 둘은 더 가까워지게 되었다고 한다.

24 최악의 상황, 영업정지

남편 강은기가 감옥에 갇혀 있는 동안 부인 양희선이 생계를 책임져야 했다. 대학의 구내식당에서 영양사로 일을 하기도 했고, 보험사에 취직하여 보험영업을 다니기도 했다. 게다가 가뜩이나 가계에 큰 도움이 되지도 못한 세진의 인쇄사업인데, 오너가 갇히고 나니 영향을 받지 않을 수 없었다. 강은기를 보고 찾는 일과 동생 강은식을 보고 찾는 일은 약간의 차이가 있었다. 그래도 강은기의 부재중에 그를 생각하는 분들이 전혀 없진 않았다. 윤보선 전 대통령 부인 공덕귀 여사 등 구속자가족회 회원들의 진심어린 마음의 위로가 고마웠다.

감옥에서 1년 1개월을 살고 나온 강은기에게 닥친 선물은 인쇄소 영업정지였다. 이해학은 친구 강은기의 어려운 사정을 이렇게 말했다.

"그때 강은기는 감옥에서 나와서 너무 힘들다고 했어요. 그 사건으로 너무 많이 맞았고, 고문당하고, 인쇄기도 뺏기고 영업정지까지 당했습니다."

남의 어려움에 쏠린 얇은 귀

강은기는 귀가 얇아 다른 사람의 말을 잘 듣는 편이다. 자신의 어려운 사정보다 다른 사람의 사정에 더 귀를 기울였다. 곁에서 같이 일하던 동생 강은식은 그게 불만이었다. 돈도 안 되는 일을 사정사정 하면 들어주고 돈도 받지 못한 경우가 있었으니, 전혀 경영에 도움이 안 되었다. 가끔 부인 양희선과 다투기도 했다. 가족으로서는 재미가 없었다. 그 대표적인 사건이 후배 유○○에게 돈을 빌려 준 사건이었다. 그간 모아놓은 돈을 날리게 된 것이다. 박은성에 따르면 그는 현재 미국으로 건너가 살고 있다고 했다.

25 수사기관의 가혹행위에 오히려 연민을

앰뷸런스 차로 실려 연행 당하다 _수사기관 최다연행

1985년 서노련(서울노동운동연합) 사건 때 강은기는 보안사 요원들에 의해 응급환자를 수송하는 앰뷸런스로 연행을 당하였다. 멀쩡한 사람을 중환자나 응급환자로 오인하게 하는 위장수법을 사용한 것이다. 강은기와 가끔 깊은 우정을 나누었던 김종찬(불교신문사 전 편집국장)은 이렇게 기억하고 있다.

"강은기란 분은 기록물 인쇄관련으로 수사기관에 제일 많이 끌려간 분이죠. 수사기관, 경찰, 안기부 등 안 가본 데 없습니다. 장기 구속이나 구금이 아니라 수사기관에 붙잡혀간 횟수로는 제일 많습니다. 이들이 정보를 빼내려고 강은기를 수시로 연행 조사했습니다. 서노련 사건(1985. 8. 25~86. 5. 15) 때 앰뷸런스에 위장되어 연행되었지요. 그 당시 보안사 요원들이 앰뷸런스를 이용하여 (환자 수송 위장) 연행하는 수법을 이용하던 때였습니다. 그때 김문수와 부인과 연관된 서노련 일을 해주어 강은기는 보안사에서 제일 많이 맞

았습니다."

"니가 그 유명한 강은기구나!"_인천 5·3 항쟁

1986년 인천 5·3 항쟁과 관련하여 총 319명이 연행되고 129명이 구속되었으며 37명이 수배를 당하였다. 강은기도 이들과 함께 구속되었지만 당당하게 지냈다. 강은기의 생전 증언을 들어보면 인천 5·3 항쟁 때 곤욕을 크게 치렀음을 알 수 있다.

> "예를 들면 중정(중앙정보부)은 나를 이미 파악했으니까 아무것도 아니란 걸 알아 버리니까, 뭐 그렇게 비중을 안 두는데, 남영동(중앙정보부 대공분실)에서 큰 비중을 두는 거야. 지들이 목격을 안했으니까. 올려 보내서 크게 하고 싶은데 그럴 것이 안 되는 거야. 5·3 사태 때 남영동을 들어가는데 '니가 그 유명한 강은기구나! 너 이제 한번, 혼 한번 나봐라!' …… 그때도 당당했지. 그랬더니 겁 없는 놈이라고 자기들끼리 수군수군하더라고. 그때만 해도 참 많이 연행되었어. 겁이 없을 뿐만 아니라 안 가본 데가 없어, 따져보면…… 서초동, 서빙고, 송파구, 남영동, 홍제동, 장안평…… 안 가본 데 없이 다 가봤어."

강은기는 5·3 항쟁 전날인 5월 2일 예비검속에 걸려 안삼화와 함께 거여동 안기부에 불려가게 되었다. 수사기관원 차의 뒷자리에 붙잡혀 같이 동석한 강은기는 이제 막 대학을 졸업하고 들어온 초년생 안삼화에게 이런 충격을 주게 되어 미안한 마음부터 들었다. 강은기는 안삼화의 손을 꼭 잡고 안심시키고 있었다.

"삼화야, 다 지나간다. 괜찮다. 걱정 마라."

대공분실은 가야호텔 방이었다. 기관원은 연행한 두 사람에게 비아냥거리며 말하였다.

"야, 너희들 영광인 줄 알아라. 이 방이 김근태가 쓰던 방이다."

안기부 요원들이 수색할 때의 처참한 상황을 안삼화는 이렇게 말했다.

"각목 들고 들이닥쳐 돌아다니면서 신문지 유인물 다 들이대면서, 니가 찍었지! 니가 찍어줬지! 피바다가 된 사진을 들이밀면서 겁을 줍니다. 장부는 다 압수해서, 혹시 천장에 숨겼을지 모른다고 천장도 뜯어내고, 온 방을 뒤져 심수봉 가요테이프까지 가져갔습니다. 그때 많이 맞아서 만성 신부전증으로 고생하고 있습니다."

무력에도 신념을 굽히지 않은 기개

강은기는 많이 참는 사람이었다. 참지 못해 자기의 신념을 굽힌 적이 없었다. 경찰이나 안기부에 끌려가 고초를 받을 때도 결코 굴복하지 않았다. 그런 그를 김종찬은 이렇게 증언했다.

"자기 자신을 닦기 위해서 노력을 많이 했습니다. 평소에 보면 잘 참아요. 참는 게 타고난 성질이라 그런 거죠. 을지로 인쇄골목 식당골에서 그를 찾아오는 지인들에게 인색하지 않게 대하고 마음이 넉넉했습니다. 그러나 그에게 가한 권력의 횡포에는 아주 강했습니다. 아주 독한 사람이었습니다. 인내력으로 최고를 보인 사람입니다. 인내력, 기다림 등 그에게 끝이 안 보이는 인내력이 잠재되어 있었습니다. 아픈 것(췌장암)도 참은 거 아니에요? 인내하고 살았습니다. 인내력으로는 최고의 경지를 보인 분입니다. 감옥에서도 당당하였습니다."

그는 학교를 자기 의지로 가지 않았고 무학에 대하여 결코 비굴함을 갖지 않았다. 가난할 때는 배고픔을 참았고, 돈이 떨어지면 걸어 다녔다. 을지로 인쇄소에서 봉천동 집에까지 걸어 다닌 적도 가끔 있었다. 그가 화를 참지 못하고 세모눈을 뜨는 때는 국가권력의 횡포와 부정에 대해서였다. 겉으로 보는 그의 세모눈은 잔인하게 보일지 모르지만 실제로는 전혀 그렇지 않았다. 그는 항상 평상심을 유지하고 살았다. 항시 남을 돌보아주고 거름 역할을 마다하지 않았다.

경찰이나 중앙정보부에 잡혀가도 그는 당당했다. 그의 생전 회고를 들어보면 엄혹한 상황에서도 굽힘없이 권력의 폭력에 버티었음을 알 수 있다.

2002년 작고하기 전에 백병원 병실에서 이 상황을 얘기할 때도 고통스런 몸을 번쩍 일으켜 반가부좌 자세를 곧추 세우면서 응대했다.

"처음에 갔을 때 자세가 흐트러지니까 '이 새끼 여기가 어딘 줄 알고' 이러면서 치더구만. 오기가 생겨서 또 흐트러지니까 또 쳐. 3번을 그러다가 나도 포기하고 말았어. 지하실로 가 수감 생활하듯이 열흘 동안 있었는데, 그냥 밥만 먹었는데 겁주는 소리가 '너 같은 놈 죽어나가도 아무도 몰라.' 그래도 이제 신앙심이라 할까…… 내가 기죽으면 안 된다는 생각을 하고…… '죽이려면 죽이고 그래 봐라!' 내가 재들한테 겁먹는 존재가 되어선 안 된다 그런 생각을 하고 있었고."

가해자에게 오히려 연민을

강은기는 자신과 자신의 일을 어떤 사건의 주된 담당으로서가 아니라 부수적인 일꾼으로, 일로 인식했다. 그러나 마땅히 해야만 하는 일은 언제나 기꺼이 맡음으로써 민주화를 이루려는 도도한 역사의 흐름 속에서 자신의 역할을 소홀히 하지 않았다. 그랬기에 그는 수사당국이나 법원, 경찰, 검찰, 안기부, 중앙정보부, 군사법정에 불려가도 늘 당당했다. 그에게 있어서 민주화 운동이라는 큰일을 하는 과정에서는 각자 역할의 차이가 있을 뿐 주主와 종從이 따로 있지 않았다. 모두가 민주화의 길로 함께 나아가는 동시대의 동무요, 도반이요, 형제자매일 뿐이었다. 그는 그렇게 보았다.

강은기는 가해자들의 잔인성을 목도하고, 직접 인간으로서 할 수 없는 야만적인 일을 당하면서, 그들에게 오히려 깊은 번민과 연민까지 들었다. 사람이 이렇게 달라지는가? 가해자 조직의 구성원으로서 사해詐害 조직의 노예로, 조직의 사냥개로 그들이 이용당하는 현실이 비참하게 느껴졌다. 그때의 심경을 강은기는 이렇게 말했다.

"다 같이 당한 상황이라서 유별나게 내세워서 얘기할 것은 없고,

개인적으로 받아들여서 얘기하자면 서글픔을 느낀 것이 한 두 번이 아니죠. 절망감이라든가 낙망감…… 사람으로 태어나서 왜 사람 이하의 대접을 받으면서, 저 사람들은 같은 사람인데 왜 사람의 탈을 쓰고 같은 사람을 학대해야 하는지. 여러 절박한 문제를 추상적으로만, 관념적으로 생각을 몰고 가면서 고민하게 되고 그런 것이죠. 못 견딜 때가 많죠. 견디기가 힘들죠. 경찰서가, 그 사람들 직장으로 왔다갔다 하는 사무실이 난 깜빵이 돼서 갇혀서 그러는데."

경찰, 검사, 안기부 요원들…… 그들도 자기와 똑같은 인간으로서의 존엄성을 지니고 있는데, 그런 사람들이 먹고살기 위해 권력의 하수인이 되어 짐승처럼 행동하는 것에 강은기는 인간적 연민과 안타까움을 느낀 것이다.

$\mathscr{26}$ 외상 장부: 사명을 돈으로 저울질하지 않는다

강은기가 인쇄업을 통하여 민주화 운동, 반독재 투쟁, 반유신 운동 등 제반 운동가들의 시급한 요구와 시의적합한 산출물을 완성하여 제공한 것은, 진정한 동지이자 친구인 이해학의 물기 어린 회고대로 '강은기는 사명을 돈으로 저울질하지 않았기'에 가능한 일이었다. 그의 무수한 시간과 헌신의 노력을 양으로 잴 수야 없지만, 그를 기억하고 있는 이들의 가슴속에서는 묵직한 '미안함'이 자리 잡고 있음을 부인할수 없다. 그가 뒷자리에서 지원한 일을 스스로 '종범'으로 자탄하기도 했지만 그는 주범과 종범이 다르지 않음을 행동으로 보였고, 수레의 양 바퀴처럼, 새의 두 나래처럼 각광과 그림자의 실체를 통관하였기에 그 어떤 서운함이나 설움이 자리하지도 않았다. 그의 자리와 그가 한 일은 겉으로 혁혁하지 않은 것 같지만 사실은 진실로 혁혁한 일이었다. 강은기는 자기가 수행한 일이 범죄가 아니라고 확신했고, 그러므로 자신이 한 일 자체가 원천적으로 불기소 사유, 무혐의 사유라고 꿰뚫고 있었음에 틀림없었다. 그는 기꺼이 역사의 거름이 되고자 했다. 그것은 용단이고 선택이었다.

강은기는 부탁받은 인쇄 일을 해주고도 돈을 못 받는 경우가 참 많았다. 모두가 어려운 시절이기는 하지만, 이런 지불 불이행의 일들은 그에게 고통을 준 것이 사실이다. 그도 먹고 살아야 하니까. 하지만 강은기는 그들을 미워할 수도 없었다. 그것은 민주와 인권, 자유와 평화, 평등을 실현하고자 하는 과정에서 어쩔 수 없이 불이행된 부채일 수도 있다. 그리고 강은기에게 있어 이런 부채는 '민주주의의 완성'과 '통일의 실현'만이 해소할 수 있는 일인지도 모른다. 포악과 거짓의 세상에서 함께 참세상을 열어 보려고 몸과 마음을 바쳐 헌신해왔던 동지들이 그럴 때면 주문자와 임무 수행자의 관계로 잠시 있었을 뿐이라고 허허 웃던 강은기. 그런 그였기에, 거래 장부라는 이름의 외상 장부는 아직 채권자의 이름으로 세상에 드러내놓고 웃지를 못하는 것 같다.

사실 그의 거래 장부는 1970년대부터 2000년대에 이르기까지 앞서 소개된 수많은 시국사건과 관련된 일들의 책임자와 담당자의 내역이 적혀 있는 장부요, 역사적인 기록물인 것이다. 김택근의 말대로 강은기는 역사적 기록으로서 자부심을 간직하고 싶었으므로 돈이 없어도 부자였던 것이다. 그는 거래 관계를 넘어선 사회가 오기를 고대하며 어둠의 시절을 견뎌왔다. 강은기는 과거의 인연을 팔아 치부할 마음도, '두툼한 외상 장부'에 적힌 낯익은 이름들을 원망하는 마음도 없었다. "두툼한 외상 장부를 내보이며 '나는 부자'라고 말할 뿐이었다. '받을 돈이 많아서가 아니다. 의식 있는 이 땅의 일꾼들을 자신의 치부 책 속에 다 집어넣었으니 세상에서 제일 부자라는 말이다."(김택근님 글 인용)

회원교회 장로였던 황영환도, 친구인 이해학도 그 외상 장부를 환히 열어 그 당시 의무 이행(채무 이행)을 못한 이들에게 이행 촉구를 해야 한다고 요구하였다. 그러나 그 장부는 아직 필자에게 얼굴을 내밀지 않았다. 아마 이는 강은기가 스스로 작성한 외상 장부에 적힌 사람들의 부담감을 고려하여 그들이 공개되기를 바라지 않아 어느 땐가 버리지 않았을까 추측한다. 받지도 못할 외상 장부의 외상인들을 거명해 보았자 소용없는 일이고, 본질적으로는 시대적 사명감으로 일하다가 채무자가 된 동지들의 이름이 거론되어 알려지는 것을 바라지 않았을 것이다.

27 6월항쟁의 함성을 봉고차에 가득 싣고

박종철 고문치사 사건 이후의 '민주헌법 쟁취 국민운동본부' 범국민대회

서울대생 박종철은 1987년 1월 13일 자정 경 하숙집에서 치안본부 대공분실 수사관 6명에 의해 연행되었다. 대학문화연구회 선배이자 민주화추진위원회 지도위원으로 수배를 받고 있던 박종운(서울대 사회학과 제적생)을 체포하기 위함이었다. 박종철은 물고문과 전기고문을 받다가 1월 14일에 숨졌다. 경찰은 초기 발표에서 책상을 '탁' 치니 '억' 하고 죽었다는 터무니없는 얘기로 발뺌하였으나, 시체 부검 결과 전기고문과 물고문에 의해 살해된 것으로 밝혀졌다.

이에 치안본부는 당시 가담자를 축소하는 등 진상을 은폐 조작하려 했으나, 천주교정의평화구현사제단의 김승훈 신부가 5월 18일 미사에서 고문진상을 밝히고 3인의 추가 가담자를 발표하였다. 5월 23일 재야인사 134명은 '박종철 고문살인 은폐조작 규탄 범국민대회 준비위원회'를 발족시켰다. 5월 27일 민주당, 신·구교, 재야단체 등 발기인 2,191명으로 구성된 '민주헌법 쟁취 국민운동본부(국본)'를 발족하고 4·13 호헌조치 및 직선제 개헌 공동쟁취 선언을 하였다. 6

월 10일 '민주헌법 쟁취 국민운동본부'는 '박종철 고문 은폐조작 및 호헌선언 반대 범국민대회'를 개최하였는데 여기서부터 87년 6월 민주항쟁이 시작되었다.

이한열 최루탄 피격 사건과 6월 민주항쟁

1987년 6월 9일 '6·10 대회 출정을 위한 연세인 결의대회'가 개최되어, 여기에 참가한 이한열 학생이 경찰이 쏜 직격 최루탄에 피격당하여 쓰러지는 사건이 발생했다. 이 사건은 경찰의 무자비한 진압이 빚은 참사로서 학생들과 시민들의 분노를 불러일으켰다. 시민과 학생들은 궐기했다. 6월 항쟁의 도화선이 촉발된 것이다. 87년 한 해는 30여 년간 지속되어 온 군사독재를 무너뜨리고 민주화를 이룩하기 위한 전 국민의 민주화 운동 열기가 줄기차게 전개된 해였다. 1월 14일 박종철 고문치사 사건이 계기가 되어 대중의 분노가 불붙기 시작하였고, 전두환의 4·13 호헌선언은 대중의 분노를 더욱더 가열시켰으며, 6월 9일 이한열의 최루탄 피격은 대중들의 분노를 폭발하게 만들었다. 연인원 400~500만 명 이상의 대중이 참여한 6월 민주항쟁은 6·10 대회로부터 6·29 선언 때까지 20일 동안 지속적으로 전개되었다.

제1단계는 6·10 대회로부터 6월 18일 '최루탄 추방결의대회' 이전까지다. 6월 10일은 국민대회와 민정당 제4차 전당대회 및 대통령 후보 지명대회가 같이 열렸다. 잠실체육관에서는 전두환과 노태우가 손을 맞잡고 호헌을 외치고 있었고, 전국 각지에서 이에 반대하는 국민들의 열기가 분출되고 있었다. 민정당은 6월 18일 노태우와 김영삼의 회담 추진을 강조하고, 4·13 호헌선언은 유지한다는 의사를 발표하였다.

제2단계는 6월 18일 '최루탄 추방결의대회'로부터 6월 26일 국민평화대행진 이전까지의 기간이다. 이 대회에 서울을 비롯하여 전국에서 150여만 명이 참가하였고 '호헌철폐', '군부독재 타도', '최루탄 추방' 등을 결의하였다. 점차 국민들의 투쟁은 운동 지도부의 통제를 벗어나 자생적으로 진행되었다. 이때 기회를 엿보던 미국이 사태에 개입하기 시작했다. 6월 19일 레이건의 친서가 전두환에게 전달되었고, 6월 20일에는 미 국무차관이 방한했으며, 6월 23일에는 한국문제의 실무책임자가 급히 내한했다. 이 과정에서 미국의 공개적인 태도는 '군부의 개입을 반대하고 한국 사태가 평화적으로 해결되어 민주발전이 이룩되기 바란다'는 것이었다. 6월 24일에는 전두환·김영삼의 청와대 회담이 이루어졌으나 4·13 호헌조치의 철회만이 확인되었을 뿐, 김영삼이 요구한 선택적 국민투표의 직선제 개헌은 수용되지 않았다.

6월 민주항쟁의 결실, 직선제 쟁취

6월 항쟁의 제3단계는 6월 26일 국민평화대행진에서 6·29 선언까지의 기간이다. 제5공화국 정권이 4·13 호헌조치 철회와 개헌논의 재개라는 부분적인 양보안을 제시하였으나, 국민운동본부와 민주당이 이를 거부하는 가운데 개최된 6월 26일 대회는 이제까지의 범국민투쟁을 총결산하는 대규모 투쟁으로 전개되었다. 가히 전 국민의 총투쟁이라 할 만한 대회였다. 전국 33개 시, 군, 읍에서 180여만 명이 참여했다. 시위진압에 나선 경찰들은 늘어가는 시위대의 위세에 오히려 밀려나는 기세였다. 이른바 넥타이부대로 불리는 중산층과 사무직노동자, 시민들이 참여하는 대규모 시위에서 전두환 군부정권은 사면초가인 듯 보였다. 이날 시위로 전국에서 3,467명이 연행되었고, 경찰 차량이 수십 대 파손되었으며, 경찰서 2개소, 파출소 29개소, 민정당지구당사 4개소 등이 파괴되거나 불탔다.

이러한 전 국민적인 저항에 직면한 전두환 군부정권은 할 수 없이 노태우로 하여금 6・29 선언을 발표하게 하지 않을 수 없었다. 호헌철폐와 직선제를 쟁취하였던 것이다.

이 과정에서 강은기는 시민들의 열망을 호소하는 수많은 유인물을 제작하여 제공하였다. 이때 인쇄사업 역사상 처음으로 봉고승합차를 동원하여 유인물을 가득 싣고 날라야 했다. 강은기가 처음으로 가슴 벅차게 일한 시기였다. 양희선은 그때 남편 강은기의 흐뭇한 미소를 바라볼 수 있었다고 한다.

"그때 신영이 아빠는 6월 항쟁의 열기로 일감이 늘어 작은 오토바이로는 배달할 수 없었지요. 분량이 워낙 많아 봉고승합차를 빌려 나르게 했습니다."

28 한국인쇄문화운동협의회 결성

강은기는 평생 인쇄업에 종사하면서 생활하였다. 그 일을 통하여 적게나마 벌어서 생활하고, 결혼해서 자녀를 가르쳤다. 더 나아가 수많은 민주화 운동의 역정에서 대중들의 눈과 귀가 되어준 전단지와 유인물, 인쇄물 등을 찍어냄으로써 뒤에서 말없이, 자신의 인쇄 작업으로 조용히 민주화 운동을 뒷받침해 주었다. 광야에서 외치는 외로운 진실의 소리에 그가 찍은 종이 인쇄물은 반려가 되었고, 증거가 되었으며, 사실과 진실을 세상에 알리는 참된 언론이 되어 주었다. 강은기가 아니었다면 침묵으로 묻히고 말았을 수많은 사건들이, 그의 용기와 담대한 사명감으로 인해 이웃에게 알려지게 되었다. 70년대와 80년대를 통 털어 혼신으로 몸 바쳐 '해야 될 일'을 맡아 일했고, '있어서는 안 될 일들에 대한 탄식'과 '일구어 내야 할 희망과 염원'을 담아내야 했다. 하지만 그 일은 전적으로 강은기와 세진으로만 이루어질 수는 없었다. 그 과정에서 같은 업종에서 일하는 동업자들이 일정 부분 일을 나누어 맡아 유기적으로 화합이 되었기에 가능한 일이었다. 강은기는 이 동업자 동지들을 늘 챙기고 아꼈다. 골목에서 그들의 일

거수일투족을 살피고 그들의 눈물과 시름을 덜어주려 했다. 또 그가 어려울 때는 그들에게 손을 내밀어 도움을 요청했다. 이런 과정을 거쳐 그들과의 동지적인 조직을 이루어낸 것이 88년 9월 3일에 결성한 '한국인쇄문화운동협의회'다. 세진을 비롯한 7개 동업자들이 모여 만든 모임이다. 85년에 결성된 출판문화운동협의회와 다른 차원의 모임이었다. 작은 톱니바퀴 하나, 한 알의 씨알들의 집합체였다. 세진을 거쳐 간 많은 젊은이들은 인쇄를 통하여 나름의 사회적 기여를 했다. 바로 '보아야 할 글발'을 찍어내는 일이었다. 그 글발을 정보로 민들레 홀씨처럼 널리 피어나게 하는 일이었다. 이는 인쇄운동의 씨앗이었다. 인쇄사업과 관계를 맺은 대학생들에 대한 강은기의 회고이다.

"우리나라는 인쇄시장이 좀 좁습니다. 방죽(저수지)이 커야 큰 물고기 작은 물고기 모여 살 수 있는 터전이 되는데 방죽이 한정되어 있기 때문에, 말하자면 피라미밖에 못 살지요. 그런데 학생들이 출판하고 인쇄하고 혼동을 하고 들어왔을 거예요. 처음 들어왔을 때도 인쇄보다는 출판 분야, 정보처리 쪽 의욕을 갖고 들어왔을 테고……. 처음에 나 같은 경우에는 막연하니까 들어왔지. 비전을 갖고 있었기보다 학교생활을 지탱할 수 없었으니까……. 얘들이 대학 출신들이니까 학내 유인물을 하게 되라고, 그 속사정을 아니까. 여연이는 총학생회 일을 했으니까 각 대학 총학생회 일을 하고……. 처음에 나랑 같이 할라는 걸 내가 '같이는 못 한다. 니가 작은 간판이라도 붙여서 해라' 하며 상호도 내가 지어준 거야. 대동大同이라고. '대동인쇄소'라고……."

강은기가 지어준 이 대동大同이란 이름은 깊고 넓은 뜻이 담겨 있다. 공자와 노자도 언급한 말이다. 대동사회는 예나 지금이나 추구할 이상세계를 말해준다. 희망이 담긴 이름이다.

이렇게 세진에서 기술을 배우고 일을 돕고 나가 발전적으로 자기 사업장을 운영하는 이들이 생겨났다. 박석삼, 최민화(세민사, 나눔기획 대표), 윤여연(대동인쇄 대표, 대동세상연구소 소장), 탁목원, 권순갑(동방기획 대표, 전 YH 노조 부위원장), 안삼화(다보기획 대표) 등이었다. 이들은 강은기에게 배운 인쇄를 통하여 사회운동과 민주화 운동을 자신들 가슴에 아로새기고, 인쇄노동운동을 자신들 삶의 현장에서 뿌리내린 이들이다. 한국인쇄문화운동협의회는 바로 세진 주위의 이들과 같은 여러 인쇄 동료들 20여 명이 뜻을 함께하여 출범한 것이다. 이후로 그들은 정기모임을 갖고 매달 산행도 하며 우의를 다져나갔다.

당시 창립선언문 내용 전문을 살펴보기로 하자. 선언문은 인쇄업의 '불평등한 분배구조와 공공기관 단체의 불공정하고 편향적인 사업시행을 바로잡기 위해 법적·제도적 투쟁을 전개해 나갈 것이라'는 결의를 다지고 있다.

창립선언문

70년대 이후 우리 사회의 각 부문에서는 외세와 군부독재, 매판독점자본의 탄압과 횡포에 맞서 이 땅의 민주화와 민족통일, 민중의 해방을 실현하기 위한 투쟁을 끊임없이 전개하여 왔다. 특히 80년

5월의 광주민중항쟁과 지난해 6월 민주화 대행진, 7~8월의 노동운동은 그간에 사회 전 부문으로 확대, 심화된 운동역량을 기반으로 한 투쟁의 귀중한 성과였다. 이러한 흐름은 언론과 출판 등 인쇄매체 분야에서 역시 그 예외일 수 없어 세계적으로 유례없는 국민성금에 의한 종합일간지 '한겨레신문'이 창간되기에 이르렀고, 온갖 제도적 탄압에 굴하지 않고 전개해 온 출판문화 활동으로 운동의 과학화에 괄목할 만한 토대를 갖게 되었다.

하지만 우리 인쇄인들은 정작 인쇄매체 분야에서 가장 기본적인 제작 기능을 담당하고 있음에도 불구하고 중요한 역사적 상황 속에서 보다 창조적이고 과학적인 노력을 방기해 왔음을 부끄러운 마음으로 반성한다.

유신독재와 전두환 군부독재 권력은 인쇄매체의 생산과 유통구조를 감시, 통제하면서 모든 인쇄인들이 그들의 정보, 공작정치에 충실하고 스스로 길들여지도록 집요하게 요구해왔다. 이러한 풍조는 지금도 계속되고 있으며, 그간에 우리 인쇄인들은 고립, 분산된 채 피동적으로 적응해 온 바, 이제 우리는 인쇄문화 풍토의 일대 쇄신을 위해 굳은 결속과 강도 있는 싸움으로 대항해 나가고자 한다.

또한 우리는 인쇄매체 관련사업의 생산과 유통이 매판관료에 의해 시행되고, 특혜 받은 독점 자본에 의해 장악되어 온 현실과 이로 인해 수많은 영세업체가 하청업으로 전락하여 기생적 형편에 처하게 된 현실을 주목한다. 이에 따라 불평등한 분배구조와 공공기관 단체의 불공정하고 편향적인 사업시행을 바로잡기 위해 법적, 제도적 투쟁을 전개해 나갈 것이다.

비록 낮은 수준으로 출범하는 우리는 인쇄매체의 적극적인 활동을 통해 문화운동 부문의 제 세력과 더불어 자주적 민족문화의 형성에 이바지하고자 노력할 것이며, 이 땅에 민주화와 민족통일, 민중의 해방이 실현되는 그날을 위해 선진적 민족민주운동 세력과의 연대에 동참하면서 내부역량을 다져 나가고자 한다.

1988. 9. 3.

한국인쇄문화운동협의회

80년 중반 이후 친구 이해학은 바쁘게 살다보니 강은기를 자주 만나지 못했다. 그러다가 88년 한국인쇄문화운동협의회 창립 소식을 듣고 달려왔다. 그때 이해학은 강은기에게 진정 마음으로 자랑스럽게 생각하며 "은기야, 자랑스럽다"고 격려했다고 한다.

29 전북민주동우회

강은기는 전북 남원 출신이지만 처음부터 전북이니, 남원이니 하며 고향을 내세우지 않았다. 그래서인지 초창기 때부터 전북민주동우회에 참여하지는 않았다. 아마 그럴 여유가 없었을 수도 있다. 민청련 시절부터 강은기를 알고 지낸 권형택(민주화운동기념사업회 전문위원. 전 전민동 회장)의 권유가 있었지만, 매일매일 바쁘기 그지없는 인쇄일의 특성상 시간을 내기도 쉽지 않았다. 그러다가 80년대 후반에 고향 친구인 박성극(2014. 5월 현재 전민동 회장)의 권유에 의해 전북민주동우회에 참여하게 된다.

"제가 처음부터 참여하지는 않았구요. 처음에는 생긴 줄도 몰랐어요. 후에 언젠가 형택이(당시 전북민주동우회 부회장)한테 전민동 모임이 있으니까 형님도 함께 가보자고 이런 권유를 한 번 받았었고, 한참 지나서 성극(남원중학교 동창)이를 만나서 같이 가자고 해서 오게 되었죠."

1984년 5월에 창립한 전북민주동우회는 전두환 군부독재 시절 민주와 통일을 갈망하는 젊은 혈기로 활동하던 인사들이 주축이 되어 창립하였다. 해방 후 민주주의를 위한 신념으로 실천한 분들, 통일을 위해 헌신한 분들, 언론 민주화 운동에 헌신한 분들, 노동운동에 헌신한 분들, 통일운동에 헌신한 분들, 평화운동에 헌신한 분들, 활동가로 있다가 정치인으로 입신한 분들, 민주의식을 가진 시민들 등이 다양하게 참여하였다. 초대 회장 정동익(사월혁명회 회장), 2대 회장 최규성(국회의원), 3대 회장 류민용(전 민통련 부의장) 때 기틀을 잡고, 시대적인 현안에 대한 적절한 행동 및 성명 등으로 해결책을 제시하기도 했다. 4대 회장 소병훈, 5대 회장 정동익, 6대 회장 기세춘, 7대 회장 이은영, 7대 회장 이은영의 뒤를 이어 강은기는 8대 회장으로 선임되었다. 전민동 회원들은 매달 첫주 수요일에 정례모임을 갖고 주요 현안에 대한 전문적인 식견을 가진 분을 모시고 발제를 하며, 셋째주 일요일에는 '통일산악회'(초대 회장 김정순) 주도로 정기산행을 해왔다. 회원 간 고향의 정서를 공유하면서도 나라 전체의 시대적 과제와 늘 공감하고 선후배 간 친목을 유지하며 지내온 지역단체이면서 동시에 전국적 단체이기도 하다. 특히 4월에는 4·19 혁명기념탑과 묘지를 참배하고, 5월에는 5·18 광주항쟁기념묘지를 참배하곤 했다. 강은기도 늘 이 자리에 함께 참여하여 추모했다. 강은기는 사무총장과 부회장을 거쳐 2002년에 회장에 선출되었다. 7대 이은영 회장 때인 1998년 창간된 전민동 소식지「모악산」 발간사업도 그가 인쇄업에 평생 종사하였기에 김대웅 회원 등과 손잡고 더욱 적극적으로 추진하였다. 그러나 안타깝게도 그해 봄 5월에 췌장암을 발견하고 백병원에 입원 치료를 받게 되어, 회장 임무를 수행하기가 어렵게 되었다.

"그 당시 회장이 기세춘(한문학자, 묵자학회 고문) 선생이었는데, 기세춘 선생이 나보고 사무총장 일을 맡아보라고 하드만. 나는 또 누가 부탁하는 일은 거절하는 성미가 아니거든. 그렇게 사무총장 일을 맡아서 시작했습니다. 「모악산」(전민동 계간지)이 무가지가 되다보니 열심히 하게 된 것이지요. 「모악산」지 하나 내는 게 대단해요. 주변에서 말도 많고, 반대도 많았고……. 하지만 꾸준히 냈죠."

회지를 발간할 때면 그의 많지 않은 수입에서 일부 보탤 때가 여러 번 있었다. 그의 「모악산」 사랑이 아니었다면 불가능한 일이었다. 지금까지 중단 없이 이어져 온 「모악산」은 강은기가 전민동 활동 과정에서 보여준 좋은 업적이라고 볼 수 있다.

범민련 의장 이종린(2014년 작고), 장기수 이세균(작고), 박기래(작고), 신인영(작고), 임방규 등도 참여하는 전민동을 강은기는 뿌듯하게 생각했으며, 그분들의 고난의 역정을 존경스럽게 여기고 있었다.

전민동의 모임 장소는 창립 당시 종로 한일관을 시작으로 주로 종로지역 설렁탕집이나 낙원상가, 을지로 등으로, 매주 수요일 모임은 한 번도 거르지 않고 이루어졌다. 강은기의 삶 또한 전민동의 취지와 다르지 않기에 자연스럽게 할 일을 부탁받기도 했다.

강은기는 이은영 회장 때 4년, 기세춘 회장 2년 동안 부회장을 하였다. 그렇게 오랫동안 부회장으로 일하다가 회장을 맡은 해에는 병고로 입원하여 회장직을 제대로 수행할 수 없게 된 것이다.

젊은이들이 전민동을 대대로 계승하여 모임을 발전시켜 가기를 바란 강은기는 전민동이 정체되는 것 같아 안타까워했다. 그래서 모임의 방법이나 장소 등에 대한 의견을 제시하기도 했다. 나이든 회원들보다 젊은 회원 수가 적은 현실이 전민동의 현주소였다. 아울러 초창기 회원들에 대한 아쉬움도 갖고 있었다.

"그러니까 내가 지금 아파 있으니까 이런 얘기하는 게 객쩍은 데…… 잘 될 때가 있고 안 될 때가 있고, 경우에 따라서 생각이 달라지거나 또 다른 처신도 하게 되고. 그러니 노인네들은 달리 처신할 필요가 없어요. 젊은 친구들은 한참 일을 해야 하기 때문에 이 일 했다 안 되면 저 일로 해야 하고, 저 일 했다 안 되면 이 일 하게 되고……. 전민동 이런 것도 도와서 자기 생활에 어떤 이익될 수 있는 계기가 되면은 열심히 나와도, 싫다 싶으면 안 나오고 그런 거겠죠. 그 일에 유인책을 만들어 줘야겠죠."

전민동의 발전방향에 대한 그의 의견을 더 들어보자.

"우선 나는 모임 같은 거 평래옥에서 만나는 것 조금 달리했으면 좋겠어. 응, 노인네들이 돼서 그러는데, 요즘 우리가 공공시설 많이 이용할 수 있잖아. 중구청이랄지 이런 시설이 많이 있거든 지금……. 그리고 이게 강의 내용도 실질적으로 생활 중심으로……."

그의 염려가 아직도 해소되지 못한 것이, 30년 역사의 민주단체에

보다 더 많은 젊은이들이 참여하지 못하고 있다는 점이다. 민주주의가 정상적으로 뿌리내린 사회가 되기 전에 그 고단한 70~80년대, 그 후 민주정부 10년의 주도적인 추동의 미흡함과 반역사적인 병폐의 청산작업을 소홀히 한 업보임을 자인할 수밖에 없다. 온 국민에게 전반적으로 스며들어야 할 민주적 가치가 오늘에 이르러 형형하게 빛을 발하지 못하고, 이를 계승하는 젊은 대열이 드문 안타까운 현실은 우리 한국사회가 분단질곡의 현대사에서 한 발도 넘어서지 못함을 적나라하게 보여주고 있다. 청춘의 혈기로 현장에서 당당하게 섰던 기상은 어느덧 노장의 백발로 휘날리기까지 진보의 속도는 더디기만 하다.

강은기가 전민동에 참여하여 임원을 맡은 뒤로 「모악산」 잡지 발행이 더욱 활성화되었다. 글과 편집과 인쇄 출판이 주는 중요성을 잘 알고 있기에, 어려운 여건이지만 회보 제작이 계속될 수 있도록 노력을 기울인 것이다. 회비로 충당할 수 없는 상황이면, 강은기는 자신도 어렵지만 재정적인 지원을 마다하지 않았다.

"뭔가 하나는 이렇게 조직을 세워 놓아야겠더라고…… 그래서 한번 시작을 해본 거죠. 하긴 나도 책 만드는 사람으로서 책 만드는게 여간 힘 드는 게 아니거든요. 지금 그래도 통권 몇 호가 됐더라? 지금 10여 호 됐죠. 지금…… 그걸 할 사람이 없었어. 오환이도 바쁘고. 그래가지고 그걸 전부 대웅이가 혼자 다 맡아서 편집하고 원고 수집하고 일을 다 했지."

강은기는 기록의 중요성을 알고 있는지라 민주화운동, 통일운동에 이바지해 온 인사들의 삶이 기록으로 잘 담겨져 후배들에게 전해지기를 바랐다. 그 방편으로 전민동 회보「모악산」이 그 역할을 하기를 바랐다. 각기 회원들이 살아온 내력과 투명한 소식들, 그 다음에 회원들의 성과를 작품으로 담아내고, 회원들이 자발적으로 참여 원고도 내되, 생활에서 우러나오는 내용들을 많이 좀 담아내는 잡지가 되기를 바랐다. 하지만 기고자에게 작은 성의를 표시하기도 어려운 게 현실이었다.

당시 친목과 운동을 겸하는 단체에서 소식지를 발행하는 곳은 찾기 어려운 상황이었다. 전민동은 그나마 그런 역할을 수행하고자 했다. 이 일은 이은영, 강은기 두 회장의 의지가 없었다면 하기 어려운 일이었다.

강은기는 매달 셋째 주 토요일 전민동 통일산악회가 주관하는 산행에 꾸준하게 참여하였다. 그는 젊은 회원들과 어울리는 것을 좋아했다. 산악대장 권형택을 중심으로 많은 회원들이 참여하여 우의를 다졌다. 민청련 활동할 때부터 잘 알고 호형호제하는 권형택은 강은기가 아끼는 후배였다.

30 손가락 절단 사고와 낙천·낙선운동 인쇄물

500여 시민단체 결의의 낙천·낙선운동 유인물 제작

민주정부가 들어서서 희망과 기대로 3년이 흐른 시점에 수구 보수 세력의 역류현상이 역사의 정로 진행을 가로 막았다. 선거 때에만 임기응변으로 자리를 얻으면 그만이라는 인사들을 민주적인 제도로 골라내는 장치는 역설적으로 선거다. 후보자 검증은 2000년 4월 13일 제16대 총선을 앞두고 전국의 500여 개 시민사회단체에서 후보자 적격판정을 논의하면서 시작되었다. 이는 유례가 없는 사전 검증작업으로서, 시민 유권자들에게 바람직한 인물이 후보자로 선정되고, 나아가 바람직한 인물이 선량으로 선출되도록 하기 위한 시민운동으로 일어났다. 국민의 정부가 들어서자 과거의 비행자들이 카멜레온처럼 변신하면서 매 시기마다 민주주의의 과실을 얻는 상황이 드러나기 시작했다. 공정한 심판으로 자숙해야 할 인물들도 자신의 과거 비행은 숨기고 공천 신청을 하고, 쉽사리 공천이 되는 정치적 행태를 보다 못해 시민단체에서 이를 제지하고자 벌인 운동이었다.

이 시기 강은기와 동생 강은식은 철야작업을 통하여 시민단체의 낙천·낙선운동 관련 성명서나 대상자 명단을 인쇄하여 약속 장소에 전달하였다. 밤새워 작업하는 동안 강은식은 손가락이 인쇄기에 잘려 입원하게 되었고, 세 번이나 수술을 하여 치료를 받았다. 강은식은 그때의 아픈 기억을 이렇게 얘기했다.

"밤새워 작업하느라 기계에 손가락이 물려 들어갔습니다. 피가 낭자하여 급히 병원에 달려가서 보니, 다행히 완전 절단되지는 않았습니다. 이후 세 번에 걸친 수술로 간신히 봉합하여 손가락을 쓰게 되었죠."

처음에는 낙천운동으로 부적격자를 공천하지 말아야 한다고 주장하고, 공천 후에는 부적격자를 당선시키지 말아야 한다고 발표했다. 그 대상자는 86명이었다. 그중에서도 집중 낙선운동 대상자는 22명이었다. 한나라당 소속 9명(김중위, 정형근, 김태호, 최병국, 이사철, 함종한, 김호일, 하순봉, 신경식), 민주당 소속 7명(이종찬, 김운환, 이강희, 이성호, 김태식, 김봉호, 한영애), 자민련 소속 4명(이원범, 이건개, 이태섭, 한영숙), 민국당 소속 2명(김동주, 김윤환)이었다.

31 췌장암과의 투병: 죽음을 받아들이다

췌장암 투병 6개월

자신을 돌보지 않고 달려 온 강은기는 날로 몸이 여위어 가고 기력
이 떨어지고 소화기능이 약해짐을 느꼈다. 병원을 잘 가지 않고 살아
온 그였기에 마지못해 찾은 곳이 동네병원이었다. 이미 악화된 몸은
작은 의원에서 손쓸 수 없는 상태가 되어 있었다. 결국 2002년 5월
에 백병원으로 들어와 정밀검사를 받았다. 백병원은 을지로 3가에 있
는 그의 일터 세진인쇄소에서 가까운 이웃 건물이었다. 가까이에 있
어서 입원하기 수월했다. 전민동 회원인 가정의학과 전문의 서홍관
이 백병원에 근무하고 있어서 그의 일차도움이 있었다. 그의 진단으
로 본 강은기의 몸은 회생하기 어려운 상태로 판단되었다. 강은기는
복부가 불러 왔고 췌장에 깊은 병이 들어 있었다. 췌장암이었다. 아!
암 중에서도 가장 고약한 악성 암인 췌장암에 걸리다니! 부인 양희선
은 눈앞이 캄캄했다. 청천지벽력같은 선고를 삭여야 했다. 전신 마취
를 하고 개복하여 환부를 열자마자 덮었다. 안타깝게도 수술해서 호
전될 가망성이 거의 없는 상태였다. 시한선고일 6개월을 받았다. 수

술하지 않고 항암치료를 하게 된 것이다. 의사의 의견에 따를 수밖에 없었다. 처음에는 그에게 이 사실을 알리지 않아서 알 수 없었지만 그는 차츰 낌새를 알아채기 시작했다. 그와 평생 도반이었던 양희선은 그가 세상을 뜨기 전 더 살펴주지 못함을 자책하고 있었다. 봉천동 의원급에서 건강검진도 격년으로 했기에 별다른 이상 징후를 발견하지 못했던 것이다, 그러다가 그해 5월에 그를 마지막으로 몰고 간 췌장암 선고로 의학적 시술을 거치지 못하고 어이없이 마지막선고를 그냥 받아들일 수밖에 없었다. 가족들의 한은 사전에 미리 검진하였더라면, '암癌'의 상태가 아님 '염炎'의 상태에서 발견했더라면 하는 회한이었다. 사무실에서 자주 만나던 김오환과 재기의 방안을 협의하기도 했다.

"오환아, 영달이한테 부탁 좀 할까? 서울대병원에 가서 정밀검사를 받아 보면 어떨까? 가능성을 찾을 수 있을까?"

고향 후배이며 민청련에서 활동하던 감방동기 장영달 의원을 통하여 도움을 청하고 싶었던 것이다. 그러나 강은기는 이내 마음을 접었다. 자신의 건강을 회복하고자 하는 일말의 기대를 갖고 있었으나 선뜻 '자신을 향한 욕심'으로 비쳐질까봐 접었던 것이다. 아니 그보다도 더, 수술비 병원비 등을 먼저 고려한 현실적인 문제가 더 작용했을 것이다.

양동타임스 대표 김오환은 그때 더 적극적으로 주선하여 서울대병원 등 더 전문적인 병원과 저명한 의사를 찾아보지 않은 걸 미안해하고 있었다.

　그의 병이 최악의 상태로 간 것은 그 자신과 그 가족과 그가 평생을 짊어지고 온 세상의 무게와 분리될 수 없는 일이었다. 그의 인고의 성격은 자신에게 찾아온 뜻하지 않은 불청객인 그 병을 담담히 받아들였다. 그가 남긴 마지막 기도 병실에서 이루어진 절절한 기도는 가파르게 달려온 그의 인생 역정에서 죽음을 담담히 받아들이는 성자聖者의 자세와도 같았다. 평화로운 세상, 아름다운 세상, 타종교와의 소통과 다른 것에 대한 이해와 관용을 염원하였다.

　입원 치료하던 강은기에게 생존기한이 다가오고 병은 호전되지 않았다. 이 기간을 이용하여 강은기가 민주화운동에 이바지한 숨은 공로가 헛되지 않도록, 그의 육성을 통하여 지나온 삶을 녹취하기로 하였다. 지원은 민주화운동기념사업회가 해주었다. 강은기는 투병 중의 고통스런 시간을 할애하여 2002년 9~10월 동안 자신의 걸어온 역정을 증언하였다. 그리하여 강은기의 녹취록이 세상에 남겨지게된 것이다.

　그러나 한 인간으로서 병마가 주는 고통을 어찌할 수 없었다. 무엇보다 암과의 투병생활은 자유로웠던 한 인간을 어찌할 수 없이 부자유한 무기력체로 만들었고, 관용과 사랑으로 단련된 한 지사를 혼미에 빠뜨릴 정도로 고통을 주었다. 자유를 향한 갈망과 건강하게 자유를 되찾고자 몸부림친 강은기의 투혼은 병마에 점점 약해져갔다. 의지만으로는 암 바이러스를 이기기 어려워졌다.

은식아 집에 가자

어느 날, 동생 강은식이 입원한 형 강은기에게 갔다. 형은 오랜 세월 동안 자기를 따르면서 고생한 동생을 위해서라도 어떻게든지 병을 회복하여 그 고마움에 보답을 하리라 마음먹었다. 강은기는 동생 강은식을 보고는 갑자기 애원하였다

"은식아…… 집에 가자! 은식아…… 집에 가자!"

답답한 병실을 벗어나고 싶은 간절한 마음이 드러난 것이다. 강은식은 그때의 형의 모습과 애원하는 소리가 지금도 귀에서 들리는 것 같다고 눈물을 훔쳤다.

상처에 소금 뿌린 듯한 고통을 호소하다

강은기와 함께 교회 민주주의의 기틀을 마련하고 호탕하게 마음을 나누며 호형호제하던 황영환 장로는 강은기가 마지막 투혼으로 버티는 고통의 모습과 고통의 실체를 토로하는 강은기를 지켜보았다. 아내 양희선이 걱정할까봐 병문안을 온 황영환을 옥상으로 데리고 가서 고통의 상태를 토로하였다.

"어느 날 동생 강은식에게서 전화가 왔어요. '형이 아파서 입원했습니다. 형님이 황 장로님 면회 좀 오시래요. 많이 아프데요'라고 그래요."

황영환은 백병원으로 달려갔다. 강은기는 몰골이 초췌했다. 이전의 그 강은기가 아니었다. 아주 딴 사람 같이 다른 모습이었다.

"옆에 부인도 있더라고. 강은기는 부인을 피하려는 듯 옥상으로 가자고 하대. 옥상이 좋았어요. 옥상에서 강은기가 하는 말이 '황 장로, 나 통증이 심해. 통증이 말이 아니야. 우리 집사람이 있어서 아프단 말 안 했는데 너무 아파'라고 하더라고요. 그래서 강은기 입을 열어보이게 하고 보니, 얼마나 통증이 심해 이를 부드득 갈았던지 이가 다 흔들흔들하더라고. '얼마나 아프냐?' 하니 '상처난 데 소금 뿌린 것보다 더 아프다'고 했어."

평소 회원교회에서 서로 속내를 털어놓고 지내는 관계인지라 형인 황영환에게 강은기는 고통을 호소하며 고통이 없어지길 간절히 바랐을 것이다.

"황 장로가 기도 좀 해줘. 기도해서 내 병 좀 낫게 해줘."

"걱정 마. 내가 기도를 했는데, 예수는 너 강은기 기억이 없다고, 어떻게 할 수 없다고 하고, 석가모니는 너 외상값 다 받기 전까지는 염라대왕이 오지 말라고 했다고 전하더라. 그러니 걱정 마라."

황 장로는 이렇게 그를 위로했다. 이런 황영환의 농담어린 위로와 기도는 강은기가 이승의 생명을 열흘 정도 더 지속하게 했다. 그러나 끝내 췌장암 선고기한 6개월을 피할 수는 없었다.

감수減壽의 원인은?

사상의학을 체계화한 동무東武 이제마(李濟馬, 1837~1900) 선생은 수명단축(減壽)의 원인을 이렇게 말했다.

"교만과 사치는 수명을 줄이며, 나태함은 수명을 줄이며, 치우치고 급한 성격은 수명을 줄이며, 탐욕스러움은 수명을 줄인다."[42]

강은기는 이 중 어디에 해당되는 것인가? 강은기는 교만하지 않았고 사치하지도 않았다. 나태하지 않고 부지런했으며 탐욕스럽지도 않았다. 다만 자신의 이익을 위해서가 아니라 다른 사람의 이익을 위해서 일했다. 모든 이들이 함께 좋은 사회를 이루어 참되게 살기를 바랐다. 정의와 양심이 짓밟히는 세상에 저항한 것이 그의 수명을 단축한 것일까?

그의 갑작스런 건강 악화는 격동의 70~80년대를 거친 탓으로 돌릴 수도 있지만, 사실은 운명하기 6개월 전까지는 아무렇지 않게 건강하게 지냈다. 그의 평생 도반이었던 양희선은 그가 세상을 뜨기 전 더 살펴주지 못함을 자책하고 있었다. 봉천동에서 건강검진도 격년으로 했기에 별다른 이상 징후를 발견하지 못했던 것이다, 그러다가 2002년 5월에 그를 불귀의 길로 몰고 간 췌장암 선고를 받았다. 의학적 시술을 거치지 않고 어이없이 마지막 선고를 그냥 받아들일 수밖에 없었다는 점이 그 사후에 곁에서 함께 산 이의 한탄이었지만, 사전에 미리 검진하였더라면 그의 병은 최악의 상태로 이르지는 않았을 것이다.

---

42 "嬌奢減壽 懶怠減壽 偏急減壽 貪慾減壽." - 최형주 저, 『예언: 동무 이제마의 생애와 사상』, 장문산, 2001, 서문.

강은기의 누님 명남은 동생 은기를 두고, 제 자신은 챙기지 않은 사람이라고 했다.

"우리 동생 은기는 저 챙길 줄도 모르고. 넘 퍼줄 줄만 알고 그랬지 뭐. 돈이 없응께 뭐 제대로 해먹도 못허고. 아마도 감옥에서 고생 많이 했을 거요."

큰처남 양희성은 매형인 강은기의 병고가 악화된 원인을 이렇게 추측했다.

"힘들 때 도와주었던 사람들에 대한 상처…… 그들에 대한 기대와 실망…… 그런 점들이 그게 큰 병으로 작용하지 않았을까 해요."

강은기의 1985년 1월 2일 신년의 일기를 보면 '나도 장이 안 좋은 것 같다. 배가 항시 더부룩하고……'라고 쓰여 있다. 아마 그때부터 속이 불편했던 것 같다. 진작 정밀 검사를 거쳤어야 했으나 그럴 시간과 여유를 갖지 못했다. 병이 악화될 때까지 손을 쓰지 못했던 것이다. 너무 늦게 발견된 큰 병. 그러나 그는 그 병을 담담히 받아들였다. 강은기는 생에 대한 애착의 끈을 놓지 않고 버티었다. 그건 그가 해야 할 일을 하지 못한 마음이 더했기 때문이었다. 신앙공동체와 타종교와 소통의 사회를 만들고자 한 강은기의 마지막 기도는 절절하다.

병실에서 이루어진 절절한 기도는 가파르게 달려온 그의 인생 역정에서 죽음을 담담히 받아들이는 성자聖者의 자세와도 같았다. 그 기도는 평화로운 세상, 아름다운 세상, 타종교와의 소통과 다른 것에 대한 이해와 관용을 염원한 기도였다.

마지막 기도: 주님의 뜻대로 받아들이겠나이다

"하나님 감사합니다. 우리 네 사람 이 병실에 모여서 하나님 앞에 머리 숙여 기도함을. 저의 부족함들 너무 크게 깨닫고, 이 부족함을 채워주시고 주님께서 저희를 바른 길로 인도하시기를 원하오며 기도 하옵니다. 하나님, 저희가 이 세상에 살 때에 하나님 뜻대로 살기를 원했으나 그렇지 못했습니다. 인간의 나약함 때문이었습니다. 그러나 하나님, 우리는 인간이기에 연약할 수밖에 없는 것도 당연합니다. 그렇지만 하나님, 우리가 인간이라 약함을 연약함으로 몰 수가 없어서 하나님 끝을 붙들고 좀 더 강건하고자 하나님께 매달리며 기도함으로써 이 땅에 살 때에, 주님의 뜻을 이 땅에 전파하는 신앙공동체를 세우고자 여러 가지로 노력하고 있습니다. 우리에게 어보시와 같은 열정을 주시어, 그 지도자를 중심으로 겸허한 마음으로 합심하여 신앙공동체를 내 참된 평화의 땅, 당신 복음이 충만한 땅, 그러나 기독교 이름이 아니더라도 다른 종교 이름으로 평화를 말하는 모든 형제, 종교집단과도 서로 소통하면서 이 땅에 평화의 복음이 충만히 넘쳐날 수 있는 그러한 사회 건설을 할 수 있도록 도와 주시옵고."

앞서 말했듯, 2002년 강은기의 일생을 정리하는 일에 민주화운동 기념사업회 주관으로 녹취록 작업이 있었다. 강은기는 어려운 고통의 투병생활 속에서도 후인들을 위하여 인내로 시간을 할애하였다. 보통사람으로는 하기 어려운 상황이었다. 이 당시 강은기는 다음과 같이 기도하였다.

"생전 인생을 정리하는, 특히 제가 지금 몸이 아파 병실에 있어, 이렇게 가까운 친구들이 염려하는 마음으로 찾아와서 혹시나 해서 그동안 제가 살았던 행적을 하나님의 기록으로 남기기로 하였습니다. 그리고 하나님, 연약한 몸으로 제 병간호를 하느라고 고생하고 있는 당신의 딸도 위로하여 주시옵고, 또 이 일을 위해서 찾아와서 수고하는 당신의 아들들에게도 주님께서 특별히 기억하고 사랑하여 주시어서 그 능력 나타나, 큰 능력 갖게 하여 주시옵소서. 정녕 원하옵기는, 제 병이 낫기를 원하옵니다. 그래서 지금까지 못 다 한 저, 하나님 앞에 충성할 수 있기를 원합니다. 그러나 이 일이 사람의 뜻대로 되지 말고 하나님 뜻대로 인도하여 주시옵소서. 이제 이 일을 마치는 이 시간, 기도로 하나님 앞에 고하오니 이 기도 들어 주시옵고, 복 내려 주시옵소서. 주님의 이름으로 간절히 기도드리겠습니다. 아멘! 저를 낫게 해주소서. 그러나 이것도 주님의 뜻대로 받아들이겠나이다. 아멘."

전북민주동우회에서는 강은기가 투병 중이라는 사실을 널리 알리고, 조금이나마 위로하고 병원비에 보탬이 되고자 동지들과 지인들이 십시일반 상당액의 성금을 보태기도 하였다. 또한 '투병 중인 강은기 선생을 도웁시다!'라는 내용으로 오마이뉴스와 한겨레 등 일부 언론사에 알림으로써, 강은기의 고단했던 일생과 묵묵히 수행해 온 소명작업에 대한 인식도 조금은 알려지게 되었다.

그가 마지막 별세하기 직전, 중학교 동창으로서 민주화운동의 대로에서 고통을 감내하고 늘 함께 지낸 그의 막역한 벗인 이해학 목사가 투병 중인 백병원 1220호 병실을 찾아왔다. 2002년 11월 7일 강은기가 숨을 거두기 이틀 전이었다. 회복할 수 없는 이승의 시간이 저물어 갈 무렵, 가장 오랜 기간 친구이자 동지였던 강은기를 위해 이해학은 그의 부인 양희선과 딸 신영이, 아들 동균이를 집으로 돌아가게 하고는, 친구의 손톱과 발톱도 깎아주고 목욕도 시켜주었다. 강은기의 절친으로서 그의 임종 전에 병간호를 하고 싶었던 것이다. 얼마 남지 않은 이 세상의 남겨진 시간 속에서 서로 간에 무언의 위로와 감사의 눈빛이 말없이 오고 갔다. 강은기 앞에서 이해학은 손을 잡고 이렇게 마음을 전했다.

"은기야! 너는 훌륭히 살아왔다. 너의 부인과 너의 사랑스런 딸과 아들, 하나님의 사랑 안에서 너무 훌륭하게 자랐다. 나는 너의 진정한 우정과 동지애로 함께 살아온 것에 깊이 감사하고 감사하다. 고맙다."

작고 하루 전에 일찍 돌아가신 어머니 대신, 많이 의지하던 누님 강명남이 병실에 살피러 왔을 때 강은기는 누님을 졸랐다.

"누님, 밖에 나가자. 밖에 나가자…… 밖에 차가 와서 기다린다"고 했다. 다니던 동네 교회 목사와 신도들이 문병 와서 예배를 보고 함께 '저 높은 곳을 향하여'란 찬송가를 불렀다. 그동안 누님 명남과 부인 양희선이 밖에 나와 있었다. 그러다가 병실에서 급한 연락이 왔다.

들어가 보니 강은기는 조용히 숨을 거두었다. 11월 9일 오후 2시경이었다. 이제 막 60을 넘긴 강은기는 사랑스런 아내 양희선, 누님 명남이, 딸 신영이, 아들 동균이가 지켜보는 가운데 영면했다. 을지로 백병원에는 겨울로 접어드는 찬바람 사이로 햇살이 부서지듯이 슬픔이 쏟아지고 있었다.

³² 강은기가 세상을 떠난 이후

강은기 비문 건립: 사후 1주기 추모(2003년)

강은기를 보내고 난 후, 그를 기리는 동지들은 2003년 3월 22일 가족과 협의하여 마석 민주열사 묘역에 안장된 강은기의 비문을 건립했다. 생전에 잘 아는 동지들과 지인들이 모여서 조촐한 비문을 세웠다. 비문의 내용은 이렇다.

"지사志士 고故 강은기姜恩基 선생先生은 1942년 2월 16일 전북 남원에서 부父 강용갑 모母 진차정 사이에서 3남 2녀 중 장남으로 태어났다. 1960년 4·19 혁명 때 약관에 상경하여 그 대열에 동참하였다. 5·16 군사쿠데타가 나자 입산 출가, 법주사에서 수행했다. 하산하여 인쇄노동자로서 노동조건 개선과 노동과 자본의 화해를 모색하는 삶을 좇다가 1972년 세진인쇄소를 설립하고, 이후 한국인쇄문화운동협의회를 결성, 초대 회장을 역임하였다. 1970~80년대 박정희, 전두환 군사정권의 폭압적인 상황에서도 민청련, 민통련, 전민련 등 재야단체의 유인물을 거의 도맡아서 제작하며 '민중의 입'으로서 지원하다 갖은 연행과 투옥 등 고초를 겪어야 했다. 그는 고통을 겪었으나 굴하지 않았고, 도움을 주었으나 빛내지 않았다. 기독교에 입문한 뒤로 회원감리교회 장로, 국민정치연구회 국민산악회장, 전북민주동우회장을 역임하다 향년 61세인 2002년 11월 9일에 부인 양희선, 딸 신영, 아들 동균을 두고 하나님의 부르심을 받았다. 민주사회장을 치러 그의 육신을 묻고, 여기 그의 가없는 사랑과 숭고한 뜻을 기려 조촐히 이 비를 세운다. 2003. 3. 22.˝

강은기 이후 아우 강은식에 의해 운영된 세진

강은기 생전에 같이 일하면서 내부적으로 야당역할을 했던 동생 강은식은 형 강은기가 훌쩍 세상을 뜬 뒤에 세진인쇄를 도맡아 책임지고 지금껏 운영해 오고 있다. 편집디자인은 딸 신영이 맡고 있다. 형이 살아서 행한 거대한 일들에 치여 세월을 보내고, 형에 대한 원망도 있고 형에 대한 그리움도 가슴 아픔도 남아 있는 듯했다. 형이 없어서 더욱 허전한 마음도 늘었다. 그는 경기가 더욱더 어려워진 상황 속에서 세진을 이끌어가고 있었다. 그러나 형과 인연을 맺은 많은 사람들은 형이 세상을 뜨고 난 뒤에 멀어져갔다. 세진의 살림을 살피는 이는 거의 없었다. 세상 이치가 다 그러려니 하고 받아들이고 사는 강은식에게 던진 질문은 다시 앙금을 건드리는 짓이 되었다.

"요새 어떠세요?"

"기억하는 분…… 한 번 나가면 없어요."

"영향력 있는 분들 오시는 분 없으세요?"

"떠나면 잊어요. 오지를 않아요. 전화도 안 되고 잘 나가게 되거나 그런 사람, 현실적으로 도움을 주는 분 없어요. 거래처 있는 사람들이 소개해서 오는 거지. 출세하면 안 와요."

이젠 자연스럽게 기대감을 버리고 산다고 했다

"처음에는 섭섭했지요. 돌아가실 때까지만 해도 형은 어떨지 몰라도 현실적으로……"

부스러기 회보를 꾸준히 만들고 있는 강명순 목사가 일감을 주었다고 했다. 강은기와 강명순은 잘 아는 관계라 일찍부터 일을 맡아 하게 되었다. 마스터로 기계를 직접 돌리기도 했다.

참여연대 회보도 94년도 창간 때부터 만들었다. 그리고 참여연대 10년의 기록(1994~2004)을 엮어냈다. 한국전쟁 전후 민간인학살 진상규명범국민위원회에서 요청받은 11주년 기념백서(2000~2011)와 강은기 작고 후 참여정부 시절에 국방부 과거사진상조사위원회에서 종합보고서(1~3권) 자료집을 내는 데 세진에서 찍었다. 2005년 인권관련 정부통계현황에 대한 실태조사 자료집은 국가인권위에서 지원 요청한 것으로, 인권위 진상규명위에서 일하던 연규홍의 주선으로 이루어졌다. '이라크 파병 반대의 논리' 자료집은 이라크 파병 반대 비상국민행동 정책사업단이 주관하여 세진에서 만들었다. 2009 한국 인권보고대회 자료집은 민주화를 위한 변호사 모임(민변)에서 맡겨 이루어졌다. 나눔의 집, 민가협 일도 했다. 그러나 요즈음은 자원봉사단체에서 가끔씩 주는 일들뿐이다.

부록

강은기 추모 글 모음

"늘 그늘진 곳이나 구석 뒷자리에 서 있던 그 사람"

– 강은기 선생 가시는 길에

그는 늘 구석에 앉거나 서 있었다. '긴급조치 시대'로 불리던 1970년
대 후반부터 6·10 항쟁의 열기가 전국을 후끈 달구던 80년대 중반까
지, 서울 종로5가 기독교회관 강당에서 매주 열리던 기도회에서도,
승리의 함성이 드높던 6월의 거리에서도, 그의 자리는 언제나 그늘진
곳 아니면 구석이었다.

지난 토요일 세상을 떠나 오늘 마석 모란공원 '민족열사 묘역'에
묻히는 강은기 선생. 우리가 그를 처음 만난 때는 언론인과 교수의 대
량 해직이 잇따르던 75~76년께였다. 늘 허수룩한 점퍼 차림인 30대
초반의 그 청년은 '운동권'에 알려진 사람이 아니었다. 그래서 그는
인권기도회나 민주화 운동 집회에서 형사나 '기관원'으로 몰릴 수도
있었다. 그러나 그는 자기에게 쏠리는 의심의 눈초리들을 아랑곳하
지 않고 그런 모임에 거의 빠지지 않고 참석했다.

민주인사라 불리던 운동권 사람들이 그의 이름을 차츰 알게 된 것
은 79년 '10·26' 사건이 터지기 한 해쯤 전이었던 듯하다. 당시 서슬
퍼렇던 긴급조치 9호는 막걸리 마신 김에 높은 사람 험담 한마디만

해도 감옥에 넣곤 했다. 특히 유별난 건 '유언비어' 다스리기였다.

인쇄시설이 영세하던 그 시절에는 등사판으로 유인물을 긁기 일쑤여서 어엿한 활판 인쇄기로 찍어내는 문건은 금세 그 제작처가 드러나기 마련이었다. 그 많은 '불온문서'와 책자들이 세진문화사라는 인쇄소에서 쏟아져 나온다는 것이 드러났고, 그 사장 강은기 청년은 당시 중앙정보부나 경찰에 잡혀가서 고문과 매질을 당하곤 했다.

"아하, 기도회 뒷자리에 늘 서 있던 바로 그 청년이 강은기 사장이었구나." 사람들은 그렇게 소곤거리기 시작했다.

현대의학으로는 고치기 어려운 병마에 들려 운명하기까지 그의 마음은 인쇄골목을 떠나지 않았다.

며칠 전 북한산 비봉을 오르는 길에서 일행 중 누군가가 혼잣말처럼 중얼거렸다. "강은기 선생이 며칠 더 못살겠다던데…… 그 많은 외상값들을 누가 받아낼꼬."

지난 30년 가까이 운동단체들 치고 그에게 빚을 지지 않은 데가 몇군데나 될까? 그러나 그는 임금이 밀려 직원들을 줄이게 되기 전까지 빚 독촉을 하지 않았다고 한다. 자신이 옥에서 나오던 날도 씩 웃기만 하고, 이웃의 좋은 일을 보고는 입술 끝이 눈가에 닿게 하회탈처럼 웃던 사람.

강은기 선생이시여! 죽음 뒤에 착하고 어질고 곧은 이들이 모여 사는 데가 있다면 그곳에서 복락을 누리소서.

_김종철 전 연합뉴스 사장(2002.11.12 한겨레신문)

아는가, 강은기 선생을

한국사회에서 정치판에 가장 빠르게, 가장 성공적으로 착근하는 지름길은 학생운동에 투신, 유명해지는 것이다. 정치판에서는 운동권 출신이라는 게 훈장이며 무기이다. 기존의 정치권에서도 그들을 선호하는 것은 나름의 이유가 있다. 그들의 대세大勢 감각이나 조직 장악력은 이미 검증된 것이며, 그들의 열정이나 순수성을 '정치적'인 목적에 유용하게 활용할 수 있기 때문이다. 그들이 정치판에 뛰어들면서 하는 말은 거의 같다.

"이상만으로 현실을 개혁할 수 없다. 기성 보수의 벽이 너무 두껍다. 차라리 들어가 더러운 정치를 갈아엎고 새 나라를 만들겠다."

하지만 그들은 예상보다 훨씬 빠르게 정치적으로 변질된다. 선거에서부터 불법과 편법을 동원하고, 뇌물을 받고, 당리당략에 물든다. 선거에 떨어지면 이 땅에 민주주의는 요원하다고 거품을 물고, 당선이 되면 민주시민의 위대한 승리라고 환호한다.

한번 호사한 사람은 낮은 곳을 쳐다보지 않는다. 권력의 단맛을 본 사람은 보통 사람의 아픔을 애써 외면한다. 자세히 알면 양심에 찔리고, 양심을 좇다보면 성가시고 귀찮기 때문이다. 그들은 점점 안락함에 취하고 어느새 야합이 편해진다. 자기를 합리화하기 시작한다. 이 나라 민주화를 위해 할 만큼 했다는 의식이 자리 잡는다. 그들은 알게 모르게 권위와 교만의 늪으로 떨어진다.

그러나 이런 사람도 있다

강은기 선생. 나는 그에 관한 많은 일화들을 들어서 알고 있다. 암울한 70, 80년대 저항의 목소리와 민주화의 염원이 담긴 유인물은 거의 그의 손으로 인쇄됐다. 을지로 세진인쇄의 사장이다.

독재의 살기가 온 나라의 구석구석을 핥던 시절에 누가 그런 '불온유인물'을 박아낼 수 있었겠는가! 그는 명동 3·1 시국선언문, 박형규 목사 저서, 김재규 사건 유인물, 분신 서울대생 김세진 씨 자료집, 민청련, 민통련 등 재야단체 기관지 등을 쉴 새 없이 찍었다. 민주화 시위 현장에는 그가 만든 유인물이 뿌려졌다. 그는 민주화 운동의 펜이며 잉크며 종이였다.

시위가 있을 때마다 잡혀갔다. 경찰서, 보안사, 정보사, 안기부 등 안 가본 데가 없다. 그 와중에 돈을 제대로 받았을 리 없다. 유인물들은 거의 외상으로 만들어졌다. 그는 두툼한 외상장부를 내보이며 '나는 부자'라고 말한다. 받을 돈이 많아서가 아니다. 의식 있는 이 땅의 일꾼들을 자신의 치부책 속에 다 집어넣었으니 세상에서 제일 부자라는 말이다. 장부 속에는 거의 모든 재야인사들이 망라되어 있다. 올해 환갑을 맞았지만 나이보다 훨씬 늙었다. 그는 요즘 췌장암과 싸우고 있다. 인쇄소 낡은 기계는 주인 따라 골골거리고, 이제 찾아오는 사람도 드물다. 병원에서는 가을을 넘기지 못할 것이라고 했다. 평생을 독재와 싸운 그가 마지막 투쟁을 하고 있다.

_김택근 경향신문 전 논설위원(「아는가, 강은기 선생을」에서, 2002.8.23)

인쇄는 나의 힘

한때 운동권의 각종 인쇄물을 지칭하는 은어였던 '피(P).' 실로 그것은 운동의 피(血)요 무기였다. 그것은 군사정권의 감시망을 피해 점조직으로 연결된 구성원들을 동일한 입장과 원칙으로 묶을 수 있는 용이한 도구였고, 지하 언로였으며, 정보에 굶주린 대중의 귀에 정의와 진실의 소리를 들려주는 데 없어서는 안 될 선전수단이었다.

러시아의 혁명가들이 근거지를 옮길 때마다 인쇄기를 끌고 다닌 것도, 볼셰비키가 '이스크라'를 제작한 그 유명한 코카서스 지하 인쇄소를 손아귀에 넣기 위해 애를 쓴 것도 바로 이 인쇄의 중요성을 잘 알기 때문이었다. 1930년대 사회주의 운동가 이재유는 '편지 한 번 주고받는 데도 한 달이 걸리는' 머나먼 땅으로 망명을 권하는 이들에게 이렇게 반문했다. "국내 상황을 전달하는 데 한 달 잡고, 다시 인쇄해서 들어오는 데 석 달이 걸린다는 이야기인데, 하루가 다르게 변하는 노동 현장을 넉 달 전의 지침으로 지도하란 말입니까?"(안재성, 『경성트로이카』에서)

70, 80년대 한국 민주화 운동 과정에서 쏟아져 나온 그 많은 인쇄물들은 누가 다 만들었을까. 돈도 없고 믿을 만한 인쇄업자 찾기가 하늘의 별 따기보다 더 어려웠던 시절, 운동권 젊은이들은 속칭 '가리방'을 긁어서 먹물 묻은 롤러를 얇은 청색의 스텐실 페이퍼 위에 대고 한 장 한 장 밀어 유인물을 만들었다. 등사 인쇄는 글씨도 흐리고 조악한데다가 위험 부담도 컸다. 등사기와 롤러를 옮기다가 재수 없게 걸리기라도 할 양이면 모든 것을 뒤집어써야 했다. 그렇다고 기밀

유지가 생명인 이런 문서를 아무 인쇄업자한테나 맡길 수는 없었다.

게다가 어엿한 활판 인쇄기로 찍어 내는 인쇄물은 금세 그 제작처가 드러나기 마련이어서, 중앙정보부나 경찰에 잡혀가 치도곤 당할 게 뻔한 일을 선선히 맡아서 해줄 업자가 있을 리 만무했다. 설령 있다 하더라도 위험 부담을 감수하는 조건으로 몇 곱의 급행료를 받아내기 마련이었다. 60평생을 인쇄쟁이로 살다 간 강은기의 존재는 그래서 더욱 귀하고 값지다. 2002년 11월 췌장암으로 돌연 세상을 떠난 세진인쇄 사장 강은기.

운동이 있는 곳에 그가 있다

70, 80년대 대표적인 투쟁의 현장에는 어김없이 그가 만든 유인물이 뿌려졌다. 70년대 말 신민당사를 점거했던 YH 여성노동자들의 유인물을 비롯해서 76년 3·1 민주구국선언문, 서울대 김세진 열사 자료집, 김재규의 항소이유서, 5·18 민중항쟁 관련 유인물, 청계피복노조 합법화투쟁 관련 유인물, 민청련, 민통련 등 발간할 때마다 경찰과 숨바꼭질을 벌여야 하는 재야단체 기관지에 이르기까지, '민주화 운동이 있는 곳에 그가 만든 유인물이 있다' 해도 과언이 아니었다.

그 대가로 그는 수도 없이 정보기관에 끌려가 곤욕을 치렀다. 일선 경찰서는 말할 것도 없고 보안사, 중앙정보부에서도 툭하면 그를 잡아들였다. 모든 시국사건에는 인쇄물 문제가 걸려 있기 마련이고 그는 그때마다 끌려가서 '아귀'를 맞춰줘야 했다.

"안 가 본 경찰서가 없죠. 80년대 말인가. 하루는 형이 그날따라 요래요래 손을 꼽아 보더니 '야, 우리가 옥인동만 안 가고 다 갔네' 그러더라고요. 그날 저녁에 옥인동(경찰서) 들어갔잖아요. 갔더니 '해방선언'이라고 우리가 찍은 것도 아냐. '세진'이 워낙 유명하니까 잡혀 간 아이가 우리 이름을 댄 거예요. '세진'이라 그러면 그냥 나갈 줄 알았대요. '여기(세진)를 안 거쳐 간 사람은 운동권이 아니'라는 농담을 할 정도로 운동권 소굴이었지. 운동단체뿐만 아니라 운동권 출신 정치인들도 여기 많이 왔어요. 그 양반들 '언제 좋은 세상 되면 한번 웃고 살아 보자'고 하더니만 아직 좋은 세상이 아닌가 봐……."(77년부터 세진인쇄에서 한솥밥을 먹은 동생 강은식 씨의 술회)

70년대 많은 청년들의 경우처럼, 강은기의 정신세계에 지대한 영향을 준 인물은 '한국의 간디'라 불렸던 함석헌이었다. 성경과 동양철학을 독특하고 자유롭게 풀이해 내는 함석헌의 사상과 불의한 정치권력에 맞서 '싸우는 평화주의자'로서의 면모는 강은기에게 어떤 '길'을 제시했다.

어릴 때부터 가져온 기독교 신앙과 출가의 경험, 불합리한 현실과 유신정권에 대한 저항감, 비체계적인 독서로 추상적인 고민만 불려 왔던 강은기는 함석헌과 그의 스승 유영모의 자택을 들락거리면서 비로소 자기 인생의 구체적인 목적과 의미를 생각하게 되었다.

인쇄공동체를 꿈꾼 청년 돈키호테

공동체를 꾸리기 위해서는 사람들을 움직일 최소한의 돈이 있어야 했다. 그러나 그의 관심은 돈 버는 일보다는 주로 '인쇄인의 사회적 소명'에 닿아 있었다. '정신력을 갖되 정신력을 팔아먹어서는 안 된다'는 것이 그의 생각이었다. 우연히 이해학 목사를 통해 수도권특수지역선교위원회의 소책자를 발간하면서 그는 자신이 할 일을 깨달았다.

남들이 인정을 하건 안 하건 그는 '운동권'이었고 자신의 '활동'을 '기계 돌리는 행위'에 한정하지 않았다. 당시 유인물 인쇄에 으레 따르곤 했던 위험수당도 받지 않았을 뿐 아니라, 일을 독점하지도 않았다. 정보기관의 감시로 인쇄조차 힘든 상황이면 밤새 등사기로 밀거나, 아는 복사 집에 맡겨서라도 일이 되게 만들었다. 「사상계」의 맥을 이어 창간된 「씨알의 소리」가 폐간과 복간을 거듭하고 있을 때는 제본도 못한 접지 상태의 책을 수십 부씩 들고 다니며 버스에서 팔기도 했다.(이해학, 『다시 그리워지는 함석헌 선생님』 중에서)

77년 뒤늦게 세진에 합류한 동생 강은식은 형이 하는 '사업'의 정체를 알고는 아연실색했다. 인쇄소는 '운동권 소굴'이나 다름이 없었고 낮이건 밤이건 '경찰 문 여는 소리'에 노이로제가 걸릴 지경이었다. 밤새 작업한 인쇄물 박스를 겨우 밖으로 빼돌리면 미리 대기한 경찰과 마주치기 일쑤였다. 그 와중에 돈을 제대로 챙길 리 만무했다. 강은식은 복장이 터졌다.

"아니, 오갈 데도 없는 거 맡았으면 돈이나 좀 많이 받아야 할 거 아니야. 우선 나부터 살아야지. 한참 힘들 땐 차비가 없어서 걸어 다녔어요. 돈이 남지를 않는 거야. 민청련에는 프린트 인쇄기까지 쓰라고 갖다 줬어. 고장 나면 나보고 가서 고쳐 주래. 짜증이라도 내

봐, 당장 재떨이 날아오지."(강은식)

색다르게 다정한 사람

영세한 인쇄업의 한계에도 불구하고 한때 인쇄노동운동을 꿈꿨던 강
은기의 '초심'은 직원들의 노동조건에 그대로 반영되었던 모양이다.
4·19 전에 시작한 인쇄 경력이 20년을 넘기면서 그는 어느덧 을지로
의 터줏대감으로 자리 잡았다. 러닝셔츠 위에 점퍼 하나 걸치고 조붓
한 인쇄골목 한 귀퉁이를 차고앉아 마주치는 사람마다 웃음을 보내는
그의 모습은 영락없는 촌구석의 '무골無骨 영감'이었다. 그러나 그럴
때 그는 보통 '세진'이란 이름으로 주문 받은 운동권 인쇄물의 총지휘
자로서 다른 인쇄소와 제본소로 물건을 빼돌리며 '인쇄 유격전'을 펼
치는 중이었다. 박계동이 부탁한 광주항쟁 화보집이나 민청련·민통
련 기관지, 김세진 열사 자료집, 동아·조선투위와 청피노조 합법화투
쟁 관련 유인물들이 다 그런 '유격전'을 거쳐 세상에 나왔다. 세진에
대한 감시는 점점 심해져서 그는 세진의 기계를 돌리는 일보다 을지
로의 요소요소에 우호적인 제작처를 심어놓는 일로 더욱 바빠졌다.

80년대에는 인쇄 일을 배우겠다고 을지로 골목을 찾는 운동권 젊
은이들도 많았다. 밥벌이를 위한 방편으로 인쇄를 택한 이도 있었고
운동의 연장선상에서 목적의식적으로 인쇄를 배우려는 이도 있었다.
어떤 경우든, 강은기는 이들을 위한 유능하고도 깐깐한 조련사였다.
세진에서 기술을 배운 젊은이치고 강은기에게 욕 안 먹은 이가 드물
었다.

"조금이라도 잘못하면 대뜸 '멍청하다'고 핀잔을 줘요. 그 사람들도 나름대로 똑똑하다는 소리 듣는 사람들 아니겠어요? '태어나서 멍청하다는 말 처음 듣는다'고들 했죠. 근데 그게 왜 무시해서가 아니라 애정에서 나오는 말 있잖아요. 원래 욕도 잘하고 나무라기도 잘하시거든요."(오혜정)

'애정 어린 욕'을 먹어가며 강은기에게 일을 배운 젊은이들 중에는 대동인쇄 윤여연처럼 자기 인쇄소를 차려 독립하는 이도 있었다. '젊은 피'의 수혈을 받은 을지로는 아연 활기가 넘쳤다. 87년 6월 항쟁의 경험과 젊은 인쇄 동지들의 출현은 강은기에게 새로운 꿈을 꾸게 했다. 88년 9월 3일, 그는 조판·오프셋인쇄·라미네이팅·표지·장정·도안·기획 분야에서 활동하는 24명의 인쇄인들과 함께 인쇄문화운동협의회(인문협)를 발족시키고 초대 회장이 되었다. 그해 9월 10일자 한겨레신문과의 인터뷰에서 그는 인문협 발족의 취지를 이렇게 말했다.

"긴급조치, 포고령, 계엄령 때 유인물, 선언문, 성명서 등을 찍어낸 인쇄인은 영락없이 연행되거나 구류를 살았지요. 요즘도 여전하고요. 이런 문제들이 생길 때 수수방관하지 않고 서로 연대해 나가려는 게 앞으로 우리 인문협이 우선적으로 할 일입니다."

같은 일에 종사하는 동료로서 서로의 이해가 상충될 때도 있었겠으나 강은기는 넉넉한 마음으로 이들을 보듬어 안았다. 대동인쇄 직원이었던 안삼화는 강은기를 '색다르게 다정한 사람'으로 기억했다.

"입이 걸어서 이름만 부르는 일이 거의 없어요. 항상 뒤에 '한 자'가 더 붙어요. 그런데 그게 굉장히 친근하게 느껴지거든요. 참 색다르게 다정하신 분이었죠. 5·3 인천항쟁 때 치안본부 남영동 분실에 강 사장님이랑 같이 들어갔었거든요. 초범이라 잔뜩 겁에 질려 있는데, 강 사장님이 제 손을 꽉 잡으며 '삼화야, 괜찮다, 괜찮다, 괜찮다……' 하고 다독거려 주셨죠. 그게 지금까지 잊혀지지 않아요. 나중에 제가 독립한 후 우연찮게 세진의 거래처 중의 하나였던 모 단체 일을 맡게 됐어요. 나쁘게 생각하면 거래처를 뺏어 온 걸로 볼 수 있잖아요. 근데 어느 날 우연히 만났는데 이렇게 말씀하시는 거예요. '삼화야, 그 단체 돈을 잘 안 주니까 잘 해서 받아라.'"

자기 자신을 역사의 쏘시개로 내민 '알찬 생'

그러나 90년대 초 인문협은 소련을 비롯한 사회주의 진영의 몰락이라는 예상치 못한 복병을 만나게 되었다. 막 보급되기 시작한 사회주의 이념은 자리를 잡기도 전에 재검토 대상이 되었고 한국의 오랜 민주화 운동은 심대한 타격을 받았다. 비합법 지하조직이 설 자리를 잃게 되면서 합법적이며 공개적인 대중운동, 진보정당운동이 대안으로 모색되었다.

90년대 변화의 급물살 속에서 강은기의 게릴라식 인쇄방식은 새로운 사회에 부응하지 못하는 '낡은 마인드'로 인식되었다. 인문협의 '동지'들은 저마다 인맥과 학맥을 이용하여 활로를 모색하였다. 독재정권 하에서 강은기를 '형님'이라 부르며 인쇄를 맡기던 '동생'들은 TV에서나 볼 수 있는 '높은 사람'이 되어 갔다. 그들은 더 이상 낡은 구식 기계 한 대로 간신히 명맥을 유지하는 '형님'의 인쇄소를 찾지 않았다.

......

말년의 외로움과 가난 때문이었을까. 강은기는 여전히 허허로운 웃음으로 인쇄소 골목을 지켰지만, 90년대 말을 넘기면서 나이보다 겉늙은 그의 누런 얼굴은 눈에 띄게 초췌해졌다. 한 달에 한 번씩 전민동의 벗들과 산에 오르는 게 낙인 세월을 보내던 2002년, 췌장암 선고를 받았을 때 그의 나이 60세였다. 생전에 가진 마지막 인터뷰에서 그는 단지 이렇게 말했다.

"열심히 살아왔어요. 설령 죽음이 닥쳐도 당혹스럽지 않을 거예요. 다만 사람들과 맺은 관계를 털어 내기가 쉽지 않군요."(한겨레21, 2002년 8월 9일자)

1월 9일, 평생을 독재와 싸운 그가 '마지막 투쟁'(김택근)을 끝냈다는 소식이 전해지자, 노무현 현 대통령을 비롯하여 김근태, 장영달, 방용석, 이해찬, 이부영, 심재권, 이강래, 이창복 등 재야운동가 출신 정관계 인사들이 보낸 화환들이 그의 위패를 모신 서울 보라매병원 영안실을 가득 메웠다.

"참 고마운 것은 딸 신영이 있죠, 딸애가 참 좋아요. 아버지 부채와 인쇄소를 고스란히 떠맡고서도 얼굴 붉히거나 짜증내지 않고 정성스럽게 아버지를 돌봤어요. 마지막에 딸에게 그렇게 위로받으면서 죽는 거 보고 '어느 누가 너보다 더 알찬 생을 살 수 있겠나' 하는 생각을 했어요. 보이지 않는 음지에서 민주화를 꽃피우기 위해 십자가를 지고 살았던 사람, 분노도 원망도 없이 자기 자신을 (역사의) 쏘시개로 조용하게 내미는, 이런 삶이야말로 진정한 신앙이 아닌가…….”(이해학)

_김기선(「시대의 불꽃」, 2005년 5월호에서 발췌)

강은기가 제작한 인쇄물 사건 목록과 내용[43]

■ 1970년대 인쇄물과 사건 내용

1. 전남대 '함성'지 제작(1972)

　　1972년 말 전남, 광주에서 유신헌법 선포에 맞서 김남주, 이강, 박석
무 등이 전국 최초의 반유신 투쟁을 위한 지하신문 '함성'을 제작하여
배포했다.

2. 남산 부활절 예배 기독인 신앙선언문 제작(1973.4.22)

3. 지식인 '시국선언문' 제작(1973.11.5)

4. 동아일보기자들의 언론자유 수호 제2. 제3선언문 제작(1973.11.20)

5. 개헌청원 100만인 서명서 제작(1973.12.24)

6. 문학인 개헌청원 지지성명서 제작(1974.1.7)

---

43 사건 내용 중 본문에 나와 있는 내용은 설명을 생략하였다.

7. 수도권특수지역선교위원회 긴급조치 반대 성명서 제작(1974.1.17)

8. 민청학련(전국민주청년학생총연맹)유인물 제작(1974.4.3)

9. 국제엠네스티 한국위원회 소식 제작(1974.7.25)

10. 민주수호국민협의회(대표 함석헌, 김재준, 천관우) 성명서 제작(74.9.23)

11. 천주교정의구현정국사제단 발족 성명서 제작(1974.9.26)

12. 동아일보 자유언론실천선언문 제작(1974. 10.24)

13. 박형규 목사의 '해방의 길목에서' 발간(1974.11.11)

14. 자유실천문인협의회 '문학인 101인 선언문' 제작(1974.11.18)

15. 민주회복 국민회의 '국민선언문' 제작(1974.11.27)

16. 민주회복구속자협의회 선언서 제작(1975.2.21)

17. 한국기독교교회협의회 자유언론실천선언 지지성명서 제작(1975.3.10)

18. 인혁당 사법살인 후 구속자가족협의회, 민주회복 국민회의 등 시국선언문 제작(1975.4.10)

19. 수도권 특수지역선교회 사법부 신뢰회복 촉구 성명서 제작(1975.9.27)

20. 명동성당 3·1절 '민주구국선언'서 제작(1976.3.1)

21. 민주구국선언사건 판결에 대한 입장 천명 '민주구국헌장' 제작(77.3.22)

1976년 3·1 민주구국선언의 파장은 점점 커지고 있는 가운데, 3월1
일에 3·1 민주구국선언사건 가족대책협의회는 모든 양심수 석방을
촉구하는 성명을 발표했다. 서울대생들 500여 명도 민주구국선언문
은 낭독하고 기꺼이 배포하였다. 한신대생들은 유신헌법 및 긴급조치
의 부당성을 비판하는 '신앙고백서'를 발표하고 시위농성을 하였다.
강은기의 작업을 거친 성명서가 재야원로들에게 전해졌다.

22. 양성우 시인 필화사건 구속에 따른 NCC 인권위 성명서 제작(1977.6.13)

23. 청계피복노조 평화시장사건 대책위원회 결의문 제작(1977.7.19)

24. 방림방적 노동자들의 호소문 제작(1977.9.29)

1977년 9월 29일 방림방적노조 1,000여 명의 노동자들이 임금체임
지불을 요구하며 농성하였다. 강은기는 동생 강은식과 제작한 호소문
을 낭독하고 배포하였다.

25. 동아투위 '자유언론실천 77선언문' 제작(1977.10.24)

동아일보투쟁위원회(동아투위)는 자유언론실천선언 3주년을 맞이하
여 '자유언론 실천을 위해 심신을 바칠 것'과 '자유언론을 압살하는

법과 제도 철폐할 것', '현역 언론인의 자유언론 실천 촉구' 등 3개항을 담은 '자유언론실천 77선언'을 발표하였다. 동아일보 해직기자인 김종철, 정동익과 교분을 갖고 있던 강은기는 언론자유에 대한 각별한 관심을 공유해왔기에 그들의 현안 행사에 맞게 선언문을 인쇄하여 제공했다. 이후 계속되는 언론자유 의지의 천명 때마다 강은기의 협조가 있었다.

26. 자유실천문인협의회 제3선언문 제작(1977.11.18~1978.5.26)

27. 조선자유언론수호투쟁위원회 리영희 불법연행에 항의 성명서 제작(77.12.3)

28. 동일방직노동조합 탄압관련 대책위 성명서 및 팸플릿 제작(1978.2.21~)

1977년 4월 4일 이총각 지부장을 선출한 동일방직노조는 어용인 상급노조인 섬유노조의 탄압을 받았다. 3월 10일에 기독교 신구계 종교인들의 단식농성이 시작되었고, 3월 17일에는 동아일보투쟁위원회 회원들이 동조하여 단식을 5일간 벌였다. 3월 21일에는 각계 인사들이 참여하는 '동일방직사건 긴급대책위원회'가 구성되어 동일방직 폭력사태 해결과 산업선교에 대한 왜곡 비방에 대처하기 위한 NCC의 연대운동과 지원이 마련되었고, 기도회 집회 등을 통해 동일방직 문제의 진상을 폭로하였다.

29. 한국양심범가족협의회 호소문 제작(1978.4.21)

1974년 민청학련사건을 계기로 구속자 가족들이 모여 1974년 9월 '구속자가족협의회'를 결성하여 활동을 하다가, 1976년 10월 14일

NCC 인권위원회를 중심으로 간담회를 거쳐 구속자가족협의회에서 '양심범가족협의회'로 명칭을 바꾸어 재출발을 하였다. 회장에 윤보선 전 대통령 부인 공덕귀, 총무에 김한림을 선출하였다. 1978년 서울구치소에 수감 중인 양심범 40여 명이 4·19 혁명 기념 옥중 농성을 벌인 사건이 있었다. 폐쇄된 공간에서도 숨죽일 수 없는 젊은 대학생들의 의기의 발로였다. 이를 주도한 한신대 인태선과 연세대의 김영환이 교도관에게 구타를 당했다. 이 소식을 접한 양심범가족협의회의 구속자 가족들은 당일 4월 19일 수유리 4·19 묘지에서 구속자 석방을 요구하고, 4월 21일에는 불법 구타한 교도관의 색출 및 처벌과 4·19 정신 회복을 촉구하는 호소문을 발표하였다.

30. YH노조 결성 후 결의문, 호소문, 결사결의문 등 제작(78.5.9~79.8.11)

가발업계의 성장기업으로 국내 최대 가발업계인 YH무역은 노동자들을 억압하고 회사 이익을 외국으로 도피시키는 등 갈등을 유발해왔다. 노동자를 저임금으로 고용하고 불법해고, 부당전직, 전출, 감봉 등을 일삼아왔다. 이에 노동자들이 대응하기 위해 노동조합을 결성하려고 하는 과정에서 회사 측의 탄압이 자행되었다. 해고와 전보 등을 겪으며, 1975년 5월 24일 전국섬유노동조합 YH무역지부가 결성되었다. 노동자들의 요구사항이 받아들여지지 않자 노동자들은 신민당사에 경찰이 투입되면 투신자살, 할복으로 저항하겠다는 결의를 보였다. 그러나 8월 11일 새벽에 1,000여 명의 경찰이 신민당사에 난입하여 농성하는 노동자들을 폭력으로 강제 연행하였다. 이 과정에서 21세의 노조 집행위원인 김경숙이 사망하고, 신민당 의원과 당원, 기자들도 경찰에 구타를 당해 중경상을 입었다. 이날 경찰은 여공 172명과 이를 제지하려던 신민당원 20여 명을 강제로 연행하였다. 또한 문동환 목사, 인명진 목사 등 8명을 YH무역 노조의 신민당 농성 배후조종 혐의로 구속하였다. 이들의 아픔에 공감한 강은기와 강은식은 그들의 절규를 담은 각종 유인물, 성명서 등을 철야작업까지 하면서 제작하였다.

31. 민주청년인권협의회 결성 유인물 제작(1978.5.12)

1978년도 5월에도 유신체제 반대 저항이 가열차게 진행되었다. 5월 2일에는 이호철 등 문인들이 고은과 백기완의 연행에 항의하며 단식 투쟁에 돌입하였고, 5월 4일에는 이화여대생들이, 5월 8일에는 서울대생들이 시위를 벌였다. 5월 12일에는 민청학련 관련자들이 출소하여 시국의 중대성을 감안하여 기독교회관에서 모여 '민주청년인권협의회'를 결성하고 민주회복운동에 헌신할 것을 결의하였다. 민청학련 관련자 중 김병곤과 김봉우가 재구속되자, 출소자들의 자구책과 민주화 운동에 대한 필요성을 공감한 동지들 100여 명이 동참하였다. 성명서는 박계동, 이해찬 등이 강은기에게 사전 부탁하여 제작하여 준비하였다. 이후 민주청년인권협의회는 시대적 상황과 흐름에 부응하기 위하여 조직의 명칭을 '민주청년협의회'로 바꾸어 민주화 운동 과정에서 다양한 역할을 수행하였다.

32. 광화문 연합 반정부 시위 관련 유인물 제작(1978.6.26)

1978년 6월에도 대학생들과 민주인사들이 정권의 폭압적인 조치에 저항했다. 6월 1일에는 서울대 농대생 200여 명이 '농촌문제에 관한 학술심포지엄'을 발표하는 도중에 '민주구국선언문'을 낭독하고 '독재정권퇴진', '긴급조치 해제', '구속인사 석방' 등을 요구하고 시위를 벌였고, 6월 2일부터 10일까지 동맹휴학투쟁을 하였다. 6월 2일 양심범구속자 가족들도 금요기도회를 가진 후에 기독교회관 앞에서 시위를 벌였다. 6월 12일에 서울대 인문대생들 3,000여 명이 '유신독재정권 퇴진'을 요구하는 반정부 시위를 벌였다. 위기를 느낀 정권 당국은 경찰을 통해 무차별로 진압하여 학생들을 연행하여 구속하였다. 이날 이미 박정희정권에 대한 전면적인 반정권 선언이 발의되고 있었다. 서울대생들은 서울시내에서 시위를 전개하여 일반시민들에게 자신들의 주장을 널리 알리고 민주화 운동을 확산하고자 하였다. 날짜를 6월 26일로 정하여 준비하는 과정에서 경찰은 3명을 먼저 구속하였다. 경찰의 미행 감시를 무릅쓰고 함석헌, 박형규 등 민주인사들과 시민학생들 1,000여 명이 6월 26일 오후 6시 40분 세종문화회관 앞에서 모여 '유신철폐' 구호를 외치며 시위를 하였다. 이 시위로 참가 학생 70여 명이 연행되어 20명이 구속되고 22명이 구류처분을 받았다. 이날 서울구치소에 수감 중인 양심수들도 광화문 시위와 맞추어 유신반대 옥중 농성을 진행하였다. 박정희유신정권에 대한 광범한 반대시위가 확산되고 있음을 강은기는 관련 유인물을 제작하면서 느낄 수 있었다.

33. 재야단체 '민주주의 국민연합' 발족에 즈음한 '민주국민선언문' 제작 (1978.7.5)

윤보선, 문익환, 함석헌 등 각계 인사 402명과 12개 재야단체 공동으로 1978년 7월 5일 '민주주의국민연합' 조직을 결성하여 발족하였다. 관련 인사들의 연금으로 창립총회는 치르지 못했으나, 서명을 거쳐 강은기가 제작한 '민주국민선언문'을 발표하였다. 이후 8월 14일에는

'유신철폐와 양심범 석방을 요구하는 '8·15' 선언을 발표하였다. 이 선언문을 낭독한 계훈제는 구속되었다.

34. 기장청년회 전국연합회 전국청년교육대회 자료 제작(1978.8.16)

'기독교장로회 청년회 전국연합회'가 주최한 제8회 전국청소년교육대회가 600여 명의 청년들이 모인 가운데 3박 4일 동안 전주교대부속 국민학교에서 열렸다. 이 대회에서 필요한 자료를 미리 세진의 강은기와 협조하여 제작하고 준비해 와서 무사히 마치고 있었다. 그러던 중 대회 마지막 날인 8월 16일 저녁 인권기도회에 참석하기 위해 모여든 청년 등 400여 명은 '오, 자유'를 부르며 중앙교회로 행진하다가 미원탑 앞에서 대기하고 있던 무장 기동경찰과 부딪치게 되었다. 경찰의 폭력적인 강제해산에 격분한 학생들이 '독재타도', '유신철폐', '구속자 석방' 등을 외쳤다. 이 과정에서 경찰에 폭력적으로 연행된 이는 98명이었고 6명은 입건되었다.

35. 국제방직노조 부당노동행위 규탄 투쟁 유인물 제작(1978.9.9~1979.8.6)

36. 광화문 민주회복 범시민 궐기대회 10.17 국민선언문 제작(1978.10.17)

1977년 후반부터 유신철폐를 요구하는 학생들의 시위가 격렬해지면서 학생들의 시위는 가두시위로 발전하였고 시민들과 연대가 한층 넓어졌다. 10·17일 계획된 범시민 학생 궐기대회는 사전에 검거되어 진행되지 못했다. 이날 윤보선 전 대통령, 함석헌, 문익환 목사 등 각계 인사 402명은 '10·17 국민선언'을 발표하였다. 문익환 목사, 금영균 목사, 공덕귀 여사 등이 연행되어 조사를 받았다.

37. 동아 자유언론수호 투쟁위원회 민주인권일지 제작(1978.10.24)

38. 민주주의국민연합 등 15개 단체의 '12·12 선거에 대한 우리의 입장' 성명서 제작(1978.12.7)

39. 민주주의와 민족통일을 위한 국민연합 결성 유인물 제작(1979.3.1)

재야운동 세력의 조직화는 명칭을 바꾸어 더 새롭게 거듭나고 있었다. 1976년이 민주구국선언, 77년 3월 민주구국헌장, 78년 '3·1 민주선언' 등을 거쳐 78년 7월 각계 인사 300여 명이 '민주주의국민연합'을 결성하였다. 79년 3월 1일 '민주주의와 민족통일을 위한 국민연합'으로 발전적 명칭 변경을 선포하고 윤보선, 함석헌, 김대중을 공동의장으로 선출하였다. 3월 4일에는 윤보선 전 대통령 집에서 기자회견을 통하여 '발족선언문'을 내외에 선포하였다. 6월 23일에는 윤보선 등 정치인과 교수, 문인들 20여 명이 카터 방한 반대시위를 벌였다.

40. 크리스천아카데미 사건 유인물 발간(1979. 3.9)

41. 양심범가족협의회 서울구치소 집단구타사건 관련 호소문 제작(79.4.26)

1979년 4월 20일 서울구치소에 긴급조치 위반으로 구속된 학생들이 독서량에 제한을 둔 교도관의 조치에 항의하자, 교도관으로부터 집단 폭행을 당하는 사건이 발생했다. NCC인권위원회는 즉각 조사단을 구성하고, 5월 1일에는 '서울 구치소 내 집단 폭행 사건을 규탄한다'는 성명을 발표하였다.

42. 카터 방한 반대시위 유인물 제작 (1979.6.11)

1979년 6월 11일 구속자 가족들과 청년 등 11명은 '긴급조치 9호로 인권탄압하지 말라' 등의 구호를 외치며 미국 대사관 앞에서 카터 방한 반대시위를 했다. 강은기는 영문 플래카드를 제작하여 이들을 응원하였다.

43. YWCA 위장결혼식 관련 유인물 제작 (1979.11.24)

1979년 10월 26일 중앙정보부장 김재규의 총에 유신독재자 박정희가 피살된 후 유신정권이 쓰러지면서 민주화의 꿈은 부풀어 올랐다. 하지만 정치적 상황은 어두운 장막이 드리워져 있었고, 민주화 운동 세력과 민주화를 열망하는 국민들의 기대와는 다른 방향으로 전개되어 갔다. 10월 27일 제주도를 제외한 전국에 비상계엄령이 선포되고, 11월 10일에는 최규하 대통령권한대행이 유신헌법대로 통일주체국민회의에서 대통령을 선출하고, 그 후 민의를 모아 개헌을 추진한다는 내용의 담화문을 발표했다. 11월 24일에 결혼식을 통한 유신반대 시국선언 발표가 명동 YWCA 1층 강당에서 개최되었다. 민청협의 홍성엽을 신랑으로 하고 가명의 윤정민을 신부로 하는 결혼식이 거행된 것이다. 500여 명의 참석자들이 모인 가운데 신랑이 입장하고 동시에 유인물이 뿌려졌다. 통대선출저지국민대회가 개최되어 통일주체국민회의를 통한 대통령 선출을 반대한다는 내용의 취지문이 박종태에 의해 낭독되었고, '통대선출 반대', '거국민주내각 구성'을 촉구하는 구호가 터져 나왔다. 통대선출저지국민대회는 함석헌을 대회장으로 김병걸, 백기완, 임채정, 박종태, 김승훈, 양순직 등을 준비위원장으로, 그 밖의 해직교수, 종교인, 헌정동회, 문인, KSCF, 민청협 등을 실행위원으로 조직되었는데, 이들은 '유신체제의 전면적 청산', '유정회 공화당 통대회 해산', '거국민주내각 수립', '김종필·이철승·이후락 등 유신체제 유지에 중추적 역할을 했던 이들과 조선일보 주필 선우회·동아일보 사장 이동욱·유신헌법 초안자 한태연·전경련 회장 정주영·노총위원장 김영태 등 부패특권 분자들에 대항 준엄한 심판', '군의 정치적 중립', '외세의 간섭 거부' 등을 요구하였다.

■ 1980년대 강은기가 제작한 인쇄물 사건 목록과 내용

1. 전국민주노동자연맹 결성 유인물 제작(1980.5.3)

이태복, 김철수, 도시산업선교회 간사였던 신철영, 서울 청계피복노조의 양승조, YH의 박태연, 대구경북지역의 김병구, 유해용, 유동우, 광주의 윤상원, 울산의 하동삼 등은 70년대 노동운동의 반성을 통하여 노동운동이 변혁운동으로 전환되어야 함을 인식하고 문제의식을 공유하였다. 그리하여 1980년 5월 3일부터 2박 3일 동안 전국민주노동자연맹 창립대회를 가졌다.

2. 김재규 항소이유서(기록서) 제작(1980.5)

3. 광주민중항쟁 유인물 제작(1980.5.18~5.27)

4. 김대중 내란음모사건 항의 성명서 제작(1980.7.4)

1980년 7월 4일 계엄사령부는 계엄법, 반공법, 국가보안법 등을 들어 김대중을 비롯한 37명을 내란음모사건으로 엮어 발표했다. 이 사건은 12·12 쿠데타와 5·18 광주 학살로 집권한 전두환 신군부 세력이 집권 초기의 정통성 시비를 잠재우고 위기상황을 조성하기 위하여 반독재 민주화 투쟁의 상징적인 정치인 김대중을 정치적 희생양으로 삼은 사건이었다. 신군부의 통제 하에 있던 1심 군사재판은 1980년 9월 17일 각본대로 김대중에게 사형을 선고했다. 그러나 신군부는 국내외적으로 주목받고 있었던 정치인 김대중을 무기로 감형시키지 않을 수 없었다. 1981년 1월 23일 김대중을 무기로 감형했다.

5. 원풍모방 노동자들의 노조사수 투쟁 유인물 제작(1980.7.16~1983.1.19)

원풍모방노동조합은 청계피복노조 등과 함께 1970년대 이래 가장 전형적인 민주노조 가운데 하나로 정부의 강제해산 노조 리스트에 올랐으며, 회사 또한 노조를 무력화시키려는 목적으로 정부의 노조 와해책에 적극 동조했다. 이러한 정부와 회사의 원풍모방노조에 대한 반노조 연합전술은 1980년 7월 16일 당시 노조지부장 방용석에 대한 탄압조치로부터 시작되었다. 계엄사합동수사본부는 '김대중내란음모사건'에 그를 연루시켜 출두명령을 내리고 있었다. 이러한 탄압에도 불구하고 원풍모방노조 조합원들은 굳건히 노조를 지키고 1981년 2월 8일 새로운 집행부를 구성하였다. 1982년 3월 15일 임시대의원대회를 거쳐 정선순을 지부장으로 선출하였다. 그러나 1982년 9월 27일 무차별 폭행, 사무실 파괴 등 사측의 전면적인 조합 파괴 작전에 직면하여 총무부장 이옥순, 조합원 박혜숙이 부상을 입어 병원에 입원하였다, 농성지부를 점거한 사측은 위원장 정선순을 갖은 폭행과 협박으로 사표를 강요했으나 정선순은 불굴의 투지로 버티었다. 당국은 17시간에 걸친 폭행과 협박을 거쳐 굴종하지 않은 정선순을 집 근처에서 강제로 승용차에 실어서 사라졌다. 이 소식을 전해들은 조합원들 650여 명은 곧바로 농성에 들어갔다. 주간과 야간이 교대로 농성을 계속했다. 결국 1982년 12월 10일 인명진 목사의 '산업선교회관에서 철수하라'는 요청에 따라 1983년 1월 19일 100여 명의 조합원들이 노동조합 해산결의를 하였다. 강은기는 원풍모방 노동자들의 투쟁에 한마음으로 동참했다. 지부장 방용석, 지부장 정선순, 총무부장 이옥순 등과 긴밀한 인연으로 관련 자료를 제작하여 적극 지원하였다.

6. 전학련 결성 관련 유인물 제작(1981.2.27)

1979년 10월 26일 박정희 피살로 다가온 '서울의 봄'은 1980년 5월 15일 '서울역 시위'로 절정에 이르렀다. 하지만 이날 시위에서 '서울역 회군'이 이루어졌는데, 이에 대한 평가를 두고 논쟁이 벌어져 두 그룹으로 견해가 갈렸다. '무림그룹'과 '학림그룹'이었다. 전자는 과도한 투쟁을 지양하고 기층 대중의 선전에 주력하자는 것이고, 후자는 학생운동의 선도적인 투쟁의 중요성을 강조했다. 학림그룹은 기존 무림그룹과 관련이 적은 2학년생을 규합하여 1981년 2월 27일 발기인대회를 열고 '전국민주학생연맹(전학련)'을 결성하고 이선근, 박문식, 박성현, 이덕희, 홍영희 등 5인의 중앙위원을 선임하였다. 1981년 6월 10일 이태복이 연행되고, 6월 16일에 이선근, 이덕희 등 전학련 관련자 수십 명이 연행되어 세력이 약화되었다.

7. 양심수가족협의회 5.17 1주년 성명서 제작(1981.5.15)

양심수가족협의회 가족들은 1981년 5월 15일 '5.17 1주년을 맞으며'라는 제목의 성명서를 발표하고 농성하였는데, 성명서는 역시 강은기가 제작하였다.

8. 대불련 노동야학 사건 관련 유인물 제작(1981.12.20)

1980년 5.18 광주항쟁 당시 한국대학생불교연합회(대불련) 전남지부장이던 김동수의 죽음과 1980년 '10.27 법란' 등이 알려지면서 청년 불자들 일부는 불교개혁 운동의 필요성을 절감하고 있었다. 대불련 출신 최연 등은 불교계의 보수성을 비판하고 새로운 불교 운동을 모색하고, 일명 '여래사 운동', '사원화 운동'을 제창하였다. 기관지 '청년여래'(1981년 가을 창간)에서 불교가 중생교화의 본래 사명을 완수하기 위해서는 '사회와 민중에 대한 적극적인 관심을 함께 엮어 명실공히 젊은 불자들의 진열을 정비하여야 한다'고 했다. 사원화 운동은 지역 사원을 민중운동의 근거지로 한 민중의, 민중에 의한, 민중을 위한 불교로서 뿌리를 내리는 민중불교의 구체상을 정의하였다. 세부사업으로 '문화농림여래사' 설립(1981년 3월 7일)과 '불교야학' 사업을 벌여나갔다. 그러나 당국은 사원화 운동을 불교사회주의 운동으로 낙인찍어 관련자들을 대거 검거하여 150여 명을 연행 조사하기에 이르렀다. 이 중 법우 스님, 최연, 신상진 등 3명은 국가보안법위반으로 구속되었다. 이 사원화 운동은 민중불교 운동의 효시로, 1985년 4월 '민중불교운동연합(민불련)'의 모태가 되었다.

9. 콘트롤데이타 노동조합 노동쟁의 관련 유인물 제작(1982.1.30)

10. 부산 미문화원 방화사건 관련 유인물 제작(1982.3.18)

1982년 신학기가 시작되자 부산지역의 대학가에서도 시위가 전개되기 시작했다. 3월 2일에 학생들은 '살인마 전두환 북침 완료'라는 제목으로 '부산시민들이여, 총궐기하자. 군부정권 타도하자'는 내용의 벽보 20매를 부산대 의대 부속병원 정문 앞, 육교 기둥 등 18개소에 붙인 뒤 부산시내에 유인물을 배포하였다. 3월 18일에는 1979년 12·12 사태와 1980년 5월 광주항쟁 시위 진압과정에서의 미국의 묵인 방조 혐의를 폭로하며 미문화원에 불을 지르는 사건이 발생했다. 김현장, 김영애, 문부식, 김은숙, 김화석, 박정미 등 6명은 1979년 12·12 사태 때 신군부의 군사행동을 방조하고, 광주민주화 운동이 진행 중이던 1980년 5월 23일, 위컴 한미연합군사령관이 연합사 소속병력의 광주시위 진압에 동의하는 등 미국이 광주학살 및 전두환 신군부의 집권을 지원하고 인정한 것에 대해 항의하면서 부산미문화원 현관에 휘발유를 붓고 방화하였다. 그리고 '미국은 더 이상 한국을 속국으로 만들지 말고 이 땅에서 물러나라'는 내용의 전단지를 살포하였다. 관련자의 은신처를 제공하고 자수를 시킨 최기식 신부(천주교 원주교구)가 국가보안법 위반 및 범인 은닉혐의로 체포되었다. 문길환, 이창복, 정인재, 김영애가 연행되었고 김현장, 문길환, 김영애, 오상근 등 5명이 추가 구속되었다. 김수환 추기경은 1982년 4월 11일 부활절 강론에서 천주교 탄압을 항의했고, 천주교정의구현전국사제단과 교회사회선교협의회에서 항의 성명을 발표하였다.

11. 한국공해문제연구소 창립 관련 유인물 제작(1982.5.3)

1982년 5월 3일 최열의 주도하에 한국 최초의 환경운동단체인 한국공해문제연구소가 창립되었다. 이사장에 함세웅 신부, 이사에 개신교 인사 권호경, 조승혁, 조화순 목사, 천주교에 김승훈, 김택암 신부, 학계에 김병걸, 성내운, 유인호 교수, 법조계에 이돈명, 한승헌, 홍성우 변호사, 사회운동계의 오재길, 이길재, 임채정 등의 인사들이 참여하였다. 실무진으로는 정문화, 김태현, 박우섭, 이범영, 이필렬 등이 참가하였다. 안기부 등 당국에서는 창립대회를 저지하는 등 갖은 탄압을 하였다.

12. 야학연합회 사건 관련 유인물 제작(1983.8.27)

13. 민주화 운동청년연합(민청련) 창립 선언문등 관련 자료 제작(1983.9.30)

14. 기사연 통일교육사건 관련 유인물 제작(1983.12.31)

강은기는 전두환정권의 반민주적 독재상황에 분노하면서 한국기독교사회문제연구원(기사연) 원장인 조승혁 목사와의 인연으로 관련 유인물을 인쇄하여 제공했다. 전두환정권의 1980년대는 철저한 독재와 철저한 분단의 시기였다. 통일이라는 말 자체가 금기시되었으며, 통일 논의 자체를 불가능하게 했고 그런 의견을 드러낼 경우 가혹한 탄압으로 응대했다. 국가보안법을 무기로 한 반북주의 반통일주의는 정권의 기본적인 지배수단이었다.

15. 한국노동자복지협의회 결성 창립대회 관련 유인물 제작(1984.1.6-3.10)

1983년 말 태창, 태평특수의 해고노동자들을 중심으로 블랙리스트 철폐운동이 시작되었는데, 블랙리스트 철폐운동의 한계가 노출되면서 1984년 초 새로운 운동 공간으로 확보하기 위한 노력이 이루어지고 있었다. 원풍모방, 동일방직, 청계피복, 콘트롤데이타, YH, 반도상사, 서통, 고려피혁, 동남전기 등 이전에 민주노조 운동을 주도했던 사람들이 하나로 결집하여 1984년 1월 6일 '한국노동자복지협의회'를 결성하였다. 하지만 당시는 탄압 상황을 감안하여 곧바로 공표하지 않고, 3월 10일 노동절을 맞이하여 2,000여 명의 노동자, 학생, 시민이 참여한 가운데 홍제동성당에서 창립대회를 가졌다. 운영위원장으로 원풍모방 노조 지부장 출신의 방용석을 선출하였다.

16. 청계피복노조복구 준비위원회 결성 및 복구대회 성명서 제작(1984.3.27)

17. 대우어패럴노동조합 결성 및 탄압에 따른 항의성명 유인물 제작(84.6.9)

18. 민중민주운동협의회 창립선언문 제작(1984.6.29)

1984년 6월말 민주화 운동청년연합(민청련)을 비롯한 민중운동단
체들이 민중민주운동협의회(민민협)를 결성했다. 민민협은 청년, 노
동자, 농민, 재야, 종교계, 각 사회 민주세력이 그동안 합법적으로 활
동한 영역에서 축적한 역량을 바탕으로 결성하였다. 민민협은 이후
1984년 10월 16일 민주통일국민회의(의장 문익환 목사) 결성의 원동
력이 되었으며, 이 두 단체가 통합하여 1985년 3월 29일 민주통일민
중운동연합(의장 문익환 목사, 부의장 계훈제·김승훈 신부) 창립의 밑바
탕이 되었다.

19. 민주화추진위원회 결성 관련 유인물 제작(1984.10.7)

1984년 상반기부터 박문식, 문용식을 중심으로 한국사회의 모순구조
와 운동의 주체 설정, 1980년대 이후 노동운동의 흐름, 당면한 학생운
동의 과제 등에 대한 논의를 거쳐 10월 7일 민주화추진위원회(민추위:
일명 깃발그룹, 위원장 문용식)를 결성하였다.

20. 민주통일국민회의 결성 선언문 제작(1984.10.16)

1984년 6월 29일에 결성된 민중민주운동협의회에 포함되지 않은 많
은 재야 민주인사들이 중심이 되어 1984년 10월 19일 민주통일국민
회의를 결성했다. 국민회의는 나름의 단일한 통합성과 국민적 명망을
지니고 있었으나, 실제적인 투쟁력이 부재하여 조직운동으로서 통합
력이 부족한 민민협과 상호 보완하여 1985년 민주통일민중운동연합

으로 통합되었다.

21. 민주통일민중운동연합 출범 관련 유인물 제작(1985.3.29)

22. 대우자동차 부평공장 노동자 파업관련 유인물 제작(1985.4.16)

23. 민중교육지 창간 출판기념회 관련 유인물 제작(1985.5.20~7.16)

1983년말 이래 사회 각계각층의 민주화요구가 분출되자 전두환 군부 정권은 정부에 비판적인 내용의 모든 출판물에 대해 '좌경용공' 딱지를 붙여 탄압했다. 이러한 가운데 YMCA 중등 교육자협의회 회원들이 주축이 되어 교육 현장의 문제점을 모아 비정기 무크지 '민중교육'지를 1985년 5월 20일 창간했다. 6월 25일 서울 여의도고등학교 교장 김재규는 서울시 교육위원회 학무국장에게 민중교육지를 전달하고, 학무국장은 안기부 조정관에게 전달하여 사건화되게 하였다. 따라서 7월 16일 예정된 출판기념회는 종로경찰서의 원천봉쇄로 무산되고 말았다. 강은기와 동생 강은식이 밤새워 인쇄한 출판기념회 유인물은 발표되지도 못하고 말았다. 7월 18일에는 시교위가 관련 교사들을 소환하였으며, 그중에서 유상덕, 김진경 교사는 7월 22일 경찰에 연행되었다. 이후 문교부와 언론의 합작으로 다양한 이데올로기 공세가 펼쳐졌다. 8월 17일 김진경, 윤재철 교사와 실천문학사 송기원 주간이 국가보안법 위반혐의로 구속되었다. 그 후 1986년 2월 서울지법에서 김진경은 1년 6월, 윤재철과 송기원은 1년의 실형을 선고받았고, 실천문학사는 송기원 주간의 구속으로 폐간조치 당했다.

24. 서울 미문화원 점거농성 선언문 제작(1985.5.23)

1985년 5월 14일 연세대에서 개최된 전국학생총연합(전학련) 3차대회의 결의에 따라 5월 23일 함운경 등 전학련 산하 삼민투 소속 대학생 73명이 미국문화원 2층 도서관을 점거하고 즉각 농성에 돌입했다. 학생들이 내건 요구사항은 광주사태 책임에 대한 미국 언론매체들의 공개사과와 이를 위한 미국 대사와의 면담 및 내외신 기자회견 보장이었다. '광주학살원흉 처단 투쟁위원회'의 명의로 '광주학살 지원 책임지고 미 행정부는 공개 사과하라. 미국은 군사독재정권에 대한 지원을 즉각 중간하라. 미국 국민은 한미관계의 올바른 정립을 위해 진지하게 노력하라' 등을 요구하였다. 학생들의 내외신 기자회견 요청은 거절하고 미 대사와의 면담은 약속을 잡았다. 그러나 미 대사와 학생들의 만남은 성사되지 못했다. 농성 나흘째인 5월 26일 학생들은 자진 해산하였으며, 25명이 구속되고, 43명은 구류, 5명은 훈방되었다.

25. 구로동맹파업 관련 노동조합탄압저지 투쟁선언문 등 유인물 제작(85.6.24)

1주일간 구로공단을 뒤흔든 구로동맹파업은 군부정권과 사측의 탄압으로 강제 해산되었고, 파업 종료 후에는 대량구속과 집단해고로 이어졌다. 총 1,300여 명의 노동자들을 집단 해고되고 44명이 구속되었다.

26. 민청련 고문철폐를 위한 투쟁위원회 고문공대위 결성 유인물 제작(85.10.17)

1985년 9월 4일 민청련 의장 김근태에 대한 물고문과 전기고문 수사사실(9.4~9.20)이 폭로되었다. 이에 9월 28일 민청련 내 '고문 철폐를 위한 투쟁위원회'를 구성하고 10월 17일에는 민청련 고문 철폐를 위한 투쟁위에서 '민주화 운동에 대한 고문수사 및 용공조작 저지 공동대책위원회'를 결성하였다. 여기에 민통련, 민주협, 신구교 성직자, 불교 승려, 주요사건 구속자 가족 등이 참가하였다.(12월 19일에 김근태는 법정에서 공식적으로 고문 진상을 폭로하였다.)

27. 민주헌법쟁취위원회 개헌투쟁 관련 유인물 제작(1985.11.20)

1985년 11월 20일 민통련 등 23개 단체 민주헌법쟁취위원회를 구성하여 개헌 투쟁을 전개하였다.

28. 민정당 중앙정치연수원 점거농성사건 관련 유인물 제작(1985.11.18)

1985년 하반기에 학생들의 전두환 군부정권에 대항하는 투쟁 방법이 점거농성으로 나타났다. 1985년 11월 4일 7개 대학 대학생 14명이 주한미상공회의소를 점거하고 농성하였고, 11월 12일에 전학련 중부지역 삼민헌법쟁취범국민투쟁위원회 소속 서울대, 한신대, 성균관대 대학생 25명이 노동부 수원지방사무소를 기습 점거하고 농성하였다. 11월 15일에는 고려대 삼민실천투쟁위원회 소속 학생 6명이 서울 영등포 소재 노동부장관 부속실을 점거하고 농성하였다. 11월 18일에는 전학련 소속 '민중민주정부 수립과 민족자주통일을 위한 투쟁위원회' 산하 '파쇼헌법 철폐투쟁위원회' 소속 14개 대학 191명의 학생들이 서울 강동구 가락동 소재 민정당 중앙정치연수원 본관건물을 점거하고 농성투쟁을 전개하였다. 학생들은 '독재타도!', '미국은 물러가라' 등의 구호를 외치며 내외신 기자회견과 국민대토론회를 요구하였다.

29. KBS-TV 시청료 거부운동 관련 유인물 제작(1986.1.20)

전두환 군부정권 하에서 공영방송인 KBS는 공익성을 상실하고 정부의 지침을 충실히 전달하는 정부 여당의 나팔수 방송으로 전락하였다. 이러한 KBS에 대한 국민들의 실망과 분노는 점점 들끓었다. 이에 1986년 1월 20일 'KBS-TV 시청료 거부 기독교 범국민운동본부'가 발족되어 김지길 한국기독교교회협의회 회장이 본부장을 맡았다. 참여한 단체는 민통련 민주언론운동협의회, 천주교 정의평화위원회, 여성단체연합, 신민당, 민주협 등이었다.

30. 개헌서명운동 및 연합시국선언문 제작(1986.2.12)

전두환 군부정부는 국정연설에서 1986년 1월 16일 88올림픽 개최를 핑계로 개헌논의를 유보한다고 밝혔다. 이에 대해 신민당 및 민추협 등 야당계는 즉각 반발하여 1986년 2월 12일 대통령 직선제 개헌 1,000만 명 서명운동에 돌입하였다. 민주화 운동 진영은 3월 8일 헌법개정추진위원회 서울시 지부 현판식을 가진 후로 본격적인 장외투쟁에 나섰다. 3월 9일 김수환 추기경의 직선제 개헌 촉구 발언이 나오기 시작하여, 3월 11일에는 한국기독교교회협의회, 4월 4일은 성공회 소속 신부들 24명의 선언, 5월 9일에는 대한불교조계종 승려들 152명의 시국선언문 발표 등 종교계에서도 종파를 넘어서 서명운동에 동참하였다. 여성계는 3월 13일 '민주헌법쟁취 범여성추진위원회'를 결성하고 4월 3일 발족식을 가졌다. 학계도 3월 28일 고려대 교수 28명이 '현 시국에 대한 우리의 견해'라는 시국선언문을 처음 발표하여 기폭제 역할을 한 바, 전국 각 대학의 교수들 265명이 '연합시국선언문'을 발표하게 되었다.

31. 대학생 전방입소 반대투쟁 및 김세진, 이재호 분신사건 유인물 제작 (1986.4.28)

1986년도 상반기 학원가의 핵심 이슈 중의 하나가 학생들의 '전방입소 반대투쟁'이었다. 특히 1986년 3월 29일 구국학생연맹의 출범과 민족해방(NL) 계열의 반미투쟁 중심 노선은 대학 2학년들이 전방입소의무군사교육을 '미제 양키의 용병교육'이라고 규정하고 광범위한 공감대를 형성하여 격렬한 반대시위를 불러일으켰다. 1986년 4월 28일 당시 2학년생을 대상으로 한 전방입소교육에 반대하던 서울대생 400여 명은 신림4거리에서 연좌농성을 전개하였다. 연좌농성이 시작되어 얼마 지나지 않아 오전 9시 30분경 부근 서원예식장 옆 3층 건물 옥상에서 당시 서울대 자연대 학생회장이던 김세진과 반전반핵평화옹호투쟁위원장 이재호가 유인물을 뿌리고 '반전반핵 양키 고 홈'과 '미제의 용병교육 전방입소 결사반대'의 구호를 외쳤다. 이들은 몸에 석유를 붓고 경찰이 접근하지 못하도록 경고하였다. 김세진은 5월 3일에, 이재호는 5월 26일에 숨을 거두었다. 강은기는 '김세진 열사 자료집'을 제작하여 그 유족과 학생들의 슬픔을 함께 하였다. 이 일로 강은기는 중부경찰서에 연행되어 조사를 받았다.

32. 인천 5·3 항쟁 유인물 제작(1986.5.3)

1986년 상반기 신민당의 개헌 1,000만 명 서명운동이 전국적인 차원에서 지지를 넓혀나가고 있었다. 전두환 군부독재정권은 신민당에 대해 일정한 화해 메시지를 보내면서 4월 30일 전두환, 이민우 회담을 마련했다. 당시 양자 간의 협상이 비록 결렬되긴 했지만, 전두환은 개헌논의 허용을 발표하고, 이에 이민우는 과격 좌익 학생운동과의 결별의사를 표시하면서 전두환에 화답했다. 이에 반해 학생들과 노동운동계, 재야단체 등 민주화 운동 진영에서는 신민당의 타협적인 자세와 보수성을 비판하면서 신민당의 태도에 의구심을 갖고 경계하였다. 이러한 상황에서 신민당 개헌추진위원회의 경기·인천지부 결성 대회가 5월 3일 예정되어 있었다. 이날 신민당은 개헌 현판식을 열기 위해 인천 시민회관에서 인천시지부까지 행진을 할 계획이었다. 여기에 사회단체와 학생들이 광범위하게 참여하여 타협적인 보수야당 신민당을 비판하면서 '노동자가 주인이 되는 사회 건설', '삼민(민족·민주 민중)헌법 쟁취' 등을 주장하였다. 이에 경찰은 무려 73개 중대 1만여 명의 병력을 동원하여 집회 진압에 나섰다. 이에 항의하는 시위는 고조되어 갔고, 신민당의 개헌 현판식은 무산되었다. 이날 이후 군부정권은 민주화 운동 진영에 대한 탄압을 배가하여, 5·3 인천항쟁을 좌경 용공으로 몰아붙이고 주요 인사들을 배후자로 지목하여 검거령을 내리고 수배, 연행, 구속이 이어졌다. 인천 5·3 항쟁과 관련하여 총 319명이 연행되고 129명이 구속되었으며 37명이 수배를 당하였다. 강은기도 이들과 함께 앰뷸런스에 실려가 구속되었다.

33. 교육민주화선언 성명서 제작(1986.5.10)

34. 서울노동운동연합 관련 유인물 제작(1985.8.25~86.5.15)

1985년 8월 25일 대우어패럴, 효성물산, 가리봉전자, 선일섬유, 부흥사 등 구로동맹파업에 참가한 노동자들의 노동자 투쟁연합, 청계피복노동조합, 경인지역 노동운동가들의 노동운동탄압저지투쟁위원회, 민주노조운동의 성원제강, 한국음향으로 결성된 '구로지역노조민주화추진위' 등 4개 단체의 결집체로 서울노동운동연합(서노련)이 결성 되었다. 서노련의 김문수가 강은기에게 필요한 때마다 유인물 제작을 의뢰해 오면 그때마다 강은기는 어김없이 약속을 지켜주었다. 이후 서노련은 인천 5·3 항쟁의 주요배후로 지목되어 1986년 5월 15일 핵 심간부들이 구속되었다.

35. 부천서 성고문 사건 관련 유인물 제작(1986.6.4)

1986년 인천 5·3 항쟁 이후 반독재 민주화 운동 진영은 다양한 종류 의 헌법개정투쟁을 대중적으로 전개하기 시작했다. 이에 대하여 전두 환 군부정권은 정권안보 차원에서 경찰력을 동원하여 인천 5·3 항쟁 의 배후를 색출하는 데 경찰력을 집중하고 있었다. 이 과정에서 서울 대 의류학과 출신으로 1985년부터 부천의 한 제조업체에 (위장)취업 을 하고 있던 권인숙이 경찰에 연행되었다. 1986년 6월 4일 부천경찰 서에 연행되어 조사를 받는 도중 5·3 항쟁에 관련된 수배자들에 대한 정보를 입수하려고 권인숙을 담당한 문귀동은 천인공노할 성추행과 성고문, 협박 공갈을 자행하였다.

36. 유가협 창립 유인물 제작(1986.8.12)

1970년 11월 13일 전태일 분신 이후 민주화 운동 과정에서 희생당한 사람들의 유가족들이 1986년 8월 12일 서울 전태일기념관에서 전국 민주화운동유가족협의회(유가협)를 창립하였다. 유가협은 단결로써 자주·민주·통일의 구국정신을 계승 발전시켜 인간다운 삶을 보장하 는 세상을 건설하는 것을 목적으로 하였다.

37. 민문협, 민언협 문화운동 관련 성명서 제작(1986.9.6~9.9)

민중문화운동협의회(민문협)와 민주언론운동협의회(민언협)는 문화
운동단체들과 함께 민언협 사무실에서 '민족통일의 길목에서 오늘을
바라본다'는 제목의 공동 성명서를 발표하였다. 이 자리에서 '양키 매
판 문화 척결과 민족문화 수호 투쟁위원회'를 결성하였다. 이날『말』
지 특집호(1986년 9월호)에 '권력과 언론의 음모 -권력이 언론에 보내
는 비밀통신문' 기사로 '보도지침 사례집'을 펴내 국가권력과 그 협력
자인 제도언론이 어떻게 정보를 왜곡 조작해 왔는가를 보여주는 보도
지침사례를 폭로하였다.

38. 전국노동자연맹추진위(전노추) 사건 관련 성명서 제작(86.10.18~10.25)

39. 애학투 결성식 및 건국대 농성사건 관련 유인물 제작(1986.10.28)

1986년 10월 28일 전국 26개 대학생들이 전두환정권의 장기집권 추
진과 조국통일을 가로막는 미 제국주의에 반대하는 전국 반외세 반독
재 애국학생투쟁연합(애학투)을 발족시키기 위해 건국대에 집결하였
다. 이를 사전에 정보를 입수한 경찰은 애학투 발족식 도중 1,500여
명의 전경이 최루탄을 쏘며 진입하였다. 학생들은 투석전으로 맞서다
본관 외 4개 건물로 피신하게 되었고 4일간 농성을 벌였다. 그 과정에
서 전기를 끊고 수돗물까지 끊는 야만적인 행위로 학생들을 압박하였
다. 그리고 농성 4일째인 10월 31일 아침 최루탄과 소이탄(헬기에서
발사)을 쏘면서 무려 8,000여 명의 경찰을 투입하여 학생들을 전원 연
행하였다. 가히 전면 소탕작전이었으며, 전두환 군부정권의 잔인성이
극명히 드러난 사건이었다. 이 사건으로 학생운동사상 단일 사건으로

가장 많은 1,525명의 학생들이 연행되었고, 이들 중 1,287명은 국가보안법 위반, 특수공무집행방해치상, 폭력행위 등 처벌에 관한 법률 위반, 집회 및 시위에 관한 법률 위반 혐의로 구속하였다.

40. 박종철 고문치사사건 이후 '민주헌법 쟁취 국민운동본부' 범국민대회 관련 유인물 제작(1987.1.14~6.10)

41. 남노련 관련 유인물 제작(1987.5.1)

1987년 1월 '노동자해방사상연구회 사건' 관련자들이 대거 검거되고 4월 26일 각 지부의 대표자 10여 명이 도봉산에서 향후 조직의 진로를 모색하기 위해 회의하던 중 모두 검거되었다. 이에 대한 수사 과정에서 서울남부지역노동자연맹(남노련)이 드러나고, 치안본부는 5월 1일 지하혁명조직 남노련 사건을 발표하였다. 위원장 유용하(고려대 사학과 졸) 등 13명이 국가보안법 위반으로 구속되었다. 이후 1987년 11월 최규엽(고려대 독문과), 이재형 등 4명이 연행되어 2명이 구속되었고, 1988년 5월에는 조석현(고려대 법학과 졸)이 구속되었다. 이에 민가협과 남노련 사건 구속노동자 가족들은 5월 21일 보안사와 친안본부의 고문사례를 폭로하였다

42. 이한열 최루탄 피격 사건과 6월 민주항쟁(1987.6.9~6.10~6.29)

1987년 6월 9일 '6·10대회 출정을 위한 연세인 결의대회'가 개최되어 참가한 이한열 학생이 경찰이 쏜 직격 최루탄에 피격당하여 쓰러지는 사건이 발생했다. 이 사건은 경찰의 무자비한 진압의 결과로 빚은 참사로서 학생들과 시민들의 분노를 불러일으켰다. 시민학생들은

궐기했다. 이 과정에서 시민들의 열망을 호소하는 많은 유인물을 강은기가 제작하여 제공하였다. 이때 인쇄사업 역사상 처음으로 승합차를 동원하여 유인물을 가득 싣고 날라야 했다.

43. 인민노련 관련 유인물 발간(1987.6.26)

인천지역민주노동자연맹(인민노련)은 과학적 사회주의와 노동운동의 결합을 천명하면서 1987년 6월 26일 결성대회를 가졌다. 기관지로 『노동자의 길』, 『정세와 실천』, 『사회주의자』를 발간하였다.

44. 민주헌법 쟁취 전국노동자공동위원회 결성 성명서 제작(1987.7.6)

1987년 7월 6일 전국 17개 노동운동단체 대표가 한국교회사회선교협의회 사무실에서 6·29 이후 상황 변화에 따라 앞으로 고양될 노동자들의 투쟁에 통일적으로 대처하며 헌법 개정에서 노동자들을 위한 민주주의의 실질적 내용을 확보하기 위해 '민주헌법 쟁취 전국노동자공동위원회'(노동공대위)를 결성했다.

45. 민주화를 위한 전국교수협의회 창립 관련 유인물 제작(1987.7.21)

1987년 들어 직선제 개헌을 둘러싼 민주화 운동이 고양되면서 교수들의 학교별 시국선언들이 1986년에 이어 다시 발표되었다. 그 과정에서 학원 및 사회민주화를 위해 교수들의 조직화된 협의기구가 필요하다는 인식이 널리 확산되었다. 이에 복직교수, 소장교수, 사회과학 분야의 교수들을 중심으로 조직화 논의가 진행되어 '민주화를 위한 전국교수협의회'가 창립되었다. 6월 26일 대회는 경찰의 저지로 연기되어 7월 21일 정식으로 창립대회를 가졌다. 민교협은 이날 채택한 규약에서 '대학과 사회의 민주적 발전을 위해 노력한다'고 밝히고 '현정권의 민주화에 대하여' 등 7개 항에 대한 입장을 발표했다. 이후 민교협은 1987년 11월 5일 교육관계법을 개정을 촉구하였으며 전국교직원노동조합 결성을 지지하고 동참하였다.

46. 전국대학생대표자협의회 결성대회 관련 유인물 제작(1987.8.19)

1987년 7월 5일 경찰의 최루탄을 맞아 쓰러진 이한열이 사망하였다. 이날 연세대에서 전국 각 지역 총학생회장 연석회의가 열렸다. 이 회의에서 전국적 학생대중조직 건설에 대한 문제가 제기되었다. 이후 몇 차례의 연석회의를 거쳐 8월 19일 전국대학생대표자협의회 발족식을 가졌다. 이후 전대협은 1993년 '한국대학총학생회연합'(한총련)으로 확대 개편되었다.

47. 민족문학작가회의 창립 관련 유인물 제작(1987.9.17)

자유실천문인협의회로 활동해 온 문인들이 1987년 9월 17일 민족문학작가회의라는 새로운 이름으로 확대 재편되어 재창립되었다. 회장에 김정한, 부회장에 고은, 백낙청이 선출되었으며, 문단의 진보적이고 양심적인 문인들이 참여하였다. 주요 실천내용으로 사상, 양심, 표현의 자유를 위한 투옥 문인 및 양심수 석방 복권, 참된 민주사회 건설, 자주적인 통일, 참다운 민족문학 건설을 내세웠다.

48. 민중대표 백기완 대통령 후보 선거운동 관련 유인물 제작(1987.11.11)

49. 구로구청 부정선거 항의 농성 관련 유인물(1987.12.16)

1987년 12월 16일 대통령 선거 당일 구로구청에서 부정투표함이 발견되어 부정선거에 항의하는 시민학생들의 농성이 벌어졌다. 백지투표용지 1,500매도 발견되었다. 그러나 전두환 군부정권은 도리어 전경 3,000여 명으로 구청을 포위하고 투표함을 탈취하려고 했다. 부정투표함 소식을 들은 시민과 학생들은 부정투표함 사수를 결의하고 부정선거 규탄대회를 가졌다. 저녁 8시 경 항의 참여자는 6,000여 명으로 늘었고, 이들은 선거무효와 독재타도를 외쳤다. 그러나 다음날 새벽 5,000여 명의 백골단이 다연발 최루탄을 난사하며 구로구청에 난입하였다. 7시부터는 헬기까지 동원하여 진압 공격하는 만행을 저질렀다. 무차별 폭력진압 과정에서 서울대생 양원태는 척추가 절단되는 중상을 입었다. 많은 사람들이 경찰에 쫓겨 구청 옥상에서 투신하였다. 폭력진압 결과 17명이 중상을 입었다.

50. 서울 미문화원 점거 사건 관련 유인물 제작(1988.2.24)

1988년 2월 24일 대학생 5명이 서울 미국문화원 2층 도서실을 점거하고 농성을 벌였다. 구국결사대소속 학생들은 '부정선거로 당선된 노태우의 집권을 앞두고 독재지원, 내정간섭, 수입개방 압력을 계속하는 미국과 노태우정권에 항의하기 위해 미문화원을 점거했다'고 밝혔다. 학생들은 '독재조종 내정간섭 미국은 물러가라'고 쓴 플래카드를 내걸고 창밖으로 '청년학생구국결사대 투쟁선언문'을 살포하였다. 학생들은 1'시간 만에 경찰에 연행되었다.

51. 서총련 결성 및 투쟁관련 유인물 제작(1988.5.13)

서울지역대학생대표자협의회(서대협)의 계승과 혁신을 목표로 1988년 5월 13일 서울지역총학생회연합(서총련)을 발족하여 6·10 민주항쟁 1주년을 맞아 6·10 회담 성사 투쟁 및 공동올림픽 쟁취를 위한 투쟁에 주력하였다. 5월 15일 조성만의 투신 이후 서총련은 각 학교별로 통일선봉대를 조직하는 한편, 북한 바로알기 등 각종 유인물로 홍보활동을 전개했다.

52. 농축산물 수입반대 농민결의대회 관련 유인물 제작(1988.5.26)

가톨릭농민회 기독교농민회총연합회 등 8개 농민단체 회원 3,000여 명은 1988년 5월 26일 여의도 국회의사당 앞 광장에서 한국낙농육우협회 주관으로 '농축산물 수입반대 전국농민결의대회'를 열었다. 그리고 '정부는 농축산물수입개방 정책을 즉각 철회하라'고 요구했다.

53. 민주사회를 위한 변호사 모임 창립 관련 유인물 제작(1988.5.28)

민주화 운동 과정에서 양심수 변론 등 인권변호사들이 자발적으로 지원을 하던 중 1985년 구로동맹파업 사건 때 공동변론을 계기로 정의실천법조인회(정법회)를 결성하고, 이후 1987년 6월 항쟁 때까지 김근태, 권인숙, 박종철 등에 대한 변론을 해왔다. 그러다가 민주화 운동의 영향을 직간접적으로 받은 변호사들이 다수 배출되어 시대적인 요구에 부응하게 되었다. 그리하여 1988년 5월 28일 정법회가 발전적으로 해소되고 청년변호사회와 통합하여 '민주화를 위한 변호사 모임'이 창립되었다.

54. 서노협 결성 관련 유인물 제작(1988.5.29)

1987년부터 준비과정을 거쳐 88년 5월 29일 서울지역노동조합협의회(서노협)가 결성되었다. 서노협은 90개 노조로 출발하여 88년 12월 6일에는 98개 노조 33,781명, 89년 6월에는 가입노조 105개에 조합원 36,839명으로 확대되었는데, 이는 어용노조를 민주화시키려는 적극적인 노력과 각 노조에 대한 지원과 연대활동의 성과였다. 서노협은 이후 전국노동조합협의회 건설의 중요한 기틀이 되었다.

55. 전국노운협 결성 관련 자료 제작(1988.6.7)

노동운동단체들은 1987년 7, 8월 노동자대투쟁 이후 가중되는 군사정권과 자본가 측의 폭력적 노동운동 탄압에 공동 대응하기 위하여 1988년 6월 7일 전국노동운동단체협의회(전국노운협)를 결성하였다. 전국노운협은 '민주쟁취 국민운동본부 노동자위원회'와 대통령선거 시기 수도권 중심의 '노동자 선거대책위원회'의 활동을 기반으로 하여 현대엔진노동자 투쟁이 직접적인 계기가 되었다. 이후 전국노운협은 1989년 1월 21일 전국민족민주운동연합(전민련)을 창설하는 데 이바지하였다.

56. 6·10 남북청년학생회담 대회 관련 유인물 제작(1988.6.10)

1988년 봄부터 대학생들은 통일의 길로 향한 남북한 학생들의 만남과 제반 행사를 제안하고 있었다. 전국 각 대학에서 남북학생들의 회담이 열리기를 열망하고 있는 분위기였다. 1988년 6월 9일 연세대에서 6·10 남북청년학생회담 성사를 위한 백만 학도 총궐기대회가 열렸다. 6월 10일에는 전국의 2만여 대학생들이 연세대에서 6·10 민주화 투쟁 1주기 기념대회 및 판문점 출정식을 개최하였다. 그러나 경찰의 폭력적인 저지로 150여 명의 학생들이 부상을 입고 1,000여 명의 학생들이 연행되었다. 학생들은 통일의 염원으로 내딛은 6·10 만남의 길이 무산된 채, 다음날 6월 11일 연세대로 돌아와 '보고대회 및 공동올림픽 쟁취를 위한 범국민대회'를 열었다.

57. 조통협 결성 유인물 제작(1988.7.20)

민통련과 제 민주단체들이 연합하여 1988년 7월 20일 '조국의 자주적 평화통일을 위한 민주단체협의회'(조통협)를 결성하였다.

58. 문화방송(MBC)노조 파업 관련 유인물 제작(1988.8.10~1988.8.30)

1988년 8월 10일 문화방송노조는 편집책임자 선임 시 복수 추천제를 시행할 것을 요구하며 서울지방노동위원회에 쟁의발생 신고를 하고, 8월 25일 쟁의대책위원회를 개최한 후 8월 26일 오전 6시부터 무기한 파업에 돌입했다. 공정보도의 제도적인 보장을 요구하며 방송사상 처음으로 전면 파업을 하였다. 지방계열사 노조인 전국MBC노조협의회도 대체프로그램 제공을 전면 거부하고 파업을 지지하는 성명을 발표하였다.

59. 공추련 결성 관련 유인물 제작(1988.9.10)

1988년 9월 10일 3개 단체(반공해운동협의회, 공해추방운동청년협의회, 공해반대시민운동협의회) 대표자들은 공해추방, 반핵운동의 이념적 조직적 통일을 기하기 위하여 발전적 통합 조직인 한국공해추방운동연합(공추련)을 결성하였다. 이후 공추련은 각 지역의 민간 환경운동 단체를 발족시키는 모태 역할을 하였다.

60. 전민련 결성대회 관련 유인물 제작(1988.1.21~9.2)

1987년 대통령선거와 1988년 국회의원 선거를 통해 심한 분열양상을
보였던 민족민주운동 단체들은 노동자, 농민 등 8개 부문 단체와 전국
12개 지역 단체 연합으로 전국민족민주운동연합(전민련)을 창립하고
1989년 1월 21일 결성대회를 개최하였다. 결성선언문 및 사업계획을
발표하고 대북관계 개선 및 5공 청산 등 대내외 문제들을 천명하였다

61. 전국노점상연합회 결성 유인물 제작(1988. 10)

1986년 아시안게임을 맞아 전두환 군부정권은 노점상을 강력하게 단
속하였다. 이에 노점상들은 1986년 12월 29일 도시노점상복지회를
결성하였다가 1987년 10월 19일 도시노점상연합회(도노련)로 개칭한
뒤 1988년 서울올림픽을 기점으로 탄압이 가해지자, 88년 6월 13일
생존권 수호 결의대회를 열고 대응해 나가기 시작했다. 도노련은 전
국적으로 조직을 확대하면서 88년 10월 전국노점상연합회를 결성하
였다. 이후 1989년 11월 11일 전국빈민연합과 1992년 7월 전국도시
빈민협의회를 결성하였다.

62. 전농협 결성 관련 유인물 제작(1988.10.30~11.25)

1988년 10월 30일 13개 농민단체들이 모여 전국농민단체협의회(전
농협)를 결성하였다. 농업 농민의 전반적인 생존권 위기상황에 대처
하기 위해 농민들이 연대하여 농축산물 수입개방 저지에 총력을 기울
였다. 이에 서총련 등 학생들의 조직적인 지원활동이 이루어졌다. 11

월 17일에는 여의도 광장에서 2만여 명이 참석한 가운데 '농축산물 수입개방 저지 및 제값 받기 전국 농민대회'를 개최한 후 농업협동조합중앙회를 점거하고 가두투쟁을 전개하였다. 11월 25일에는 농민 1만여 명이 다시 여의도광장에 모여 농협민주화를 요구하며 연좌시위를 벌였다.

63. 통불협 결성 관련 유인물 제작(1988.12.4)

불교계와 민중불교운동 진영은 88올림픽 공동개최라는 국민적 정서를 적극 수용하기로 한 후, 사회적 분위기와 통일문제를 연결하고 이와 관련된 사업들을 벌여 새로운 모습으로 거듭나기 위해 1988년 12월 4일 '민족자주 민족통일 불교운동협의회(통불협)'를 결성하였다. 의장에 지선 스님을 선출하였다. 그간 각각의 조직으로 활동하던 '불교정토구현전국승가회', '중앙승가대학생회', '한국대학생불교연합회' 등 진보적인 불교단체들이 총결집하였다. 통불협은 1989년부터 불교계의 반미운동을 주도하였고 핵 철거와 평화협정 체결을 위한 불교도 서명 운동을 전개하였다.

64. 민예총 설립 관련 유인물 제작(1988.12.22)

민족예술의 발전과 문화예술운동의 대중화를 목적으로 진보적인 문학가들이 중심이 되고 예술, 영화, 연극, 음악에 종사하는 예술인들이 참여한 한국민족예술인총연합(민예총)이 1988년 12월 22일 결성되었다.

65. 전국회의(지역별 업종별 노동조합 전국회의) 결성 유인물 제작(88.12.22)

전국회의는 15개 지역조직과 연전노협, 병노련, 전교조, 민출노협, 외기노협 등 5개 업종조직, 그리고 전국노운협이 참가하여 결성하였다. 어용적인 한국노총과 대별되는 전국 중앙조직 건설을 추진하기로 하고 사업 조직 연대 등 과제를 설정하여 본부장에 단병호 서노협 의장을, 부본부장에 이석행 전민노련 의장과 김승호 전국노운협 운영위원을 선임하였다.

66. 전민련 창립대회 관련 유인물 제작(1989.1.21)

민통련은 4년간의 활동을 마치고 발전적으로 해체, 1989년 1월 21일에 재야·노동자·농민 등 8개 전국단위 단체와 전국 12개 지역단체 및 200여 개 개별단체를 수용하여 정치운동조직으로서 전국민족민주운동연합(전민련)을 결성하였다. 상임공동의장에 이부영, 공동의장에 이창복을 선출하고 북한 측이 제안한 범민족대회를 수락하였다.

67. 여의도 농민시위 관련 유인물 제작(1989.2.13)

1989년 2월 13일 전국 99개 군 농민 15,000여 명이 여의도 광장에 모여 '수세폐지 및 고추 전량수매 쟁취 전국대회'를 개최하였다. 집회를 마치고 4당 대표와 대책을 논의하기 위해 국회로 행진하였다. 이에 경찰이 최루탄을 쏘며 저지하자 분노한 농민들은 만장이나 깃발을 달기 위해 가져온 대나무로 죽창을 만들어 대항하며 격렬히 저항하였다. 이 투쟁은 가톨릭농민회와 기독교농민회 등 기존의 전국적 농민운동조직과 1980년대 하반기부터 광범위하게 결성되기 시작한 자주적 농민 대중조직의 일부가 연합하여 1989년 3월 1일 전국농민운동연합

(전농)을 발족하는 계기가 되었다.

68. 부천지역 노동자의 총파업투쟁 관련 유인물 제작(1989.4.9)

부천지역 노동자 2,000여 명이 1989년 4월 9일 부천역 앞에 집결하여 '임금인상 완전쟁취와 노동운동 탄압 분쇄 전진대회' 장소인 부천 가톨릭대학교로 평화적인 행진을 하기 시작했다. 그러나 경찰은 직격 최루탄을 퍼부으며 강제로 해산시키려고 했다. 이 과정에서 노동자 20여 명이 중상을 입었다. 노동자들은 가톨릭대학에 다시 집결하여 교문을 사이에 두고 재격전 후 해산하였다. 4월 10일 100여 명이 대책을 요구하며 경찰서 대기실을 점거 농성하자 백골단을 투입하여 협상대표들에게마저 폭력을 행사하였다. 그러자 부천투본 깃발 아래 49개 노동조합 4,000여 명이 총파업에 돌입하였다. 이 총파업은 6·29 이후 최초의 지역총파업이었다.

69. 전교조 발기인 대회 관련 유인물 제작(1989.5.14~ 7.9)

교육민주화를 갈망하는 전국의 교사들은 15,000여 명의 발기인으로 1989년 5월 14일 전국교직원노동조합(전교조) 발기인 대회를 개최하고 준비 작업을 거쳐, 5월 28일에 한양대에서 결성대회를 개최하기로 하였다. 그러나 경찰은 이를 원천봉쇄하여, 할 수 없이 장소를 연세대로 옮겨 결성대회를 강행하였다. 이 자리에 윤영규 교원노조 준비위원장과 부위원장 이부영, 사무처장 이수호 등 집행간부와 8개 시도지부 준비위원장 등 200여 명이 참석하여 대회사, 임시의장 선출, 위원장 선출, 노조결성선언문 낭독을 하는 등 20여 분만에 결성식을 마쳤다. 초대위원장에는 윤영규를 선출하였다. 대회를 마치고 위원장 등

집행부와 직위 해제된 노조원 26명은 오후 마포 민주당사에 들어가 교원노조 탄압 중지와 연행교사 석방을 요구하며 무기한 단식농성에 들어갔다. 전교조는 7월 14일까지 지부 15개, 지회 115개, 분회 565개를 결성하고 467명의 교수까지 참여해 대중조직의 기반을 다졌다. 정부 탄압이 심해 위원장 등 47명이 구속되고 34명이 파면되었으며 31명이 해임되었다. 직위해제도 92명, 징계회부된 이가 55명이었다. 7월 9일에는 여의도 한강둔치에서 전교조 소속 교사 2,000여 명이 참가한 '부당징계 철회 및 전교조 합법성 쟁취 범국민결의대회'를 열었다. 이후 숱한 고난을 뚫고 노력한 결과, 1999년 7월부터 교원노조의 활동이 전면 합법화되었다. 교육민주화를 열망하는 교사들의 마음에 강은기는 깊이 공감하면서 관련 유인물을 인쇄하여 제공하였다.

70. 전대협 '판문점 돌파 출정식' 관련 유인물 제작(1989.6.30)

전국대학생대표자협의회(전대협)는 1989년 6월 30일 한양대에서 평양축전 참가를 위한 '판문점 돌파 출정식'을 거행하였다. 제13차 세계청년학생축전에 참가하기로 하고 대표로 임수경을 파견하기로 하였다. 경찰은 전대협 의장 임종석을 체포하기 위해 한양대에 진입하였다. 임수경은 서울에서 도쿄를 거쳐 서베를린, 동베를린을 통해 평양에 도착하여 7월 1일 세계청년학생축전에 전대협 대표자격으로 참가하였다. 이후 임수경은 천주교정의구현전국사제단에서 파견한 문규현 신부와 판문점을 통하여 8월 15일 귀환하였다.

71. 문화방송노조 파업 유인물 제작(1989.9.8)

1989년 9월 8일 문화방송노조는 회사 측이 보도편성국장 선출 및 신

임평가 투표행위를 수용하지 않자 이에 항의하여 1,040명 조합원이
참가하여 파업을 벌였다.

72. 참교육을 위한 학부모회 출범 유인물 제작(1989.9.22), 경제정의실천시
민연합(경실련) 창립 유인물 제작(1989.11.4)

73. 노문연 결성 유인물 제작(1989.9.23)

1989년 9월 23일 문학예술연구회와 민중문화운동연합이 통합하여
최초의 전국적인 노동자 문화운동조직인 노동자문화예술운동연합(노
문연)을 결성하였다.

74. 전국빈민연합 결성 유인물 제작(1989.11.11)

1989년 11월 11일 서울철거민협의회와 전국노점상협의회 주도하에
전국빈민연합이 결성되었다.

75. 남한 사회주의노동자 동맹 결성 관련 유인물 제작(1989.11.12)

1989년 11월 12일 '지역별 업종별 노동조합 전국회의'가 주최한 서
울대 집회에서 사노맹 출범 선언문을 발표하여 공개적으로 그 결성을
선언하였다. 사노맹은 각종의 유인물과 『노동해방문학』등을 통해 조
직을 결성하였다. 이후 안기부의 조사와 수배가 이어졌고, 1991년 3
월 12일 조직의 핵심인 시인 박노해(박기평), 김진주 부부 등 사노맹
관련자 6명이 구속되었다. 박기평에게는 검찰이 사형을 구형하였고,
법원에서는 무기징역을 선고하였다.

76. 인노협 총파업투쟁 관련 유인물 제작(1989.11.16)

1988년 5월 18일 인천지역노동조합협의회(인노협) 준비위원회의 황재철 의장이 구속된 데 이어, 1989년 11월 11일 인노협 최동식 의장이 구속되자, 인천지역노동자들은 항의하며 격렬한 투쟁을 전개했다. 11월 16일 인천지역 총파업, 11월 17일 전국 동시 총회투쟁을 하기로 결의하였다. 이때 인천지역 노동운동을 파괴하기 위한 경찰, 노동청, 치안본부의 프락치 공작이 변태옥의 양심선언으로 폭로되어 충격을 주었다.

■ 1990년대 세진인쇄물 사건목록과 내용

1. 전노협 창립대회, 메이데이 총파업 관련 유인물 제작(1990.1.22~5.1)

1990년 1월 22일 서울대에서 개최될 예정이던 전국노동조합협의회
(위원장 단병호) 창립대회가 경찰의 원천 봉쇄로 불가능해지자, 수원
성균관대 자연대 캠퍼스로 변경하여 창립대회를 감행하였다. 이후 반
민자당 투쟁으로 방향을 정하고 노동운동 탄압에 항의하기 위해 5월
1일을 기해 전국에 걸친 총파업을 단행하였다.

2. KBS노조의 제작거부 투쟁 유인물 제작(1990.4.13)

1988년 5월 20일 노동조합을 결성한 후 KBS 노동자들은 진실을 보도
하는 방송을 만들기에 나서기 시작했다. 1988년에는 '광주는 말한다'
를 제작하여 방영하고 정권의 비리와 부정을 밝히는 등 공영방송의
의무를 다하려고 했다. 그러나 노태우정권은 민선사장 서영훈을 강제
로 퇴진시키고 노조원들의 의사에 반하는 서기원을 임명하였다. 노조
측은 사장 출근저지 투쟁을 전개하였다. 이를 이유로 경찰병력 900여
명을 동원하여 노조원 117명을 연행하였다. 이에 항의하며 KBS 조합
원들은 제작거부를 결의해 실행에 들어갔다. 강은기는 언론민주화를
위해 분연히 일어선 KBS 노동자들의 외침을 유인물로 제작하여 제공
하였다.

3. 이문옥 감사관 한겨레 제보 후 구속사건 관련 유인물 제작(1990.5.15)

이문옥 감사관은 1990년 5월 11일자와 5월 12일자에 재벌의 로비로
감사원의 감사가 중단되었고 재벌기업의 비업무용 부동산 보유비율

이 은행감독원 발표 내용 수치(1.2%)보다 훨씬 높은 43.3%에 달하는 것으로 추정된다고 한겨레신문에 제보하여 보도되었다. 이에 대해 국민여론이 들끓었다. 대검찰청은 이문옥 감사관을 5월 15일 공무상 기밀누설혐의로 구속하였다.

4. 윤석양 이병 양심선언서 제작(1990.10.4)

군복무 중 보안사에 파견돼 수사협조를 해오다 탈영한 윤석양 이병(외대 러시아어과 4년 제적)은 1990년 10월 4일 종로구 한국기독교교회협의회 인권위에서 기자들과 만나 국군보안사가 군 관계 정보수집 및 수사업무 외에 김영삼 민자당 대표최고위원, 김대중 평민당 총재, 이기택 민주당 총재 등 여야 현직의원과 종교언론, 문화, 예술, 노동, 학원가 등 사회 전반에 걸쳐 약 1,300여 명의 민간인을 대상으로 정치사찰 및 동향파악을 한다고 폭로하고 대상자 색인표, 개인신상카드, 개인별 동향파악 내용이 입력된 컴퓨터 디스켓 30여 장 등을 공개했다.

5. 범민련 결성 유인물 제작(1990.11.20)

1990년 8월 15일에 1차 범민족대회가 개최되었다. 1차 범민족대회는 민족대단결을 실현하기 위하여 조국통일범민족연합(범민련)을 결성하기로 공동 결의하였다. 여기서 범민련 결성운동이 본격화되기 시작하였다. 90년 11월 20일 독일 베를린에서 남북 해외대표 간에 진행된 '조국의 평화와 통일을 위한 범민족 통일기구 결성 3차 실무회담'은 범민족대회의 결의를 재확인하는 기초 위에서 조직체계, 당면사업, 결성사업계획 등을 확정하고 조국통일범민족연합 결성을 내외에 공식화했다. 1990년 12월 16일 윤이상을 의장으로 한 해외본부가 결성되고, 1991년 1월 23일에는 문익환 목사를 준비위원장으로 하는 남측본부준비위원회가 결성되고, 1991년 1월 25일에는 윤기봉을 의장으로 하는 북측본부가 결성되었다.

6. 강경대 시위진압 폭력 사망 후 결의대회 관련 유인물 제작(1991.4.26)

1991년 4월 24일 상명여대의 학원민주화 집회 과정에서 지지연설을 하고 돌아오던 명지대 박광철 총학생회장이 불법으로 연행되자, 명지대 학생들은 항의투쟁을 전개하였다. 총학생회장의 석방을 요구하는 학생들을 향해 경찰은 최루탄을 난사하고 진압하였다. 학생들은 철야농성에 돌입했다. 명지대 경제학과 1학년 강경대는 이 시위에 참가하여 경찰의 무차별 진압 과정에서 집단구타를 당하여 쓰러져 병원에 옮기는 도중 숨졌다. 1991년 4월 29일 오후에는 연세대에서 3만여 명이 참가한 가운데 '강경대 구타사건'을 규탄하는 '폭력살인정권 규탄 범국민결의대회'가 열리고, 전국 60여 개 대학에서 규탄집회가 열렸다. 이후 국민연합, 전대협, 신민당 등 44개 단체와 정당으로 구성된 '고 강경대 열사 폭력살인 규탄 및 공안통치 종식을 위한 범국민대책회의'는 5월 4일까지 추모기간으로 정하여 규탄대회와 추모행사를 열기로 하였다. 5월 4일 서울, 부산, 광주 등 전국 주요도시에서 '백골단 전경 해체와 공안통치 종식을 위한 범국민대회'를 열었다. 5월 18일 광주항쟁 11주년 기념일에 강경대의 2차 장례식이 거행되고, 서울과 광주 등 전국 주요 도시에서 규탄 가두시위가 전개되었다.

7. 쌀값 보장 전국 농민대회 호소문 제작(1991.11.26)

전농 소속 농민 13,000여 명과 시민, 학생 등 18,000여 명은 1991년 11월 26일 서울 중구 장충단공원에서 '미국쌀 수입저지와 쌀값 보장 전량 수매를 위한 전국농민대회'를 가진 후 대학로까지 행진을 벌였다. 전국 91개 군민회 농민들은 '쌀 수입 저지', '민주정부 수립', '노태우정권 타도'를 외쳤다.

8. 민주주의민족통일전국연합 결성 관련 유인물 제작(1991.12.1)

1991년 12월 1일 민주주의민족통일전국연합 창립 대의원대회가 연세대에서 열렸다. 전농, 전대협 등 21개 부문단체와 지역연합 소속 대의원 239명과 4,000여 명의 대학생들이 참석한 창립대의원대회에서 고광섭 전빈련 의장, 지선 통불련 의장, 권종대 전농 의장, 한상렬 전민련 공동의장 등 4명을 공동의장으로 선출했다.

9. 평택주민 미8군 기지 이전 정책 반대시위 관련 유인물 제작(1991.12.9)

10. 쌀시장 개방 반대 시위 유인물 제작(1992.1.5)

가톨릭농민회를 비롯한 10개 농민단체로 구성된 전국농민단체협의회와 우리농축산물먹기운동본부 전국농촌목회자협의회의 대표 15명은 1992년 1월 6일 오전 서울 세종로 주한 미대사관 앞에서 방한 이틀째를 맞은 부시 대통령에게 농산물개방 압력을 철회하라고 촉구하는 내용의 공개서한을 낭독한 뒤, 공개서한과 성명서를 주한미대사관 측에 전달했다.

11. 이지문 중위의 군 기무사 선거 개입 폭로 기자회견 자료 제작(1992.3.22)

1992년 3월 22일 육군 9사단 소속 이지문 중위(당시 24세)가 '공명선거실천 시민운동협의회' 사무실에서 기자회견을 통해 '일부 군 부재자 투표 과정에서 공개투표를 통해 여당을 지지하도록 강요하는 등 부정행위가 있었다'고 폭로하였다.

12. 교육대개혁과 해직교사 원상복직을 위한 범국민서명운동 관련 유인물 제작(1992.5.31~7.27)

1989년 전교조 교사 1,500여 명이 해직당한 후에도 교육부의 교육개혁 정책에는 진전이 없었다. 이에 교사들은 더 이상 교육현실을 방치해서는 안 된다는 사명감에서 교육대개혁을 요구하고, 해직교사들의 복직이 최우선적으로 실시되어야 한다는 인식 아래, 1992년 5월 초부터 현직교사들이 주체가 되어 '교육대개혁과 해직교사 원상복직을 위한 범국민서명운동'을 전국적으로 전개하였다.

13. MBC노조 공정방송 쟁취 파업 관련 유인물 제작(1992.9.2~10.15)

서울문화방송노조(위원장 직무대행 이완기)는 1992년 9월 2일 전면파업에 돌입했다. 핵심쟁점은 보도관련 3개 국장 인선에 평사원들이 추천권을 행사하는 추천제를 유지하느냐, 폐지하느냐였다. 노조는 유지, 사측은 폐지였다. 파업에 돌입하자 사측은 서울지방노동위에 중재를 요청했다. 이어 9월 4일에는 지방 MBC노조에서 파업을 결의하여 9월 15일 11개 지방 MBC노조가 부분 파업을 벌였다. 9월 25일 전국언론노동조합연맹 소속 54개 언론사 노조원 400여 명은 프레스센터 앞에서 'MBC파업 지지 및 공정방송 쟁취를 위한 전국언론인결의대회'를 개최하였다. 노사합의에도 불구하고 서울지검 남부지청은 10월 22일 이완기 위원장 직무대행, 박영춘 사무국장, 정찬형 민실위 간사를 노동쟁의조정법 위반 등의 혐의로 기소하고, 구속된 손석희, 최상일 노조부위원장, 이채훈 홍보부장 등 4명을 불구속 기소했다.

14. 전국연합 공안선거 규탄 시위 관련 유인물 제작(1992.12.5)

1992년 10월 6일 안기부는 남한조선노동당 사건을 발표하고 선거전 공안정국을 조성하려 했다. 국가보안법 철폐를 위한 범국민투쟁본부 등은 기자회견을 통해 '아무런 확인과 검증도 없이 마치 재야가 간첩의 사주를 받고 있는 것처럼 발표해 도덕성에 흠집을 내고 있다'고 규탄했다. 12월 5일에는 전국연합 주관 시민학생들 1,500여 명이 참가한 가운데 공안선거 규탄 시위를 벌였다.

15. 미군에 의한 윤금이 살해 사건에 따른 대책위 유인물 제작(1992.10.28)

1992년 10월 28일 주한미군 병사 케네스 리 마클 이병은 윤금이(당시 26세)를 살해하였다. 시신은 잔인하게 살해되어 체내에 우산대와 콜라병까지 박힌 채 발견되었다. 이에 동두천의 13개 단체는 한국 경찰의 기초수사 없이 마클 이병의 신병이 미군에 넘겨진 것에 항의하고, '한국 법에 의한 사건의 처리', '피해자에 대한 적절한 보상', '미군 범죄에 대한 수사권 확보를 위한 제도적 장치 마련' 등을 요구하였다. 11월 7일 동두천시 미2사단 포병여단 정문 앞에서 49개 단체 2,000여 명이 참가한 가운데 '주한미군 케네스 리 마클 이병의 윤금이 씨 살인만행 시민규탄대회'가 열렸다. 11월 17일에는 서울 종로구 기독교회관에서 '주한미군의 윤금이 씨 살해사건 공동대책위원회' 주최로 600

여 명의 시민들이 참가한 가운데 '주한 미군에게 죽임을 당한 윤금이 씨 추도식 및 시민규탄대회'가 개최되었다. 이후 '공동대책위원회'는 1993년 10월 26일 발전적으로 해체하고 '주한미군범죄근절운동본부'로 개칭 발족되었다.

■ 2000년대 세진인쇄물 목록과 내용

1.500여 시민단체 결의의 낙천 낙선운동 유인물 제작(2000.4.3)

2000년 4월 13일 제16대 총선을 앞두고 전국의 500여 개 시민사회단체에서 후보자 적격 판정에 개입하기 시작했다. 이는 사상 유례 없는 일로, 바람직한 인물이 후보자로 선정되고 나아가 선량으로 선출되도록 유권자들에게 정보를 제공하기 위한 시민운동이었다. 국민의 정부가 들어선 뒤 과거의 비행자들이 변신을 통해 민주주의의 과실을 얻는 상황이 드러나기 시작했기 때문이다. 역사 속에서 자숙해야 할 인물들이 버젓이 공천을 받는 정치 행태를 시민단체에서 저지하고자 벌인 운동이었다. 이 운동에 강은기와 동생 강은식은 열정적으로 인쇄물을 제작하여 보냈다. 이 작업 과정에서 강은식은 손가락이 절단되는 사고를 당하기도 했다.

일기 글 모음

☙❧

쉬는 이틀 동안에 게으름 속에서 지나간 것 같다. 이렇게 게을러 가지고 될까. 첫째, 출근 시간을 지켜야 하겠다. 10시 넘어 공장에 나가서 무슨 일을 할 수 있을까. 경쟁사회에서 아침시간을 그렇게 뺏기고서는 낙오되고, 낙오된 삶은 진실에서 떨어진 삶이 된다. 둘째, 독서를 못했다. 시간 틈틈이 독서를 했으면 좋겠다. 셋째, 등산을 못했다. 등산을 하자. 너무 안일하게 지금 내가 시간을 보내고 있는 것이다. 출근을 일찍 하면 진실한 삶의 터전을 마련할 수 있고 독서를 한다면 자신 있는 삶을 살 것이다. 등산을 한다면 튼튼한 삶을 지속시킬 수가 있을 것이다. 지난해는 그래도 일을 참 많이 한 것 같다. 그러나 지출 요인이 많이 있었다. 명숙이 결혼, 명순이 결혼, 희재 결혼, 희자 결혼. 돈이 많이 쓰여지기도 했다. 그러니까 지금 현재 적자부문이 200만 원 발생했다. 올해는 좀 더 부지런히 해서 지출부문에 낭비하는 일이 없도록 해야겠다. 그래도 작년에 있었던 제일 기쁜 일은 명순이 시집보낸 일이었다. 어제 왔다 하루 저녁 자고 오늘 갔는데 딸아이도 건강한 것 같았다. 그러나 명숙이 일은 염려가 된다. 혜정이가 일을 열심히 하고 있는 일은 고맙고 은식이는 치질 때문에 고통을 당한 거 같은데 나도 장이 안 좋은 거 같다. 배가 항상 더부룩하고…… 은식이나

나나 기분에 아침으로 관악산에 올라 약수를 마신다면 나아질 법도
하련만……

_1985년 1월 2일(수) 밤 記

&○&

인쇄소엘 나간다. 오늘까지 쉬는 곳이 많은 것 같다. 지업사는 거의
논다. 첫날이니만큼 점심을 사야 하는데 돈이 없다. Miss 장한테 2만
원을 꾸어 평래옥에 가서 7명이 점심을 함께 했다. 그러니까 시무식
을 한 편이다. 내경이 한테서 전화가 온다. 조 목사한테 세배를 간다
고 해서 나도 시간 맞춰갔다. 가는 시간이 4시 30분쯤 됐다. 창균이
부부, 채만수 부부 등이 다녀갔단다.

교회에서는 권사, 집사들에게 『하늘양식』 1권씩 선물한 걸로 되었
다. 인쇄소에 놔뒀다가 오늘 집에 갖고 오면서 내일 아침부터 가족예
배를 봐야지, 예배를 보자면 가족이 함께 6시 30분에는 일어나야겠지
하고 있는데, 저녁에 마누라하고 다투는 일이 있어 마누라가 애들 방
에 가서 자고 있는데 이렇게 되면 가족예배는 방해를 받게 된 셈이다.
화음을 이루기가 얼마나 어려운 건지, 아니면 쉬운 건데 화음을 가까
이하려 않는 마음의 자세가 정돈되지 않아서 그럴 게다. 또 교회의 당
회에서는 장로 추천을 받았다. 장로가 되자면 시험을 보고 안수도 받
고 취임식도 하게 된단다. 장로가 되다니…… 갸우뚱해지는 터다.

이제 새해에는 술, 담배를 삼가자. 그리고 실없는 소리도 그만 하
자. 나는 을지로에서 욕쟁이라고 소문이 나 있다던데, 언행도 조심해
야지. 욕은 정의가 침탈당할 때 쓰는 것이지 항시 쓴다면 인생을 걸레

를 만들고 만다. 사람이 걸레가 돼야 할 때가 있다. 슬픈 일을 당할 땐 자기를 갈갈이 찢어 걸레가 돼야 한다. 그러나 평상시에도 자기를 찢는 행위를 한다면 그는 병자요 폐인이다.

_1985년 1월 3일(목) 밤 記

෨෧

하나님, 새해 둘째 주일을 맞이하여 당신의 전에 나와 예배드리는 저희들의 몸과 마음을 받아 주시옵소서.

지난해의 허물고 나태함을 용서하여 주시고 새해는 당신의 뜻 안에서 당신의 뜻 따라 살 수 있도록 인도하여 주옵소서.

당신의 피 흘림 위에 세워진 이 교회, 그동안 너무 안일 속에서 지내왔습니다. 지금 이 시간 우리들에게 새 힘을 주사 새해에는 당신의 선교사업에 열심을 내어 풍성한 열매를 맺는 교회로 키워주옵소서.

주님, 우리가 또한 세상 속에서 살 때 우리에게 강함을 주사 이 땅에서 약한 자를 짓밟는 포악한 무리들을 물리칠 수 있게 하여 주시고, 우리에게 약함을 주사 이 땅의 허약한 사람들이 건강한 생활을 누릴 수 있게 될 때까지 하나가 되게 하여 주옵소서

주님, 우리에게 넉넉함을 주사 노동자와 농민을, 영세사업주를 농락하고 우롱하는 가진 자들의 횡포를 물리치게 하여 주시고, 우리에게 가냘함을 주사 이 땅의 빈민들의 처지에서 우리의 몸이 이탈되지 않도록 그들과 함께 눈물 흘리며 살 수 있도록 하여 주옵소서.

주님, 우리에게 지식을 주사 이 땅에서 권력 쥔 자들의 도구가 되어 이 세상을 어지럽히는 무리들을 정론正論으로 물리칠 수 있게 하여

주시고, 우리에게 무지함을 주사 배우지 못해서 스스로를 멸시하며 사는 자들과 함께 살며 참지식을 창출創出하는 사람들 되게 하여 주옵소서.

주님, 우리에게 지혜를 주사 사악한 무리들이 부는 피리소리에 현혹되지 않고 그들의 소리에 미혹되지 말게 하여 주시고, 우리에게 어리석음을 주사 당신의 행동만 묵묵하게 따라 사는 저희 되게 하여 주옵소서.

주님, 우리에게 거만함을 주사 이 땅의 권세 있는 자들의 오만함을 부끄럽게 만들며, 우리에게 겸손함을 주사 약하고, 가난하고, 무지하고, 어리석은 사람들을 섬기며 살 수 있도록 하여 주옵소서.

주님, 우리가 바른 기운에 의지하여 힘 있게 살아 갈 수 있도록 붙들어 주옵소서.

주님, 지난 한해가 가는 마지막 날에 우리는 한 꿈을 꾸었습니다. 우리 회원교회 형제들이 하나로 어울려 있는데 당신의 가슴이 우리들의 단단한 가슴을 향해 눈 깜짝할 사이에 부딪쳐 왔습니다. 당신의 가슴은 깨지고 뿌려진 당신의 피로 단단한 우리들의 몸은 붉게 물들고 말았습니다.

주님, 우리들이 이제 우리의 약한 가슴으로 세상의 단단함 속으로 나아갑니다.

세상의 단단한 가슴을 향해 주저 없이 우리의 연약한 가슴을 던질 수 있게 하여 주옵소서.

이 땅의 빈민들의 이름으로 기도드렸습니다. 아멘.

_1985년 1월 7일(월) 밤 記

꿍ㅇ웠

사람이 철이 들면 내가 한 생명체구나 하는 것을 알게 되고, 그 생명체는 한계를 가지며 그러기에 죽음을 당하게 된다는 것을 알게 되고 두려움을 갖는다.

이 두려움은 죽음을 기도하게 만들며 삶 자체에 공포를 갖다 준다. 이 공포를 벗어나려 적극적인 대응책으로 죽음을 초극하려는 자세가 나온다.

여기서 한 종교현상이 태동되고, 무에 깔려 있는 무한한 존재에의 실체에 접근하게 된다. 유한한 한 생명체가 영원永遠의 입문入門인 무無의 세계의 문턱에서 무無의 세계를 보았을 때 두려움에서 오는 공포를 이기고 삶을 태연하게 살 수 있다고 본다.

_1985년 2월 4일(월) 밤 記

꿍ㅇ웠

하나님이 새 옷을 입었다. 그러나 하나님의 새 옷은 금방 더러워질 것이다. 우리들의 공기가 그만큼 탁하니까.

하나님이 우리를 사랑하신다면 그는 택시를 못 잡아 쩔쩔 매야 하며, 동시에 노조를 위해서 분신자살한 기사가 돼야 한다.

그분은 깡패가 다 된 경찰깡패의 곤봉에 얻어터지면 최루탄 까스에 눈물을 찔끔찔끔 흘리다가 즉결에 회부되어야 한다. 하나님은 드디어 즉결에서 구류 29일을 받는다.

_1985년 2월 9일(토) 밤 記

오병이어五餠二魚의 기적 이야기가 성서에 기록되어 있다. (마태복음 14:13~21 : 저자 주) 예수가 떡 다섯 개와 물고기 두 마리로 많은 군중을 먹이고도 많은 음식을 남겼다는 이야기인데, 그 당시도 군중들은 배고픈 사람들이었으리라. 그 배고픈 사람들에게 절박한 것은 하늘나라의 이야기, 사랑 이야기 등등보다는 당장 배고픈 창자를 채우는 일이었으리라. 병든 자가 병 고침을 갈망하듯이 배고픈 자가 사회로부터 받는 냉대를 뚫고 배고픈 문제를 해결해 줄 수 있는 절대적인 능력을 가진 힘을 갈구한 것은 절박한 갈구였으리라. 예수는 그 필요를 안 것이다.

사실 교회는 갈구를 갖는 사람들이 나온 장소다. 교회가 그 갈구의 소재를 파악하고 갈구를 풀어줄 수 있어야 한다. 그러나 오늘날 교회는 자기 목소리만 전달할 뿐만 아니라, 오히려 그 소리를 듣는 합당한 사람만 교회에 나오라고 한다. 예수 제자들도 그랬다. 그때 모인 사람들은 본래부터 배고파왔던 사람들이다. 그 사람들의 문제를 해결하기 위해선 많은 돈이 든다. 그런 돈이 있을 턱이 없고, 있다면 오병이어五餠二魚밖에 없다. 그러니 배고픈 사람들에 대해 관심 갖는 것 자체가 우스꽝스러운 짓이다. 그런데 예수는 고집했다. 오병이어면 충분하다. 사실 충분했다. 분명한 것은 관심이다.

우리는 관심 가져야 할 많은 절박한 대상들을 놓치고 세상을 관습적으로 너무 안이하게 살아가고 있다. 절박한 대상들은 우리 눈에 보이지 않는다. 왜 우리가 관심을 안 갖기 때문이다. 보이지 않은 대상을 향해서 눈을 돌려 우리도 오병이어를 행할 수 있는 능력의 주체자가 되자.

_1985년 2월 10일(일) 밤 記

ഗ

시간은 잘 가게 되어 있는 건가. 벌써 3월이 되어 오늘이 8일이다. 3·8이라. 화투치는 사람은 3·8광땡을 생각할 것이다. 민족의 아픈 분단현실을 보는 사람은 38의 분단선을 잊어버릴 수 없으리라. 뇌리에 항상 살아 있어 뇌리를 짓누르고 있는 것이 3.8이다.

이제 뇌리에서 이 3·8의 장막을 걷어 내기 위해서 혼신의 노력을 해야 한다. 더 이상 지체할 수 없으며 외면할 수 없다. 정면으로 보고 정신 차려 대응하지 않으면 3·8에 짓눌려 질식사할 것이다. 질식사는 굶어죽음이다. 할 일을 못할 때 굶어 죽는다.

할 일을 하자. 할 일을 부지런히 하자. 부지런한 삶을 살면 건강할 것이다. 건강한 삶을 살면 분단의 아픔에서 해방될 것이다. 그렇다. 해방의 삶, 막힘에서 풀어지는 삶을 사는 것이다.

그러고 보니 풀(草)은 이 풀어(解)의 뜻일까. 민초民草 하면 해방의 삶을 사는 자리가 될까? 풀이 나 있는 그 푸른 초장草場은 해방된 삶의 터전인가 보다. 그렇다. 풀이 나지 않은 마당은 죽을 마당이고 마구 짓밟힌 마당이다. 어느덧 우리의 마당은 풀 한 포기 없는 깡마른 땅이 되고 말았다. 내 마음에 풀이 있게 하자. 풀을 짓밟은 발을 꺾자. 여대생 추행사건같은 것이 문제가 아니다. 발에 짓밟혀 누렇게 뜨고 있는 풀이 문제다. 내가 살 풀밭을 만들자.

_1985. 3. 8(금) 記

무무無無

　없음에 없음이면 없음이 되는가, 있음이 나오는 건가? 없음을 없애면 없음이 되나, 있음이 나오나? 없는 건 없앨 수가 없지. 없앨 것이 없는데 무엇을 없애, 없고도 없다, 그 말일까? 없음의 길은 자리 없음의 핵. 없음이면 없음이지 없음에는 있는 것들의 기준의 자로 핵이니 변수니가 없지 않아 그냥 무無면 무無지 무무無無가 뭘까? 무無의 확인일까? 없앨 것이 없다, 그 말일까? 전부 무無로 되어서 유有의 흔적, 유有의 찌꺼기도 남아 있지 않다, 그 말일까? 아니면 유有와 무無의 호흡이 아니라 무無와 무無의 호흡일까? 상대相對를 색色의 눈으로 보는 것이 아니라 자아自我를 무無의 자리 위에 세워놓고 상대相對로 무無의 자리에 세워놓고 본다는 말일까? 동작動作들의 나타남에 눈길이 빠져드는 게 아니라 무동작無動作의 무위를 보는 걸까? 작위作爲의 받침대인 무작위無作爲를 보고 작위를 보는 그게 무무無無다.

_1985. 4. 8(일) 밤 記

* 강은기는 거의 매일 일기를 써왔다고 한다. 그러나 70년대 일기는 수많은 연행조사과정에서 압수당하거나 멸실되어 남아 있는 게 없다. 여기에 수록한 일기는 1985년의 일기 중 일부를 옮긴 것이다.(저자 주)

사진으로 보는 강은기의 발자취

ഏ൙

20대 청년시절의 모습

ഏ൙

가. 젊은 시절

1 강은기 선생이 다닌 남원중학교 전경
2 시골에서 어머님과 일하는 젊은 날의
　강은기 선생
3 류영모 선생 댁 구기동 뜰에서. 오른쪽
　이 강은기 선생
4 출가하고 2년여 만에 환속한 1963년
　어느 날. 왼쪽 첫 번째가 강은기 선생

나. 인쇄운동과 전민동 활동

1 한국인쇄문화운동협의회 창립
  (1988.9.3)
2 한국인쇄문화운동협의회 창립
  시 인사말씀을 하는 강은기 선생
3 한국인쇄문화운동협의회 창립행
  사 뒤풀이(88. 9. 3)

1 1994년 4월 모란공원 문익환 목사 묘소 참배 후(왼쪽 첫 번째 문성근, 두 번째 강은기)

2 문익환 목사 장례식(94. 1) 이후 모란공원 문 목사 묘비 앞에서. 오른쪽 강은기 선생(94. 4)

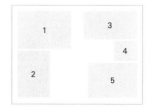

3 금강산 관광이 처음 개시된 때 금강산에서
   양희선 여사와 함께(1998. 11. 18)
4 1995년 어느 봄날, 풀밭에서. 강은기 선생.
5 가족 간의 조촐한 생일 축하. 오른쪽부터 강
   은기 선생, 부인 양희선 여사, 동생 강은식

1 전민동 회원들과의 산행. 앞줄 오른쪽이 강은기 선생, 선생의
  왼쪽 뒤가 김오환. 오른쪽에서 첫 번째는 권용주, 두 번째는 이
  은영. 앞줄 왼쪽 첫 번째가 심재택. 뒷줄 왼쪽 첫 번째부터 박기
  래, 이세균, 정동익, 기세춘 선생

2 동학혁명기념전적지 답사(전북 정읍 고부면). 앞줄 오른쪽에서
  두 번째가 강은기 선생

3 회원교회 교인들과 함께. 앞줄 오른쪽에서 두 번째가 강은기. 앞줄 왼쪽 첫 번째가 임화진, 뒷줄 왼쪽 세 번째가 김동춘 교수

4 회원교회 교인들과 함께. 오른쪽에서 세 번째가 강은기 선생

5 회원교회 교인들과 함께. 왼쪽에서 네 번째가 강은기 선생

1 네 동지들의 웃음. 왼쪽에서
 첫 번째가 강은기 선생

2 국민정치산악회 회원들과 지
 리산 산행. 앞줄 오른쪽에서
 두 번째가 강은기 선생

3 산행 모임에서. 오른쪽에서 세
 번째가 강은기 선생

4 국민정치산악회 회원들과 태
 백산 산행. 앞줄 왼쪽에서 네
 번째가 강은기 선생

1		5	
2	3		6
4		7	

5 전민동 16차 정기총회(이은영, 정랑모
와)

6 사월혁명기념 4.19묘역 참배 후 신익
희선생 묘비 앞에서(2000.4.16). 비석
왼쪽에 앉은 이가 강은기와 정동익,
비석 오른쪽에 앉은 이가 이종린, 뒷
줄 비석 왼쪽 서 있는 이가 박기래 선
생, 그 옆이 필자와 이병길 형

7 4.19묘소 참배 후 전민동 통일산악회
회원들과. 뒷모습이 강은기, 술 따르
는 이가 필자, 정동익, 이병길, 이종린,
박기래, 김순남 선생

1 4.19묘소 참배 후 전민동 통일산악회 회원
들과(2000.4.16). 오른쪽에서 네 번째 강은
기 선생, 세 번째 필자

2 4.19묘소 참배 후 전민동 통일산악회 회원
들과(2000.4.16). 왼쪽 두 번째 뒷모습이
강은기 선생 , 첫 번째가 필자

3 남원 김주열 열사 묘 참배(2000. 5). 왼쪽
첫 번째 필자, 세 번째부터 강은기 선생,
정동익 사월혁명회 상임의장, 박기래 선
생, 이종린 선생, 이병길 회원

4 강은기 선생 회갑기념 만찬회식 전민동 회원과 함께(오른쪽 첫 번째 강은기 선생, 맞은편 필자, 이은영, 양경숙, 임화진, 장인선)

5 2000년 봄날, 남원중학교 동창 박성극과 북한산에서. 오른쪽이 강은기 선생.

6 전민동 회원 가족 등과 광주 망월동 참배(2001.5.20). 뒷줄 왼쪽에서 네 번째 강은기 선생, 왼쪽에서 두 번째 필자, 앞줄 왼쪽이 필자 아들 김한창, 뒷줄은 김석원 선생, 신관섭, 임화진, 윤상용

1 전민동통일산악회 회원들과(2001년 겨울). 뒷줄 왼쪽에서 두 번째 앉은 이가 강은기 선생, 권희도, 김봉진, 임화진, 신관섭, 김용란, 홍이화, 필자, 권형택, 이은영

2 5.18 민주화운동 20주년(2010. 5. 18) 기념 열사묘역 참배 후. 왼쪽 첫 번째부터 강은기 선생, 김한창(필자 아들), 필자, 이세균 선생, 이은영 전민동 전 회장, 김봉진 회원.

3 영화 〈일단 뛰어〉에 까메오로 출연한 뒤 유인택 감독(왼쪽 첫 번째)과 함께

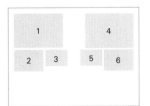

4 강은기 선생 별세 1주기 기념 참배. "지사진주강은기
　지묘志士晋州姜恩基之墓"를 새긴 묘비석을 세우다.

5 강은기 선생 별세 1주기 기념 참배. 왼쪽 첫 번째부터
　권형택, 미망인 양희선 여사, 아들 동균, 딸 신영, 필
　자, 오른쪽 첫째가 동생 강은식

6 강은기 선생 별세 1주기 기념 참배. 가족 친지들과

다. 세진인쇄, 가족과 동지들

1 세진인쇄소 간판
2 세진인쇄소 앞의 강은기 선생
3 세진에서 출간한 자료들
4 강은기 선생의 부인 양희선 여사
5 강은기 선생의 누님 강명남과 조카 오혜정
6 강은기 선생의 벗 박상희 목사
7 강은기 선생의 벗 이해학 목사
8 강은기 선생의 자택. 부인 양희선 여사
9 강은기 선생의 친구인 임원택 선생과 막내 처남 양희재 남원시의원

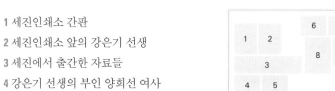

모시는 말씀

결실의 가을,
하나님의 풍성한 은혜가
귀하와 섬기시는 교회위에 함께 하심을 기원합니다.

아뢰을 말씀은,
1978년 이 민족의 역사속에서
이 땅의 민중을 위한 선교적 섬김을 위해서
서울회원교회가 설립되었읍니다.

이 교회가 발전하여 세분의 장로님
(장동천, 강은기, 황영환)을 모시게 되었읍니다.
이제 귀하를 모시고 기쁘고 축복된 예배를
다음과 같이 드리고자 하오니
오셔서 기쁨을 나누고 축복하여 주시면 감사하겠읍니다.

― 다 음 ―

때 : 1986년 10월 19일 (주일) 오후 2시
곳 : 서 울 회 원 교 회 (이화장 입구)

1986년 10월 12일

기독교대한
감 리 회 서 울 회 원 교 회

당회장 (서리) 조 승 혁 목사
교 우 일 동

1 강은기 선생의 동생 강은식 세진인쇄
사장
2 주민교회 창립 30주년 행사. 이해학
목사와 목사의 어머니 한맹순 여사
3 회원교회 창립 초대장

라. 옥중서신 및 엽서

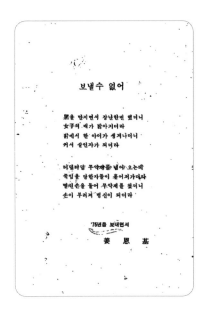

보낼수 없어

黑을 만지면서 장난한번 했더니
女子의 배가 밝아지더라
밝에서 한 아이가 생겨나더니
커서 살인자가 되더라

머덜머알 무악을 넘어 오는데
죽임을 당한자들이 묻어저가더라
빈런손을 들어 무악제를 했더니
손이 부러져 병신이 되더라

'75년을 보내면서

姜 恩 基

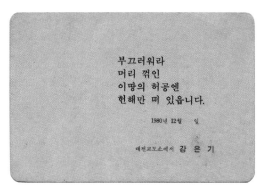

부끄러워라
머리 꺾인
이땅의 허공엔
헌해만 떠 있읍니다.

1980년 12월 일

대전교도소에서 강 은 기

1 1975년 송년엽서
2 1980년 옥중엽서
3 1980년대 엽서에 적은 시
4 1983년 송년엽서

1	2
3	4

너희는?

죽은 예수의 살점을 뚝 떼어
낚시 바늘에 꿰어 물고기를 낚아
회쳐 먹은자들아

너희들은 물고기 씹는 맛이 좋다고
희희낙락하지만

씹히는 물고기의 아픔은
하늘을 찌르는구나

하늘에서 소리가 멀어진다

왜? 너희는!!!
사람을 물고기로 보느냐

강 은 기

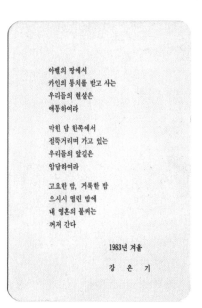

아벨의 땅에서
카인의 통치를 받고 사는
우리들의 현실은
애통하여라

막힌 담 한쪽에서
절뚝거리며 가고 있는
우리들의 앞길은
암담하여라

고요한 밤, 거룩한 밤
으스시 멸린 밤에
내 영혼의 불씨는
꺼져 간다

1983년 겨울

강 은 기

겨울 山河

부풀었던 甲子年도 그냥 가네
가야할 것은 가지 않고…
그러니
봄이 와도 民의 싹은 나지 않고
여름이 와도 民의 푸르름은 없다.
가을이 와도 民의 열매는 맺히지 않고
겨울이 와도 民의 눈은 나리지 않는다
다만,
독사 두마리가 땅속으로 들어갈 줄도
모르고
깡마른 겨울 山河를 횡행한다

독사의 배밑에 깔린
혼절당한 民의 힘이여
솟구쳐어라
솟구쳐어라

甲子年 마지막날에

강 은 기

送軍迎民

乙丑年 元望

세진인쇄소

姜恩基 拜

검은해는 가라
우리들의 주권을 찬탈한 무리들은 가라
우리들의 일터를 빼앗은 살찐자는 가라
이 강토를 토막내고
우리들의 가슴을 짓밟은 검은발은 가라
새해, 새세상이 와서
주권을 찾은 우리들이 넉넉한 맘 되어
메마른 강산에 평화의 씨 뿌려
기쁨의 참된 기운이
온 누리에 뻗치게 하라

1985년을 보내며

강 은 기 드림

統一前年

__________님

날좀 봐
살아 있으므로 죽어있는 나를
그래서 나는
살아있는 너를 죽어있는 것으로 본다.
새햔
자리를 바꿔보자
작은 것들도 살아숨쉬게

나를 봐
죽은 것으로 살아있는 나를
그래서 나는
죽어있는 너를 살아있는 것으로 본다.
새햔
따로사는 것을 버리자
함께 살게

1993년 말에
통일을 비는 맘
강 은 기

나는 평등이고자 했다
그래서 이 길을 걸었다
지금은 비탈진 길을
혼자와 함께 걷고 있다
당신의 평화와 함께 걷고 있다

神과 내가 평등함을 믿으며
남과 북이 평등함을 밝히며
사람과 사람이 평등함을 다지며

1995년 1월 1일

강 은 기

---

1 1985년 송군영민 엽서
2 1985년 송년엽서
3 1993년 송구영신 엽서
4 95신년엽서

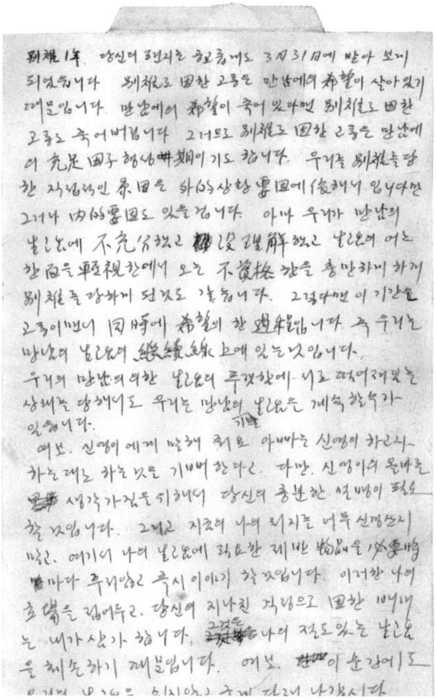

別離 1年. 당신의 편지는 늦게 3月31日에 받아 보게 되었읍니다. 別離로 因한 고통은 만남에의 希望이 살아 있기 때문입니다. 만남에의 希望이 죽어 있다면 別離로 因한 고통도 죽어버립니다. 그러므로 別離로 因한 고통은 만남에의 充足因子 행복이기도 합니다. 우리를 別離토록 한 자연적인 原因은 外的상황 要因에 依해서 입니다만 그러나 內的要因도 있을 겁니다. 아마 우리가 만남의 날들에 不充分했고 [illegible] 理解했고 날들에 어느 한 面을 輕視한데서 오는 不[illegible] 함을 충만하게 하게 別離를 당하게 된 것도 같습니다. 그렇다면 이 기간은 고통이면서 同時에 希望의 한 過程입니다. 즉 우리는 만남의 날들의 [illegible]線上에 있는 것입니다.
우리의 만남의 의한 날들의 즐거움에 비교 떨어져 있는 상태를 당해서도 우리는 만남의 기쁨 날들을 계속할 수가 있읍니다.
여보. 신영이에게 말해 주오 아빠는 신영이 하라는 대로 하는 것을 기뻐한다고. 다만. 신영이의 올바른 생각 가짐을 위해서 당신의 충분한 설명이 필요할 것입니다. 그리고 지금의 나의 처지를 너무 신경쓰지 말고. 여기서 나의 날들에 필요한 제반 物品을 [illegible]마다 주지 않고 [illegible] 이야기 할 것입니다. 이러한 나의 요구를 접어두고. 당신의 지나친 걱정으로 因한 [illegible]는 내가 싫어 합니다. 그것은 나의 [illegible] 있는 날들을 침손하기 때문입니다. 여보. 이 순간에도

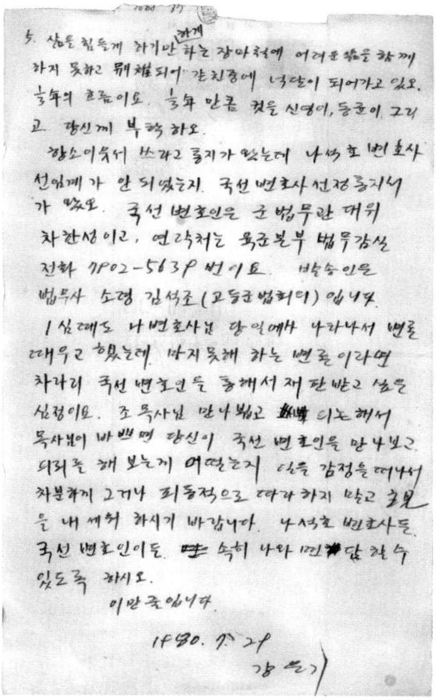

5. 삶을 힘들게 하기만 하는 장마철에 어려운 일을 함께 하지 못하고 別離되어 간 친중에 넉달이 되어가고 있오. 늦年의 흐름이오. 늦年 만큼 컸을 신영이, 동준이 그리고 당신께 복 축하오.
형소에서 쓰라고 용지가 왔는데 나석호 변호사 선임께가 안 되었는지. 국선변호사 선정용지서가 왔오. 국선 변호인은 군 법무관 대위 차한성이고, 연락처는 육군본부 법무감실 전화 7902-5639 번이요. 발송인은 법무사 소령 김석조(고등군법회의)입니다.
1심 때도 나 변호사님 당일에사 나타나서 변론 때우고 했는데. 마지못해 하는 변론이라면 차라리 국선 변호인을 통해서 재판받고 싶은 심정이요. 조 목사님 만나 뵙고 의논해서 목사님이 바쁘면 당신이 국선 변호인을 만나보고 의뢰를 해 보는게 어떨는지 너무 감정을 떠나서 차분하게 그러나 피동적으로 따라 하지 말고 主見을 내세워 하시기 바랍니다. 나석호 변호사든 국선 변호인이든 속히 나와 면담할 수 있도록 하시오.
이만 줄입니다.
1980. 7. 21
강은기

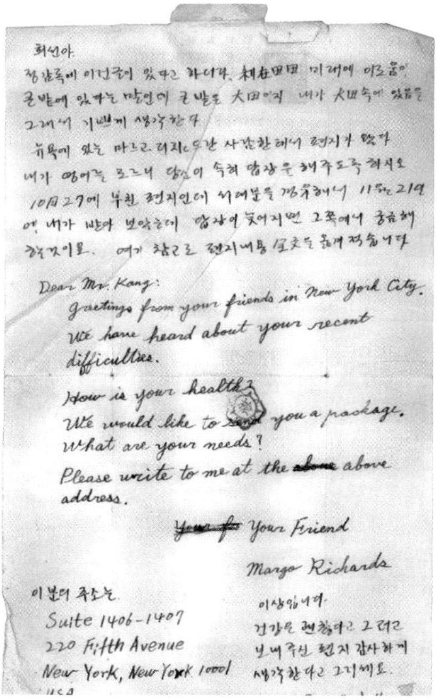

희선아.
정감록에 이런 글이 있다고 하더라. 利在田田 미래에 이로움이 곧 밭에 있다는 말인데 곧 밭은 大田이지 내가 大田속에 있음을 그래서 기쁘게 생각한다
뉴욕에 있는 마고 리차드란 사람한테서 편지가 왔다
내가 영어를 모르니 당신이 속히 답장을 해주도록 하시오
10月27에 부친 편지인데 서대문을 경유해서 11월21일에 내가 받아 보았는데 답장이 늦어지면 그쪽에서 궁금해 할 것이오. 여기 참고로 편지내용 全文을 옮겨 적습니다

Dear Mr. Kang:
Greetings from your friends in New York City.
We have heard about your recent difficulties.
How is your health?
We would like to ~~send~~ you a package.
What are your needs?
Please write to me at the ~~above~~ above address.
~~Your fr~~ Your Friend
Margo Richards

이분의 주소는
Suite 1406-1407
220 Fifth Avenue
New York, New York 10001
USA

이상입니다.
건강은 괜찮다고 그리고 보내주신 편지 감사하게 생각한다고 그리세요.

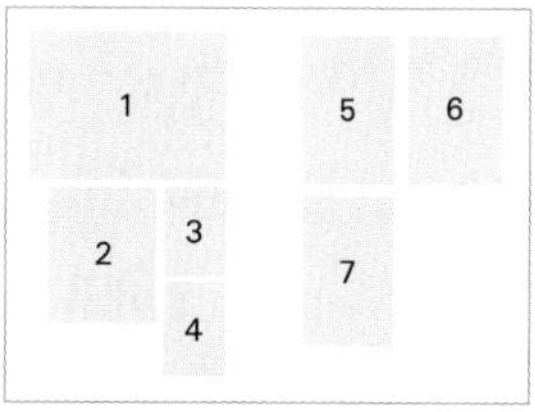

5~7 옥중서신

강은기 연보

1942년 전북 남원 쌍교리에서 부친 강용갑, 모친 진차정의 장남으로 태어남.

1956년 용성초등학교를 졸업하고 남원중학교 입학

1958년 남원중학교 3학년 졸업 4개월 남기고 자퇴

1959년 남원의 인쇄소에 취업하여 2년 동안 활판 인쇄기술 배움

1960년 3월 30일 상경. 이후 응암동 나300호 공동체 생활

1960년 4월 19일 4월 혁명의 대열에 참여함

1961년 5·16 군사쿠데타 발발 후 실망하여 5월말 충북 보은 속리산 법주사 출가

1963년 환속

1963년 남원중학교 동창인 이해학과 만남. 다시 응암동 나300호 공동체 생활

1964~1971년 을지로 인쇄골목에서 인쇄공으로 일함. 이 시기에 흥사단, YMCA 등에서 류영모, 함석헌, 안병무 등을 만나고 수강. 개혁, 참여, 민중신학과 역사현실에 대한 성찰을 통해 시대 사명에 동참함

1972년 유신쿠데타에 맞서 세진문화사 설립(이후 세진인쇄로 운영) 이후 70~80년대 줄곧 유신반대 반독재 민주화 운동이 이루어지는 곳에 쉼 없이 인쇄유인물을 제작하여 제공함

1973년 수도권도시선교사업위원회(KMCO) 시위에 참가하여 긴급조치 1

호 위반으로 보름간 동부경찰서에 구금. 한통련 기관지 '민족시보' 관

련으로 중앙정보부에서 10일간 조사 받음

1975년 함석헌 선생 주례로 남원 양씨 양희선과 결혼

1976년 3·1 민주구국선언서 제작 건으로 성남경찰서 연행

1978년 인권운동 관련 유인물 제작 건으로 서부경찰서 연행

1979년 허병섭 목사가 의뢰한 유인물 관계로 동대문경찰서 연행. 박형규

목사의 저서 『해방의 길목에서』 제작 중 중부경찰서 연행

1980년 '김재규 항소이유서' 제작 건으로 구속, 5월 3일 서대문 구치소 수

감. 김대중 내란 음모 사건 관련으로 징역 3년 선고받고 1년 1개월간

투옥. 이후 많은 사건 유인물 제작으로 연행, 구류 및 구속됨

1988년 9월 3일 한국인쇄문화운동협의회 설립, 초대회장이 됨

1995년 국민정치산악회 창립, 초대회장이 됨

2002년 5월 전북민주동우회 회장. 췌장암 발병으로 백병원에서 입원 치

료 중 11월 9일 영면, 11월 12일 서울대 보라매 병원에서 '민주사회

장' 엄수, 마석 모란민주인사공원 묘역에 안장

2003년 3월 지사 고 강은기 선생 묘비 제막

2005년 4월 민통련 창립 20주년 행사에서 공로상 수상

참고문헌

민주화운동기념사업회, 김영일 정리, 『강은기 녹취록』, 2002.

민주화운동기념사업회, 「한국민주화운동사 연표」, 민주화운동기념사업회 연구소, 2006.

『용성지龍城誌』, 남원문화원, 1995.

『남원지南原誌』, 남원군 향교, 1972(1992).

김세종제 교주본 춘향가 II : 최동현 최혜진, 민속원, 2005.

민주화운동기념사업회, 『전북민주화 운동사』 민주화운동기념사업회 연구소, 2012.

민주화운동기념사업회, 『한국민주화 운동사』 2, 민주화운동기념사업회 연구소, 2009.

『신석정전집』 1권・2권, 국학자료원, 2008.

김형욱, 『김형욱 회고록』 제1부-5・16비사, 도서출판 아침, 1985.

강준만, 『한국현대사 산책』 1960년대편 2권, 2004(2012 10쇄).

강준만, 한국현대사산책』 1970년대편 1권, 2002(2006 10쇄).

탄허 선사 강의, 『초발심자경문』, 불서보급사, 1971(2005 10판).

소운 스님, 『하룻밤에 읽는 불교』, 랜덤하우스 중앙, 2004(2006 7쇄).

스리 담마난다・아노마 마힌다, 홍종욱 역, 『붓다 행복의 길을 보이다』, 장승, 2006.

『성경전서』(개역 한글판), 대한성서공회발행, 1989.

틱낫한, 오강남 역, 『살아계신 붓다 살아계신 예수』, 솔바람, 2013.

달라이라마, 이현 역, 『종교를 넘어』, 김영사, 2013.

인해 역주, 지안 감수, 『달마대사의 소실육문』, 민족사, 2008.

난다라타나 스님, 위말라키티, 『팔리어 직역 법구경Dhammapada』, 불사리탑, 2010.

김명배, 『한국기독교 사회운동사』, 선학사, 2009.

박영호, 『다석 유영모의 생애와 사상』, 홍익재, 1985.

김성수, 『함석헌 평전』, 삼인, 2001(2011 개정판).

박재순, 『함석헌의 철학과 사상』, 한울, 2012.

김삼웅, 『민주주의자 김근태 평전』, 현암사, 2012.

한승헌 선생 화갑기념논문집 간행위원회 편, 『분단시대의 피고들』, 범우사, 1994.

이상호, 『거기 너 있었는가』, 열린 숲, 2007.

기세춘, 『노자강의』, 바이북스, 2007.

김기선, 『인쇄는 나의 희망』, 민주화운동기념사업회, 2005.

윤재근, 『맹자』, 나들목, 2004.

이재호, 『맹자정의』, 솔, 2006.

최형주, 『예언: 동무 이제마의 생애와 사상』, 장문산, 2001(2009.8쇄본).

월간 『희망세상』, 민주화운동기념사업회 2010. 9월호.

작가 후기

비상식이 회오리바람처럼 부는 사회에서 상식이 통하는 사회로 만들고자 평생을 인쇄로 저항했던 강은기는 어두운 시대의 불빛이었다. 부정한 사회에서 정의로운 사회로 만들고자 평생을 저항했던 강은기는 이른바 출세한 사람들처럼 나약한 정신의 소유자는 아니었다. 그의 정신은 너무도 곧았기에 잔말은 줄였다. 대신, 고운 말 대신 때론 거친 욕을 해댔다. 그에게는 가진 것이 별로 없었다. 학력도 재력도 인물도 매끄러운 언사도 없었다. 강은기는 누구나 할 수 있는 일을 할 시기에는 살지 못했다. 누구도 할 수 없는 일을 하는 시기에 촌음마저 이 시대에 다 바쳤다.

"국궁진췌鞠躬盡瘁 사이후이死而後已! 온몸을 다 바쳐 헌신하여 죽어서야 그쳤다"는 이전의 지사들의 삶과 같았다. 권세나 재물과 명예와 같은 욕심은 본래 없었기에 순수한 그의 영혼은 욕락 가득한 현세에서 용납되기 어려웠다. 그가 어두운 세상, 억압된 사회, 비민주적인 세상에서 목숨 바쳐 투신한 일은 도인의 자비행과 다름 아니었다. 보상을 바라지 않고 아낌없이 준 무주상無住相 보시였다.

유신치하의 30대 청춘을, 민주주의를 짓밟고 억압했던 그 체제를 향하여 온몸으로 싸웠던 이들의 펜이 되고, 풀무가 되고, 짱돌이 되었던 강은기의 삶을 정리하는 이 시기에, 슬프게도 40년 전 유신치하에서 영화의 자리를 누렸던 이들이 주름진 얼굴을 내밀고 활보하는 상황이 생겼다. 유신독재자의 딸과 그를 맹종하는 무리들이 국가기관을 총동원하다시피 하여 부정선거를 저지르고 나와, 마치 가업을 잇듯이 나라의 권력을 이어 받아 높은 자리에 있다. 그들의 새로운 해후, 공개적이고도 당당하기까지 한 그들 해후의 의미는 무엇인가? 이승을 애닯게 살다 간 강은기가 보면 어떠할까.

부도덕하고 정당하지 못한 수단을 이용하여 최고 권력을 쥔 자들의 무한 횡포 앞에 민주, 평화, 인권 등 보편적 가치가 매몰되어 가고 있다.

불법 부정한 과정을 거쳐 권력과 부귀영화를 누리는 이들의 잔악한 행태가 약화되지 않고서는, 수단과 방법을 가리지 않고 부를 축적한 이들의 파렴치한 행태가 수그러들지 않고서는 우리 사회의 누적된 적폐를 해소할 수 없다.

다채로우나 참되지 않고 풍요로우나 고르지 않다. 화려하나 알지지 않다. 민주주의에 대한 외면으로 거저 획득한 부와 명예를 걸치고 있는 자들의 오만함이 거리를 오염시키고 있다. 민주와 아름다운 가치들에 헌신한 이들은 상처가 아물지 않은 채로 불공평의 세상에서 생계를 위협받는 실정이다.

근본에 대한 천착과 성찰 없이 지엽 말단적인 희론으로 시비 분별하는 일은 오히려 본말이 전도된 삿된 짓이며 전도된 몽상의 드러남이다. 강은기는 직심으로 내달려 오면서 정직과 가난을 두르고 살았다.

유신독재의 딸과 유신헌법을 초안한 이가 정국을 휘두르는 현실!

이를 두고 제2의 유신체제로 복귀되는 것이 아닌가 우려憂慮하는 분들이 적지 않다. 강은기를 기억하고 과거와 현재를 통관하라는 경고인지도 모른다. 빛을 감춘 숨은 보석 같은 인물 강은기를 환히 밝혀내야 하는 과제에 미흡함을 느낄 뿐이다.

2014년 5월

무념 김영일 합장

김영일

1958년 전북 부안에서 태어나 전주고등학교와 전북대학교를 졸업하였
다. 민주언론운동협의회 언론학교2기를 마치고 신문모니터분과장과 선
거보도감시연대회의 활동으로 시민언론운동에 동참했으며, 한국통신 민
주노조 초대 지부장을 지냈다. 운곡雲谷 김석원金錫源 선생을 모시고 대
한민국임시정부기념사업회 80주년 행사를 치루었으며, 석정문학관 초대
사무국장, 내소사 템플스테이 팀장을 역임했다.

묵점墨店 기세춘奇世春 선생으로부터 묵자, 노자, 장자, 주역 등 동향철학
전반을 섭렵했으며, 2007년 시인으로 등단, 시집『그의 눈길』과 한시집
『귀향여로』를 펴냈다.

평전의 주인공인 강은기 선생과는 전북민주동우회 활동을 함께하였으
며, 2002년도 선생이 투병중일 때 민주화운동기념사업회에서 주관한 면
담·구술 작업을 통해 선생의 삶의 역정을 정리한 인연으로 평전을 펴내
게 되었다.

강은기 평전

초판 1쇄 인쇄 2014년 6월 3일 | **초판 1쇄 발행** 2014년 6월 10일
지은이 김영일 | **펴낸이** 김시열
펴낸곳 도서출판 자유문고
　　　서울시 영등포구 선유로 49 미주프라자 B1-102호
　　　전화 (02) 2637-8988 | **팩스** (02) 2676-9759
ISBN 978-89-7030-079-5　03610　　값 18,000원
http://www.jayumungo.co.kr